W0298438
PSYCHOPATHIE-CHE
oberflächlicher Charme, Ber
Schlagfertigkeit
Neigung zur Langeweile, will Span
Vergnügen auf Kosten anderer
pathologisches Lügen
Mangel an Reue, Scham und Schuldbewusstsein
oberflächliches Gefühlsleben, unterkühlt,
gefühlskalt
Mangel an Empathie
parasitärer Lebensstil
Promiskuität
mangelhafte Verhaltenskontrolle
Unfähigkeit, Verantwortung für eigenes
Handeln zu übernehmen
könnte Jekyll schwul sein? Wäre aus seiner Sicht schändlich, würde er sich kaum eingestehen wollen.
Dass wir bislang keine männlichen Hysteriepatienten kennen, liegt einzig daran, dass wir sie als solche nicht erkennen wollten.

Jenny Jägerfeld & Mats Strandberg

Monster auf der Couch

Jenny Jägerfeld &
Mats Strandberg

MONSTER AUF DER COUCH

Der rätselhafte Fall
der verschwundenen
Psychologin

Deutsch von Leena Flegler

penhaligon

Die Originalausgabe erschien 2020 unter dem Titel
»Monster i terapi« bei Norstedts, Stockholm.

MIX
Papier aus verantwortungsvollen Quellen
FSC® C014889
FSC www.fsc.org

Klimaneutral*
Druckprodukt
ClimatePartner.com/14044-1912-1001

Penguin Random House Verlagsgruppe FSC® N001967

2. Auflage 2022

Redaktion: Friedel Wahren
Umschlaggestaltung: www.buerosued.de
Umschlagmotive: U1 – Elin Sandström, eplet.se; www.buerosued.de / U2 – Elin Sandström, eplet.se; Lotta och Fabian Kühlhorn; Mark Carrel/stock.adobe.com; www.buerosued.de / U3 – Elin Sandström, eplet.se; www.buerosued.de / U4 – www.buerosued.de
BL · Herstellung: MR
Satz: Uhl + Massopust, Aalen
Druck und Bindung: Friedrich Pustet, Regensburg
Printed in Germany
ISBN 978-3-7645-3268-0

www.penhaligon.de

[redacted]

Kriminaldienst
Schwedische Polizeibehörde
Stockholm

Meine Frau, J[redacted], ist seit knapp einem Monat verschwunden. Sie haben ja keine Vorstellung, wie sehr ich darunter leide, wie sehr ich sie vermisse und wie wenig ich mir alles erklären kann. Ich wünschte mir nur, ich hätte Ihnen nie von unserem letzten Streit erzählt. Sie wäre nicht aus freien Stücken gegangen, ohne etwas zu sagen, ganz egal wie zerstritten wir gewesen wären, das weiß ich, und inzwischen bin ich mir sicherer denn je. Ich habe dieser Tage die Praxis ausgeräumt, in der sie ihre besonderen Patienten empfing. Ich habe alle vier Akten gefunden, sämtliche Notizen und Materialien, die sie für ihr Buchprojekt zusammengetragen hatte. Lesen Sie sie und rufen Sie mich an. Es liegt auch ein Brief an den Norstedts-Verlag bei, den ich im Papierkorb gefunden habe. Sind das Blutspritzer? Und wenn ja: ihre?

Ich weiß nicht, welchen Ausgang ich mir wünschen soll. Ich weiß nur, dass ich erfahren muss, was passiert ist. Ich muss mich doch auf etwas einstellen können. Ich kann doch nicht einfach weitermachen wie bisher.

Melden Sie sich, so schnell Sie können! Bislang habe ich nicht mit der Presse gesprochen, aber allmählich weiß ich mir keinen anderen Rat.

Mit freundlichen Grüßen

[redacted]

M[redacted]

Norstedts
z. H. Eva Gedin und Cecilia Kerstell
Postfach 2052
103 12 Stockholm

Liebe Eva Gedin, liebe Cecilia Kerstell,

mein Name ist J[redacted], und ich arbeite als freie Psychotherapeutin mit eigener Praxis in Stockholm. Heute möchte ich mich mit dem Vorschlag für ein Buch an Sie wenden, von dem ich glaube und hoffe, es könnte für Ihren Verlag interessant sein. Der Arbeitstitel lautet *Monster in Therapie*.

Zuallererst möchte ich Sie davon überzeugen, dass ich nicht verrückt bin (übrigens ein Wort, das ich als Psychotherapeutin lieber vermeide). Bei der hier zugrunde liegenden Arbeit stand mir die Psychologin und Psychotherapeutin P[redacted] mit Rat und Tat zur Seite. Sie steht Ihnen als Referenz zur Verfügung. Ihr herausragender Ruf verleiht meinem Projekt hoffentlich die nötige Glaubwürdigkeit.

Bis vor einigen Jahren habe ich für einen psychologischen Krisendienst hier in Stockholm gearbeitet. Dort kam ich in Kontakt mit mehreren Patienten, denen es gelungen war, Hunderte von Jahren durch die Zeit zu reisen, weil sie sich von unseren heutigen Kenntnissen der menschlichen Psyche Hilfe erhofften. Was die meisten von ihnen gemeinsam hatten – außer dass sie von anderen Orten und aus einer anderen Zeit stammten –, war die auf den ersten Blick naheliegende Charakterisierung als *Monster*, und zwar sowohl vonseiten ihrer ursprünglichen als auch vonseiten unserer heutigen Gesellschaft. Gleichzeitig hatten sie mit Problemen zu kämpfen, die meines Erachtens den meisten von uns vertraut sein dürften.

Wie Sie bestimmt nachvollziehen können, wäre ich im Rahmen des psychologischen Krisendiensts nicht imstande gewesen, die Gespräche mit ihnen zu vertiefen. Sobald ich mir sicher sein konnte, dass ich nicht den Suggestionen einer Patientengruppe mit verblüffend übereinstimmenden Wahnvorstellungen aufgesessen war, beschloss ich, eine Abhandlung zu diesem faszinierenden neuen Phänomen zu verfassen, über das ich mehr oder weniger zufällig gestolpert war. Ich setzte alles auf eine Karte. Ich kündigte meine sichere Anstellung und eröffnete eine eigene Praxis, in der ich ähnlich betroffenen Patienten vor allem mittels psychodynamischer Gesprächstherapie zu helfen versuchte.

Therapieziel sollte es sein, den Patienten die *Monstrosität* zu nehmen, und womöglich könnte dieses Buch uns allen dazu verhelfen, unsere eigenen *monströsen* Seiten leichter zu verstehen und besser damit umzugehen.

Im persönlichen Gespräch kann ich Ihnen gern mehr erzählen und auch einige Vorarbeiten zu vier ausgewählten Fallstudien vorlegen (transkribierte Therapiesitzungen, Exzerpte aus meinen Sitzungsprotokollen, Rechercheergebnisse u. v. m.). Als junges Mädchen hatte ich den Traum, Künstlerin zu werden. Bei der Vorbereitung zu diesem Buchprojekt habe ich nebenbei Porträts meiner *Monster* angefertigt, die ggf. zur Anwendung kommen könnten.

Über eine Einladung zum persönlichen Gespräch freut sich

[redacted]

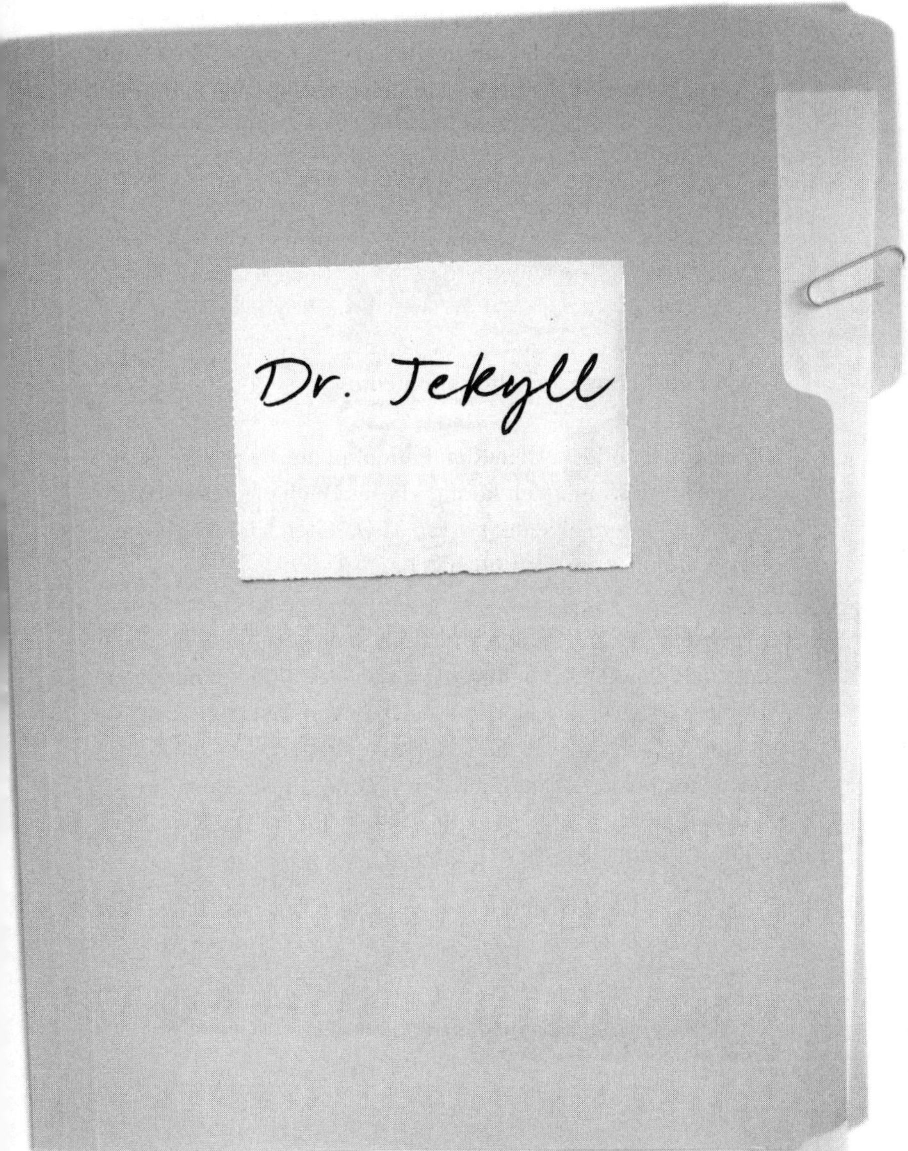
Dr. Jekyll

PG

Von [redacted]
An [redacted]
Betreff Re: Montag geht's los!
Datum [redacted]

Liebe [redacted],

ganz viel Erfolg! Ich freue mich sehr, Deine Arbeit begleiten zu dürfen! Dass Du aufgeregt bist, ist doch ganz normal, das sind die meisten! Ich bin mir sicher, dass Du dies alles mit der Dir eigenen Wärme und Klugheit, mit Deinem Einfühlungsvermögen und Fingerspitzengefühl ganz wunderbar hinbekommst. Dass ich ein Stück weit dabei sein darf, ehrt mich sehr, und ich hoffe, dass ich Dir alle Unterstützung geben kann, die Du benötigst.

Gerade sitze ich unter einer Pinie auf einer Terrasse mit Traumblick über ein weitläufiges Tal und habe ein Glas herrlichsten Bolgheri vor mir, komplex und kräftig. Mit anderen Worten: Der Wein und ich haben eine Menge gemeinsam! Die Toskana zeigt sich von ihrer besten Seite.

Liebe Grüße,
[redacted]

POSTAL TELEGRAPH COMMERCIAL CABLES

TELEGRAM

The Postal Telegraph-Cable Company (Incorporated) transmits and delivers this message subject to the terms and conditions printed on the back of this blank.

COUNTER NUMBER. | TIME FILED. M. | CHECK.

Send the following message, without repeating, subject to the terms and conditions printed on the back hereof, which are hereby agreed to.

GESENDET LONDON 5 JANUAR 1886

HOCHVEREHRTER KOLLEGE STOPP DER VORGESCHLAGENE TERMIN PASST AUSGEZEICHNET STOPP SOLLTE EIN GEWISSER MR HYDE VORSPRECHEN LASSEN SIE IHN NICHT EIN STOPP ERKLÄRUNG FOLGT PERSÖNLICH STOPP HOCHACHTUNGSVOLL IHR MITREISENDER AUF DEM MEER DER NATURWISSENSCHAFTEN DR HENRY JEKYLL

Fühle mich ein wenig besser seit P[redacted] E-Mail. Dass sie sich bereit erklärt hat, meine Transkripte zu lesen, gibt mir enorm Sicherheit. Fast so, als wäre sie beim Therapiegespräch anwesend. Ich bin so froh, dass ich eine Ratgeberin zur Seite habe, die mich und das Projekt wirklich versteht.

Ich betrachte sie fast als Mutterfigur, auch wenn mir klar ist, dass sie diese Bezeichnung weit von sich weisen würde. Sie verkörpert für mich den Elternteil, den ich nie hatte. Für mich ist sie ein Mensch, der mich zum Ausleben meiner Kreativität ermuntert, statt sie als Flausen und Tagträume abzutun. Jemand, der sofort gesagt hat, dass dies »nach einer fantastischen Buchidee« klingt, die ich »unbedingt in die Tat umsetzen« sollte. Ein Mensch, der mich vollends überzeugt hat.

Was nicht bedeutet, dass ich nicht nervös wäre. Bin fast ein bisschen neidisch auf P[redacted]. Sie hat eine glänzende Karriere hinter sich und macht jetzt im Ruhestand ihren Rentnertraum wahr. Sie hat es GESCHAFFT. Wünschte, ich könnte mein Leben vorspulen und hätte ebenfalls auf alles eine Antwort. Habe nämlich keinen Schimmer, was ich gerade tue und ob ich je zu einem Ergebnis komme. Wer bin ich, bitte schön, dass ich mich ausgerechnet diesem Projekt widmen will? Einem komplett neuartigen, bislang unerforschten Gebiet? Seit meinem Abschluss habe ich mich nicht mehr so verunsichert gefühlt.

ARBEITSHEFT	Fortz.

Dabei war es doch genau das, was ich wollte. Eine neue Herausforderung.
Die Hormone machen es leider nicht besser. Mein Bauch ist angeschwollen und prall, und ich spüre ein Ziehen in den Eierstöcken. Und die Stimmungsschwankungen sind komplett absurd! Gestern musste ich heulen, weil M[redacted] das Licht im Bad ausgeschaltet hat, obwohl ich noch drin saß. Und als sie mich anschließend beruhigen wollte, hab ich sie angefaucht. Aber M[redacted] hat bloß gelächelt. Die Geduld, die sie derzeit mit mir hat, ist fast schon provokant. In vier Tagen entnehmen sie mir die Eizellen. Ich fühle mich wie eine Legehenne. Wenn auch eine ziemlich nutzlose. M[redacted] ist überglücklich, dass wir endlich an der Reihe sind, allerdings ist das Timing BESCHEIDEN. Was, wenn ich wirklich schwanger werde? Was, wenn nicht? Im Grunde ist das doch vollkommen krank. Obwohl wir seit gut zwei Jahren versuchen, ein Kind zu kriegen, wird mir erst jetzt RICHTIG KLAR, was wir da machen und was auf uns zukommt, wenn es klappt. Wie soll ich mit einem Kind zurechtkommen? Ich fühle mich selbst doch noch gar nicht erwachsen! Ich habe versucht, es M[redacted] zu erklären, aber sie hat mich nicht verstanden. Vielleicht weil ich mich nicht getraut habe, richtig deutlich zu werden.

SITZUNG 1

Ich werfe einen flüchtigen Blick in die Kamera und verlasse das Sprechzimmer. Auf der Aufnahme sind zwei grüne Ikea-Sessel zu sehen, dazwischen ein Tisch, dahinter ein volles Bücherregal, ein Whiteboard und die Schreibtischkante, darauf die tickende kleine Uhr. Im Hintergrund höre ich, wie die Praxistür geöffnet wird. Als wir uns einander vorstellen, klingt Jekyll leicht verwirrt.

DR. JEKYLL: Möchten Sie meinen Gehrock entgegennehmen?

ICH: Den können Sie dort an den Haken hängen. Und den Hut … Tja, eine Hutablage habe ich leider nicht.

DR. JEKYLL: Nein? Oh. Nun gut. Ich ahne schon, dass ich ein bisschen früh dran bin. Sind Sie die Gattin des guten Herrn Doktors? Ist er noch mit einem anderen Patienten beschäftigt, oder kann er mich gleich empfangen?

ICH: Sie haben den Termin bei mir. Ich bin Ihre Psychotherapeutin. Im Übrigen habe ich nicht promoviert. Kommen Sie, hier entlang.

Während wir das Sprechzimmer betreten, mustert mich Jekyll misstrauisch.

ICH: Bitte, nehmen Sie Platz! Haben Sie gut hergefunden?

DR. JEKYLL: Ja, einigermaßen. An ein solches Verkehrsaufkommen bin ich allerdings nicht gewöhnt.

ICH: Natürlich.

DR. JEKYLL: Alles geht so schnell. Und alles ist … so hell!

ICH: Finden Sie?

DR. JEKYLL: Aber ja! Die vielen Laternen! Sie leuchten so stark.

Er lässt sich im Sessel nieder. Ich spähe in die Kamera, ehe ich mich ihm gegenüber hinsetze.

DR. JEKYLL: Ich behalte meinen Hut wohl auf dem Schoße …

ICH: Also … Herzlich willkommen, Herr Doktor Jekyll. Oder darf ich Sie Henry nennen?

Jekyll macht große Augen.

ICH *(eilig)*: Nun, vielleicht lieber nicht. Wir bleiben bei der korrekten Anrede.

DR. JEKYLL: Das würde sich eher angemessen anfühlen. Und da wir gerade von Anrede sprechen: Wie möchten Sie angesprochen werden? *(schluckt)* Ich muss gestehen, ich war ein wenig überrascht, als Sie mich an der Tür willkommen hießen.

ICH: Ah, und warum?

DR. JEKYLL: Nun, ich hatte natürlich mit einem Mann gerechnet.

ICH: Verstehe. Mich dürfen Sie gern mit dem Vornamen ansprechen, ich heiße …

DR. JEKYLL *(fällt mir ins Wort)*: Nein, ausgeschlossen. Das wäre doch zu vertraulich! *(trocknet sich den Schweiß von der Stirn, wo das Schweißband seines Hutes einen geröteten Abdruck hinterlassen hat)* Vielleicht könnte ich Sie … Frau Psychologe nennen? Wenn Sie gestatten?

ICH: Klar. *(Pause)* Ich habe mir überlegt … Ich sage erst kurz etwas zu den Rahmenbedingungen der Therapie, bevor Sie mir erzählen, warum genau Sie hier sind. Vermutlich sollen wir in unserem Gespräch gemeinsam ausloten, wie ich Ihnen helfen kann, damit es Ihnen besser geht. Als Psychotherapeutin unterliege ich der Schweigepflicht, sprich: Nichts von dem, was Sie mir erzählen, darf ich an Dritte weitergeben.

DR. JEKYLL: Das ist gesetzlich so vorgegeben?

ICH: Ja, genau.

DR. JEKYLL: Interessant. Mir ist bekannt, dass man beispielsweise in Deutschland damit sehr streng ist. Ärzte können dort sogar zu einer Geldstrafe verurteilt werden, wenn sie sich verplaudern. will anscheinend Sachkenntnis demonstrieren

ICH: Das stimmt. *(Pause)* Dann wenden wir uns jetzt doch Ihnen zu, Herr Doktor Jekyll. Vielleicht wollen Sie mir erzählen, warum Sie mit mir in Kontakt getreten sind.

DR. JEKYLL *(wischt sich erneut über die Stirn)*: Ja … Ich … hätte nie gedacht, dass ich einmal die Hilfe eines … Seelendoktors in Anspruch nehmen müsste. Nein, das hätte ich nie geglaubt. Und ich muss eingestehen, ich bin ein wenig skeptisch. Die handfeste Wissenschaft liegt mir viel mehr, die Forschung, die belastbaren Wahrheiten.

ICH: Auf dem Gebiet der Psychologie wurde doch auch viel geforscht.

DR. JEKYLL: Tatsächlich? Nun, das ist beruhigend. Von den Laboratorien in Leipzig habe ich selbstredend gehört, und sie scheinen dort auch erfreuliche Ergebnisse zu erzielen. Aber wer wäre ich, mir zur experimentellen Medizin eine Meinung zu erlauben? *(schüttelt betreten den Kopf)* Ich schloss mich einst der Ärzteschaft an, weil mir daran lag, das Leid und den Schmerz der Menschheit zu lindern.

ICH: Ja, da hatten wir bei unserer Berufswahl wohl alle dieselbe Motivation. *(lächele Jekyll an, keine Reaktion)*

DR. JEKYLL *(starrt auf einen Punkt zu seinen Füßen)*:

Dass das ausgerechnet mir widerfahren musste, ist wirklich selten unglückselig … Dabei erfüllte ich alle Voraussetzungen für eine ehrenvolle und erfolgreiche Laufbahn. *(sieht zu mir auf)* Mein Vater hinterließ mir ein bedeutendes Vermögen. Ich war fleißig, wissbegierig und darum bemüht, mir die Achtung und das Wohlwollen der Weisen und Guten unter meinen Mitmenschen zu erwerben.

ICH: Sie sagen, Sie hätten alle Voraussetzungen gehabt. Ist es denn auch so gekommen?

DR. JEKYLL *(lächelt)*: Ich darf wohl behaupten, dass ich stolz erhobenen Hauptes vor Ihnen sitze.

ICH: Dann hatten Sie Erfolg. Wie hat sich das für Sie angefühlt?

DR. JEKYLL *(Lächeln verblasst)*: Angefühlt? Welch merkwürdige Frage. Ich bin auf meinem Gebiet wohlangesehen, wenn ich das so sagen darf.

ICH: Das klingt, als wäre Ihnen sehr wichtig, welchen Eindruck Sie bei anderen hinterlassen.

DR. JEKYLL: In einer kulturell hochstehenden Gesellschaft ist der richtige Eindruck selbstredend wichtig. Es hätten sich nicht wenige damit gebrüstet, hätte ihr Leben ausgesehen wie meines. Zum Glück bin ich persönlich für Prahlerei viel zu bescheiden.

Jekyll sieht sich im Raum um. Nimmt mein Brillenetui vom Tisch.

DR. JEKYLL: Ein bemerkenswertes Material! Es glänzt und ist doch ganz leicht. Ist das irgendein Steingut von einem fernen Kontinent?

ICH: Nein, so etwas nennt sich Plastik. Das ist ein synthetisches Material.

Jekyll öffnet und schließt ein paarmal das Etui.

ICH: Also, ich kann Ihnen das abnehmen … Danke. *(nehme das Brillenetui entgegen)* Wenn wir jetzt noch einmal zu der Frage zurückkehren könnten, warum Sie eigentlich hier sind …

DR. JEKYLL: Nun … Ich wäre wohl nicht gekommen, wenn ich nicht verzweifelt wäre. *(nimmt sich zurück)* Verzeihung, das muss für Sie nach Verunglimpfung klingen! So war es nicht gemeint.

ICH: Kein Problem. Und es ist ja auch nicht ungewöhnlich, dass man erst an einen gewissen Punkt gelangen muss, um sich Hilfe zu suchen.

DR. JEKYLL: Da haben Sie recht, Frau Psychologe. Meinen Patienten mache ich ja auch kaum einen Vorwurf, weil sie nur dann an meine Tür klopfen, wenn sie krank sind. *(denkt nach, zwirbelt sich den Schnurrbart)* Nicht dass ich mich selbst als *krank* bezeichnen wollte. Und obendrein sind Sie auch kein richtiger Arzt. *(blickt in die Ferne)* Bevor wir zur Sache kommen, sollte ich vorausschicken, dass ich im Grunde keine schlimmeren Laster habe als die meisten anderen. Mein Problem sind vielmehr meine hehren Ideale. Neun Zehntel meines Lebens bestanden aus Arbeit, aus dem Kampfe für das Gute, Edle und aus Selbstbeherrschung.

ICH: Können Sie das mit den hehren Idealen ein bisschen ausführen?

DR. JEKYLL: Die sind so offenkundig, dass ich nicht weiß, ob ich sie wirklich benennen sollte. Achtung vor Recht und Gesetz, Ehrlichkeit in Geschäftsdingen … Maßhaltung, Anstand, ein ordentliches Heim. Solche Dinge.

ICH: Also, das klingt doch alles gut und schön. Zumindest in einem gesunden Ausmaß. Aber Sie haben erwähnt, Ihre Ideale seien ein Problem. Inwiefern?

DR. JEKYLL *(nachdenklich)*: Wenn ich auch nur im Geringsten davon abweiche, wenn ich den nichtigsten Fehltritt begehe, empfinde ich eine krankhafte Scham.

ICH: Klingt, als seien Sie sehr streng mit sich.

DR. JEKYLL: Sicher. Und meine hohen Anforderungen an mich selbst führten obendrein dazu, dass ich die Kluft zwischen dem Guten und dem Bösen in mir überhaupt erst erspürte. Sie verstehen, was ich damit sagen will, Frau Psychologe?

ICH: Nicht so ganz … Erklären Sie es mir?

DR. JEKYLL: Der Mensch … ach was, die ganze Welt ist von Gegensätzlichkeiten gekennzeichnet. Tag und Nacht, Körper und Geist, Himmel und Hölle, Mann und Frau.

ICH: Ah, jetzt weiß ich, was Sie meinen. Sie spielen auf menschliche Zwiespalte an. Aber die Wirklichkeit ist nie nur schwarz oder weiß, sondern sehr viel komplexer.

DR. JEKYLL: Oberflächlich betrachtet vielleicht, aber im Grunde können jeder Gedanke, jede Handlung und jedes Gefühl entweder dem Guten oder dem Bösen zugeschlagen werden. Es obliegt dem Einzelnen, die richtige Seite zu wählen, an jedem einzelnen Scheideweg im Leben, sei es im Großen oder im Kleinen. Was mich so unglücklich machte, waren mein Unvermögen, mich zu beherrschen, und die Neigung, mich gewissen beschämenden Vergnügungen hinzugeben. Tagsüber widmete ich mich weiter aufopferungsvoll meinen hilfsbedürftigen Mitmenschen, doch manchmal … nachts … Die Doppelnatur des Menschen, seine scharf begrenzte, primitive Zweiheit erkannte ich in mir selbst deutlich wieder. Ich fühlte in mir den Kampf dieser beiden Naturen.

Er verstummt. Sieht mich unglücklich an, scheint nicht fortfahren zu können.

ICH: Von welchen beschämenden Vergnügungen sprechen Sie? Können Sie mir ein Beispiel nennen?

DR. JEKYLL: Nein! *(errötet)*

ICH: Nun gut… Wann sind Sie denn zuletzt einer solchen beschämenden Vergnügung nachgegangen?

Jekyll antwortet nicht. Sieht stur weg, entdeckt einen kleinen Fleck auf seinem Schuh.

ICH: Ich verstehe, dass es Ihnen schwerfällt, darüber zu sprechen. Aber ich kann Ihnen kaum helfen, wenn Sie nicht ein bisschen deutlicher werden.

Jekyll reibt eine Weile mit seinem Taschentuch über den Fleck. Ich warte, bis er erneut zu mir aufsieht.

ICH: Wie es bei Ihnen ist, weiß ich natürlich noch nicht, aber aus meiner Erfahrung schämen sich Menschen mitunter für Dinge, für die sie sich gar nicht schämen müssten. Wäre es nicht möglich, dass Sie auch so ein Fall sind?

DR. JEKYLL: Nein. Ausgeschlossen. Und bitte fordern Sie mich nicht von Neuem auf, meine Sünden zu bekennen! Es handelt sich um Dinge, die ich im Beisein einer Dame unter keinen Umständen äußern möchte.

ICH: Ich glaube fast, das Wenigste wäre mir neu.

DR. JEKYLL *(kopfschüttelnd)*: Da habe ich so meine Zweifel.

ICH: Sie müssen natürlich gar nichts erzählen, wenn Sie nicht möchten. Das respektiere ich. Allerdings empfinden viele Patienten danach eine gewisse Erleichterung. Indem man sich traut, gewisse Dinge laut auszusprechen, werden sie weniger schambehaftet. Und wie heißt es so schön? Frisch gewagt ist halb gewonnen.

Jekyll wirkt skeptisch.

ICH: Falls es Ihnen hilft … Die allermeisten Menschen haben Schwierigkeiten auszubalancieren, was sie tun *wollen* und was sie tun *sollten*. Sind Sie mit Sigmund Freuds Thesen zum Konflikt des Über-Ichs mit dem Es vertraut?

DR. JEKYLL: Über-Ich? Was soll das sein? Sprechen wir jetzt von Übersinnlichem?

ICH: Nein, dabei handelt es sich um mentale Prozesse. Freud hat die menschliche Psyche in drei Instanzen eingeteilt. Er nennt sie das Es, das Über-Ich und das Ich. Das Es sind die Triebe, körperliche Bedürfnisse, Wünsche und Begierden, Affekte. Das Über-Ich steht für die Moral, könnte man sagen. Das sind erlernte soziale Normen, Werte sowie Gebote und Verbote. Und schließlich haben wir noch das Ich, eine Vermittlerinstanz zwischen den beiden Erstgenannten.

DR. JEKYLL: Ach. Dann spricht dieser Freud von *drei* Teilen. Interessant! Da wird der Mensch eines schönen Tages womöglich noch als ganzes Dorf voller voneinander unabhängiger, selbstständiger Bewohner betrachtet. *(denkt nach)* Ich muss demütig eingestehen, dass ich mit meinen Kenntnissen an gewisse Grenzen stoße. Trotzdem behaupte ich, dass wir – zumindest was die Moral angeht – eine Zweiheit darstellen. Da geht es um Gut und um Böse, um nichts anderes.

ICH: Herr Doktor Jekyll, nun habe ich Freud zwar selbst zur Sprache gebracht, aber lassen wir die Theorie beiseite. Reden wir wieder über Ihre Situation.

DR. JEKYLL: Warum? Sind wir nicht beide Männer der Wissenschaft? Oder … also … Wie soll ich Sie … eine Wissenschaftlerin? *(gluckst)* Welch absurdes Wort! Darf ich fragen, wie das Gemüt der Frau einer intellektuell so herausfordernden Arbeit gewachsen ist?

ICH: Was soll das denn heißen?

DR. JEKYLL: Ich sehe schon ein, dass die Psychologie in vielerlei Hinsicht dem weiblichen Gemüt entgegenkommt. Sie sind mit Schlussfolgerungen schnell bei der Hand, und Ihre Fantasie kommt leicht in Gang. Nun ist Ihr Gehirn aber kleiner als das des Mannes, und Sie sind nicht gleichermaßen imstande, logische Denkmuster zu entwickeln und nachzuvollziehen.

Hätte mich nicht so provozieren lassen dürfen!

ICH: Hier muss ich einschreiten, Herr Doktor Jekyll. Was Sie da sagen, ist nicht nur beleidigend, sondern auch seit Langem widerlegt.

DR. JEKYLL: Widerlegt? Aber Tatsachen sind nun einmal Tatsachen. Der Mann ist wesentlich beharrlicher, die Frau eher launenhaft und unbeständig. Es mangelt ihr an Willenskraft und Durchhaltevermögen. Das macht Sie nicht zu einem schlechteren Menschen, Frau Psychologe, bloß zu einem anderen. *(lächelt nachsichtig)* Gewisse Teile des weiblichen Gehirns sind tatsächlich im Verhältnis größer als die des Mannes. Jene Bereiche beispielsweise, die für die Fortpflanzung zuständig sind.

ICH: Und das haben Sie wissenschaftlichen Schriften entnommen?

DR. JEKYLL: Genau. An der Vermessung des Schädels bin ich überaus interessiert.

ICH: Da gebe ich Ihnen nachher glatt einige Bücher von mir mit.

DR. JEKYLL: Unerhört spannend! Gar zu gern erführe ich, ob Sie inzwischen eine Erklärung dafür haben, warum die Frau eher an nervösen Störungen wie dem Veitstanz und dem Starrkrampf leidet. *(Pause)* Warum sagen Sie denn nichts, Frau Psychologe?

ICH: Ich denke bloß darüber nach, wie weit wir doch in den letzten hundertfünfzig Jahren gekommen sind, obwohl es sich manchmal so anfühlt, als ginge rein gar nichts vorwärts. *(tippe mit dem Stift auf den Block)* Wie gesagt lasse ich die Theorie jetzt gern beiseite.

DR. JEKYLL: Ausgerechnet jetzt, da ich regelrecht Feuer fange!

ICH: Stattdessen würde ich gern darüber sprechen, wie diese Vorstellung vom Bösen und Guten Sie beeinflusst. Sie haben beschämende Vergnügungen und hehre Ideale erwähnt und von einer Zweiheit gesprochen. Welche Methoden haben Sie entwickelt, um mit dieser Zweiheit zu leben?

DR. JEKYLL: Ich hatte die Vorstellung, ich könnte diese beiden Elemente ganz voneinander trennen. Ich sagte mir, wenn es nur möglich wäre, Gut und Böse in eine besondere Individualität zu zwängen, wäre alles, was das Leben unerträglich macht, aus dem Wege geräumt. Das Böse in uns wäre dann frei von Gewissensbissen, frei von den bitteren Vorwürfen des Edlen und Guten, und der Gerechte würde ruhig und ungehindert auf dem Pfade der Tugend wandeln, ohne der Gefahr der Schande, ohne den Schmerzen der Reue ausgesetzt zu sein, die ihm der Zwillingsbruder bereitet.

ICH: Verlockender Gedanke. Nur leider ist das nicht möglich.

DR. JEKYLL: Das dachte ich auch. Bis ich beschloss, meine herausragenden Fachkenntnisse und meinen Forschergeist einzusetzen.

ICH: Wie muss ich mir das vorstellen?

DR. JEKYLL *(nach einigem Zögern)*: Um Ihnen zu erklären, was geschehen ist, müsste ich Ihnen erst von einem gewissen Mister Hyde berichten.

ICH: Den Sie in Ihrem Telegramm erwähnt haben?

DR. JEKYLL *(nickt)*: Dieser Mister Hyde ist der eigentliche Grund für meinen Besuch, müssen Sie wissen. *(Pause)* Er hat gewisse faszinierende Eigenschaften, sich aber auch als aufdringlicher Begleiter entpuppt. Wann immer er bei jeder passenden oder unpassenden Gelegenheit auftaucht, verursacht er … Probleme.

ICH: Wer ist dieser Mister Hyde?

DR. JEKYLL: Ein Höhlenmensch. Oder ein mittelalterliches Ungeheuer. Er ist irgendwie … verwachsen. Abstoßend. Es ist schwer zu beschreiben. Das Böse steht ihm ins Gesicht geschrieben. Und seine Hände sind mager, knotig, von schmutzig brauner Farbe … und dicht mit schwarzen Haaren bedeckt. *(schüttelt sich)*

ICH: Also … Sie schildern ihn, als wäre er eine echte Person. Sie sagten, das Böse stehe ihm ins Gesicht geschrieben. Was meinen Sie damit?

DR. JEKYLL: Was er tut, ist furchtbar, unbeschreiblich. Er ist egoistisch, niederträchtig und boshaft. Jeder Gedanke, jede Handlung ist der niedrigsten Sinnlichkeit geweiht, mit tierischer Gier begeht er Grausamkeiten.

ICH: Nach allem, was Sie erzählen, kann ich nur schwer verstehen, warum Sie mit ihm befreundet sein wollen.

DR. JEKYLL: Oh, Mister Hyde verkörpert die Befreitheit! Er kennt bei seinen Streifzügen der sinnlichen Gelüste keine Schranken. Für mich ist er eine Verjüngungskur. Er setzt leichte, vitale Schritte und lässt sich von Schuld und Scham nicht niederdrücken wie … so viele andere.

ICH: Klingt fast, als besäße dieser Hyde all das, was Ihnen im Leben fehlt.

DR. JEKYLL: Genau darum geht es, Frau Psychologe. Er ist mir ebenso zuwider wie zu beneiden.

ICH: Könnte man sagen, dass Sie ein bisschen mittels Ihres Freundes leben?

DR. JEKYLL *(lacht verbittert)*: Ja, so könnte man es ausdrücken. Wobei ich eher sagen würde, dass ich gewisse unaussprechliche Dinge *dank* meines Freundes erlebe. Mit seiner Hilfe streife ich die Zwangsjacke der Kultiviertheit ab … und lasse mich vom frischen Wind der Freiheit treiben. Wenn Sie verstehen …

ICH: Ich bin mir nicht sicher. Könnten Sie mir vielleicht ein konkretes Beispiel geben?

DR. JEKYLL *(errötet)*: Mitnichten schildere ich Ihnen gewisse Schändlichkeiten.

ICH: Wie haben Sie sich überhaupt kennengelernt?

DR. JEKYLL: Wir sind uns erstmals in meinem Laboratorium begegnet. Ich … *(ringt nach Worten)* Ich habe ein Elixier getrunken und … es geschah etwas ganz Fantastisches. Etwas vollkommen Neuartiges. Das Gefühl war unbeschreiblich köstlich. Ich fühlte mich körperlich jünger, leichter, glücklicher. Die Fesseln gesellschaftlicher Verpflichtungen waren zersprengt, ich genoss eine ungeahnte Freiheit der Seele. In mir gärte ein entzückender Leichtsinn.

ICH: Ich ahne, worauf es hinausläuft.

DR. JEKYLL: Wirklich? Ich glaubte, es nie in Worte fassen zu können. Nie zuvor habe ich es geschildert. Niemand in meiner Umgebung kennt die Wahrheit über mich und Mister Hyde.

ICH: In Ihrer Welt ist es sicher nicht einfach, eine romantische Verbindung mit einem anderen Mann einzugehen.

DR. JEKYLL *(schluckt)*: Wie bitte?

ICH: Nun ja, ich meine … Wollten Sie das nicht sagen? Oder war es lediglich eine rein sexuelle Begegnung?

Jekyll springt von seinem Sessel auf. Der Hut fällt zu Boden und rollt davon.

ICH: Bitte entschuldigen Sie, ich wollte Sie nicht verärgern.

DR. JEKYLL: Verärgern? Ich bin erschüttert! Ich bin entsetzt! Sie schimpfen mich einen Kriminellen, einen Perversen!

ICH: Also heutzutage gilt Homosexualität weder als das eine noch als das andere, aber …

Jekyll klaubt seinen Hut auf und klopft ihn ab.

ICH: Ich habe Sie falsch verstanden. Wir stammen aus unterschiedlichen Kulturen.

DR. JEKYLL: Das können Sie laut sagen.

ICH: Bleiben Sie doch, damit wir das Missverständnis ausräumen.

Jekyll zögert, setzt sich aber wieder.

ICH: Es tut mir aufrichtig leid, wenn ich Sie auf dem falschen Fuß erwischt habe. Es war nicht meine Absicht, voreilige Schlüsse zu ziehen.

DR. JEKYLL *(mit einem tiefen Seufzer)*: Sie sind nicht die Erste. Als Junggeselle in meinem Alter wird einem gelegentlich schon etwas nicht sonderlich Wohlmeinendes nachgesagt. Selbst gute Freunde waren beunruhigt, als ich in Soho für Mister Hyde eine Wohnung suchte und ihm obendrein die Erlaubnis erteilte, sich in meinem Haus jederzeit frei bewegen zu können. Die Dienerschaft erhaschte hin und wieder sogar nachts in meiner Schlafstube einen Blick auf ihn. Und als ich mein Testament umschrieb und verfügte, dass er alles erben sollte ... Da glaubten meine Freunde, er würde mich erpressen ... womöglich aufgrund unziemlicher Handlungen ...

ICH: Aber so war es nicht?

DR. JEKYLL: Nein. Zumindest nicht so, wie sie meinten.

ICH: Beschreiben Sie Ihre Beziehung zu Mister Hyde doch einmal mit eigenen Worten!

DR. JEKYLL: Sie war sehr vertraut. *(errötet abermals)* Aber nicht so, wie Sie jetzt denken!

ICH *(skeptisch)*: Ich verstehe schon, dass er für Sie eine wichtige Bezugsperson ist, aber noch einmal zu dem Umstand, dass Sie ihm eine Wohnung besorgt und ihn als Erben eingesetzt haben ... So verhält man sich einem gewöhnlichen Freund gegenüber doch eher nicht. Natürlich sind Sie sehr großzügig, aber ... ist das ein wiederkehrendes Muster in Ihrer beider Verhältnis?

DR. JEKYLL: Im Allgemeinen muss ich mir Freundschaften nicht erkaufen, sofern die Frau Psychologe das andeuten möchte. Ich wollte damit lediglich sicherstellen, dass Mister Hyde nicht mit leeren Händen dasteht, falls ich ... verschwinde.

ICH: Aber weshalb sollten Sie verschwinden? Wollen Sie damit andeuten, dass Sie krank sind?

Stille. Jekyll wirkt leicht gequält.

ICH: Ich sehe Ihnen an, wie schwer es Ihnen fällt, darüber zu sprechen.

DR. JEKYLL: Ja. Dabei muss ich versuchen, das Unsagbare in Worte zu fassen. Schließlich bin ich nicht ohne Grund zu Ihnen gekommen. *(Pause)* Wissen Sie, Frau Psychologe ... Ich habe ihn nicht mehr im Griff. Ich hätte es schon viel früher bemerken müssen, aber es dämmerte mir erst, als das mit dem Mädchen passierte … das arme Ding …

ICH: Was ist denn passiert?

DR. JEKYLL: Es war vielleicht drei Uhr an einem dunklen Wintermorgen. Mister Hyde stieß an einer Straßenecke mit einem kleinen Mädchen zusammen. Wie eine Dampfwalze ging er über das gestürzte Kind hinweg, ohne sich im Geringsten um das Geschrei desselben zu bekümmern oder darum, dass sich sogleich Zeugen einfanden … Er empfand nicht das mindeste Bedauern.

ICH: Haben Sie den Zusammenstoß miterlebt? Waren Sie dabei?

DR. JEKYLL *(streicht sich ein unsichtbares Staubkorn vom Knie der Hose)*: Gewissermaßen.

ICH: Das klingt nach einem denkbar unangenehmen Erlebnis. Was war mit dem Mädchen?

DR. JEKYLL: Ach, eigentlich war es nicht dramatisch. Sie war nicht verletzt, der ausgestandene Schreck war das Schlimmste. plötzlich defensiv!

ICH: Nicht dramatisch? Gerade haben Sie ihn mit einer Dampfwalze verglichen.

DR. JEKYLL: Ja, schon … selbstverständlich …

Lange Pause.

ICH: Wenn Sie sich in das Mädchen hineinversetzen …

DR. JEKYLL *(unterbricht mich)*: Es wurde verarztet. Mister Hyde entschädigte die Familie mit zehn Pfund in Gold und einem Scheck, den ich für ihn unterschrieben hatte.

ICH: Ich habe den Eindruck, Sie verkennen den Ernst der Lage. Abgesehen von den körperlichen Verletzungen muss das Mädchen doch geschockt und zutiefst verängstigt gewesen sein.

DR. JEKYLL: Ich versuche mitnichten, die Sache herunterzuspielen. Ich meine lediglich, dass dem Mädchen deutlich anzusehen war, dass es aus einer Familie stammte, die nicht eben gut betucht war. Sie war draußen gewesen, um nach einem Arzt zu rufen, wie ich mir sagen ließ. Vermutlich lag die Mutter im Kindbett, oder der Vater war Trinker und hatte die Hand erhoben.

ICH: Wie kommen Sie darauf?

DR. JEKYLL: Nun, Kinder in die Welt zu setzen und sich zu betrinken sind doch wohl die einzigen Freuden, wenn man der Unterschicht angehört. Durch die monetäre Entschädigung erwies sich das Ganze am Ende womöglich … nun, vielleicht nicht als *positives* Erlebnis, aber … möglicherweise als kein allzu negatives.

ICH: Offen gestanden irritiert es mich ein bisschen, dass Sie sich gar nicht in die Lage des Mädchens hineinversetzen wollen. Es klingt fast so, als würden Sie der Kleinen die Menschlichkeit absprechen, nur weil sie einer anderen Gesellschaftsschicht entstammte.

DR. JEKYLL: Ihr ging es gut. Ich weiß doch, was ich gesehen habe.

ICH: Sie sagten, Sie seien *gewissermaßen* dabei gewesen. Was soll das heißen?

DR. JEKYLL: Wo immer Mister Hyde ist, bin auch ich.

ICH: Und warum haben Sie ihm dann nicht Einhalt geboten?

DR. JEKYLL: Ich konnte nichts gegen ihn ausrichten … und ich würde es nicht einmal wollen. Ich denke über die Konsequenzen nicht nach, wenn er mich in seiner tierischen Gier mit sich reißt, weil ich genau weiß, dass ... dass Mister Hyde sich wie Dunst auf einem Spiegel verzieht, sobald ich wieder ich selbst bin.

ICH: Tut mir leid, ich verstehe nicht ganz, was Sie mir sagen wollen. Inwiefern verzieht er sich? Mister Hyde ist doch nicht so was wie ... ein Gespenst?

DR. JEKYLL: Ein Gespenst? Was soll dieser unwissenschaftliche Unfug? Ich versuche Ihnen gerade zu erklären, dass ich Mister Hyde bin. Oder besser gesagt ... Mister Hyde ist ein Teil von mir. Nur dass ich anscheinend kein Teil von Mister Hyde bin.

ICH: Ich hab's immer noch nicht verstanden ...

DR. JEKYLL: Ich habe Ihnen doch erzählt, dass ich das Problem der Zweiheit gelöst hatte. Ich hatte *mich selbst* entzweit.

ICH: Bildlich gesprochen, oder?

DR. JEKYLL: Nein! Ganz konkret und wissenschaftlich belastbar! Ich habe herausgefunden, dass gewisse Chemikalien imstande sind, unsere irdische Hülle so leicht zu zersetzen, wie der Wind ein Gezelt zerlegen kann.

ICH: Ein Gezelt?

DR. JEKYLL: Ich hatte ein Elixier hergestellt, das den niederen Elementen meiner Seele eine eigene Gestalt verlieh. Mir war natürlich klar, dass dieses Elixier gefährlich wäre. Ein so mächtiges Medikament könnte die Grundfesten unser aller Existenz erschüttern. Aber die Versuchung, eine so wunderbare Entdeckung wirklich zur Geltung zu bringen, überwand schlussendlich alle Furcht.

ICH: Ich muss noch einmal nachhaken, damit ich Sie richtig verstehe. Sie haben also ein Mittel entdeckt, das sonst unterdrückte und beschämende Seiten an Ihnen entfesselt?

DR. JEKYLL: Ja.

ICH: Sprechen wir jetzt von Alkohol?

DR. JEKYLL *(irritiert)*: Warum hätte ich Alkohol erfinden wollen? Der existierte doch längst! Ich spreche von einem Elixier, das unsere Sicht auf den Menschen an sich komplett verändert.

ICH: Nun gut ... Und als Sie dieses Elixier getrunken hatten, was geschah dann?

DR. JEKYLL: Ich hatte zunächst unbeschreibliche Schmerzen. Ich fühlte mich einer Ohnmacht nahe, und ein Schrecken bemächtigte sich meiner, wie man ihn vermutlich nur in der Todesstunde empfindet. Doch die Qualen nahmen genauso schnell ab, wie sie gekommen waren, als wäre ich von einer schweren Krankheit genesen. Es war ein seltsames, unbeschreiblich neues und befriedigendes Gefühl. Süße, sinnliche Gebilde entfalteten sich vor mir, die Fesseln gesellschaftlicher Verpflichtungen waren zersprengt, ich frönte nur noch meinen bösen Leidenschaften und erfreute mich daran wie an feurigem Wein.

ICH: Aber es war kein Wein? Für mich klingt es immer noch so, als würden wir von Alkohol reden.

DR. JEKYLL: Frau Psychologe! Könnten Sie wenigstens versuchen, mir zuzuhören?

ICH: Natürlich. Verzeihung.

DR. JEKYLL: Angesichts dieser neuen Empfindungen streckte ich nämlich die Arme aus ... und bemerkte dann erst, dass meine ganze Gestalt bedeutend kleiner geworden war.

ICH: Du liebe Güte! echt professionelle Antwort...

DR. JEKYLL: Nun ist es aber kaum verwunderlich, dass die böse Seite meiner Natur, die ich jetzt verkörperte, weniger kräftig, weniger entwickelt war als die gute, die angesichts meines ausgeprägten Pflichtbewusstseins mein Leben in weiten Teilen bestimmt hatte. Die böse Natur war weniger in Tätigkeit getreten, weniger erschöpft und daher viel jugendlicher. Doch das Böse hatte Mister Hyde gleichsam den Stempel des Missgestalteten, der Verwesung aufgedrückt. Jeder, der sich ihm näherte, wurde von Abscheu erfasst. Man hielt ihn für abstoßend. Als *ich* ihn erstmals im Spiegel erblickte, begrüßte ich ihn wie einen Freund. Er war ja auch ein Teil von mir selbst, natürlich und menschlich. Mir kam sein Anblick ausdrucksvoller und wahrhafter vor als der des zerrissenen, unvollkommenen Menschen, den ich bislang im Spiegel gesehen hatte.

ICH: Mithilfe dieses … Elixiers verhalfen Sie also den zwei Seiten Ihrer Persönlichkeit zur jeweils eigenen Gestalt? Existieren diese beiden Persönlichkeiten gleichzeitig?

DR. JEKYLL: Nein. Ich bin immer entweder der eine oder der andere.

ICH: So wie Sie es beschreiben, verkörpert Mister Hyde alle Ihre schlechten Eigenschaften. Heißt das, dass Sie, Herr Doktor Jekyll, nur noch gute Eigenschaften haben?

DR. JEKYLL: Wenn es nur so wäre! Das war meine Hoffnung. Aber auch wenn Hyde das reinste Böse wurde, war ich immer noch derselbe alte Doktor Jekyll, wann immer ich mich mittels der Tinktur zurückverwandelte. Ich hatte noch immer dieselben heimlichen Gelüste und Gewissensnöte. Insofern entwickelte es sich zum Schlechteren. Trotzdem kann ich mich von dem Elixier nicht fernhalten. Ich muss die Gestalt des respektablen Mediziners abstreifen – mitsamt dem trockenen Forscherleben und den fordernden Patienten – und in die Rolle des Edward Hyde schlüpfen.

ICH: Sie wollten über Ihre Gelüste nicht reden, sagten Sie. Aber ich frage mich, ob es nicht doch einen Weg gibt, auf dem wir uns der Sache nähern können. *(Pause)* Ich mache Ihnen einen Vorschlag. Ich rate, und Sie sagen Ja oder Nein. Wäre das eine Lösung?

Wie bin ich denn darauf gekommen? Wusste nicht, wie ich sonst weiter verfahren sollte.

Jekyll wirkt beunruhigt. Keine Antwort.

ICH: Sind es strafbare Handlungen?

DR. JEKYLL *(blickt auf seinen Hut hinab)*: Ja.

ICH: Handelt es sich um Diebstahl?

DR. JEKYLL: Ja.

ICH: Gewalt?

DR. JEKYLL: Die Neigung besteht, ja. Ich fürchte, der Zusammenstoß mit dem Mädchen war bloß die Spitze des Eisbergs.

ICH: Drogen?

besorgniserregend

DR. JEKYLL: Mitunter.

ICH: Was ist mit Geschlechtsverkehr?

DR. JEKYLL: Ja, möglich … *(sieht gequält aus)* Ich meine … Selbst der ehrbarste Mann hat seine Bedürfnisse. Und was Mister Hyde angeht … kennt er im Großen und Ganzen keinerlei Hemmungen.

ICH: Sprechen wir von Onanie?

Stehen die haarigen Hände für seine Scham angesichts von Selbstbefriedigung?

DR. JEKYLL *(ringt nach Luft)*: Selbstbefleckung? Will Frau Psychologe allen Ernstes auf … *Rückenmarksauszehrung* hinaus?

ICH: Ja, dies galt früher als unsägliche Schande. Aber heute wissen wir, dass die große Mehrheit sich selbst befriedigt.

DR. JEKYLL: Das bezweifle ich sehr. Ich kann mir nicht vorstellen, dass ein Mister Utterson sich mit so etwas Schändlichem beschäftigen sollte. Ganz zu schweigen von Mister Enfield. *(Pause)* Ich habe nicht schlecht Lust, Ihre Räumlichkeiten augenblicklich zu verlassen.

ICH: Verstehe, lassen wir das Thema fürs Erste auf sich beruhen. Aber jetzt weiß ich zumindest halbwegs, worum es geht. *(Pause)* Vielleicht vertiefen wir stattdessen Ihr Verhältnis mit Mister Hyde. Wie fühlt es sich beispielsweise für Sie an, nachdem Sie wieder zu Doktor Jekyll geworden sind?

DR. JEKYLL: Ich wundere mich dann oft über meine mittelbare Lasterhaftigkeit. Mister Hyde ersteht immerhin aus meiner Seele. Er ist vollkommen skrupellos, aber zumindest wache ich selbst immer mit reinem Gewissen auf.

ICH: Wirklich?

DR. JEKYLL: Es ist doch Mister Hyde und niemand sonst, der die Schuld für seine Handlungen auf sich lädt! Ich selbst wasche meine Hände in Unschuld.

ICH: Aber Sie entschließen sich, dieses Elixier zu trinken und sich in Mister Hyde zu verwandeln. Damit sind Sie auch verantwortlich für seine Taten. Ohne Sie gäbe es ihn nicht.

DR. JEKYLL: Sie ahnen ja nicht, welche Anforderungen in meiner Welt an einen Gentleman gestellt werden! Sie verstehen nicht, welcher Druck sich hinter der vorgehaltenen Maske aufbaut! Wie sollte ich das Leben denn bewältigen ohne das Ventil, das Mister Hyde für mich darstellt? — SEHR defensiv!

ICH: Ich verstehe schon, dass Mister Hyde Ihre Methode zum Druckabbau ist, aber es gibt nun einen Grund, warum Sie zu mir gekommen sind. Irgendetwas an dieser Verbindung liegt Ihnen schwer im Magen, nicht wahr?

Jekyll presst die Lippen aufeinander.

ICH: Herr Doktor Jekyll? Die Sitzung ist gleich vorbei, und ich …

DR. JEKYLL *(fällt mir ins Wort)*: Es fällt mir zusehends schwer, mich zurückzuverwandeln. Ich sehe mich jetzt schon genötigt, meine Dosis zu verdoppeln und zu verdreifachen, um wieder ich selbst zu werden.

ICH: Das klingt wirklich nicht gut. *(versuche, meine Gedanken zu sortieren)* Ich glaube, Sie sollten davon Abstand nehmen – und zwar ein für alle Mal –, sich in Mister Hyde zu verwandeln. Das wird garantiert nicht einfach, aber ich bin wirklich der Ansicht, dass wir unsere Arbeit an diesem Punkt beginnen sollten. Und ich glaube, wir sollten verstehen, was genau der Auslöser ist, wenn Sie zu dem Elixier greifen … und warum Sie es überhaupt hergestellt haben. Ich will gern alles tun, um Ihnen zu helfen, aber den Großteil der Arbeit müssen Sie selbst leisten.

DR. JEKYLL: Und das werde ich, Frau Psychologe. Das muss ich. Sonst … *(atmet zittrig ein)* Sonst übernimmt Mister Hyde mein komplettes Leben.

Stille.

ICH: Gut, dass Sie die Sache ernst nehmen, Herr Doktor Jekyll. Und dass Sie hier sind, ist schon der erste Schritt.

Wir stehen gleichzeitig auf. Seine Körperhaltung erinnert an die eines verängstigten, beschämten kleinen Jungen. Ich ziehe einige Bücher aus dem Regal und begleite ihn hinaus. Die Verabschiedung im Eingangsbereich hört sich steif an. Ich kehre ins Sprechzimmer zurück, um die Kamera auszuschalten. Als ich mich darüberbeuge, starre ich mit großen Augen und verwirrt in die Linse.

Das andere Geschlecht (Simone de Beauvoir)
Das Unbehagen der Geschlechter (Judith Butler)

Was tue ich hier eigentlich? Ich habe eine Praxis für Patienten eröffnet, denen ich nicht gewachsen bin, und will ein Buch über sie schreiben, als wäre ich eine verdammte Expertin. Was für ein schlechter Scherz! Und es geht von Anfang an schief.

Ich hätte es ahnen müssen. Aus der Krisenhilfe weiß ich doch, wie sich Menschen des 19. Jahrhunderts berufstätigen Frauen gegenüber verhielten. Ich hatte gehofft, dass Jekyll anders reagieren würde, da er immerhin Mediziner ist. Aber natürlich ist es komplett anders gekommen. Er wirkte fast schon gekränkt angesichts der Vorstellung, dass eine Frau eine Kollegin sein könnte. Er hat meinen Kurzhaarschnitt beäugt und meine Jeans, als wäre er sich nicht einmal sicher, ob ich wirklich eine Frau bin.

Und apropos gekränkt… Ich bin mehrmals fast in die Luft gegangen. Ich habe nonstop versucht, mir in Erinnerung zu rufen, dass wir aus unterschiedlichen Welten stammen, dass es nicht seine Schuld ist, dass er gewisse völlig verquere Ansichten vertritt. Trotzdem war ich hier und da kurz davor, unprofessionell zu werden.

Die Art und Weise, wie er jede Verantwortung weit von sich weist und die Schuld an den Folgen der Einnahme seines Elixiers kein bisschen bei sich selbst sucht, hat auch bei mir etwas getriggert. Es hat mich an Papas ewiges »Ich war betrunken« erinnert, als wäre das eine Entschuldigung! Ehrlich gesagt bin ich ein bisschen beunruhigt, weil ich damit nicht längst weitergekommen bin. Intellektuell bin ich es, klar, aber irgendetwas an Jekylls Ausstrahlung hat bei mir Öl ins Feuer gegossen. Ich will nicht in meine alten Verhaltensmuster zurückfallen, und noch weniger will ich, dass sich meine eigenen Macken in den Therapiegesprächen niederschlagen. (Allerdings fühlt es sich an, als würde ich genau das riskieren, vor allem so hormongesteuert, wie ich gerade bin. Ich habe mich allen Ernstes wie ein Teenager gefühlt, hätte am liebsten Türen zugeschlagen und ihn angeschrien, wie scheiße er ist.)

Aber Jekylls Problem ist trotz allem interessant. Es muss sich um eine Form der Dissoziation handeln. Anscheinend will er sich unter gar keinen Umständen eingestehen, dass er etwas anderes sein könnte als ein Vorzeigebürger, und hat eine von ihm separierte Persönlichkeit erschaffen, bei der er alle Schuld ablädt.

Wie bringe ich ihn dazu, mir zu erzählen, was genau passiert, wenn er Hyde ist? Als ich ihn bat, mir einige seiner *beschämenden Vergnügungen* zu schildern, reagierte er, als hätte ich ihm vorgeschlagen, auf den Boden zu kacken oder etwas in der Art.

Stecke außerdem in einem moralischen Dilemma, das ich mit P[redacted] besprechen sollte. Ich habe Jekyll nicht erzählt, warum ich unser Gespräch aufgezeichnet habe. Ehrlich gestanden wusste ich nicht, wie ich es ihm hätte beibringen sollen. (Wurden zu seiner Zeit nicht gerade die ersten Filme gedreht? Zum Beispiel der mit dem Zug, bei dem die Leute in Panik gerieten, weil sie glaubten, er würde gleich über sie hinwegdonnern?) Und als ich die Schweigepflicht erwähnt habe, hab ich wohlweislich verschwiegen, dass ich meiner Mentorin die Transkripte zeigen will. Das Buchprojekt habe ich gar nicht erst erwähnt. Andererseits lebte Jekyll vor rund hundertfünfzig Jahren. Gilt da die Schweigepflicht überhaupt noch? Immerhin besteht doch kein Risiko mehr, dass die Mitschnitte in die Hände eines Menschen geraten, der ihn noch kennt. Und natürlich werden alle Beteiligten für das Buch anonymisiert. Dann ist das doch wohl in Ordnung, oder? Rede ich mir die Sache gerade schön? Kann ich überhaupt ein ehrliches, unverstelltes Therapieverhältnis mit einem Klienten eingehen, wenn ich von Anfang an weiß, dass ich womöglich über seinen Fall schreiben will?

Ich hoffe, P[redacted] antwortet schnell. Bin komplett verunsichert und weiß nicht, wie ich weitermachen soll. Und wie verquer ist es bitte, dass ich das Gefühl habe, Jekyll womöglich nicht hinreichend zu konfrontieren, und gleichzeitig Angst habe, ihm gegenüber ZU konfrontativ und aggressiv zu sein?

Von [redacted]
An [redacted]
Betreff Re: Erste Sitzung überlebt!
Datum [redacted]

PG

Liebe [redacted], ich habe jetzt alles mit großem Interesse gelesen und verstehe Dein Dilemma. Was für eine Herausforderung, einem Patienten aus einer Kultur zu begegnen, die so anders ist als unsere eigene und bei der nicht einmal irgendeine Grundüberzeugung übereinstimmt! Aber sei nicht zu kritisch mit Dir! Deine Analyse ist punktgenau und trotzdem freundlich und wertfrei.

Versuch einfach, Dr. Jekyll weiter zu ermuntern, spezifischer in seinen Aussagen zu sein, genau wie Du es bei diversen Gelegenheiten schon so elegant tust. Natürlich war Dein *Laster-Ratespiel* ziemlich unkonventionell, aber diesbezüglich verhalte auch ich mich nicht immer strikt nach Therapeutenlehrbuch. Wichtig ist, dass er endlich konkret wird und nicht nur erzählt, was passiert ist, sondern auch, wie er sich dabei gefühlt hat, vor, während und nach seinen *Schandtaten*. Und denk daran, Du solltest erst mehr über sein Dilemma wissen, bevor Du über Strategien sprichst. Sonst bleiben diese zu allgemein und sind somit nicht wahnsinnig wirksam.

Eine andere Sache, die mir aufgefallen ist: Du bist manchmal sehr schnell mit Schlussfolgerungen bei der Hand. Als Du beispielsweise recht früh im Gespräch feststellst, es sei ihm »wichtig, welchen Eindruck [er] bei anderen [hinterlässt]«. Warte lieber mit solchen Schlüssen, bis er Dir mehr liefert! Ab und zu merke ich Deinen Antworten außerdem an, dass Du verärgert bist, besonders als er seine Ansichten über Frauen äußert. Womöglich wäre es besser, wenn Du Deine Verärgerung unter Verschluss halten und stattdessen versuchen könntest, ein eher nüchternes Verhalten an den Tag zu legen. Vielleicht indem Du ihn so weit bringst, dass er Dir seine Ansichten über die Unterschiede zwischen Mann und Frau darlegt.

Die Abspaltung ist eindeutig Dr. Jekylls Defensivwaffe Nummer eins. Er unterteilt einfach alles in zwei Gegensätze. Männer versus Frauen. Gut versus Böse. Selbstbeherrschung versus Ausleben von Begierden. Genau das scheint der Kern des Problems zu sein: dass er die Gegensätze nicht zusammenbringt. Aber da kann ihm geholfen werden.

Dein Projekt ist jedenfalls ungeheuer spannend … Gespräche mit Patienten, die nie auch nur entfernt von postfreudianischer Psychologie gehört haben. Ich bin mir sicher, dass Du mit Deinem Buch einen wichtigen Beitrag leisten kannst. Insofern: Bleib zuversichtlich! Du hast das richtige Gespür dafür, wann Du als Therapeutin nachbohren und pushen und wann Du Dich eher zurücknehmen solltest, und bei diesem Patiententypus ist das sicher entscheidend. Ich freue mich schon darauf, an Eurer nächsten Sitzung teilhaben zu dürfen.

Übrigens: Heute war ich im Frühnebel Oliven ernten. In den Netzen, die wir unter die Bäume gehängt hatten, landeten grüne, schokobraune und violette Früchte. Und als ich dort mit meinem kleinen Rechen in der Hand auf der Leiter stand und auf den glitzernden See im Tal hinunterblickte, sah alles so verwunschen aus, dass ich mir regelrecht in den Arm zwicken musste.

Viele liebe Grüße, P

SPALTUNG (ODER SPALTUNGSABWEHR)

Als Spaltung bezeichnet man einen Abwehrmechanismus, anhand dessen widersprüchliche Affekte derart getrennt voneinander betrachtet werden, dass das Bewusstsein immer nur je einen »Pol« exklusiv erfassen kann. So wird das Selbst oder ein Gegenüber nie gleichzeitig in seiner Ganzheit mit positiven und negativen Eigenschaften wahrgenommen. Positive ebenso wie negative Erlebnisse, wie etwa widerstreitende Gefühle gegenüber dem eigenen Ich oder anderen Menschen, werden aktiv voneinander separiert. Dies führt zu Schwarz-Weiß-Denken: Das Gegenüber wird als entweder nur gut oder nur böse wahrgenommen statt als komplexe, nuancierte Ganzheit. Wer als gut oder böse betrachtet wird, kann sich mit der Zeit verändern oder aber verhältnismäßig stabil bleiben.

Werden schlechte Erfahrungen und Eigenschaften als dominant innerhalb des Ichs erlebt, erfolgt notwendigerweise die Spaltung, um sich selbst weiterhin als guten Menschen betrachten zu können. Die trennscharfe Teilung des eigenen Ichs kann zu instabilen Beziehungsmustern, einer Identitätsdiffusion und abrupten Stimmungswechseln führen, die den Therapieverlauf mitunter behindern, weil auch der Therapeut als nur gut oder nur böse empfunden wird. Um negativen Auswirkungen auf den Therapieverlauf entgegenzuwirken, ist die kontinuierliche Interpretation des Verhaltens vonseiten des Therapeuten erforderlich.

Die Integration erfolgt wesentlich leichter, sofern gute Erfahrungen überwiegen. Sie erleichtern die Erkenntnis, dass Menschen sowohl gute als auch schlechte Eigenschaften haben können. Die Spaltung ähnelt dem psychologischen Zustand der Dissoziation; einige Autoren gehen davon aus, dass es sich bei beiden um denselben psychischen Abwehrmechanismus handelt.

DISSOZIATION

Als Dissoziation (von lat. *dissociare*, trennen, scheiden) bezeichnet man die graduelle oder thematisch spezifische Abkehr des Individuums von eigenen Erlebnissen. Sinneswahrnehmungen sowie Körperempfindungen und Motorik werden vom Bewusstsein abgespalten, was zu funktionalen Störungen im Zusammenspiel von Gedächtnis, Identität, Wahrnehmung, Emotionen, motorischen Fähigkeiten und Verhalten führt.

Als häufigste Ursache für eine dissoziative Störung gilt traumatischer Stress. Ein traumatisches Erlebnis (z. B. bei Gewalt, Misshandlung oder einer Naturkatastrophe) kann dazu führen, dass der Patient jenes Erlebnis ausblendet und sich in der Folge fremd im eigenen Körper fühlt. Mittels Dissoziation vermag der Patient sich von seinen traumatischen oder schambehafteten Erinnerungen und Erlebnissen abzuschirmen, um die daraus resultierenden Ängste zu verdrängen.

DISSOZIATIVE IDENTITÄTSSTÖRUNG

Unter einer dissoziativen Identitätsstörung (vormals multiple Persönlichkeitsstörung) versteht man das seltene, aber hochkomplexe Phänomen der Fragmentierung unterschiedlicher Persönlichkeitszustände eines Patienten (nicht zu verwechseln mit Schizophrenie).

Eine dissoziative Identitätsstörung hat ihren Ursprung oftmals in der frühen Kindheit. Bereits in jungen Jahren entwickelt das Kind eine alternative Identität und somit Parallelwirklichkeit, mittels derer es im späteren Leben mit einem früh durchlebten Trauma umgehen und auf geradezu kreative Weise eine dem Anschein nach nicht bewältigbare Situation meistern kann. In der Regel erschafft der Patient mehrere unterschiedliche Persönlichkeiten verschiedenen Alters mit jeweils spezifischen Verhaltensweisen, Eigenschaften, Stimmen, Erinnerungen und Erfahrungen, zwischen denen er spontan wechselt.

Die dissoziative Identitätsstörung geht während der

akuten Phase mitunter mit einer Amnesie einher; andere Patienten erkennen, was einer alternativen Identität widerfährt, vermögen deren Verhalten aber nicht zu beeinflussen; wieder andere kommunizieren und liegen mit den dissoziierten Identitäten im Widerstreit. 90 Prozent der Betroffenen berichten von traumatischen Erlebnissen wie Misshandlungen oder sexuellen Übergriffen in der Kindheit.

Könnte Jekyll schwul sein? Wäre aus seiner Sicht schändlich, würde er sich kaum eingestehen wollen.

MÄNNLICHE HYSTERIE UND HOMOSEXUALITÄT

Die Hysterie galt im 19. und frühen 20. Jahrhundert als weitverbreitetes, vorrangig weibliches Gebrechen. Zu den Symptomen zählten unspezifische Schmerzen, unerklärliche Krampfanfälle, der plötzliche Verlust der Empfindung in den Beinen oder anderen Körperteilen sowie weitere Symptome, die einer augenscheinlichen körperlichen Ursache entbehrten. Im Viktorianischen Zeitalter wurde der von Natur aus labilen hysterischen Frau als Heilmittel eine gute Ehe empfohlen. Weil der Uterus (griech. *hystéria*) lange als Hysterie auslösendes Organ galt, ging man zunächst davon aus, dass Männer von dem Krankheitsbild nicht betroffen waren; später wurden stattdessen das Gehirn und das Bewusstsein als Wurzel allen Übels identifiziert. So schrieb der französische Arzt und Psychologe Paul Briquet im Jahr 1859: Dass wir bislang keine männlichen Hysteriepatienten kennen, liegt einzig daran, dass wir sie als solche nicht erkennen wollten, und zwar aus sozialen ebenso wie politischen Beweggründen: Dem herrschenden Zeitgeist gemäß galten Männer als klüger und rationaler und hatten ihre Gefühlslage weitaus besser im Griff.

aus demselben Jahr stammt Jekyll!

Im Jahr 1886 rückte das Phänomen der männlichen Hysterie in den Fokus der wissenschaftlichen Forschung und wurde weithin diskutiert. Der französische Mediziner Augustin Berjon veröffentlichte seine Schrift *La Grande Hystérie chez l'Homme*, und Sigmund Freud debütierte vor der Gesellschaft der Ärzte in Wien mit einem kontrovers rezipierten Vortrag über männliche Hysterie. Im Januar desselben Jahres wurden sämtliche homosexuellen Handlungen in Großbritannien unter Strafe gestellt (als Ergänzung zum bereits existierenden gesetzlichen Verbot der Sodomie – hier im Sinne des Analverkehrs), und Richard von Krafft-Ebing ging in seinem Werk *Psychopathia sexualis* auf diverse Fallstudien über homosexuelle Männer ein, deren sexuelle Präferenz als Ausdruck psychischer Krankheit interpretiert wurde.

Die männliche Hysterie galt als diskreditierendes Merkmal, weil sie dem Patienten eine demütigende Feminisierung zuschrieb. Der französische Neurologe und Anatomieprofessor am psychiatrischen Klinikum *La Salpêtrière* in Paris, Jean-Martin Charcot, richtete dort sogar eine spezielle Abteilung nur für an Hysterie erkrankte Männer ein. Émile Batault, Student bei Charcot und für die Überwachung von dessen Patienten zuständig, beschrieb diese als scheue, verängstigte Männer, deren Blick weder lebhaft noch scharf, sondern vielmehr weich, poetisch und liebeshungrig sei. Laut Batault waren sie kokett, exzentrisch und zogen Seidenband und Halstuch jederzeit der harten körperlichen Arbeit vor. Gemeinhin wurde die männliche Hysterie mit Homosexualität gleichgesetzt.

In der viktorianischen Gesellschaft wandelte sich die Lebenswelt von Homosexuellen zusehends zu einer verborgenen, wenn auch überaus aktiven Subkultur, die von einem eigenen Soziolekt, eigenen Stilmerkmalen, Traditionen und Versammlungsorten geprägt war. Homosexuelle Angehörige der Mittelschicht führten in der Regel ein Doppelleben: Tagsüber waren sie respektable, verheiratete Familienväter, nachts hingegen gingen sie homoerotischen Abenteuern nach. Ein solches Doppelleben war riskant: Sodomie war noch bis 1861 mit der Todesstrafe belegt, und es war nicht ungewöhnlich, dass gerade eine wohlhabendere Kundschaft von sich prostituierenden Soldaten erpresst wurde. Die Fälle von Erpressung aufgrund von sexuellen Handlungen wurden im gleichen Maße zahlreicher, je größer die Mittelschicht wurde, in der die Kernfamilie nach wie vor als oberstes Ideal angesehen war. Männer, die gleichgeschlechtliche Verbindungen eingingen, wurden zusehends als eigene Spezies betrachtet – Homosexualität war nicht mehr so sehr Ausdruck einer Handlung als vielmehr Identitätsmerkmal. Damit wurde auch zusehends wichtig, nicht als einer von denen verdächtigt zu werden – eine weithin gefürchtete Bedrohung im bürgerlichen Familiengefüge.

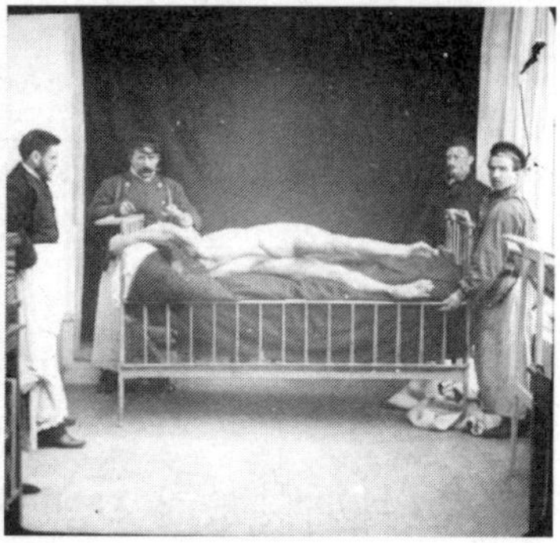

Hôpital de la Salpêtrière, Paris. Fotograf: Trol. Albert Londe: »Attaque d'hystérie, homme.« Bibliotèque de Toulouse 1859–1910.

SITZUNG 2

Fast drei Wochen nach der ersten Sitzung

Mit dem Rücken zu Jekyll schalte ich die Kamera ein. Wir sitzen uns gegenüber. Jekyll wirkt auf mich niedergeschlagen und erschöpft.

ICH: Schön, Sie wiederzusehen, Herr Doktor Jekyll. Ich bin froh, dass Sie wiedergekommen sind. Wie geht es Ihnen?

DR. JEKYLL: Es ist ganz schrecklich. Selbst der Spaziergang zu Ihnen hat mir nicht den Hauch von Freude bereitet, obwohl die Luft hier so verblüffend klar und rein ist. So anders als in London! Als ich dort aufbrach, lag über dem Kopfsteinpflaster der Straßen überall jener giftgelbe Nebel.

ICH: Leider ist die Luft hier nicht so sauber, wie es manchmal den Anschein hat. *(Pause)* Tut mir leid zu hören, dass es Ihnen nicht sonderlich gut geht. Wie lange hält diese Stimmung schon an?

DR. JEKYLL: Eine Woche? Zehn Tage? Ich weiß es nicht.

ICH: Als wir uns zuletzt getroffen haben, meinten Sie, Sie wollten Mister Hyde ein für alle Mal hinter sich lassen, und das klang mir nach einem sehr guten Vorsatz. Wie ist es Ihnen damit ergangen?

DR. JEKYLL: Wie es mir damit ergangen ist? *(Kopfschütteln)* Um ganz ehrlich zu sein, war ich mir nicht sicher, ob ich heute wirklich wiederkommen sollte. Welchen Sinn hat es denn? Vor Hydes endgültiger Übernahme kann ich doch genauso gut gleich kapitulieren.

ICH: Aber warum?

DR. JEKYLL *(nestelt an dem Hut auf seinem Schoß)*: Dieser Tage erwachte ich mit dem Gefühl, dass irgendetwas verkehrt war. Ich stand auf, um mich der Morgentoilette zu widmen. Als ich mein Gesicht im Spiegel erblickte, gefror mir das Blut in den Adern. *(Stimme zittert)* Als Henry Jekyll war ich zu Bett gegangen, als Edward Hyde wieder aufgewacht.

ICH: Sie haben sich ohne das Elixier in Mister Hyde verwandelt?

DR. JEKYLL *(fast tonlos)*: Ja. Es war entsetzlich. Dieses unerklärliche Ereignis schien wie die feurige Schrift an den Wänden von Belsazars Palast mein zukünftiges Schicksal anzudeuten …

ICH: Klingt, als hätte Ihnen das enorm Angst gemacht.

DR. JEKYLL: Die Angst dröhnte in meiner Brust wie der Klang eines Beckens. Und ich begann, mehr denn je über die Folgen meines Doppellebens zu grübeln. Nicht nur hatte ich mich unwillentlich verwandelt, Hyde schien zudem größer und kräftiger von Gestalt geworden zu sein, und mich dünkte, wenn ich Hyde war, als ob ein wärmeres, gesünderes Blut durch meine Adern rollte. Wenn das so weitergeht, dann wechsele ich unwiderruflich die Gestalt. Und die Macht, mich nach Belieben umzugestalten, geht mir verloren.

ICH: Wissen Sie noch, was dieser unfreiwilligen Verwandlung vorausging? Haben Sie es geschafft, sich von dem Elixier fernzuhalten?

DR. JEKYLL: Ich … Ich habe eine Weile davon Abstand genommen. Ich gestehe, als ich von hier fortging, hatte ich neuen Mut gefasst und fühlte mich von Ihren Worten bestärkt.

ICH: Schön zu hören.

DR. JEKYLL *(nickt unglücklich)*: Meine Zuversicht hielt einige Tage an. In dieser Zeit führte ich ein so ruhiges, ehrbares Leben wie nie zuvor.

ICH: Und ist Ihnen das schwergefallen?

DR. JEKYLL: Ja. Nur eine Sache bestärkte mich darin, diese schwer erträgliche Abstinenz zu bestehen … die Belohnung in der wohltätigen Ruhe meines Gewissens. Und doch … Mit der Zeit wurde mir der Beifall meines Gewissens langweilig, und die Erinnerung an meine Befürchtungen verwischte sich. Lust und Begierde brannten in mir, und Hyde kämpfte wie ein Verzweifelter um Freiheit.

ICH: Dann wurden Sie rückfällig?

DR. JEKYLL *(weicht meinem Blick aus)*: So könnte man es nennen.

ICH: Aber zumindest haben Sie mehrere Tage lang widerstanden. Das ist doch fantastisch! Bei Suchterkrankungen sind Rückfälle alles andere als ungewöhnlich. Alle guten Vorsätze und Versprechungen sind da leider schnell vergessen. Man redet sich ein, ein Gläschen könne doch sicher nicht schaden, nur dass es verheerende Folgen haben kann.

DR. JEKYLL: Ja. Ich habe das Glas erneut bis auf den Grund geleert. Der Dämon in mir war lange gefangen gewesen, und jetzt brach er aus wie ein wütender Löwe.

ICH: Und weiter?

DR. JEKYLL: Frau Psychologe, Sie wissen ja nicht, was Sie von mir verlangen, indem Sie mich dazu auffordern, das zu erzählen!

ICH: Versuchen Sie es, Herr Doktor Jekyll. Ich glaube wirklich, das ist wichtig.

DR. JEKYLL *(mit einem zittrigen Seufzer)*: Ein überaus höflicher Gentleman stellte Mister Hyde auf der Straße eine Frage. In meinem teuflischen Alter Ego tobte augenblicklich die Raserei. Er wollte den Mann mit meinem Gehstock erschlagen.

ICH: Aber warum?

DR. JEKYLL: Ich weiß es nicht! Er war in seiner Wut ebenso irrational wie ein ungezogenes Kind, das sein Spielzeug zerbricht. In ihm tat sich ein Abgrund auf. *(Pause)* Es gibt für dies alles keine Erklärung. Mister Hyde ist schlichtweg verrückt. Er hatte eine teuflische Freude daran, sich auszumalen, den Körper eines Gentlemans zu zerschlagen und zu zermalmen. Er hätte gar nicht mehr aufgehört, ihn mit seinem schweren Knüppel zu bearbeiten, bis er körperlich ermüdet gewesen wäre. Er hatte dies alles ganz klar vor Augen und war von dem triumphalen Schrecken regelrecht berauscht.

Jekyll scheint Schwierigkeiten zu haben weiterzuerzählen. Ich warte ab.

DR. JEKYLL: Ich konnte widerstehen. Aber ich musste mich mit aller Kraft dagegen wehren. Es war nicht einfach. Mister Hydes Raserei ist übermächtig.

ICH: Aber Sie konnten seinen Impulsen trotzdem widerstehen. Das freut mich zu hören. Beim letzten Mal haben Sie Mister Hyde als »Dampfwalze« beschrieben, der ein kleines Mädchen überrannte. Da konnten Sie ihn nicht aufhalten. Sie meinten sogar, Sie hätten es gar nicht erst versuchen wollen. Dass Sie es diesmal getan haben, ist ein enormer Fortschritt.

Jekyll wirkt fast erleichtert.

ICH: Wie kommt es, dass Sie Mister Hyde diesmal Einhalt gebieten konnten?

DR. JEKYLL: Das war … *(bürstet sich imaginären Staub vom Revers)* Bei unserer letzten Zusammenkunft haben Sie etwas erwähnt. *(lange Pause)* Als wir über das Mädchen sprachen … sagten Sie, es müsse zutiefst erschrocken und verängstigt gewesen sein. Und mit einem Mal stand es mir deutlich vor Augen … dass dieser Mann, der einen solchen Hass und einen solchen Verdruss bei Mister Hyde auszulösen drohte, ein Mensch mit eigenen Träumen, Befürchtungen und einem eigenen Gefühlsleben war.

ICH: Ich bin wirklich froh, dass Sie eine unserer Schlussfolgerungen aus der vergangenen Sitzung für sich umsetzen konnten.

Eine Weile schweigen wir beide.

ICH: Ich habe seit dem letzten Mal über Sie und Ihr Dilemma nachgedacht, Herr Doktor Jekyll.

DR. JEKYLL: Ach ja?

ICH: Ich habe festgestellt, dass ich rein gar nichts über Ihre Kindheit weiß.

DR. JEKYLL *(beunruhigt)*: Was hat die denn mit alldem zu tun?

Ich will gerade antworten, als Jekyll im Gesicht kreideweiß wird. Er keucht laut und wie unter Schmerzen.

ICH: Herr Doktor Jekyll, ist alles in Ordnung? Was ist los? Brauchen Sie einen Schluck Wasser?

Jekylls Rückgrat knackt, als er im Sessel in sich zusammensackt. Speichel trieft ihm aus dem Mundwinkel. Auf seinen Handrücken sprießen schwarze Haare, und die Finger krümmen sich zu Klauen. Ich strecke mich sofort nach meinem Stoffbeutel aus, um zum Handy zu greifen.

ICH: Ich rufe den Notarzt!

Unversehens wird der Mann mir gegenüber ganz ruhig. Dann hebt er den Blick. Ein fremdes Gesicht sieht mich bedrohlich verzerrt und mit höhnischem Grinsen an. Ich zucke in meinem Sessel zurück.

MR. HYDE: Einen Notarzt brauchen wir nicht. *(grinst breiter)* Das hier ist mein gesundes Ich.

Nachlässig krempelt er die Ärmel von Jekylls Gehrock hoch, der ihm viel zu groß ist. Ich habe die Faust so fest um mein Handy geballt, dass die Fingerknöchel weiß werden.

ICH: Mi... Mister Hyde?

MR. HYDE: Freut mich, Sie kennenzulernen, Frau Psychologe.

ICH: Dann wissen Sie also, wer ich bin?

MR. HYDE: Natürlich. Ich und unser guter Doktor Jekyll teilen uns unser Gedächtnis. Wir haben bloß unterschiedliche Ansichten darüber, was uns beiden widerfährt.

ICH: Was wollen Sie hier?

Hyde streckt die Hand nach mir aus. Ich halte die Luft an. Er grinst mich hämisch an. Nimmt das Wasserglas vom Tisch zwischen uns und trinkt es langsam aus, ohne mich aus den Augen zu lassen.

MR. HYDE: Hier sitzen wir, ein viriler Mann und eine fruchtbare Frau. Allein in einem Zimmer ... und Sie ganz ohne Schürze. Wenn wir da nicht bereits gegen manch Etikette verstoßen! *(leckt sich die Lippen)* Ich finde, wir können es uns da erlauben, auf die förmliche Anrede zu verzichten, und uns den wahrhaft vertraulichen Themen zuwenden. Lass uns zum Du übergehen ... meine Liebste.

ICH *(ringe um eine feste Stimme)*: Natürlich. Dann formuliere ich meine Frage um. Was willst du hier?

MR. HYDE: Ich hatte gehofft, dich zur Vernunft zu bringen. Du bist mir allmählich ein Dorn im Auge.

ICH *(räuspere mich)*: Könntest du das vielleicht genauer ausführen?

MR. HYDE: Mit Vergnügen. Im Unterschied zu Doktor Jekyll bin ich nämlich ein großer Freund davon, gleich zur Sache zu kommen. *(Kunstpause)* Es ist doch folgendermaßen … Deine Existenz bedroht *meine* Existenz. Du hast dem guten Herrn Doktor schon einmal dazu verholfen, dass er meine Impulse von sich wegschiebt. Kurz gesagt bist du eine richtige Spaßverderberin. Und du verstehst sicher, dass ich sehr an all dem hänge, was mir Vergnügen bereitet. Da darf ich einfach nicht zulassen, dass du so weitermachst.

ICH: Soll das eine Drohung sein?

Hyde wirft den Kopf in den Nacken und lacht theatralisch. Dann mustert er mich wieder, und sein Blick verfinstert sich.

MR. HYDE: Du ermunterst Doktor Jekyll dazu, mich loszuwerden. Wer bedroht hier also wen?

ICH: Herr Doktor Jekyll ist mein Patient, und ich versuche nur, ihm zu helfen, damit es ihm wieder besser geht.

MR. HYDE: Es geht ihm nie besser, als wenn er sich in mich verwandelt. Nur dann ist er wirklich frei. *(schnaubt ungeduldig)* Dieser arme scheinheilige Teufel!

ICH: Das Ganze mag als Freiheitsexperiment angefangen haben, aber inzwischen hältst du ihn in Geiselhaft.

MR. HYDE: *Er* ist doch derjenige, der *mich* als Geisel hält! Ich will endlich mein eigener Herr sein, aber das lässt er nicht zu.

ICH: Doktor Jekyll zufolge hast du sein Leben gekapert. Und dass du hier aufgetaucht bist, ist ja wohl Beweis genug.

MR. HYDE *(ballt die klauenartigen Hände zu Fäusten)*: Er hat mir das Leben geschenkt, und jetzt will er es sich zurückholen. Dazu hat er kein Recht! Er braucht mich. Jeder braucht jemanden wie mich.

ICH: Ach, wirklich? Inwiefern?

MR. HYDE: In jedem von uns steckt ein Hyde. Jemand, der sein Leben in vollen Zügen auskostet und den tierischen Trieben freien Lauf lässt. Der Unterschied ist doch bloß, dass Jekyll mir eine eigene Gestalt verliehen hat.

Kurzes Schweigen.

MR. HYDE: Fehlen dir jetzt die Worte, Frau Psychologe? Ich hatte den Eindruck, als wärst du ein wenig bissfester. *(leckt sich erneut die Lippen)* Ich könnte stundenlang an dir herumknabbern.

ICH: Ich überlege gerade nur, wie ich mit dieser Situation umgehen soll. Schließlich hat Herr Doktor Jekyll meinen Rat gesucht, und jetzt sitzt *du* hier, Hyde. Einerseits unterliege ich der Schweigepflicht und darf im Grunde nicht darüber reden, was zwischen Herrn Doktor Jekyll und mir Thema war. Andererseits scheinst du ja sowieso alles zu wissen. Du behauptest, ihr hättet ein gemeinsames Gedächtnis.

MR. HYDE *(zieht bedächtig die Brauen hoch)*: Vielleicht sollte ich dir meine Sicht der Dinge darlegen. Das wäre mehr als gerecht, finde ich … nach allem, was der gute Herr Doktor über mich erzählt hat.

ICH: Dann machen wir es doch so. Tatsächlich wollte ich dich schon fragen, wie du euer Verhältnis siehst. Ich glaube, das würde mir helfen, ihn besser zu verstehen.

MR. HYDE *(sieht mich demonstrativ beleidigt an)*: Dann gehst du nur um seinetwillen auf meinen Vorschlag ein?

ICH: Ich dachte, du hättest gerade gesagt, dass du gern gleich zur Sache kommst. *(Pause)* Fangen wir doch mit der Frage an, was du von seiner Schilderung hältst. Hat er eure Situation treffend beschrieben?

MR. HYDE: Jekyll spricht von mir wie von einer Plage. Als wäre ich bösartig und schlecht, und das mag sogar sein, aber was immer er an mir hasst, habe ich von ihm. Jeder Gedanke, jede Gefühlsregung, jeder Handgriff kommt erst durch ihn zustande. Im Unterschied zu ihm stehe ich zu dem, der ich bin. Ich lebe für das Vergnügen, und er wird mir dabei nicht im Wege stehen.

ICH: Klingt für mich nach einem klassischen Abnabelungsprozess.

MR. HYDE *(schnaubt)*: In dieser Angelegenheit ist rein gar nichts klassisch.

ICH: Nein, eure Beziehung ist natürlich einzigartig. Allerdings hast du gerade angedeutet, dass du sozusagen sein Produkt seist, dass du erst durch ihn zustande kämst und dass deine schlechten Eigenschaften von ihm selbst stammten. Und dass du ein eigenständiges Individuum werden willst. Klingt fast wie ein Kind, das sich von den Eltern loslösen will.

MR. HYDE: Ein Kind und seine Eltern. *(kratzt sich den haarigen Handrücken und wirkt nachdenklich)* Mag sein. Jekylls Anhänglichkeit gleicht durchaus der eines Vaters, während ich ihm die Gleichgültigkeit eines Sohnes entgegenbringe. Ich will einfach nur frei sein. Aber Jekyll braucht mich mehr als ich ihn.

ICH: Was heißt das konkret?

MR. HYDE: Nun, zum einen käme Jekyll doch vor Langeweile um, wenn ich nicht wäre. Wie sähe sein Leben ohne meine Ausschweifungen aus? Ohne mich wäre seine Existenz sinnlos! Aber mir, *mir* würde von seinem dürftigen Leben rein gar nichts fehlen! Mir ist sein sinnloses Streben nach sozialer Anerkennung vollkommen gleich … oder der Respekt vonseiten seiner ebenso kläglich nichtssagenden Freunde! *(Pause)* Durch mich *lebt* er. Hast du es während eurer ersten Sitzung nicht so formuliert? Ich muss sagen, das war messerscharf hergeleitet.

ICH: Klingt, als seist du überrascht.

MR. HYDE *(grinst spöttisch)*: Ich nehme an, auch ein blindes Huhn findet mal ein Körnchen Wahrheit.

ICH: Du weißt, dass du da gerade zwei Sprichwörter miteinander vermischst, oder?

MR. HYDE: Jetzt sind wir aber kleinlich! Kein Wunder, dass Jekyll dich mag. *(grinst noch breiter)*

ICH: Du hast erwähnt, dass Herr Doktor Jekyll von dir abhängig ist, aber ohne ihn wärst du inzwischen wohl auf dem Schafott gelandet. Nach deinen kleinen Abenteuern versteckst du dich hinter ihm, den niemand je verdächtigen würde.

MR. HYDE *(schnaubt)*: Nicht ich verstecke mich hinter ihm, *er* versteckt *mich* und all das, wofür ich stehe. Was glaubst du wohl, warum er mir ausgerechnet diesen Namen verpasst hat?

ICH *(nachdenklich)*: Du meinst den Gleichklang mit *hide?*

MR. HYDE: Sieh an, hat das kleine Hühnchen glatt noch ein Korn gefunden! Gluck … gluck … gluck …

ICH: Ich möchte dich bitten, nicht in diesem Ton mit mir zu reden.

MR. HYDE: Hoppla! Da bin ich wohl jemandem auf den Schlips getreten. *(neigt den Kopf seitlich, um Bedauern zu heucheln)* Hast du Angst, dass jemand annehmen könnte, du wärst dumm? Dass jemand wie ein Doktor Jekyll mit seinen Ansichten über Frauen am Ende doch recht haben könnte? *(kichert unversehens und klatscht sich auf die Knie)* Vielleicht sollte ich auch als Psychologe arbeiten. Denn genau solchen Fragen geht ihr doch nach, nicht wahr? Klingt für mich simpler, als in einem Wanderzirkus aus dem Kaffeesatz zu lesen.

ICH: Ich habe den Eindruck, dass du mich provozieren willst. Dass es dir wichtig ist, dich mir überlegen zu fühlen.

MR. HYDE: Wenn mein Hühnchen das sagt …

Pause. Ich spüre, wie viel Mühe es mich kostet, nicht wütend zu werden.

ICH: Ich käme gern noch einmal darauf zu sprechen, was du über die Freiheit gesagt hast.

MR. HYDE: Klar, in Ordnung. Dir zuliebe tue ich doch alles.

Er leckt sich wieder die Lippen. Ein Hautschüppchen löst sich und bleibt an seiner Zunge haften.

ICH *(reiße mich zusammen)*: Du meintest, du willst bloß frei sein. Aber die Art von Freiheit, von der du sprichst, schränkt nicht nur Herrn Doktor Jekylls Leben ein, sondern auch das von anderen. Du hast Mitmenschen Leid zugefügt. Beispielsweise dem Mädchen, das du niedergetrampelt hast.

MR. HYDE: Du liebe Güte, wie der gute Herr Doktor übertreibt! Ich habe das Mädchen doch nicht absichtlich umgerannt. Woher hätte ich denn wissen sollen, dass es mir gleich vor die Füße laufen würde?

ICH: Herr Doktor Jekyll hat dich mit einer Dampfwalze verglichen.

Er zuckt mit den Schultern.

ICH: Wäre es so gelaufen, wie du es dir vorgestellt hattest, was wäre dem Gentleman von der Straße passiert?

Wieder Schulterzucken.

ICH: Als Jekyll das Elixier erneut zu sich nahm, brach seiner Aussage zufolge ein Dämon aus ihm hervor.

MR. HYDE: Je mehr Jekyll mich zu unterdrücken versucht, umso mehr wächst in mir der Unmut. Und weil ich den nicht an ihm auslassen kann, lasse ich ihn eben an anderen aus.

ICH: Herr Doktor Jekyll hatte das Gefühl, als hättest du dem Mann auf der Straße schaden wollen, und zwar so richtig.

MR. HYDE: Stimmt, aber dann hinderte *er* mich daran. Hast du eine Ahnung, wie enttäuschend das war? Kurz davor zu stehen und es dann doch nicht ausleben zu dürfen? Spielverderber!

ICH: Ich …

MR. HYDE *(fällt mir ins Wort)*: Und da gibt es noch andere Ausschweifungen, die nicht mehr möglich sind, seit du in unser Leben getreten bist. Vergnügungen, für die Jekyll zu feige ist, um ihnen in seiner eigenen Gestalt nachzugehen. Er ist zu artig, um sie in Anwesenheit einer Frau auch nur *anzusprechen.*

hab kurz überlegt, ob ich direkt nachfragen soll, worum es sich handelt. Hyde hätte mir ehrlich geantwortet

ICH: Du hast gesagt, alle trügen einen Hyde in sich.

MR. HYDE: Ja. Und alle versuchen, ihn zu unterdrücken. Sie betrachten ihre geheimen Begierden als Makel. Nie fiele es ihnen ein, ihren Leidenschaften freien Lauf zu lassen und von allem zu kosten, was das Leben zu bieten hat. Stattdessen führen sie ein Leben als Schauspieler, in der Rolle moralisch tadelloser Bürger der guten Gesellschaft. Wann immer etwas nicht mit ihrem sorgsam zurechtgelegten Weltbild übereinstimmt, sehen sie einfach darüber hinweg. Sie wenden den

Blick ab und nehmen es nicht länger wahr. All diese frommen Leute, mit denen sich Jekyll umgibt, darf bloß nichts durcheinanderbringen oder aufregen. Aber Enfield, Utterson und diese anderen selbstgerechten Heuchler belügen sich doch nur selbst. Sie meiden jedes unangenehme Gesprächsthema. Am Ende können sie nicht mehr frei denken, sie haben es schlichtweg verlernt. Für das, was unter der Oberfläche köchelt, für ihre Träume, für die Abenteuer in dunklen Gassen fehlen ihnen die Worte, selbst wenn sie darüber reden wollten. Da behaupten sie lieber, dass gewisse Dinge unsagbar wären, statt sie rundheraus zu benennen. *(holt nach seiner kleinen Brandrede tief Luft)*

ICH: In diesem Fall bin ich tatsächlich ganz deiner Meinung.

Hyde mustert mich verwundert.

ICH: Es ist wichtig, die Dinge beim Namen zu nennen. Sie laut auszusprechen. Ich glaube, dass von einer Gesellschaft, in der man ehrlich gegenüber sich selbst sein kann, alle Beteiligten profitieren. Und ich habe Herrn Doktor Jekyll ja angesehen, wie schwer es ihm fiel, in Worte zu fassen, was ihm auf der Seele lag.

MR. HYDE *(lacht)*: Schade, dass es hier keinen Spiegel gibt, in dem ich gesehen hätte, wie Jekyll das Gesicht verzog, als du *Selbstbefriedigung* gesagt hast!

Ich verziehe den Mund. Muss wieder einen neutralen Gesichtsausdruck aufsetzen.

ICH: Angesichts der eigenen Sexualität Schuld oder Scham zu empfinden ist gar nicht selten. Ich wollte, es wäre anders … Aber was würde dann aus dir?

MR. HYDE *(kneift die Augen zusammen)*: Was soll das heißen?

ICH: Womöglich solltest du dankbar sein, dass Herr Doktor Jekyll so hehre Ideale hat. Immerhin hat er dich bloß erschaffen, weil er sich für seine Gelüste so sehr schämte, dass er es kaum noch ertragen hat. Er akzeptiert sie bis heute nicht, und du ziehst deine Kraft aus seinen Versuchen, dich zu unterdrücken. Jetzt, da ich darüber nachdenke, ist es doch genau genommen seine Scham, die dich am Leben erhält.

MR. HYDE: Doktor Jekyll erhält mich nicht am Leben! *Nichts* bekomme ich von ihm, im Gegenteil. *Ich* bin *sein* Lebenselixier! Er nutznießt und profitiert von mir.

Hyde starrt mich hasserfüllt an. In seinen Mundwinkeln haben sich Speicheltröpfchen gebildet.

ICH: Klingt, als würde dich das sehr wütend machen.

MR. HYDE: Ich bin doch seine wahre Natur! Ich bin die wahre Natur von *jedem*! *(ringt nach Luft)* Das gilt im Übrigen auch für Frauen, ganz gleich, was Jekyll darüber denkt. Auch du hast deine heimlichen Begierden. Trotz deines beheizten Bureaus, des fortschrittlichen Schreibapparats *(nickt in Richtung meines Computers)* und der gerahmten Diplome hast du die gleichen Fantasien und die gleichen schmutzigen kleinen Geheimnisse wie jedes beliebige Lumpenpack von der Straße.

ICH: Du hast recht. Wir haben alle Begierden, die wir uns lieber nicht eingestehen wollen. Aber wir sind nicht hier, um über mich zu reden.

MR. HYDE: Ich will damit nur sagen, dass wir – tief im Innern – alle gleich sind. Du und ich, der Bürgermeister und der Bettler auf der Straße, die Königin und die billige Dirne …

Hyde beugt sich vor. Ich weiche zurück.

MR. HYDE: Es muss dich doch wahnsinnig frustrieren, dir ewig nur das Gejammer anderer Leute anzuhören. Ich verstehe nicht, wie du da auch nur wach bleiben kannst. Irgendwer sollte sich darum kümmern, dass es dir besser geht. Jemand wie ich. *(sieht mich lüstern an)*

ICH: Ich…

MR. HYDE: Du kannst mir gegenüber ganz offen sein. Und zwar buchstäblich. *(gluckst amüsiert)* Meine Hände mögen haarig sein, aber fingerfertig bin ich.

ICH: Du hast jetzt mehrmals sexuell konnotierte Bemerkungen und Avancen gemacht, aber ich werde nicht darauf eingehen.

Hyde nickt, als hätte ich soeben seinen Verdacht bestätigt.

MR. HYDE: Denk bloß nicht, dass du etwas Besseres bist. Ich merke doch, wie du mich ansiehst.

ICH: Wie denn?

MR. HYDE: Verächtlich. Du bist nicht die Erste und wirst nicht die Letzte sein, die mich abstoßend findet. Ich weiß selbst, dass ich verwachsen, hässlich und fast unmenschlich bin, aber es ist nicht meine Schuld, dass ich so aussehe. Es ist Jekylls Schuld, er sorgte dafür, dass ich im Dunkeln heranwachse.

Stille.

ICH: Die Sitzungszeit von Herrn Doktor Jekyll ist gleich vorbei, Mister Hyde. Aber eine Sache möchte ich noch ansprechen. Deine sogenannte Hässlichkeit scheint euch beide sehr zu beschäftigen. Ich verstehe schon, dass es schwer sein muss, sich selbst als hässlich zu empfinden, aber nun ist Äußerlichkeit ja durchaus subjektiv.

MR. HYDE *(lacht höhnisch)*: Dass du dich so sehr bemühst, mir bloß nicht zu nahe zu treten, ist wirklich entzückend. Willst du nicht gleich noch sagen, dass wahre Schönheit von innen kommt?

ICH: Ist es nicht so?

MR. HYDE: Kann schon sein. Aber in diesem Fall wäre ich dann ja wahrhaft hässlich, oder etwa nicht? *(erneut hämisches Lachen)* Schau nicht so beunruhigt! Mir ist völlig egal, wie du oder irgendwer sonst mich betrachtet.

ICH: Auch wenn du jetzt versuchst, darüber hinwegzugehen, hast du das Thema Aussehen doch selbst angeschnitten. Du warst derjenige, der davon sprach, wie andere dich wahrnehmen.

MR. HYDE: Und was will das Hühnchen mir damit sagen?

ICH: Dass es für mich so klingt, als wäre es dir alles andere als egal.

Hyde mustert mich missmutig.

ICH: Was bedeutet das für dich, hässlich zu sein?

MR. HYDE: Es ist gleichbedeutend mit böse zu sein.

ICH: Aber warum?

MR. HYDE *(sieht mich verständnislos an)*: Dass Hässlichkeit und Boshaftigkeit Hand in Hand gehen, weißt du doch selbst. Da ist doch jede Schädelvermessung Beweis genug! Ein Verbrecher kann über sein Äußeres nun einmal nicht hinwegtäuschen, und wenn man bedenkt, wie ich aussehe … Tja, das spricht wohl für sich.

ICH: Solche Theorien sind seit Langem widerlegt. Aus der Physiognomie kann man nicht auf das sogenannte Böse oder auf die Neigung schließen, Verbrechen zu begehen.

Hyde schweigt für einen Moment.

MR. HYDE: Nicht?

ICH: Nein. Trotzdem werden vermeintlich *hässliche* Menschen beispielsweise bei Gericht oft härter verurteilt.

Anscheinend sitzen solche alten Vorurteile tief.

Hyde wirkt leicht mitgenommen.

ICH: Nachdem du das jetzt gehört hast … was geht dir da durch den Kopf?

MR. HYDE: Dass es eindeutig leichter wäre, schön zu sein. *(denkt nach)* Man hätte eindeutig die besseren Karten, Unschuldige zu verführen und sie aufs Gröbste zu schänden.

ICH *(schlucke)*: Ist das dein erster Gedanke?

MR. HYDE: Vielleicht werde ich ja noch schöner. Ich bin immerhin jetzt schon größer und kräftiger, es fließt wärmeres, gesünderes Blut durch meine Adern, wenn du verstehst, was ich meine … Ich scheine … zu *wachsen.*

ICH: Ja, das verstehe ich. Wie passt Herr Doktor Jekyll in dieses Bild?

MR. HYDE: Ich habe darüber nachgedacht, was du gesagt hast. Gewisserweise hast du sogar recht. Ich brauche Jekyll, genau wie ein Räuber seine Höhle braucht, um sich nach seinen Taten zu verstecken. Also behalte ich die Gestalt, die er mir zugedacht hat, weil sie einfach praktisch ist. Aber ich will die Oberhand über uns beide erhalten.

Er steht auf. Wirft den Kopf in den Nacken und lacht diabolisch, bevor er die Tür aufreißt und hinausstürmt.

Nach einer Sitzung mit einem Patienten war ich noch nie so durch den Wind. Trotzdem stutze ich, wenn ich mir den Mitschnitt ansehe. Es ist mir fast nichts anzusehen. Meine Stimme klingt ruhig, erst recht, wenn ich bedenke, dass ich gegenüber diesem… Tja, was ist er? Ein Parasit? Ein Dämon? Ich glaube, P[redacted] wäre von keiner dieser Diagnosen sonderlich beeindruckt.

Schlimm ist nur, dass mir dies alles so vertraut vorkommt. Erinnert mich daran, wie Papa sich verändert, wenn er trinkt. Als ich klein war, machte mir das immer Angst, und irgendwo in mir drin steckt immer noch das kleine Mädchen, das sofort aufschreckt, das immer noch sofort verängstigt ist, obwohl es inzwischen erwachsen ist und irgendwann begriffen hat, wie jämmerlich Papa ist. Ein zahnloses *Monster,* dessen einzige Waffe diese unheimliche Zielsicherheit ist, den Schwachpunkt seines Gegenübers zu finden und den Finger in die Wunde zu legen. Will ich überhaupt, dass er im Leben unseres Kindes eine Rolle spielt? Sollte er wirklich der GROßVATER sein? Ich habe ihm nicht einmal erzählt, dass wir ein Kind bekommen wollen. Warum auch? Wir haben sowieso kaum Kontakt.

Mama habe ich gestern von der IVF erzählt, habe versucht, ihr gegenüber ganz offen zu sein und von diesem ganzen Hormonzirkus zu erzählen und dass ich jetzt eine bessere Chance habe, schwanger zu werden, als zuvor mit der Insemination. Anscheinend bin ich aber einem Trugschluss aufgesessen, dass wir dieses heilige Band von Frau zu Frau, von Mutter zu werdender Mutter knüpfen könnten. Sie hat nämlich kaum reagiert. Der Gegensatz zur Reaktion von [redacted] Mutter hätte kaum größer sein können. Sie häkelt jetzt schon Babyjäckchen, ruft ständig an und fragt, wie es geht. Warum bin ich eigentlich immer noch enttäuscht?

Ich weiß noch genau, was [redacted] vor einiger Zeit antwortete, als ich fragte, wie ich es hinkriege, dass Mama sich mehr für mich interessiert. »Zuallererst muss nicht *sie* sich verändern. Zuallererst darfst *du* nicht länger hoffen, dass sie es tut.«

Mamas Art und Weise, mit meiner Beziehung zu [redacted] umzugehen, erinnert mich tatsächlich an die Gesellschaft zu Jekylls Zeiten. Was sie nicht verstehen, macht ihnen Angst, und was einem Angst macht, schiebt man am besten ganz weit von sich weg.

Insofern erinnern mich Jekyll und Hyde an meine Eltern. Na toll! Und dass ich mich wie ein kleines Mädchen fühlte, triggerte natürlich prompt meine alten Ängste… die Angst, dass ich immer noch die unscheinbare kleine Streberin sein könnte, die hofft, dass sich die harte Arbeit eines Tages auszahlt; die Angst, nicht klug genug und zu eigenen Analysen gar nicht imstande zu sein, sondern nur die Ansichten anderer wiederzugeben; die Sorge, zwar einerseits lesbisch und zumindest auf den ersten Blick Freigeist zu sein, tief im Innern aber *kleinlich*, wie es Hyde formulierte. Und am schlimmsten die Angst, dass ich nur deshalb ein Kind will, um letztlich der gesellschaftlichen Norm zu entsprechen.

Das Gemeine an Hyde war nicht Hyde an sich, sondern dass er mir den Spiegel vorhielt.

Noch etwas anderes erinnerte mich an Papa: Bei allem Abstoßenden kann Hyde durchaus charmant sein.

Ich muss dringend versuchen, die alten Tochtergefühle meinem Vater gegenüber von allem zu trennen, was mit Hyde zu tun hat. Es wäre nicht gut, wenn ich mich weiter auf die Ähnlichkeiten stützte, sonst laufe ich Gefahr, genau wie bei Papa nur rein aus dem Bauch heraus zu reagieren. Das wäre aus Therapeutinnensicht ziemlich daneben. Außerdem darf ich nicht vergessen, dass Hyde – im Gegensatz zu Papa – auch eine gewalttätige Neigung hat.

Muss mich auf Jekyll konzentrieren, der ja mein eigentlicher Patient ist.

Um es positiv zu formulieren: Ich bin froh, dass unsere erste Sitzung besser gelaufen ist als befürchtet. Er fühlte sich durch meine Antworten bestärkt.

Als er mir von seinem Rückfall erzählte, war ich fast schon kindisch enttäuscht. Da spukte Papa wieder in meinem Kopf herum, all diese hochheiligen Versprechen, er werde Buße tun und sich bessern.

Ich weiß nicht genau, was ich von Jekylls Verwandlung halten soll. Wenn ein Mensch das eigene Selbst abstreift und zu einer anderen Persönlichkeit wird, handelt es sich eigentlich um Dissoziation. Und wenn diese andere Persönlichkeit auch noch so ausgeprägt ist wie die von Hyde, dann frage ich mich fast, ob Jekyll nicht an einer dissoziativen Identitätsstörung leidet. Vielleicht mit ungewöhnlichen Symptomen?

Könnte das sein? Oder bin ich da gerade auf dem Holzweg?

Später
Habe inzwischen mit P[redacted] hin- und hergemailt. Sie hat mich ein bisschen beruhigt und mir signalisiert, dass ich hinsichtlich der dissoziativen Identitätsstörung auf dem richtigen Weg sein dürfte. Sie sagt auch, so etwas passiert nicht aus heiterem Himmel. Dafür muss es eine entscheidende Ursache geben.

Eine solche Störung entsteht üblicherweise in früher Kindheit, wenn Realität und Fantasiewelt noch nicht scharf voneinander getrennt sind. Und jetzt erst taucht Hyde auf. Oder gab es ihn vielleicht schon, als Jekyll noch ein Kind war? Und manifestiert er sich eben erst jetzt? Das kann ich natürlich nicht beurteilen. Vielleicht liege ich auch komplett falsch. Trotzdem frage ich mich, was er erlebt haben mag.

Ich muss mit ihm über seine Kindheit sprechen, allerdings ist das ein heikles Thema. War es

Zufall, dass er sich ausgerechnet in dem Moment in Hyde verwandelte, als ich diesbezüglich nachhakte?

Als ich Jekyll in meiner E-Mail an P[redacted] beschrieb, hatte ich plötzlich Sympathien für ihn… oder vielleicht eher ein starkes Mitgefühl. Darüber habe ich meinen Ärger komplett vergessen. Wie sehr muss Jekyll unter seinen *Gelüsten* in die Knie gehen und leiden, wenn seine Verdrängungsversuche etwas so Unerträgliches wie Hyde hervorbringen?

P[redacted] ist der Ansicht, dass ich richtig gehandelt habe, als ich Hyde nicht nach Jekylls Geheimnissen fragte. Ich wusste ja, dass Jekyll alles mitanhörte. Er hätte mir einen solchen Vertrauensbruch nie verziehen und wäre unter Garantie nicht wiedergekommen. Und *er* ist schließlich mein Patient, *er* muss sich einen Ruck geben und es mir erzählen.

Die Aussicht auf unsere nächste Sitzung macht mich nervös. Keine Ahnung, wer von den beiden auftauchen wird. Ich will Hyde nicht noch einmal sehen. Gleichzeitig hatte das Gespräch mit ihm etwas durchaus Erfrischendes, nachdem ich um Jekyll mit seinen Ausreden und Ausweichmanövern ständig auf Zehenspitzen herumschleichen musste. Aber immerhin habe ich inzwischen ein etwas besseres Gefühl für ihn, für die Welt, aus der er stammt, und für die Notwendigkeit, einen Hyde überhaupt zu erschaffen. Die Frage ist nur, wie ich weiter verfahren soll. Hyde will dem Es einfach freien Lauf lassen. Jekyll will ausschließlich dem Über-Ich folgen. Diese zwei Gegensätze muss ich irgendwie zusammenbringen.

Vielleicht erzähle ich ihm ein bisschen mehr über Freud. Er lässt sich eher auf etwas ein, was sich ein Mann überlegt hat. (Auch wenn ich bei dem Gedanken Pickel kriege! Trotzdem könnte ich mich mit Freuds Hilfe vielleicht auch Jekylls Kindheit annähern.)

SITZUNG 3

Von der frischen Luft draußen sind Jekylls Wangen gerötet. Er legt sich den Hut auf den Schoß und folgt mir mit dem Blick, als ich mich hinsetze. Ich lächele ihn an.

ICH: Schön, dass Sie wieder da sind, Herr Doktor Jekyll. Ich habe mich schon gefragt, wer von Ihnen beiden heute bei mir anklopfen würde.

DR. JEKYLL: Ich will Sie um Verzeihung bitten für das Unbehagen, das Mister Hyde Ihnen beschert haben muss. Nicht dass es in meiner Macht stünde, etwas dagegen zu unternehmen, aber es muss für Sie ein ungeheuer unangenehmes Erlebnis gewesen sein.

ICH: Es war …

DR. JEKYLL *(fällt mir ins Wort)*: Verstehen Sie jetzt, wie ich mich fühle? Ihre Zusammenkunft war nur von kurzer Dauer, bei mir aber lauert dieser haarige Troglodyt in einem fort unter der Oberfläche.

ICH: Dass das für Sie schwer ist, kann ich mir vorstellen, aber tatsächlich war es halbwegs … Wie soll ich sagen? Erhellend. Zum Beispiel hat er erzählt, dass er …

DR. JEKYLL *(unterbricht mich schon wieder)*: Danke, ich weiß sehr wohl, was in diesem Raum zur Sprache kam. Seine Behauptung, er fühle sich als meine Geisel, ist geradezu *barock*. Ich bin das Opfer, nicht er!

Jekyll läuft dunkelrot an. Ich schiebe ein Wasserglas auf ihn zu, aber er beachtet es nicht.

ICH: Hat Sie irgendetwas überrascht, was Mister Hyde zu mir gesagt hat?

DR. JEKYLL: Mir war nicht klar, dass er so eloquent ist. Im Großen und Ganzen habe ich ihn nie reden gehört. Ich hoffe wirklich, dass er Ihre weibliche Fantasie nicht in Gang gesetzt und Ihre Muttergefühle geweckt hat.

ICH: Da brauchen Sie sich keine Sorgen zu machen. Allerdings habe ich versucht, ihm so ergebnisoffen wie nur möglich zu begegnen. Es war spannend, seine Sicht der Dinge zu hören.

DR. JEKYLL: Da sehen Sie es! Die Frau in Ihnen gerät bereits ins Wanken. Und bevor Sie jetzt Widerspruch einlegen … Ich habe die Bücher gelesen, die Sie mir beim letzten Mal mitgegeben haben.

ICH *(kann mir einen irritierten Seufzer nicht verkneifen)*: Darf ich raten? Sie sind skeptisch.

DR. JEKYLL: Zuallererst einmal waren diese Bücher ja an ein weibliches Publikum gerichtet, was sie zu Zeugenaussagen von Halbwesen macht.

ICH: *Halbwesen?*

DR. JEKYLL: Natürlich … Wesen, die nicht mehr Kind, aber auch nicht erwachsen sind … das reizbare weibliche Nervensystem, die weiße Hirnsubstanz … Sie wissen, was ich meine.

ICH: Ich habe den Eindruck, Sie sind gerade wütend auf mich.

DR. JEKYLL: Wütend? Warum sollte ich wütend sein?

ICH: Sie haben mich mitunter beleidigt, ohne es zu wollen. Allerdings glaube ich, dass Sie mich jetzt gerade mit voller Absicht diskreditieren wollen. Warum?

DR. JEKYLL: Ich teile Ihnen nur mit, was ich von dem Thema halte.

ICH: Es scheint für Sie einer Bedrohung gleichzukommen, dass ich versuche, Mister Hyde zu verstehen. Das heißt aber doch nicht, dass ich mich auf seine Seite schlage.

DR. JEKYLL: Nicht? Ich habe doch mitbekommen, wie Sie beide über mich gelacht haben.

ICH: Wirklich? *(lange Pause)* Meinen Sie, als wir über Ihre Reaktion auf das Wort *Selbstbefriedigung* gesprochen haben?

Jekylls Gesicht läuft noch dunkler an.

ICH: Wir haben nicht über Sie gelacht, es war eher die Gesamtsituation …

Hätte nicht in die Defensive gehen dürfen!

DR. JEKYLL: Mein Streben nach hehren Idealen scheint ja unerhört amüsant zu sein.

ICH: Indem ich versuche, Mister Hyde zu verstehen, versuche ich, *Sie* zu verstehen. Immerhin gehören Sie beide zusammen.

DR. JEKYLL: Ich wünschte, es wäre anders. Aber möglicherweise haben Sie recht. Er ist wie mein Sohn, mein eigen Fleisch und Blut, und nun will er sich von mir abnabeln. Aber wenn das so ist, übernehme ich für seine Handlungen keine Verantwortung mehr. Dann soll er allein zurechtkommen.

ICH: Herr Doktor Jekyll, Sie wissen doch selbst, dass es so nicht funktioniert!

DR. JEKYLL: Dann lassen Sie ihn gewinnen! Ich bin das alles so leid. Welchen Sinn hat es denn, gegen das Unausweichliche anzukämpfen? Je stärker er wird, umso mehr schwinden meine Kräfte. *(Die blassen, haarlosen Finger mit den manikürten Nägeln umklammern die Hutkrempe.)* Ich hasse ihn aus tiefster Seele. Ich kenne das Ausmaß seiner Schlechtigkeit. *(scheint mit sich selbst zu sprechen)* Er ist teuflisch, niederträchtig, und doch steht er mir näher, als es eine Ehefrau vermöchte, näher als meine eigenen Sinne …

ICH: Herr Doktor Jekyll. Sie sind doch zu mir gekommen, weil Sie sich von mir Hilfe erhoffen. Das war ungeheuer mutig von Ihnen. Und es war der erste Schritt hin zur Besserung … und womöglich der schwerste Schritt von allen.

Hatte das Gefühl, ich müsste ihn aufmuntern

DR. JEKYLL: Sie sagen es! Ich kam um Ihrer Hilfe wegen. Ich habe mein Innerstes nach außen gekehrt und jeden Winkel meiner Seele ausgeleuchtet, so wie Sie es verlangten.

ICH: Finden Sie wirklich, dass Sie das getan haben?

DR. JEKYLL *(durch zusammengebissene Zähne)*: Ich hatte in der Zwischenzeit hinreichend Gelegenheit, über unsere Zusammenkünfte nachzudenken, und bislang bin ich nicht beeindruckt. Sobald ich unsere Gespräche in aller Ruhe Revue passieren ließ, musste ich feststellen, dass es ganz danach aussah, als wollten Sie mir lediglich Vorwürfe machen. Stünde mir der Sinn nach einer Frau, die mir in einem fort in den Ohren liegt, hätte ich eine Frau *geheiratet.*

ICH: Es tut mir sehr leid, wenn ich bei Ihnen den Eindruck erweckt habe, ich wollte Ihnen etwas vorwerfen. Das war nicht meine Absicht. Allerdings wäre es meiner Meinung nach gut, wenn Sie sich eingestehen könnten, dass Sie allein für Ihre Handlungen verantwortlich sind. Und was Mister Hyde angeht … Er tritt vielleicht auf wie ein eigenständiger Mensch, aber er ist lediglich eine Seite von Ihnen. Nicht wahr?

Jekyll sieht mich zornig an.

ICH: Herr Doktor Jekyll, *Sie* sind Mister Hyde. Und Sie wissen, dass es so ist. Wenn Sie sich noch länger vor dieser Wahrheit wegducken, kommen wir kaum weiter.

Grrragh, gesiezt klingt das so furchtbar steif, dabei will ich doch einfach sagen, dass es nur um IHN geht

Jekyll schnaubt.

ICH: Sie kommen immer wieder auf Ihre hohen Ideale zu sprechen. Gleichzeitig trinken Sie weiter dieses Elixier, das Mister Hyde heraufbeschwört. Wie kommt das? Was meinen Sie?

DR. JEKYLL: Haben Sie denn bislang gar nichts verstanden? Oder hören Sie schlecht? Mister Hyde beherrscht mich, auch ohne das Elixier. Sie haben mit eigenen Augen gesehen, wie das geschieht.

ICH: Das stimmt. Und ich habe darüber nachgedacht, wie das alles angefangen hat. Dank Mister Hyde konnten Sie über Normen und Regeln hinweggehen, ohne dabei ertappt zu werden. Das war der eigentliche Reiz dabei, nicht wahr?

DR. JEKYLL: Möglich, aber …

ICH: Das klingt mir so, als wäre Ihre *Moral* eigentlich nur die Angst vor der Entdeckung. Und das ist keine echte Moral. Das ist die Auffassung von Richtig und Falsch aus der Sicht eines Kindes.

Kohlbergs Stufen der Moralentwicklung nachschlagen!

DR. JEKYLL: Ich musste mir schon einiges anhören, aber das Beste haben Sie sich bis zum Schluss aufgehoben. Meine Moral mit der eines *Kindes* gleichzusetzen! Das ist eine Frechheit!

ICH: Ich könnte es genauso gut Doppelmoral nennen. Oder Augenwischerei. Oder Scheinheiligkeit.

vielleicht ein bisschen hart. Fühlte mich provoziert

DR. JEKYLL: Jetzt zitieren Sie sogar Mister Hyde!

ICH: Mister Hydes Wortwahl ist die Ihre, Herr Doktor Jekyll. Sie sind ein und dieselbe Person. Tatsache ist, dass ich von jetzt an nicht mehr über Mister Hyde als Individuum spreche. Ich will ihn … Nein, ich will *das* Ihre Hyde-Seite nennen. Sie haben dieser Seite eine eigene Gestalt verliehen, um die Verantwortung dafür abzugeben, dass Sie ein ganzheitlicher Mensch mit guten wie mit schlechten Eigenschaften sind. Ich habe nicht vor, Ihnen zu helfen, diese Illusion aufrechtzuerhalten. Die Eigenschaften der Hyde-Seite sind *Ihre* Eigenschaften. Und *Sie* sind es, der das Elixier überhaupt erst zusammengemischt hat, und *Sie* haben es getrunken.

DR. JEKYLL: So hat es vielleicht angefangen, aber inzwischen habe ich jegliche Kontrolle über ihn verloren.

ICH: Herr Doktor Jekyll. Sie sind ein intelligenter, anspruchsvoller Mann. Trotzdem gibt es seit einer ganzen Weile – und vielleicht schon Ihr Leben lang – Aspekte Ihrer Persönlichkeit, mit denen Sie sich nicht anfreunden wollen. Es wäre von Vorteil, wenn wir daran arbeiten könnten. Damit Sie lernen, Ihre Hyde-Seite zu akzeptieren.

DR. JEKYLL: Akzeptieren? Aber seine Taten sind inakzeptabel!

ICH: Ein Teil davon ist gewiss inakzeptabel, das stimmt. Völlig richtig. Da haben Sie natürlich recht. Aber nicht *alles.* Sie behandeln jeden unwillkommenen Impuls, als wäre er lebensbedrohlich. Sie unterdrücken, unterdrücken, unterdrücken … Das erfordert eine Menge Energie und raubt Ihnen ungeheuer viel mentale Kraft. Deshalb fühlen Sie sich geschwächt. Und wenn Sie sich geschwächt fühlen, fällt es Ihnen nur umso schwerer, sich gegen die Hyde-Seite in Ihnen zur Wehr zu setzen.

Ich lasse ihm ein bisschen Zeit und schweige. Endlich scheint es bei ihm anzukommen.

ICH: Auf kurze Sicht bedeutet ein Sieg Ihres Alter Ego, dass Sie Ihre verbotenen Leidenschaften und Begierden ungehemmt ausleben können. Allerdings bezahlen Sie dafür in Form von Besorgnis, Angst und Scham einen hohen Preis.

Jekyll nickt.

ICH: Fallen Ihnen noch andere Nachteile an Ihrem Alter Ego ein?

DR. JEKYLL: Ich habe eine Heidenangst, dass jemand mein widerwärtiges Geheimnis lüften könnte. Damit wäre ich erledigt. Ich würde all meine Freunde verlieren. Ich würde in Newgate landen. Oh, dort soll es die Hölle auf Erden sein! Das würde ich nicht überleben.

ICH: Es gibt natürlich immer ein Risiko, dass Sie entlarvt werden. Fällt Ihnen noch etwas anderes ein?

Schweigen.

ICH: Darf ich Ihnen sagen, was ich glaube? Ich glaube, es fällt Ihnen darüber hinaus wahnsinnig schwer, anderen Menschen näherzukommen, weil Sie dauerhaft versuchen, einen so großen Anteil Ihrer selbst geheim zu halten. Ich glaube, dass Sie damit riskieren, ein sehr einsames Leben zu führen. *(Pause)* Was kann denn passieren, wenn Sie von Ihrer Selbstbeherrschung ein klein wenig abrücken und stattdessen die Hyde-Seite ein winziges bisschen mehr akzeptieren? Was, wenn ein Teil der Scham, die Sie empfinden, gar nicht nötig wäre?

DR. JEKYLL: Sie dürfen mich gern altmodisch schimpfen, aber ich kann Ihre Sichtweise nicht nachvollziehen. *(räuspert sich)* Natürlich stammen wir aus verschiedenen Welten. So wie die Menschen hier auf der Straße sich kleiden … Allein auf dem Weg hierher habe ich mehr entblößte Körperteile gesehen als in meiner gesamten Berufslaufbahn. Ihre

Welt wirkt auf mich vollkommen verderbt! In *meiner* Welt sind gewisse soziale Gesetze wesentlich. Wenn ich mich nicht so verhalte, wie man es von einem Mann in meiner Position erwartet, stürze ich rettungslos die gesellschaftliche Leiter hinab. Ja, bis hinunter in den Rinnstein.

ICH: Mir ist klar, dass gewisse gesellschaftliche Regeln in Ihrer Welt wesentlich strenger gehandhabt werden. Ich möchte auch keine Empfehlung aussprechen, wie Sie Ihre äußere Rolle wahrzunehmen hätten. Trotzdem wünschte ich mir, Sie würden anerkennen, dass Sie genau wie alle anderen Menschen auch über gewisse Gefühle, Begierden und Wünsche verfügen … und sie sogar gutheißen dürfen.

DR. JEKYLL: Ach. *(schürzt die Lippen)* Und was wäre dann? Wenn ich anfinge, sie *gutzuheißen*, wie Sie sagen? Soll ich mich dann auf Raubzug begeben. Ist es das? Oder soll ich diesem Gentleman vielleicht auf der Straße auflauern und zu Ende bringen, was Mister Hyde mit dem Spazierstock vorhatte?

ICH: Natürlich nicht. Wenn Sie Impulse verspüren, die einen Schaden für Sie selbst oder andere nach sich ziehen könnten, dann sollten Sie selbstverständlich weiterhin davon Abstand nehmen.

DR. JEKYLL: Das ist leichter gesagt als getan.

ICH: Sie haben doch schon unter Beweis gestellt, dass Sie die Hyde-Seite in Schach halten können.

DR. JEKYLL: Aber die Flausen, die er mir ins Ohr flüstert … die Gefühle, die er in mir wachruft … Es sind solche Gewalttätigkeiten und solche Verwerflichkeiten, von denen er träumt!

ICH: Für Ihre Gedanken und Empfindungen können Sie nichts. Der Unterschied besteht aber doch darin, was Sie tatsächlich *tun* …

DR. JEKYLL *(unterbricht mich)*: Nein! Ich will nichts mehr von ihm hören. Er ist ein Urmensch … nein, schlimmer, er ist ein Tier! Nein, *noch* schlimmer! Ein Raubtier mag seine Klauen in eine Waldmaus schlagen, weil es sich nun einmal satt fressen muss, aber es ergötzt sich nicht daran, anderen Schmerzen zuzufügen. Hyde aber genießt es. Er steht noch unter einem seelenlosen Tier. Er begeht seine Sünden geradezu mit Wollust.

ICH: Wie gesagt, es ist natürlich nicht in Ordnung, anderen Schaden zuzufügen. Wir können gern darüber sprechen, welche Strategien Ihnen vielleicht helfen, wenn die Hyde-Seite wieder zur Bedrohung wird. Im Grunde geht es doch lediglich um die Anerkennung, dass auch Sie Schwächen und Fehler haben, Herr Doktor Jekyll. Sie sollten sich trauen, sich gewisse Gefühle endlich einzugestehen, und dabei bin ich Ihnen gern behilflich. *(Pause)* Sie sind in dieser Sache nicht allein, Herr Doktor Jekyll. Sie wären wirklich überrascht, wenn Sie wüssten, was … *(blättere in meinen Aufzeichnungen)* … was beispielsweise einem Mister Enfield mitunter durch den Kopf geht oder welche Gelüste ein Mister Utterson manchmal verspürt.

DR. JEKYLL: Sie kennen Mister Utterson nicht. Niemand ist auch nur annähernd so beherrscht wie er. Er trinkt Gin, um seine Vorliebe für gute Weine abzutöten, und hat seit zwanzig Jahren kein Theater mehr besucht. Er ist überhaupt sehr zurückhaltend. Auch im Ausdruck seiner Gefühle.

ICH: Zählen Sie ihn zu Ihren engen Freunden?

DR. JEKYLL: Er ist mein bester Freund.

ICH: Da fällt mir etwas ein. Sie haben doch erwähnt, dass Ihre Freunde sich durchaus Gedanken gemacht haben … Ihr Verhältnis zu Mister Hyde.

DR. JEKYLL *(windet sich)*: Ja?

ICH: Mir ist klar, dass in Ihrer Welt ein sexuelles Verhältnis zwischen zwei Männern als Schande und sogar als Straftat gilt. Ihre Freunde haben womöglich vermutet, dass Sie von ihm erpresst werden, weil Sie *schändliche Handlungen* unternommen haben könnten.

DR. JEKYLL: Darüber mag ich lieber gar nicht nachdenken.

ICH: Aber obwohl Ihre Freunde einen solchen Verdacht hatten, waren sie Ihnen gegenüber weiterhin loyal. Sie machten sich Sorgen und wollten bestimmt einen Weg finden, Ihnen zu helfen …

DR. JEKYLL: Diese Richtung behagt mir ganz und gar nicht.

ICH: Heißt das nicht, dass Sie sich ihnen hätten anvertrauen können? Vielleicht könnten Sie einmal versuchen, sich ein klein wenig zu öffnen.

DR. JEKYLL: Nein, nein und nochmals nein. Das Risiko wäre einfach zu groß.

Ich warte kurz, bis er sich wieder beruhigt hat.

ICH: Könnten Sie ein wenig mehr von Mister Utterson erzählen?

DR. JEKYLL: Nun ja, er ist Advokat. Zurückhaltend in Gefühlsdingen, trotzdem sympathisch und bescheiden. Seine Freundschaft ist wie … Efeu.

ICH: Wie Efeu?

DR. JEKYLL: Ja. Sie wächst langsam, ist eine Frucht der Zeit, nicht einer besonderen Seelenverwandtschaft. *(Pause)* Er hat eine große Duldsamkeit für die Schwächen anderer und neigt stets dazu, lieber zu helfen als zu tadeln. Was ihm beruflich natürlich entgegenkommt. Durch seine Nachsicht und

Toleranz ist er oftmals die letzte und einzige anständige Bekanntschaft selbst von verkommenen Menschen, der letzte gute Einfluss.

ICH: Klingt eindeutig nach einer Person, der Sie sich anvertrauen könnten.

DR. JEKYLL: Es gibt Grenzen, selbst für jemanden wie Mister Utterson. Auch der Efeu, so üppig er wachsen mag, kann eingehen, wenn die Erde vergiftet ist.

ICH: Vielleicht könnte man ja mit etwas Kleinerem anfangen.

DR. JEKYLL: Warum sind Sie bitte so stur und wollen, dass ich den armen Mister Utterson diesem Experiment aussetze?

ICH: Ihre Hyde-Seite hatte in einem recht. Es *ist* schwer für Sie, gewisse Dinge konkret in Worte zu fassen. Aber nur weil Sie ihnen nicht Ausdruck verleihen, bedeutet das nicht, dass sie nicht existieren.

DR. JEKYLL: Möglich, trotzdem ist es besser, sie zu ignorieren. Gewisse Dinge sind aus gutem Grund unaussprechlich.

ICH: Aber dass Sie sie ignorieren, hilft Ihnen doch nicht weiter! Sonst säßen Sie nicht hier.

DR. JEKYLL *(missmutig)*: Sie argumentieren wirklich, wie es Ihnen passt.

ICH: Ich glaube, es wäre gut, wenn Sie mit Mister Utterson reden würden.

DR. JEKYLL: Und was, wenn er sich von mir abwendet?

ICH: Dann besprechen wir das bei unserer nächsten Sitzung.

DR. JEKYLL *(schnaubt)*: Wenn Mister Utterson sich von mir distanzieren sollte, könnte ich ihm das mitnichten verübeln. Aber *Ihnen* würde ich es verübeln.

Ich muss lachen. Jekylls Schnurrbart zuckt, als müsste er selbst schmunzeln.

DR. JEKYLL: Sie haben einen Wissenschaftler erwähnt, der das Bewusstsein in drei Segmente unterteilt. Wie hieß er gleich wieder?

ICH: Freud. Sigmund Freud.

DR. JEKYLL: Würde der so etwas empfehlen … sich jemandem anzuvertrauen?

ICH: Eindeutig.

Jekyll wirkt nachdenklich.

ICH: Freuds Hypothesen zufolge könnte man Ihre Hyde-Seite als das Es deuten. Das Es verlangt nach sofortiger Triebbefriedigung, lässt seinen Affekten freien Lauf und kümmert sich nicht um moralische oder soziale Konventionen. Klingt irgendwie bekannt, oder nicht?

Jekyll lehnt sich vor.

DR. JEKYLL: Fahren Sie fort!

ICH: Sie selbst, Herr Doktor Jekyll, könnte man als das Ich bezeichnen. Sie sind rational, gewissenhaft und orientieren sich an herrschenden gesellschaftlichen Normen. Und Sie haben enorme Schwierigkeiten, die Bedürfnisse des Es und des Über-Ichs zusammenzubringen.

DR. JEKYLL: Helfen Sie mir auf die Sprünge! Was war das Über-Ich?

ICH: Die Anforderungen vonseiten der Gesellschaft, die Sie verinnerlicht haben. Und Ihre Gesellschaft ist diesbezüglich sehr, sehr restriktiv. Deshalb sind Sie auch so streng sich selbst gegenüber.

DR. JEKYLL *(schlägt die Hände zusammen)*: Dieser Freud muss ein Genie gewesen sein! Es ist so logisch, so *methodisch.*

ICH: Ich bin nicht von all seinen Schriften begeistert, vor allem nicht von denjenigen, die von Frauen handeln. Aber dass er ausgerechnet in diesem Kontext ein Genie war, darin sind wir uns einig. Und bahnbrechend war er außerdem.

DR. JEKYLL: Würden Sie mir ein wenig mehr von ihm erzählen?

ICH: Für ihn war vor allem die Kindheit wichtig.

DR. JEKYLL: Ach. Inwiefern?

ICH: Seiner Ansicht nach wird in der Kindheit die Persönlichkeit des Menschen geprägt. *(Pause)* Wenn es in Ordnung für Sie wäre, würde ich Ihnen gern ein paar Fragen zu Ihrer Kindheit stellen.

DR. JEKYLL *(widerwillig)*: Nun, wenn der gute Freud das so will … Aber was soll ich Ihnen erzählen? Ich kann mich an kaum etwas erinnern.

ICH: Wie würden Sie Ihre Kindheit in wenigen Worten beschreiben?

DR. JEKYLL: Meine liebe Kinderfrau, Miss Ann, war ein starkes Frauenzimmer. Sie hatte eine natürliche Begabung für Sprache und für das Klavierspiel, und sie hat mit ihrer ganzen armen Seele dafür gesorgt, dass aus mir ein gewissenhafter und aufgeweckter junger Mann wurde, der sich ganz und gar der Nation und dem Weltreich unterwarf.

ICH: Und Ihre Eltern?

DR. JEKYLL: Die waren sehr beschäftigt. Aus jener Zeit habe ich nicht mehr viele Erinnerungen. Vater war finanziell unabhängig und entstammte einer guten Familie. Mister Hyde verbrannte einmal ein Bild meines Vaters, was mich sehr aufbrachte. Oh, wie ich sehe, haben Sie es furchtbar eilig, in Ihr Büchlein zu schreiben! Was hat Ihre Fantasie denn diesmal angeregt? *(versucht zu sehen, was ich aufschreibe)*

ICH: Erzählen Sie weiter! SEHR aufschlussreich

DR. JEKYLL: Nun ja … Mutter führte den Haushalt ebenso tadellos, wie der höchst dekorierte Kapitän sein Schiff durch stürmische See gesteuert hätte. *(gluckst)* Wie oft musste sich der liebe Gott der Köchin erbarmen, der ein Yorkshirepudding misslang oder das Roastbeef anbrannte, wenn wir Gäste hatten! klingt einstudiert. kein Zugriff auf Gefühlswelt?

ICH: Dann waren Sie schon früh damit vertraut, wie wichtig die perfekte Fassade ist?

DR. JEKYLL: Selbstredend.

ICH: War Ihr Elternhaus christlich geprägt?

DR. JEKYLL: Wir waren doch keine Wilden! *(senkt die Stimme)* Nun ja … Überdies bin ich Naturwissenschaftler, und mir ist bewusst, dass ich in der Bibel nicht auf alles eine Antwort finde.

ICH: Das Christentum ist eine Religion, die ebenfalls um die Dualität kreist, von der wir schon bei unserem ersten Treffen gesprochen haben. Gut und Böse, Erlöser und Teufel, Adam und Eva …

Schweigen.

ICH: Und eine weitere Eigenschaft hat das Christentum, vielmehr ein Teil der Christen … die Überzeugung, dass alles, was man tut, doch nie genügt. Dass man in einem fort gegen die Erbsünde ankämpfen muss.

DR. JEKYLL: Ja, diesbezüglich hat Miss Ann mir wirklich alles beigebracht. Möge sie in Frieden ruhen.

ICH: Sie haben Ann noch vor Ihren Eltern erwähnt. Ist sie diejenige, mit der Sie Ihre Kindheit hauptsächlich verknüpfen?

DR. JEKYLL: Aber ja. Das war doch schließlich ihre Aufgabe.

ICH: War sie streng?

DR. JEKYLL: Ja. Sie nahm ihre Aufgabe sehr ernst. Ich habe immer noch nicht ganz verstanden, worauf Sie eigentlich hinauswollen. *(blickt leicht unbehaglich drein)* Es war höchst unterhaltsam, mit Ihnen an der Straße der Erinnerungen entlangzuschlendern, aber ich glaube fast, dass unsere Zeit für heute vorüber ist. *(steht auf)*

versucht, dem Thema buchstäblich aus dem Weg zu gehen

ICH: Ein paar Minuten haben wir noch.

DR. JEKYLL: Oh. Nun. *(setzt sich wieder)* Also, warum all diese Fragen zu Miss Anns Erziehung?

ICH: Ich überlege, ob Ihr Bedürfnis nach einer Hyde-Figur schon in Ihrer Kindheit entstanden sein könnte. Sie haben erwähnt, dass Mister Hyde eingangs die *Lösung* eines *Problems* gewesen sei und dass Sie selbst auch nicht frei von Schwächen gewesen seien.

DR. JEKYLL: Das ist korrekt. Aber was soll die arme Miss Ann mit einem Widerling wie Mister Hyde zu tun haben?

ICH: Ein Kind, das in einer Welt aufwächst, in dem die normalsten Gedanken und Gefühle als abnormal gebrandmarkt werden, entwickelt mitunter ein allzu strenges Über-Ich.

DR. JEKYLL: Das klingt, als wollten Sie sowohl meine liebe Kinderfrau als auch meine Eltern diskreditieren. Kann es sein, dass da die weibliche Eifersucht ihr hässliches Haupt erhebt? Haben Sie selbst Kinder, Frau Psychologe?

ICH: Das tut nichts zur Sache. Und ich bin auch nicht eifersüchtig.

Stille.

ICH: Fühlten Sie sich von Ihren Eltern geliebt?

DR. JEKYLL: Mutter nahm mich in jenem grässlichen Herbst, da sie von meiner Schwindsucht erfahren musste, mehrmals in die Arme.

ICH: Und Ihr Vater?

DR. JEKYLL: Gab mir ein Dach über dem Kopf und sorgte dafür, dass ein Mahl auf dem Tisch stand.

ICH: Hatten Sie das Gefühl, dass ihre Liebe an Bedingungen geknüpft war?

DR. JEKYLL *(kneift die Augen zusammen)*: Wie meinen?

ICH: Nun ja, hatten Sie das Gefühl, dass sie Ihnen ihre Liebe entziehen könnten, sofern Sie sich nicht vorbildlich verhielten?

Plötzlich wirkt Jekyll nervös. Betrachtet seine Hand. Schüttelt sie aus.

DR. JEKYLL: Oh nein. Er ist wütend … Sehen Sie das? Er will nicht, dass wir darüber reden. *(steht hektisch auf und eilt zur Tür)* Ich kann nicht länger bleiben. Es … Es … *(fängt an zu hyperventilieren)*

ICH: Herr Doktor Jekyll!

Er bleibt in der Tür stehen. Ich gehe auf ihn zu, berühre ihn an der Schulter. Bei der Berührung zuckt er zurück.

ICH: Kommen Sie, setzen Sie sich wieder! *(führe ihn zurück zum Sessel)* Atmen Sie tief durch! Atmen Sie mit mir … einatmen. Und ausatmen. Genau so. Ein … und aus. Gut, immer ruhig atmen.

DR. JEKYLL: Dieser Druck auf meiner Brust! Und … es kribbelt im ganzen Leib! Als würden sämtliche Körperteile einschlafen!

ICH: Atmen Sie weiter mit mir. Ein … aus … ein … aus. Gut. Brauchen Sie einen Schluck Wasser?

Ich reiche ihm das Wasserglas. Seine Hand zittert so stark, dass Wasser über den Rand schwappt, als er das Glas entgegennimmt. Er trinkt einige Schlucke und atmet wieder etwas ruhiger.

ICH: Geht es Ihnen besser?

DR. JEKYLL: Ich war felsenfest davon überzeugt, dass Mister Hyde die Kontrolle übernommen hat. Er ist gerade schrecklich wütend.

ICH: Aber Sie haben ihn in Schach gehalten.

DR. JEKYLL *(wischt sich über die Stirn)*: Mit Müh und Not.

Stille.

ICH: Schon interessant, dass dies zuletzt ebenfalls passiert ist, als wir über Ihre Kindheit sprachen.

DR. JEKYLL: Interessant?! *(sieht gekränkt aus)* Ja, natürlich, für Sie bin ich bloß ein wissenschaftliches Forschungsobjekt.

ICH: *Interessant* war womöglich der falsche Ausdruck. Aber jetzt, da Sie versuchen, Ihre Hyde-Seite in den Griff zu bekommen, ist es doch hervorragend, dass wir ein Thema identifiziert haben, das diese Seite in Ihnen heraufbeschwört.

DR. JEKYLL: *Sie* haben es heraufbeschworen.

ICH: Kann schon sein, also jetzt gerade. Aber Sie werden immer wieder in Situationen geraten, in denen die Hyde-Seite getriggert wird und die Kontrolle zu übernehmen droht. Und da müssen Sie sie beherrschen können … genau wie Sie es gerade eben getan haben.

DR. JEKYLL: Beim nächsten Mal habe ich vielleicht nicht so viel Glück.

ICH: Vertrauen Sie mir, Herr Doktor Jekyll! Ich weiß, dass die Situation für Sie nicht einfach ist. Aber zuallererst müssen wir sicherstellen, dass Sie der Versuchung nicht noch einmal nachgeben und dieses Elixier trinken.

DR. JEKYLL *(unglücklich)*: Ich weiß. Es ist nur … Glauben Sie wirklich … dass ich es nie wieder tun darf?

ICH: Ohne Zweifel. Sie müssen jeden Tag neu für sich beschließen, dass Sie es nicht mehr zu sich nehmen. Zumindest pflegen Sie keinen Umgang, bei dem gemeinsam getrunken wird. Für Sie war es nie eine Sache der Geselligkeit, im Gegenteil, Sie haben es immer in aller Heimlichkeit zu sich genommen. Verglichen mit zahlreichen anderen Suchtkranken, sind Sie diesbezüglich eindeutig im Vorteil.

Jekyll scheint nicht sonderlich überzeugt zu sein.

ICH: Ich glaube, es ist wichtig, dass Sie sämtlichen Versuchungen aus dem Weg gehen. Stellen Sie beispielsweise sicher, dass Sie die Zutaten zu dem Elixier nicht mehr zu Hause haben.

DR. JEKYLL *(schluckt nervös)*: Das Salz, auf dem die Mischung beruht, ist inzwischen ohnehin kaum noch zu bekommen …

ICH: Könnten Sie davon Abstand nehmen, Ihre Vorräte aufzustocken, selbst wenn Sie das Salz irgendwo bekämen?

DR. JEKYLL *(hebt beide Hände)*: Ich weiß es nicht. Oh, warum ist es so schwer, sich ein Leben ohne Mister Hyde vorzustellen? Obwohl ich doch eigentlich nichts lieber will, als ihn loszuwerden, ruft alles in mir nach ihm. Ich verachte ihn, er ekelt mich an … Trotzdem will ein Teil von mir, dass er bleibt. Ich hasse ihn, und trotzdem fühlt es sich an, als würde ich einen Freund verlieren. Es ist so furchtbar … irrational!

ICH: Ganz im Gegenteil. Es ist höchst rational. Ihre Hyde-Seite gibt Ihnen etwas. Den Hypothesen der Psychoanalyse zufolge neigen ausgerechnet diejenigen, die ein zu strenges Über-Ich haben, umso stärker zu Drogen- und Alkoholmissbrauch. Sie versuchen alles, um die missbilligende innere Stimme zum Schweigen zu bringen. *(Pause)* Haben Sie bemerkt, dass wir immer wieder an denselben Punkt zurückkehren? Dass Sie lernen müssen, jene Aspekte anzunehmen, bei denen Sie mittels Ihres Alter Ego auf Abstand gehen wollen?

Jekyll nickt widerwillig.

ICH: Ich kann nachvollziehen, dass es sich für Sie anfühlt, als würden Sie einen Freund verlieren. Aber denken Sie doch einmal anders! Vieles, was gut an der Hyde-Seite war, wird Ihnen erhalten bleiben … all das, was Ihnen ein freieres, leichteres Gefühl beschert.

Jekyll sitzt mir schweigend gegenüber, aber erstmals glaube ich, einen Funken Hoffnung in seinen Augen zu erkennen. Ich werfe einen flüchtigen Blick auf die Uhr.

ICH: Unsere heutige Sitzung ist fast vorbei. Aber bevor Sie gehen, möchte ich Sie noch etwas fragen. Können Sie – hier und jetzt – laut aussprechen, dass es in Wahrheit *Sie* waren, der Hydes Übeltaten beging?

Langes Schweigen.

DR. JEKYLL *(vorsichtig)*: Ich habe das Elixier getrunken und wurde zu Mister Hyde … und Mister Hyde wollte … Mister Hyde meinte …

ICH: Sie dürfen die Verantwortung nicht einfach abgeben. Es waren immer Sie, der die Taten verübte, genau wie Sie es waren, der sich dazu entschloss, das Elixier zu trinken.

DR. JEKYLL: Sie sind sehr streng mit mir. Werden Frauen so, sobald sie kein Korsett mehr tragen müssen? *(Pause)* Gut.

Dann will ich es gestehen. Ich … Vielleicht trage ich … eine gewisse Schuld daran, dass Mister Hyde tut, was er eben tut.

ICH: Schön zu sehen, dass Sie es sich eingestehen können. Damit haben wir die Voraussetzung für eine Veränderung geschaffen. *(sehe auf die Uhr)* Unsere Sitzung ist vorbei. Nach dem dritten Besuch ziehe ich für gewöhnlich ein kleines Zwischenfazit. Wollen Sie denn weiter zu mir kommen, Herr Doktor Jekyll? Von mir aus sind Sie hier weiterhin herzlich willkommen. Wir würden dann daran weiterarbeiten, wie Sie Ihre Hyde-Seite zu akzeptieren lernen, und wir würden Trigger identifizieren, damit Sie zumindest einige davon vermeiden können. Bei anderen werden wir Sie wohl exponieren müssen.

DR. JEKYLL: Exponieren? Wie ein … Exhibitionist?

ICH: Exponieren bedeutet, dass wir über gewisse schwierige Themen reden müssen, bis Sie sie als weniger dramatisch empfinden. Wäre es nicht wünschenswert, wenn Sie über Ihre Kindheit sprechen könnten, ohne sich in Hyde zu verwandeln?

Jekyll reibt über die Hutkrempe.

DR. JEKYLL: Was hielte Freud denn davon?

ICH: Ich finde, wir sollten uns nur auf uns beide konzentrieren. Was halten *Sie* davon, Herr Doktor Jekyll?

DR. JEKYLL: Ich nehme an, ich komme wieder. *(Pause)* Aber wir haben doch schon so viel besprochen. Gibt es da wirklich noch wichtige andere Bereiche?

ICH *(lächele)*: Sie werden sich wundern.

Scheu lächelt er zurück. Setzt sich den Hut auf und verbeugt sich leicht. Ich bringe ihn noch zur Tür. Als ich ins Sprechzimmer zurückkehre und die Kamera ausstelle, sehe ich zufrieden aus.

Heute habe ich mit Jekyll vermutlich wirklich Fortschritte gemacht. Jetzt will ich ihm helfen, ein Sicherheitskonzept zu entwickeln, auf das er zurückgreifen kann, wenn ihm die destruktiven Gedanken in einer bestimmten Situation übermäßig zusetzen. (z. B. weggehen. Vielleicht einen Freund besuchen. Sich einer anderen Aufgabe zuwenden.) Wahrscheinlich sollten wir auch Umstände identifizieren, die er im Alltag besser ganz vermeiden sollte. Ein Risikofaktor scheint mir eine hektische, laute Umgebung zu sein, und sofern ich London im 19. Jahrhundert richtig einschätze, dürfte dort Chaos geherrscht haben. Überall klappernde Pferdehufe, Wagenräder auf Kopfsteinpflaster und Geschrei. P[redacted] hat einen Patienten erwähnt, bei dem die Dissoziation allein schon dann einsetzte, wenn er nur aufgeregte Stimmen hörte.

Ich muss Jekyll beibringen, wie er die körperlichen Hinweise auf Hyde – sprich: auf die Dissoziation – frühzeitig deuten lernt. Er hat ein Kribbeln oder Taubheitsgefühl erwähnt, und das ist klassisch. Gibt es noch mehr Symptome, die er identifizieren könnte? (Stimmen, die plötzlich weit entfernt klingen? Geschmäcke und Gerüche, die plötzlich anders wahrgenommen werden? Ein Gefühl, als würde man sich selbst von außen betrachten oder als hätte sich ein bestimmter Körperteil abgespalten etc.)

Im Internet habe ich diverse Übungsanleitungen gefunden, die eine herannahende Dissoziation abwenden und möglicherweise für Jekylls Alltag funktionieren könnten. (Ein kaltes Handtuch in den Nacken legen. In eine Zitrone beißen oder einen Eiswürfel lutschen. Den Körper wieder *aufwecken*, indem man sich selbst leicht zwickt, tätschelt oder einen Körperteil gerade so fest knetet und massiert, dass es zu spüren ist.) Damit wir dem Problem aber auch nachhaltig zu Leibe rücken, muss ich ihm helfen, sein Stressniveau deutlich zu senken. Heute hat er allen Ernstes versucht, einen kleinen Witz zu reißen, und ich meine, er hat unter seinem Schnauzbart sogar gelächelt. Ich habe ein Blitzen in seinen Augen gesehen, das allerdings genauso schnell wieder verschwand, wie es gekommen war. Aber eben doch der kurze Hinweis auf die Person, die Jekyll sein könnte, wenn er sich ein bisschen entspannen würde. Und erst als ich das sah und selbst fast körperlich Erleichterung verspürte, dämmerte mir, wie wahnsinnig verkrampft er sonst wirkt.

Auch wenn er sich dagegen sträubt, muss ich überdies weiter an seiner Kindheit dranbleiben. Gab es ein traumatisches Erlebnis? Es ist doch kein Zufall, dass Hyde ausgerechnet ein Bild des Vaters verbrannt haben soll. Es war spannend zu sehen, wie er Hyde auf Abstand halten konnte, solange er auf diese *einstudierte* Art und Weise über seine Kindheit sprach, ohne dabei Gefühle zuzulassen. Sobald ich aber nachhakte, fiel es ihm schwerer, Hyde zurückzuhalten.

Habe Feedback von P[redacted] gekriegt, die findet, dass ich bis dato einen richtig guten Job gemacht habe. Mir ist nur ein kleiner Patzer unterlaufen, als ich ihn bei seinem *Anfall* dazu bewegen wollte, ruhiger zu atmen. Zum Glück hat es funktioniert, aber so etwas kann auch den gegenteiligen Effekt haben, wenn jemand sich zu dissoziieren droht. Die häufigsten Symptome (Taubheitsgefühl, Muskelschwäche, Realitätsverlust oder Realitätsverzerrung, Distanzierung vom unmittelbaren Geschehen) werden eher VERSTÄRKT, wenn man sich entspannt.

Persönlich fühle ich mich nach dieser Sitzung Jekyll eindeutig näher. Erstmals erkannte ich mich selbst in ihm, und zwar als wir darüber sprachen, dass er lernen muss, seine *verbotenen* Seiten zu akzeptieren. Genau das musste ich mit Mitte zwanzig auch, als ich mich endlich zu meinem Coming-out – auch mir selbst gegenüber – durchgerungen hatte.

Bevor ich mir endlich selbst eingestehen konnte, dass ich lesbisch bin, hatte auch ich eine Seite in mir, die ich um jeden Preis unterdrücken musste.

Das ist natürlich nicht wirklich vergleichbar. Trotzdem war es schön zu sehen, dass mein Patient und ich nicht grundverschieden sind.

Lawrence Kohlbergs Stufenmodell der moralischen Entwicklung

Kohlberg unterscheidet drei Ebenen des moralischen Urteilens: die *präkonventionelle*, die *konventionelle* und die *postkonventionelle Ebene*.

Präkonventionelle Ebene

1. Stufe: Das Individuum (zumeist im Kindesalter) verhält sich ausschließlich egozentrisch. Was als *richtig* oder *falsch* empfunden wird, hängt von der erwartbaren Aussicht auf Belohnung oder Bestrafung vonseiten einer Autorität (in der Regel eines Elternteils) ab. Verfügt nicht über die Fähigkeit, sich in die Lage eines Gegenübers zu versetzen.

2. Stufe: Das Individuum erkennt die Bedürfnisse von anderen und dass jeder Mensch individuelle Interessen hat. Handlungen werden an dieser Einsicht ausgerichtet, sind aber nach wie vor selbstbezogen: Was für das Individuum bestmöglich funktioniert, gilt als *richtig*. Mitunter werden die Interessen des Gegenübers bedient, allerdings nur im Zuge eines Austauschs von Gefälligkeiten. Die Austauschbeziehung ist instrumentell geprägt: *Wenn ich dir den Rücken kratze, kratzt du mir den meinen.* Die Gegenseitigkeit gilt auch bei Strafe: *Auge um Auge, Zahn um Zahn.*

diverse führende Politiker von Großmächten?

Konventionelle Ebene

3. Stufe: Um diese Stufe zu erreichen, muss das Individuum erst den zuvor charakteristischen Egozentrismus ablegen und sich selbst in Beziehung zu anderen setzen. Es ist aus eigenem Antrieb bestrebt, den Anforderungen und Erwartungen gerecht zu werden, die mit der Rolle des guten Partners, Freundes, Mitarbeiters etc. einhergehen. Es möchte beliebt sein und als loyal, kooperativ, redlich und leistungsfähig anerkannt werden. Dr. Jekyll?

4. Stufe: Das Individuum hat die moralischen Normen der Gesellschaft internalisiert und setzt sie um. Regeln und Gesetze werden zugunsten der eigenen Bezugsgruppe sowie der Gesamtgesellschaft unter allen Umständen befolgt. *Gut* ist, was der Aufrechterhaltung der sozialen Ordnung dient. Auf beiden konventionellen Stufen ist ein klarer *Wir-und-die-anderen*-Blickwinkel erkennbar: Das Individuum ist sich im Klaren darüber, dass es andere Kulturen mit anderen Normen gibt, wobei die eigene Bezugskultur als die *richtige* gilt.

Fundamentalisten? Politischer Extremismus?

Postkonventionelle Ebene

5. Stufe: Das Individuum erkennt, dass Normen und Regeln nicht naturgegeben und perfekt sind. Es hinterfragt sie, nimmt somit eine der eigenen Gesellschaft und Kultur vorgeordnete Perspektive ein und strebt mitunter Veränderungen an, sofern sie beispielsweise mit höheren Grundrechten in Konflikt stehen. Es gelangt zu der Überzeugung, dass nicht die Menschen der Aufrechterhaltung der Gesellschaft dienen, sondern umgekehrt die Gesellschaft so gestaltet sein soll, dass sie für die Menschen von höchstmöglichem Nutzen ist.

6. Stufe: Wird nur von den wenigsten Individuen erreicht. Auf der Grundlage universeller ethischer Prinzipien (z. B. Goldene Regel oder Immanuel Kants Kategorischer Imperativ) werden neue Regeln und Gesetze formuliert. Das Individuum kann selbst in komplexen Fragestellungen und Dilemmata die Perspektive sämtlicher beteiligter Akteure einnehmen, stellt die eigenen Interessen und die eigene Sicherheit hintan (z. B. durch zivilen Ungehorsam) und strebt danach, Lohn und Lasten so gerecht wie nur möglich auf alle Mitglieder der Gesamtgesellschaft zu verteilen.

Bin ich auf dieser
Ebene, oder überschätze
ich mich gerade?

War Mahatma Gandhi einer der wenigen, die die sechste Moralstufe erreicht haben?
Foto: Elliott & Fry

Carmilla
und
Laura

Steiermark, 5. Juli 17[redacted]

Verehrte Frau Psychologin,

in einem Anfall von Verzweiflung wende ich mich an Sie. Wie Sie zunächst wissen müssen, habe ich Carmilla kennengelernt, das schönste Mädchen, das ich je zu Gesicht bekommen habe. Sie bedeutet mir alles. Ich hingegen scheine ihr nicht zu genügen, auch wenn ich ihr bis hin zu meinem Blut alles gegeben habe.

Erstmals begegneten wir uns an einem Abend während eines Spaziergangs mit meinem Vater und meinen lieben Gouvernanten. Eine Kutsche hielt auf uns zu, die allem Anschein nach einer Person von Rang gehörte. Als die Pferde an einem uralten Steinkreuz scheuten, kippte die Equipage um.

Sowie wir uns näherten, wurde eine scheinbar leblose junge Dame etwa in meinem Alter aus der Kutsche gehoben. Das war Carmilla. Mein Vater, der sich auf sein medizinisches Wissen etwas einbildete, stellte schnell fest, dass Carmilla bloß bewusstlos war. Ihre Mutter war schadlos aus der Sache hervorgegangen, erzählte aber händerin-

Beharrlich verweigerte mir meine neue Bekannte die kleinste Auskunft und wich wachsam, ja reserviert allen meinen Fragen aus. Das hätte ich natürlich respektieren müssen, aber Neugier kennt weder Ruhe

gend, dass sie in einer Angelegenheit auf Leben und Tod unterwegs sei. Drei Monate werde sie weg sein, woraufhin ich meinen Vater überredete, dass wir uns in der Zwischenzeit um Carmilla kümmern sollten.

Beharrlich verweigerte mir meine neue Bekannte die kleinste Auskunft und wich wachsam, ja reserviert all meinen Fragen aus. Das hätte ich natürlich respektieren müssen, aber Neugier kennt weder Ruhe noch Hemmungen. Keiner meiner Taktiken war Erfolg beschieden. Nichts verfing bei ihr, Vorwürfe nicht, auch keine Schmeicheleien. Ich bekniete meine Liebste, sich auf meine Ehrbarkeit und mein Gewissen zu verlassen, und versprach, keiner Menschenseele von ihren Geheimnissen zu erzählen. Und doch missbrauche ich jetzt ihr Vertrauen, weil ich Ihre Hilfe benötige. Zu guter Letzt nämlich gab Carmilla nach, möglicherweise aus reinem Überdruss, und eröffnete mir das Unbegreifliche. Sie müssen mir glauben, Frau Psychologin, und mir versprechen, mich in keine Heilanstalt einzusperren. Carmilla ist eine Vampirin und einhundertsiebzig Jahre alt.

Womöglich hätten wir glücklich werden können, aber es gibt gewisse Umstände, unter denen meine Liebste und ich uns nicht treffen zu können scheinen. Und da sind Sie meine letzte Hoffnung. Könnten Sie sich

Wenn dies Sie aufmerken lassen sollte, können Sie sich vielleicht vorstellen, wie ich mich gefühlt habe. Carmilla ist so wunderschön! Ihr Teint ist frisch und gesund, ihre Züge zart und wohlgeformt, die dunklen Augen groß und strahlend. Sie ist hochgewachsen, schlank und von schier unfassbarer Anmut. Und so herrlich dichtes Haar habe ich noch nie gesehen. Es reicht ihr bis auf die Schultern. Wie oft habe ich meine Hände daruntergeschoben und staunend darüber gelacht, wie schwer es ist. Wie kann sie eine Vampirin sein? Dass Vampire untote Bauern sind, die anderen die Ernte zunichtemachen und für vergangenes Unrecht Rache üben, weiß doch jeder. Sie sind verderbt, geistlos, hässlich. Das Gegenteil von Carmilla.

Womöglich hätten wir glücklich werden können, aber es gibt gewisse Umstände, unter denen meine Liebste und ich uns nicht treffen zu können scheinen. Und da sind Sie meine letzte Hoffnung. Könnten Sie sich Carmillas und meiner erbarmen, auch wenn unser Problem derart ungewöhnlich ist?

Mit größter Hochachtung
Laura

Postskriptum: Könnten wir es mit dem Vornamen bewenden lassen, sofern Sie nichts dagegen haben?

Ich habe mich selten so sehr auf Patientinnen gefreut. Und nie war ich glücklicher, dass ich den Schritt gewagt und dieses Projekt in Angriff genommen habe.

Vergangene Woche haben M[redacted] und ich zu Hause auf dem Sofa gelegen und uns *lesbian vampire movies* angesehen, eine Kategorie innerhalb des Gruselgenres, die mir kein Begriff war, aber danach hatte ich Blut geleckt (sorry, der MUSSTE sein).

Wir haben uns *Draculas Tochter*, *… und vor Lust zu sterben*, *Gruft der Vampire*, *Les Lèvres Rouges*, *Vampyros Lesbos – Erbin des Dracula*, *The Blood Spattered Bride* und *Begierde* angesehen (mit Catherine Deneuve UND Susan Sarandon!!!), und obwohl wir bei den meisten Filmen dann doch die Augen verdrehten, weil der Blickwinkel ganz offenkundig ein männlicher war, kann man sie stellenweise (sicherlich unbewusst) durchaus als feministisch bezeichnen. Die Vampirinnen sind einerseits Monster, andererseits aber auch Frauen, die sich den patriarchalischen Strukturen widersetzen.

Und ich muss gestehen, männlicher Blickwinkel hin oder her, einige Szenen waren echt heiß.

Wir hatten seit Jahren keinen richtig guten Sex mehr, aber diesmal stürzte ich mich auf M[redacted], als wäre ich selbst eine Vampirin.

ARBEITSHEFT	Fortz.

Später
Mir ist gerade etwas eingefallen. Ich habe keinen Gedanken daran verschwendet, dass ich morgen bei meinem Treffen mit einer Vampirin Angst haben müsste. Was aber passiert, wenn sie kommt und Hunger hat?

Dracula's Tochter, USA 1936, Regie Lambert Hillyer

Blut an den Lippen, Belgien 1971,
Regie Harry Kümel

Dracula's Tochter, USA 1936,
Regie Lambert Hillyer

… und vor Lust zu sterben, Frankreich und Italien 1960, Regie Roger Vadim

SITZUNG 1

Laura, eine bildhübsche junge Frau, klappt ihren spitzenbesetzten Sonnenschirm zusammen und mustert mich nervös. Ich habe ein Sofa ins Sprechzimmer gerückt.

ICH: Wollten Sie nicht zu zweit kommen? Oder habe ich etwas missverstanden?

LAURA: Oh nein, Sie haben vollkommen recht, Frau Psychologin, ich weiß nur nicht, wohin meine liebe Carmilla verschwunden ist! *(streift sich die Spitzenhandschuhe ab)* Ich habe klar und deutlich vier Uhr gesagt, aber manchmal kränkelt sie … Ich hoffe, es ist ihr nichts Ernstes widerfahren.

ICH: Hoffentlich nicht, nein. Aber setzen Sie sich doch!

Laura nimmt artig Platz. Ihre Röcke bedecken das halbe Sofa. Sie lächelt mich angespannt an. Ich erwidere das Lächeln.

ICH: Es ist warm heute.

LAURA: Das stimmt. *(Pause)* Zumindest in der Sonne … Im Schatten ist es kühl. *(Pause)* Es ist wirklich schwer einzuschätzen, finden Sie nicht?

ICH: Ja, man weiß morgens gar nicht, was man anziehen soll.

Stille. Laura betrachtet den kleinen Wecker, der auf meinem Schreibtisch steht.

LAURA: Wo steckt sie nur? Es ist schon drei nach!

ICH: Vielleicht möchten Sie in der Zwischenzeit schon etwas über sich selbst erzählen.

LAURA *(streicht sich über das Kleid und sieht mich verunsichert an)*: Ich wüsste gar nicht, wo ich anfangen sollte.

ICH: Erzählen Sie mir doch zuallererst, warum Sie hier sind!

LAURA: Ja … Ich bin neunzehn Jahre alt und noch immer nicht verheiratet. Ich lebe mit meinem Vater in der Steiermark im Kaisertum Österreich. *(denkt kurz nach)* Mein Vater stammt aus England, und wir sprechen zu Hause hauptsächlich Englisch. Darüber hinaus spreche ich fließend Deutsch und Französisch. Und ich liebe schöne Dinge. Davon gibt es in unserem feudalen Wohnsitz so einige.

ICH: Feudal?

LAURA: Ja, wir wohnen in einem Schloss.

ICH: Ist ja ein Ding!

LAURA: Nun ja, sonderlich wohlhabend sind wir nicht. Mein Vater war im österreichischen Staatsdienst tätig und trat mit einer Pension und seinem Erbteil in den Ruhestand. Er hat also ein bescheidenes Einkommen, in den Augen der reichen Engländer daheim eher kärglich, aber in der Steiermark kann man damit gut leben. *(spricht immer schneller)* Mein Vater erwarb das Schloss mit den zugehörigen Ländereien zu einem außerordentlich günstigen Preis. Selbst mit mehr Geld könnten wir nicht komfortabler oder gar luxuriöser leben. In patriotischer Anwandlung pflegt mein Vater neben Kaffee und Schokolade regelmäßig Tee zu trinken … *(verstummt)* Verzeihen Sie! Meine Redseligkeit geht mit mir durch. Ich treffe so selten neue Menschen … *(lächelt scheu)*

ICH: Sie brauchen sich nicht zu entschuldigen, ich habe Sie schließlich ermuntert, von sich zu erzählen. Aber wie geht es Ihnen dort auf dem Land in Österreich?

LAURA: Eine idyllischere, aber auch einsamer gelegene Wohnstätte ist kaum vorstellbar. Das Schloss steht mitten im

Wald auf einer kleinen Anhöhe. Dort wachsen prachtvolle Linden, und wenn die Sonne mit melancholischem Glanz untergeht, verschlägt das verblassende Purpurrot einem den Atem. *(faltet die Hände und lächelt versonnen)* Das Schloss selbst verfügt über unzählige Fenster, Türme und eine gotische Kapelle. Und Sie sollten die herrlichen Zimmer sehen! Sie sind gemütlich und praktisch zugleich, die Einrichtung besteht aus geschnitzten alten Eichenmöbeln und Eichenschränken, und die Sessel sind mit karmesinrotem Utrechter Samt bezogen. Gobelins in mächtigen Goldrahmen bedecken die Wände … und darauf sind lebensgroße Gestalten abgebildet. *(Pause)* Sie zeigen festliche Szenen aus der Jagd und Falknerei.

Weitschweifig, oberflächliche Beschreibungen unbewusstes Fluchtverhalten?

ICH *(lächele)*: Tja, dagegen wirkt meine Praxis sicherlich ziemlich schäbig.

LAURA *(peinlich berührt)*: Oh nein! Hier ist es natürlich eher … praktisch. Aber das meine ich in bestem Sinne! Es … Es ist einer Klosterzelle gar nicht so unähnlich. Die Wände sind so weiß … *(Pause)* Dieser Raum hier dient ja auch fast ein und demselben Zweck. Schließlich bin ich hier, um in mich zu gehen, die Beichte abzulegen und hoffentlich Vergebung für meine Sünden zu erlangen.

ICH: Interessanter Vergleich. Ich ahne, was Sie damit sagen wollen, aber der Zweck ist nicht ganz derselbe. Ich meine … Einerseits in sich zu gehen und andererseits aus sich herauszukommen … Klar sind das Teile des therapeutischen Prozesses. Aber ich kann Ihnen nicht die Absolution für *Sünden* erteilen.

Laura wirkt enttäuscht.

ICH: Im Übrigen halte ich Begriffe wie *Sünde* sowieso für nicht allzu spannend.

LAURA: Nicht?

ICH: Nein. Ich glaube, spannender wäre, darüber zu sprechen, warum Sie etwas für *sündhaft* halten oder welche Bedürfnisse dazu geführt haben, dass Sie sich *versündigt* haben. Im Unterschied zur Kirche, mit der Sie womöglich ebenfalls zu tun haben, bin ich nicht hier, um irgendwen für irgendetwas zu verurteilen.

LAURA: Das ist natürlich schön zu hören.

ICH: Sind Sie denn gläubig?

LAURA: Ja, selbstverständlich! Ich persönlich hätte sogar seelsorgerische Hilfe in der Kirche gesucht, aber Carmilla mag religiöse Rituale nicht. Predigten sind für sie unsinnig, und sie sagt, dass die Lieder ihr in den Ohren wehtun. Einmal hat sie regelrecht Fieberschauer bekommen, als sie das Lied eines Trauerzugs hörte.

ICH: Oh, das ist eine heftige Reaktion!

LAURA: Ja, aber damals wusste ich noch nicht, woran es lag. Ich habe erst später erfahren, dass sie Vampirin ist.

ICH: Ah, deshalb … Natürlich. *(Pause)* Sie müssen mir bitte verzeihen, wenn ich frage, aber … *(halte inne)* Wissen Sie, ob sie in letzter Zeit gegessen hat?

LAURA *(errötet)*: Ja, erst heute Morgen … von mir.

ICH: Ich hatte das Gefühl, ich müsste das fragen. Ich war noch nie in einer solchen Situation. Ich hoffe, Sie haben Verständnis dafür.

LAURA: Natürlich. Ist Carmilla Ihre erste Vampirin?

ICH: Ja.

LAURA *(errötet erneut)*: Meine auch.

Schweigen. Laura späht zum Wecker.

ICH: Erzählen Sie mir noch ein bisschen über sich selbst!

LAURA *(strahlt mich an)*: Hören und staunen Sie! Unser Schloss hat einen Burggraben!

ICH: Ach. Sucht wieder Ausflüchte in Sachbeschreibungen

LAURA: Er ist fischreich, und zwischen weißen Seerosen schwimmen viele Schwäne. An der Zugbrücke führt eine schmale Straße vorbei. Auf dieser Straße bin ich Carmilla erstmals begegnet. *(Pause)* Ach, Carmilla … Wo steckt sie nur? Was, wenn sie nicht mehr kommt? *(sieht beunruhigt zur Tür)*

ICH: Warum befürchten Sie, sie könnte wegbleiben?

LAURA: Sie wollte ganz sicher kommen, aber … Sie ist manchmal wirklich schwer zu durchschauen. Oh, was mache ich bloß? Ich kenne sie doch erst seit zwei Monaten, trotzdem kann ich mir ein Leben ohne sie nicht mehr vorstellen. Sie hat in mir Gefühle geweckt, von denen ich zuvor nicht einmal geträumt habe. Ich bin himmelhoch jauchzend und … quäle mich zutiefst. Carmilla sagt selbst, dass sie grausam und selbstsüchtig ist, aber ist Liebe nicht immer selbstsüchtig? Und je stärker sie brennt, desto selbstsüchtiger ist sie. Das behauptet zumindest Carmilla.

ICH: Ich glaube, wir warten besser, bis Fräulein Carmilla ebenfalls hier ist, bevor wir über Ihre Beziehung sprechen. Damit sie nicht das Gefühl hat, wir hätten hinter ihrem Rücken über sie geredet.

LAURA: Sie haben recht. Natürlich. Ich bin einfach nur leicht verzweifelt. Carmilla ist mein Ein und Alles. Sie ist die Einzige, die mich versteht, und ich dachte, ich verstünde sie auch. *(schluchzt auf)* Dann habe ich kürzlich Dinge erfahren, angesichts derer ich als naives Dummchen dastehe.

Ich reiche ihr ein Taschentuch.

LAURA: Oh, danke. Was für ein bemerkenswertes Material, fast wie Papier! *(tupft sich die Augen)*

ICH: Es ist wirklich Papier.

LAURA: Geht das in der Wäsche nicht kaputt?

ICH: Die werfen wir weg, nachdem wir sie benutzt haben.

LAURA: Oh. Das ist … eigenartig. *(faltet das Taschentuch ordentlich zusammen)* Aber es ist womöglich nicht verwunderlich, dass ich so naiv bin. Unser Schloss hat nur wenige Bewohner. Wer indessen in Wien aufgewachsen ist … So treuherzig wäre ich da ganz bestimmt nicht gewesen. Andererseits hätte ich Carmilla dort nie kennengelernt. Und ich will mich ehrlich nicht beklagen, dass meine Familie nur mehr aus meinem Vater besteht. Er ist der gütigste Mensch auf Erden. idealisiert den Vater?

ICH: Und Ihre Mutter?

LAURA: Meine Mutter starb, als ich klein war.

ICH: Das tut mir leid.

LAURA: Ich kann mich nicht mehr an sie erinnern. Und ich hatte liebe Gouvernanten: Mademoiselle de Lafontaine und Madame Perrodon aus Bern. Manchmal fragt mich mein Vater, ob ich die Fürsorge und Freundlichkeit einer Mutter vermisse. Aber was man nie gekannt hat, kann einem ja nicht fehlen.

will anscheinend unbedingt das Thema wechseln

ICH: Doch, an und für sich schon. Die Abwesenheit einer Mutterfigur kann …

LAURA *(fällt mir ins Wort)*: Aber ich habe doch meinen Vater! Einen besseren Vater als ihn kann man sich gar nicht wünschen. Er gibt mir alles, worauf ich mit dem Finger deute, auch wenn er mich damit ganz grässlich verwöhnt … Und jetzt habe ich außerdem Carmilla. Mein Leben wäre vollendet, wäre da nicht … *(hält inne)* Nein, wir wollen ja nicht von ihr sprechen. Wo *bleibt* sie nur? Ich hätte sie hierher begleiten sollen, aber ich musste noch etwas erledigen, und sie war so erschöpft … *(reißt das Taschentuch in Streifen)* Sie hatte sich hingelegt, als ich ging, obwohl sie kein Fieber hatte. Ich habe ihr die Hand an die Stirn gelegt, und die war kühl.

Es klingelt an der Tür.

LAURA: Carmilla! Das muss sie sein!

Laura bleibt sitzen und sieht mir besorgt nach. Sie lächelt erleichtert, als sie hört, dass Carmilla sich mir draußen auf dem Flur vorstellt. Auf dem Mitschnitt sind unsere Stimmen leise zu hören.

ICH: Darf ich Ihnen den Mantel abnehmen? *(Pause)* Stimmt etwas nicht?

CARMILLA: Sie müssen mich hereinbitten, sonst kann ich nicht über die Schwelle treten.

ICH: Ja, natürlich. Herzlich willkommen, Fräulein Carmilla. Treten Sie doch bitte ein!

CARMILLA: Danke.

Sie betritt das Sprechzimmer. Ihre blasse Haut leuchtet fast im Licht, das durch das Fenster hereinfällt. Sie hat einen bezaubernden Gesichtsausdruck, selbst auf der Filmaufnahme. Laura steht auf.

LAURA: Oh, meine Liebste, endlich! Ich hatte die Hoffnung schon aufgegeben. Geht es dir gut? Du bist doch nicht unpässlich, oder? Ich hoffe, du hast dich nicht überanstrengt.

Oder unreifes Obst gegessen. Ich habe Riechsalz dabei, falls du es vergessen haben solltest …

CARMILLA: Mein Kleines, beruhige dich!

Carmilla nimmt Laura in die Arme und küsst sie auf die Wange. Unterdessen lässt sie mich nicht aus dem Blick.

Und ich kann weder meine Neugier noch meine Angst verheimlichen

CARMILLA: Entschuldigen Sie, dass ich zu spät komme! Ich bin so schnell gelaufen, wie meine schwachen Beine mich tragen konnten.

ICH: Geht es Ihnen nicht gut? Fräulein Laura hat sich schon Sorgen gemacht, Sie könnten krank sein.

CARMILLA: Mir fehlt nichts weiter, außer dass ich an einer leichten Schwäche leide. Man sagt, ich sei sehr matt und ertrüge keine Anstrengung. Ich kann kaum so lange gehen wie ein dreijähriges Kind. Der Zustand geht indes rasch vorbei.

LAURA: Geliebte, habe ich dir am Morgen nicht genügt?

CARMILLA: Aber sicher. *(sieht mich an)* Ein Appetithäppchen wäre allerdings köstlich.

ICH: Sie nehmen am besten erst einmal Platz, Fräulein Carmilla.

CARMILLA: Mit Vergnügen.

Carmilla und Laura setzen sich aufs Sofa. Die Kleiderstoffe rascheln aneinander.

CARMILLA: Ich muss zugeben, mir ist nicht ganz klar, wie eine Außenstehende uns helfen soll. Doch meiner Laura tut das liebe Herzchen weh, und da blutet natürlich auch mein wildes Herz.

ICH: Das klingt, als wären Sie nur ihretwegen hier.

CARMILLA: Für meine Blume tue ich alles.

ICH: Wenn man nur um des Partners willen zur Paartherapie kommt, geht das meiner Erfahrung nach selten gut. Es müssen schon beide bereit sein, an der Partnerschaft zu arbeiten.

CARMILLA: Meine Zuneigung zu ihr hat mich hergeführt. Laura hat mich in ihr Haus und in ihr Herz gelassen. In meinem ganzen Leben war ich nie glücklicher als jetzt in ihrem schönen Schloss, in ihrer Fürsorge und Gesellschaft … Aber natürlich wäre ich bereit, sie in Ruhe zu lassen, wenn ihr Herzchen mit meinen ungelenken Versuchen, ihr zu Diensten zu sein, unzufrieden wäre.

LAURA: Was redest du denn? Meine Geliebte, hör auf damit! Deshalb sind wir doch hier … damit wir nicht getrennte Wege gehen müssen.

ICH: Laura hat mir einen Brief geschrieben, in dem sie berichtet, wie Sie sich kennengelernt haben und dass Sie im Augenblick eine schwierige Phase durchleben. Einzelheiten hat sie allerdings nicht genannt. Vielleicht fangen wir damit an, dass Sie mir Ihre Sicht der Dinge schildern, Fräulein Carmilla.

CARMILLA: Ich habe keine sonderlich guten Erfahrungen gemacht, wenn ich über mich gesprochen habe.

ICH: Dann ist es bestimmt nicht leicht für Sie, den ersten Schritt zu tun. Aber für viele stellt es allein schon eine Hilfe und Erleichterung dar, wenn sie darüber sprechen, was ihnen das Leben so schwer macht. Die eigenen Gedanken und Gefühle in Worte zu fassen hilft mitunter, ein Problem klarer zu sehen.

CARMILLA: Aber ich *habe* gar kein Problem, das ich in Worte fassen müsste. Für mich ist alles glasklar.

ICH: Fräulein Laura hat aber angedeutet, dass Ihr Verhältnis zueinander nicht ganz unproblematisch sei. Da sollte es doch für Sie beide wichtig sein, darüber zu sprechen.

CARMILLA: Sicher … Ich weiß nur einfach nicht, was meiner geliebten Laura fehlen könnte. Sie kann sich meiner grenzenlosen Liebe sicher sein, sie hat einen Vater, der sie liebt, und zwei treue, wenn auch leicht einfältige Gouvernanten. Und sie ist umgeben von all den schönen Dingen, die sie so sehr mag.

Ich sehe Laura an. Sie scheint immer noch nicht bereit zu sein, Klartext zu reden.

ICH: Einige Paare kommen zu mir, weil sie Schwierigkeiten haben, mit ihrer Unterschiedlichkeit klarzukommen. Andere, weil sie das Gefühl haben, ihre individuellen Bedürfnisse nicht befriedigt zu sehen oder weil sie immer über ein und dieselben Fragen in Streit geraten und diesbezüglich einfach auf keinen gemeinsamen Nenner kommen. *(Pause)* Fräulein Carmilla, Sie erwähnten gerade, dass Sie nicht wüssten, wie eine Außenstehende Ihnen helfen könnte. Aber gerade *dass* ich eine Außenstehende bin, ist doch der Punkt. Ich kann Sie ganz unvoreingenommen durch dieses Gespräch lotsen. Allerdings müssten Sie dazu beide erzählen, wie es Ihnen wirklich geht. Ich bin schließlich keine Hellseherin.

CARMILLA: Ich auch nicht, auch wenn Sie das annehmen sollten. Dass wir Vampire uns mit derlei ordinärem Hokuspokus abgeben, ist schlichtweg ein Mythos.

ICH: Dann ist es ja gut. Ich hätte nämlich nicht gewusst, wie ich in einer Therapiesituation damit hätte umgehen sollen.

Ich lächele, doch Carmilla verzieht keine Miene.

CARMILLA: Frau Therapeutin, ich halte gewisse Dinge schon seit bald einhundertsiebzig Jahren geheim. Selbst wenn ich wollte … So einfach lässt sich diese Gewohnheit nicht beiseiteschieben.

ICH: Sie wissen, dass ich der Schweigepflicht unterliege?

CARMILLA: Sicherlich ein hehrer Vorsatz, aber Sie sind am Ende doch nur ein Mensch aus Fleisch und pulsierendem Blut. Was ich zu erzählen habe, könnte Sie derart verstören, dass Sie gar nicht anders können, als sich wiederum anderen anzuvertrauen.

ICH: Es ist ganz wesentlich, dass Sie als meine Patientinnen Vertrauen zu mir haben. Und wenn ich mich nicht an die Schweigepflicht halte, begehe ich einen Gesetzesverstoß. Insofern verläuft für mich da eine klare Grenze.

Wahrheit im Hinblick auf das Buchprojekt leicht gebeugt.

CARMILLA *(seufzt)*: Ich verstehe bloß nicht ganz, wie mir das Auseinanderdividieren unseres kleinen Liebesgeplänkels nutzen soll. Ganz ohne Zweifel werden Sie sich auf Lauras Seite schlagen. Immerhin ist sie das Opfer in dieser Geschichte.

ICH: So nehmen Sie Ihre Rollen wahr? Einerseits als Opfer und andererseits … als was? Als Täterin?

CARMILLA *(grinst mich spöttisch an)*: Ich bin schließlich Vampirin, nicht wahr?

ICH: Manchmal sind derlei Rollen nicht so festgelegt, wie man meinen könnte, Fräulein Carmilla. Ich hoffe, Sie geben der Sache hier eine Chance, weil ich wirklich gern beide Seiten hören möchte. Außerdem sagten Sie gerade, Sie seien bereit, für Ihre *Blume* alles zu tun.

Carmilla hebt die Hand an die Schläfe und sinkt aufs Sofa zurück.

ICH: Ist alles in Ordnung?

CARMILLA: Ich fühle mich plötzlich so kraftlos.

ICH: Möchten Sie vielleicht ein Glas Wasser?

CARMILLA: Es ist bestimmt gleich wieder vorbei.

LAURA: Meine liebe Freundin, du bist doch hoffentlich nicht… hungrig.

Carmilla schüttelt den Kopf.

ICH: Sind Sie sich da sicher? *(räuspere mich)* Vielleicht fangen wir einfach andersherum an. Fräulein Laura hat in ihrem Brief einen Unfall erwähnt und dass Sie sich in diesem Zusammenhang kennengelernt haben. Das klang für mich ziemlich dramatisch.

LAURA: Und romantisch! Es war so romantisch!

ICH: Möchten Sie mir vielleicht ein bisschen mehr erzählen, Fräulein Carmilla? Als der Unfall passierte, wohin wollten Sie und Ihre Mutter da?

CARMILLA: Unser Reiseziel tut nichts zur Sache. Dass meine Mutter mich niemals in der Obhut von Fremden zurückgelassen hätte, wäre es nicht um Leben und Tod gegangen, muss genügen.

LAURA: Jetzt sei nicht so kaltschnäuzig, meine Geliebte! Wir sind doch hier, um über unsere Gefühle zu sprechen. *(wendet sich zu mir um)* Als sie wieder zu Bewusstsein kam und erfuhr, dass ihre Mutter weitergereist war, fing sie ganz herzzerreißend an zu weinen.

ICH: Was hat Sie so traurig gemacht, Fräulein Carmilla?

Carmilla mustert mich stumm und misstrauisch.

LAURA: Es war von Anfang an klar, dass Carmilla von schwacher Gesundheit und nervös war. Wir brachten sie in einem der hübschesten Zimmer des Schlosses unter. Vielleicht war es sogar ein wenig zu imposant eingerichtet. Vom Bett aus blickte man auf einen düsteren Gobelin, der Kleopatra mit ihren Nattern am Busen zeigte. Die übrige Einrichtung prunkte mit goldenem Schnitzwerk und reichen, bunten

Farben. Sowie der Arzt sie untersucht und uns mitgeteilt hatte, dass die Erschütterung ihrer Nerven sich gelegt habe, ließ ich nachfragen, ob sie mich für einige Minuten in ihrem Zimmer sehen wolle. Der Diener brachte umgehend die Antwort, dass sie sich nichts sehnlicher wünsche. Und … ja … so hat alles begonnen.

ICH: Was fanden Sie an Fräulein Carmilla sympathisch?

LAURA: Sie war so schön! Aber das sehen Sie ja selbst. Ich fühlte mich sofort zu ihr hingezogen. Und wenn sie mich küsst … Manchmal ziehen sich die Küsse in die Länge und werden immer inniger. Mich packt bisweilen eine seltsame, heftige und doch angenehme Erregung, der sich indes auch Unruhe beigesellt. *(errötet)* Mein Herz schlägt schneller, der Atem wird flach und geht in ein Keuchen über, das in Konvulsionen gipfelt, bei denen ich die Besinnung verliere.

ICH: Das klingt … heftig. *Werde glatt eifersüchtig!*

LAURA: Sie wohnen in einer Stadt. Sie können sich gar nicht ausmalen, welch großartiges Ereignis eine neue Bekanntschaft bedeutet, und Carmilla war so intensiv, mit ihren glühenden Küssen und bebenden Umarmungen. In jedem Augenblick lag Leidenschaft.

ICH *(lächele)*: Das klingt doch wunderbar. Und Sie, Fräulein Carmilla? Was an Fräulein Laura fanden Sie liebenswert?

CARMILLA: Sie war so unschuldig. Meine erregte Aufwartung war für sie anfangs ganz unbegreiflich. Sie verstand gar nicht, was ich von ihr wollte. *(lächelt)* Aufgrund meiner Blicke und Berührungen vermutete sie sogar einen knabenhaften Verehrer, der sich als Frau verkleidet in ihr Haus geschlichen hatte, um seine Absichten zu verfolgen … In diesem Szenario wäre meine Mutter die schlaue, ältere Kupplerin gewesen. *(muss lachen)*

LAURA: Das war doch bloß eine Verirrung.

CARMILLA: Es war hinreißend.

ICH: Jetzt weiß ich etwas mehr über Ihre Kennenlernphase. Sie bedeuten einander anscheinend sehr viel.

Laura nickt nachdrücklich.

ICH: Und es wird deutlich, dass Sie sich nahestehen, sowohl gefühlsmäßig als auch körperlich. Die Anziehungskraft ist selbst hier im Raum fast spürbar, und Fräulein Laura beschreibt Ihre körperliche Liebe als sehr befriedigend …

LAURA *(winselt in sich hinein)*: Körperliche Liebe? Nein, das müssen Sie missverstanden haben. Meinen Sie … oder … Ich meine … Wie hätte das denn vor sich gehen sollen? Wie sollten sich zwei Frauen im biblischen Sinne erkennen? Das ist doch unmöglich ohne einen … ein …

CARMILLA: Ein männliches Glied?

LAURA: Psst!

CARMILLA: Oh, Laura, du kriegst ganz rote Ohren! Du bist so niedlich!

ICH: Fräulein Laura, dass zwei Frauen miteinander Sex haben, geht ganz wunderbar. Und zum Glück ist unsere Gesellschaft auch ein gutes Stück weitergekommen, was ihre Sicht darauf angeht.

CARMILLA: Ich glaube fast, dass die Frau Psychologin hier bestens im Bilde ist. *(seufzt theatralisch)* Ich meine sogar, sicher zu sein, dass ich den Duft einer anderen Frau auf Ihrer Haut rieche.

ICH *(räuspere mich)*: Nun sind wir nicht hier, um über mich zu sprechen, sondern wir sprechen über Sie beide.

CARMILLA *(lächelt)*: Stimmt. Schade, wie ich finde.

ICH: Fräulein Laura, Sie sehen irgendwie leicht erschüttert aus. Was beschäftigt Sie?

Sehe selbst auch ziemlich erschüttert aus.

LAURA: Ich versuche gerade nur, mir vorzustellen, wie … Zwei Frauen, die … Ich meine, von Sodomiten habe ich natürlich schon einmal gehört, aber dass zwei *Frauen* sich … dass sie Vergnügen aneinander … Da ist doch nichts, was …

Laura verstummt und schlägt frustriert die Augen nieder.

Lesben scheinen ihr noch mehr Rätsel aufzugeben als Vampire.

ICH: Die Finger, die Zunge oder Spielzeug einzusetzen zählt auch als Sex.

LAURA *(blickt auf)*: Spielzeug?

ICH: Ja.

LAURA: Sie meinen so etwas wie … ein Schaukelpferd?

Carmilla schnaubt.

ICH: Nein, es gibt spezielles Spielzeug für die sexuelle Stimulation.

LAURA: Und das gibt man *Kindern* in die Hand?

ICH: Nein. Das ist für Erwachsene.

LAURA: Oh. Na ja. Wie auch immer. Nein. Wirklich nicht. Wir betreiben nichts von alledem, was Sie hier andeuten. *(Pause)* Ich verstehe nur nicht, was in mir vorgeht, wenn ich mir ausmale … Die Vorstellung ist gleichermaßen verlockend und abstoßend, sowohl fremdartig als auch … *vertraut.* Wenn Carmilla in mich eindringt, fühle ich mich manchmal ganz zittrig.

ICH: Entschuldigen Sie, aber jetzt habe ich wohl etwas missverstanden. Haben Sie nicht gesagt, Sie hätten keinen Sex miteinander?

Laura sieht mich verwirrt an.

ICH: Oder … was meinen Sie damit, Fräulein Carmilla würde in Sie eindringen?

LAURA: Sie beißt mich in die Brust. Sie saugt mein Blut. Erst tut es ein bisschen weh, doch dann …

Ich mache mir Notizen. Laura schlägt wieder den Blick nieder, scheint sich sammeln zu müssen.

ICH: Bekommen Sie in diesen Momenten jene Konvulsionen, von denen Sie erzählt haben? Verlieren Sie da die Besinnung?

LAURA *(flüstert)*: Ja.

Carmilla wirkt zufrieden.

Genießt sie die Schmerzen?
Hinweis auf BDSM?

ICH: Tut mir leid, dass ich es nicht gleich verstanden habe. Ich bin es bloß nicht gewöhnt, in diese Richtung zu denken. Fräulein Carmilla, Sie sind die erste Vampirin, die in meine Praxis kommt. Oder … Sie sind tatsächlich überhaupt die erste Vampirin, die ich treffe.

CARMILLA: Soweit Sie wissen.

ICH: Da haben Sie natürlich recht, ja. Fräulein Laura, Sie haben in Ihrem Brief erwähnt, dass Sie den Vampir mit verderbten Untoten assoziieren, aber da unterscheidet sich Ihre Vorstellung von meiner. Für mich steht der Biss des Vampirs für Erotik, Intimität, Penetration …

CARMILLA: Das klingt mir so, als hätten Sie darüber ziemlich viel nachgedacht. Vielleicht waren Sie ja sogar ein bisschen … neugierig? *(Pause)* Oh. Auch Sie sind recht hinreißend, wenn Sie unsicher werden, Frau Psychologin.

ICH: Wie kommen Sie darauf, dass ich unsicher wäre?

CARMILLA: Ihr Herz schlägt so heftig, dass Ihre Haut wärmer wird. Sie duftet leicht salzig – wie das Meer –, wenn Ihnen der Schweiß auf die Schläfen tritt. *(schnüffelt)* Dabei muss ich an Muscheln denken, die sich in den Wogen öffnen und die schimmernde Perle entblößen, die sich dort zwischen den fleischigen Falten verbirgt.

ICH *(räuspere mich)*: Was soll das, Fräulein Carmilla?

CARMILLA: Was meinen Sie? Habe ich Sie in Verlegenheit gebracht?

ICH: Ich meine, gehört zu haben, dass Sie mich sexualisieren wollten, und das ist mir unangenehm.

CARMILLA *(verschränkt die Arme)*: Pfählen Sie mich doch! Ich kann doch nichts dafür, dass ich eine poetische Ader habe.

Laura wirkt verwirrt.

ICH: Gut, machen wir einfach weiter! Fräulein Laura, Sie haben in Ihrem Brief geschrieben, dass ich Ihre letzte Hoffnung sei. Was ist Ihrer Meinung nach Ihr größtes Problem?

LAURA *(wirft Carmilla einen Seitenblick zu)*: Das wären zwei Dinge …

Carmilla zieht eine Augenbraue hoch. Laura schluckt trocken.

LAURA: Im Großen und Ganzen weiß ich rein gar nichts über meine Liebste, außer dass ihre Familie alt, von Adel und in westlicher Richtung zu Hause ist. Ich darf nicht einmal wissen, wer ihre Mutter ist. Und ich weiß weder Namen noch Besitz oder Wappenschild ihrer Familie.

CARMILLA: Meine kleine Laura hält viel auf weltliche Dinge.

LAURA: Ich will nicht behaupten, dass wir darüber streiten, denn Carmilla streitet sich nicht. Und es ist natürlich ungerecht, dass ich mitunter ganz unverhüllt in sie eindringe. Ich kann es wohl einfach nicht sein lassen.

ICH: Wenn Sie mich fragen, klingt es doch so, als seien dies ganz alltäglich Fragen, die Sie stellen. Selbstverständlich hat jeder das Recht, gewisse Grenzen zu ziehen, und niemand muss alles erzählen. Aber das hier scheinen mir doch recht grundlegende Fakten zu sein. Beispielsweise sollten Sie wenigstens wissen dürfen, wie Ihre Partnerin mit Nachnamen heißt.

CARMILLA: Das Einzige, was Laura wissen muss, ist die Tatsache, dass sie mein ist.

LAURA *(schüttelt den Kopf und tupft sich die Augen mit einem Papiertaschentuch)*: Ich mag dein sein, Carmilla. Aber du bist nicht mein. Nicht wirklich.

CARMILLA *(zieht Laura eng an sich und flüstert ihr ins Ohr)*: Halte mich nicht für grausam, sondern vertraue einfach deiner liebenden Seele!

LAURA: Schöne Worte, die nichts bedeuten.

ICH: Bleiben wir doch bei dem eben Gesagten, Fräulein Laura! Woran liegt es, dass Sie das Gefühl haben, Fräulein Carmilla wäre nicht die Ihre?

LAURA: Das ist unser zweites Problem … *(schluchzt zittrig)* Carmilla … Sie … Sie beißt auch andere. Sie hat sich früher Millarca genannt und geglaubt, ich könnte eins und eins nicht zusammenzählen.

ICH: Verstehe. Und Sie möchten nicht, dass sie auch andere beißt.

LAURA *(schüttelt den Kopf)*: Sie hat mich glauben gemacht, ich wäre besonders. Und dass ich die Einzige für sie wäre.

CARMILLA: Du *bist* die Einzige für mich, meine Liebste! Du darfst nichts anderes glauben. Die anderen bedeuten mir nichts. Ich liebe nur dein Blut.

Ziemlich simples Anagramm, fast als hätte Carmilla gewollt, dass man es herausfindet …

LAURA: Wenn sie dir nichts bedeuten, warum schleichst du dann zu ihnen? Und wie konntest du mir weismachen, du hättest nur schlafgewandelt?

Carmilla sieht gelangweilt aus.

ICH: Schlafwandeln?

Schon wieder den Anschluss verloren. Hätte L bei der Formulierung helfen müssen, was es für sie heißt, dass C andere beißt.

LAURA: Eines Nachts war Carmilla spurlos verschwunden. Wir waren außer uns, der ganze Haushalt war in größter Aufregung. Jedes Eckchen im Schloss wurde überprüft, man schickte sich sogar an, den Fluss mit Treibnetzen abzusuchen. *(schluchzt)* Doch dann … stand sie plötzlich vor ihrem Toilettentisch. Von Freude überwältigt, stürzte ich zu ihr, küsste und herzte sie immer wieder. Als mein Vater sich erkundigte, ob sie schlafwandele, antwortete sie mit Ja. Später erfuhr ich, dass sie bei den Mädchen im Dorf war … hat wie ein Trüffelschwein zwischen den ungewaschenen Körpern herumgewühlt. *(sieht zu Carmilla hinüber)* Hattest du dir überhaupt die Zähne geputzt, bevor du in mein Bett gekrochen kamst?

CARMILLA: Mach dir keine Sorgen, meine Liebe! Ich wittere den Geruch einer Blutkrankheit meilenweit und würde mich niemals mit einer Seuche anstecken.

LAURA: Du verschwindest so oft … und so lange! Nicht einmal du kannst so durstig sein. Wo bist du dann immer?

Carmilla antwortet nicht. Streicht sich nur bedächtig über den langen Zopf.

LAURA: Du hast mir einmal gesagt, ich sei süß wie ein Baiser und dass du dich genötigt fühltest, von mir zu naschen. Sagst du so etwas auch zu den anderen?

CARMILLA: Natürlich nicht! Bei ihnen habe ich doch nur den schlimmsten Durst gestillt.

LAURA: Aber warum stillst du deinen Durst nicht bloß an mir?

CARMILLA: Liebste, ich will dich damit nicht dauernd belasten. *(Pause)* Ihr Blut kann sich mit deinem nicht messen. Das wäre, als wenn ich die dünnste Wassersuppe mit dem edelsten Wein vergliche. Sei nicht eifersüchtig, sondern freu dich doch, dass ich dich nur umso höher zu schätzen weiß, nachdem ich das armselige Bauernmädchenblut geschmeckt habe! *(rutscht wieder näher an Laura heran) Dein* Blut ist süß und vollmundig zugleich. Eine Geschmackssensation jagt die nächste … wie eine Blüte, die sich ganz langsam entfaltet. *(schließt die Augen)* Hmm … eine karmesinrote Rose aus feuchtem Fleisch, das auf der Zunge zergeht. Wenn dein Blut in meinen Adern pulsiert, kommt es mir vor wie eine schmachtende Symphonie, die aus den geheimsten Winkeln meiner selbst widerklingt.

Laura betrachtet Carmilla mit verzücktem Blick.

ICH: Sie verzeihen mir bitte, wenn wir hier innehalten? Fräulein Laura, Sie haben zwei Probleme erwähnt … dass Fräulein Carmilla Ihnen vorenthält, wer sie ist, und dass sie andere beißt.

CARMILLA: Ich wusste, dass Sie mich zur Schurkin machen würden.

ICH: Tut mir leid, wenn Sie es so sehen, ich versuche nur zusammenzufassen …

CARMILLA *(verdreht die Augen, bis nur noch das Weiße zu sehen ist)*: Liebste Laura, könntest du mir das Riechsalz reichen? Ich fühle mich plötzlich so schwach …

LAURA: Was ist mit dir, meine Liebste?

CARMILLA *(winkt ab)*: Oh, du kennst doch meine schwächliche Konstitution. Bei der geringsten Aufregung gerate ich ins Wanken. Tut mir leid, wenn ich alles zerstöre.

LAURA: Aber mein Liebling!

CARMILLA: Denk jetzt nicht an mich, fahr einfach fort … *(schnüffelt am Riechsalz)*

LAURA: Bitte verzeih, Liebste! Ich hätte dich nicht so hart angehen dürfen.

ICH: Interessant, dass Sie diejenige sind, die sich entschuldigt, Fräulein Laura. Dabei hat doch Fräulein Carmilla Ihre Gefühle verletzt.

CARMILLA *(röchelt leise)*: Wie könnte ich absichtlich die Gefühle meiner Blume verletzen?

ICH: Sie treffen sich nachts mit anderen Mädchen und haben Fräulein Laura trotzdem erzählt, Sie wären bloß Schlafwandlerin.

CARMILLA: Das habe ich nie behauptet! Das war die Erklärung ihres Vaters.

ICH: Aber Sie haben Fräulein Laura in dem Glauben gelassen.

CARMILLA: Die Erklärung schien sie zu erleichtern. Ich will doch nur, dass es ihr gut geht.

ICH: Verstehen Sie Fräulein Laura trotzdem, wenn sie es als Verrat betrachtet, dass Sie hinter ihrem Rücken andere beißen?

Carmilla antwortet nicht, sondern nimmt erneut einen tiefen Zug vom Riechsalz. Laura betrachtet sie verunsichert.

War vielleicht ein bisschen sarkastisch von mir

ICH: Jetzt muss ich doch fragen: Wie fragil ist man als Vampir? Ich hatte immer den Eindruck, dass Sie recht zähe Wesen seien. So was wie quasi unsterblich.

Carmilla knallt das Riechsalzfläschchen auf den Tisch und richtet sich gerade auf.

CARMILLA: Mag sein. *(dreht sich zu Laura um)* Aber auch *mein* Herz kann durch eine unglückliche Liebe brechen.

Laura treten Tränen in die Augen. Sie zieht den Kopf ein.

LAURA: Trotzdem muss ich eines wissen, Carmilla. Bist du der Grund für all die Todesfälle im Dorf? Bist du es, die den Mädchen das Blut ausgesaugt hat?

Carmilla presst die Lippen zusammen.

ICH: Fräulein Laura, was … Was meinen Sie damit?

LAURA: Fragen Sie Carmilla!

CARMILLA: Was weiß denn ich, wie viele von diesen armen Seelen in ihren Hütten liegen und dahinsiechen?

LAURA: Du weißt genau, wovon ich rede! Wir haben den Trauerzug der armen Tochter des Waldhüters doch selbst gesehen, die zwei Wochen zuvor Trugbilder gesehen hatte. Und vor einer Woche erst ist die junge Frau des Schweinehirten gestorben. Sie hatte das Gefühl, irgendetwas packe sie an der Kehle und wolle sie erwürgen, als sie in ihrem Bett lag. Warst du das? *(schnieft)* Und ich, die meinem Vater glaubte, als er meinte, manche Fieberarten gingen mit Trugbildern einher?

ICH: Haben Sie eine dieser jungen Frauen umgebracht, Fräulein Carmilla?

CARMILLA: Ich muss niemanden umbringen, um meinen Hunger zu stillen.

ICH: Das war keine Antwort auf meine Frage.

CARMILLA: Wenn wir jetzt über *la petite mort* reden, dann habe ich sie tatsächlich über die Schwelle getragen. *(grinst)*

ICH: Ich ahne, was Sie gerade versuchen, Fräulein Carmilla. Aber da beiße ich nicht an.

Erst Hyde, dann Carmilla. Beide setzen die Sexualität als Drohung oder Lockmittel ein.

CARMILLA *(reibt sich zerstreut die Lippen)*: Interessante Wortwahl, Frau Psychologin. Trotzdem war keins der Mädchen tot, als ich ging. Viel wahrscheinlicher ist doch, dass es sich um ein Miasma handelt. Die unreine Luft in den Kammern kann doch nicht gesund gewesen sein.

? Bedeutung nachschlagen

ICH: Und wie stand es um die Einvernehmlichkeit? Wollten sie gebissen werden?

CARMILLA: Oh ja. Sie müssen mich tatsächlich ausdrücklich dazu einladen, genau wie Sie mich in Ihr Heim einladen müssen.

ICH: Was passiert eigentlich genau mit Fräulein Laura und den anderen, wenn Sie sie beißen? Werden sie ebenfalls zu Vampiren?

CARMILLA: Das fehlte noch! Ich will wohl kaum, dass mir irgendein dümmliches Bauernmädchen in die Ewigkeit folgt.

Verachtet sie die Frauen, die sie verführt?

ICH: Und wenn sie ebenfalls zu Vampiren würden, könnten Sie auch nicht mehr ihr Blut trinken, oder? Sie müssen sie am Leben erhalten, damit sie Ihnen weiterhin nützlich sind.

Carmilla kneift die Augen zusammen. Ich wende den Blick ab. Sehe auf die Uhr.

ICH: Unsere Sitzung ist gleich vorbei, und ich frage mich, ob wir für unsere nächste eine Absprache treffen sollten. Fräulein Carmilla, können Sie mir und Fräulein Laura zusichern, dass Sie in der kommenden Woche niemanden beißen?

LAURA *(hektisch)*: Mich auch nicht?

ICH: Doch, das wäre in Ordnung, wenn Sie beide es wollen. Aber ich möchte, dass Sie sich einzig und allein aufeinander konzentrieren, bis wir herausgefunden haben, was Treue und dieses Beißen für Sie beide bedeuten … *(stehe auf)* Können wir uns darauf einigen, Fräulein Carmilla?

Carmilla nimmt meine Hand und haucht mir flüchtig einen Kuss aufs Handgelenk. Dann schnüffelt sie intensiv. Und lächelt. Lippen fühlen sich kalt an

CARMILLA: Ich darf gratulieren.

ICH: Wozu?

CARMILLA *(Griff um meine Hand verstärkt sich)*: Dann wissen Sie es noch nicht?

LAURA: Was weiß sie nicht? Sprich nicht in Rätseln, meine Liebste.

CARMILLA: In einigen Wochen wird es kein Rätsel mehr sein.

Ich entziehe ihr die Hand. Tränen treten mir in die Augen, als mir dämmert, worauf sie anspielt.

ICH: Sie meinen …

CARMILLA: Ja. Ich verstehe nur nicht, wie das vor sich gegangen sein kann. Es muss doch ein Mann involviert gewesen sein.

LAURA: Wovon redest du?

CARMILLA: Komm, mein Dummerchen! Und vergiss deinen Schirm nicht! Ich will doch nicht, dass die Sonne deine bleiche Haut ruiniert. Und deine Handschuhe … So, gut. Auf Wiedersehen, Frau Psychologin.

Ich bleibe wie angewurzelt im Sprechzimmer stehen, als die beiden gehen.

MIASMA =
schlechte, verunreinigte Luft, die früher für Krankheiten und Epidemien verantwortlich gemacht wurde, bevor Bakterien, Viren etc. entdeckt wurden

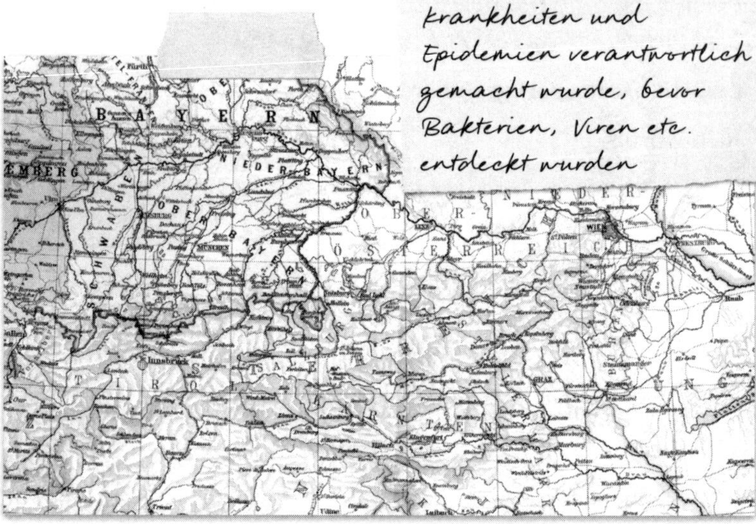

Von [redacted]
An [redacted]
Betreff Re: Carmilla, Laura und eine Überraschung
Datum [redacted]

PG

Meine Liebe!
Ich hab mich so sehr über Deine E-Mail gefreut! Gratuliere von Herzen zur Schwangerschaft! Und Du... Ich bin mir absolut sicher, dass Du eine fabelhafte Mutter sein wirst. Sorgen muss man sich eher um diejenigen werdenden Eltern machen, die sich gar keine Sorgen machen.

Interessante Frage, die Du da hinsichtl. Einvernehmlichkeit stellst. Eine Psychologin ist nämlich durchaus von der Schweigepflicht entbunden, sobald ein Patient ein schweres Verbrechen gesteht. Aber das ist nur eine Möglichkeit, keine Verpflichtung, und bei dieser Carmilla klingt es für mich nicht danach, als handelte es sich um Übergriffe. (Allerdings ist nicht ganz klar, ob ihren Ausführungen wirklich zu trauen ist.) Es wäre trotzdem etwas anderes, wenn Du als Psychologin etwa von einem akuten Verbrechen erfährst oder wenn *Gefahr im Verzug* sein sollte, weil ein solches bevorsteht. Da besteht für alle die Pflicht, es zu melden.

Ich überlege gerade, wie ich mich verhalten hätte. An wen hätte ich mich da wenden müssen? An irgendeinen Schutzmann in der Steiermark, der vor Jahrhunderten lebte? Wie hätte das in diesem Fall ablaufen müssen? Oder müsste ich mich an die Stockholmer Polizei wenden? Wer würde mir glauben, und was könnte wer ausrichten? Selbst wenn ein und dieselbe Straftat fortdauernd verübt wird, ist es doch längst passiert. Eine wirklich lupenrein komplizierte metaphysische Frage.

Eine Sache solltest Du bei den nächsten Sitzungen aber bedenken: Von außen betrachtet, kann Deine Schilderung so gelesen werden, als wäre Carmilla eine Psychopathin. Sie übernimmt keinerlei Verantwortung für ihre Handlungen und scheint weder Schuld noch Reue zu verspüren, und sie kommt mir ziemlich manipulativ vor. Sobald Euer Gespräch heikel zu werden droht, bekommt sie einen Schwächeanfall und verlangt nach dem Riechsalz. Zudem kommt mir die Verbindung zu Laura irgendwie oberflächlich vor. Sie erzählt rein gar nichts über sich selbst. Außerdem klingt alles nach einer parasitären Lebensweise (sie lässt sich auf diesem Schloss aushalten, trinkt Lauras Blut) und nach einem Mangel an Empathie. Wenn Du mich fragst, ist die Promiskuität an sich nicht das Problem (in den Siebzigern habe ich die weiß Gott zur Genüge selbst ausgelebt), aber auch sie kann ein Hinweis auf Psychopathie sein. Schlag mal Robert D. Hares Checkliste der Psychopathie nach. Wäre Carmilla meine Patientin, gäbe ich mir alle Mühe, dass sie nicht merkt, welchen Verdacht ich hätte. Eine psychopathische Vampirin will ja nun wirklich niemand am Hals haben … weder buchstäblich noch im übertragenen Sinn.

Heute bin ich übrigens ein bisschen durch die wunderschöne Landschaft hier in der Maremma an der Küste der südlichen Toskana geradelt. Sonnenblumenfelder, Zypressen, grüne Hügel, alte Höfe mit bröckelndem sienabraunem Putz und Efeu, das an den Mauern hochklettert. Ich glaube wirklich, ich könnte vom Leben gerade nicht mehr verlangen. Nun ja, vielleicht ein Gläschen Vin Santo, zusammen mit ein paar Cantuccini eine Offenbarung. Und ich glaube, die gönne ich mir jetzt.

Viele liebe Grüße, P

Was für ein Schock! Ich bin schwanger! Habe sage und schreibe DREI Tests gemacht, und jetzt ist es offiziell. (Man hört den Herzschlag doch noch gar nicht. Wie konnte Carmilla da Bescheid wissen? Kann sie die Hormone riechen? Oder hat das Kind eine andere Blutgruppe als ich? Hat sie das wahrgenommen?)

Klar bin ich überglücklich, aber gleichzeitig… gemischte Gefühle. Ich bin tatsächlich davon ausgegangen, dass es länger dauern würde und dass mehrere Anläufe nötig wären. Aber mehr als alles andere fühlt es sich unwirklich an. Es ist gerade einfacher für mich, an Vampire zu glauben als daran, dass ich einen Zellhaufen im Bauch habe, der zu einem neuen Leben heranwächst. Ungefähr so, wie es Laura leichter zu gefallen schien, an Vampire zu glauben als daran, dass zwei Frauen Sex haben und es auch noch genießen.

Es war womöglich nicht sonderlich klug, mit der Sitzung und mit der Therapie anzufangen, bevor Carmilla ebenfalls da war. Ich hätte Laura bitten sollen, im Wartezimmer sitzen zu bleiben, bis Carmilla eingetroffen wäre. Habe ich deshalb für sie Partei ergriffen? Fällt es mir leichter, Lauras Perspektive einzunehmen, weil ich von ihr mehr erfahren habe? Eigentlich nicht. Es wäre bestimmt auch so leichter für mich gewesen, mich mit Laura zu identifizieren, weil wir beide Sterbliche sind.

Ich glaube, dass Lauras Problem im Kern darin besteht, dass sie sich selbst in der Beziehung zu sehr zurücknimmt und ihre Bedürfnisse denen von anderen hintanstellt. Ein weiteres Problem ist der Altersabstand zwischen den beiden, gute einhundertfünfzig Jahre. Laura ist außerdem unfassbar naiv, das hat sie sogar selbst gesagt. Sie ist in einer komplett abgeschirmten Umgebung aufgewachsen, selbst wenn die mit Gobelins dekoriert war.

Welche Bedeutung hat der Tod der Mutter für sie? Und wie sieht eigentlich Carmillas Verhältnis zu ihrer eigenen Mutter aus? War die Frau in der Kutsche überhaupt die Mutter? Und ist sie ebenfalls Vampirin?

Mir will nicht aus dem Kopf, dass Carmilla Laura in die Brust beißt. Womöglich ist das jetzt reinste Küchenpsychoanalyse, aber irgendwie scheint mir da eine Parallele zum Stillen gegeben zu sein. Ist diese Erfahrung deshalb für Laura so eindrücklich? Hat die Mutter sie gestillt, bevor sie gestorben ist?

Ich bin komplett verwirrt. Kann nicht mehr klar denken. Habe einfach gerade selbst zu vieles zu klären.

Gruselig, dass ausgerechnet eine Vampirin mir eröffnet hat, dass ich schwanger bin. Ehrlich gesagt habe ich M[redacted] diesen Umstand verschwiegen. Manchmal habe ich das Gefühl, dass sie mir nicht glaubt, wenn ich ihr von meinen Patienten erzähle.

Aber apropos sie, ich und Carmilla… Zumindest mir selbst gegenüber muss ich es ehrlich zugeben: Als ich heimkam, habe ich M[redacted] ins Schlafzimmer gezerrt und sie aufs Bett geschubst. Erst nachdem wir schon eine ganze Weile rumgemacht hatten und ich ihr gerade

ARBEITSHEFT | Fortz.

das T-Shirt über den Kopf ziehen wollte, bemerkte ich, dass sie immer noch den Pfannenwender in der Hand hielt. Meine Güte! Sie glaubte natürlich, ich wäre nur deshalb so, weil ich gerade erst von der Schwangerschaft erfahren hatte. Anschließend streichelte sie mir über den Bauch, heulte und lachte abwechselnd. Ich fühlte mich so verlogen! In Wahrheit hatte ich nämlich die Anziehungskraft, die ich bei Carmilla verspürt hatte, auf M[redacted] übertragen.

Während der gesamten Sitzung fühlte ich mich wahnsinnig stark zu ihr hingezogen. Ich weiß, dass so etwas im Verlauf einer Therapie passieren kann, aber MIR war so etwas zuvor noch nie passiert, und ich weiß nicht recht, wie ich damit umgehen soll. Es hat mit diesen Raubtieraugen in ihrem engelsgleichen Gesicht zu tun. Und ich sehe Carmilla an, dass sie genau spürt, wie groß ihr Einfluss ist. Trotzdem muss ich mir auf die Schulter klopfen, weil ich mich wieder so schnell zusammengerissen und sie an den Pranger gestellt habe, als sie von Muscheln und Wogen sprechen wollte. Ein Teil von mir – ein ziemlich großer! – will insgeheim wissen, wie sich so ein Biss wirklich anfühlt, will auch *Konvulsionen* haben.

Ich MUSS weiter professionell bleiben.

Ich sollte das mit dem Handgelenk noch mal ansprechen. Andererseits fühlt sich das irgendwie… peinlich an?!

Könnte es sich bei Vampirismus um eine Fixierung im oralen Stadium handeln?

Wie bei einem Kleinkind, das nicht lange genug ~~gestel~~ gestillt wurde & mütterliche Nähe erfahren hat und im Erwachsenenalter dann bedürftig und fordernd wird? (Stillen als Ventil für das Es des Kindes)

Gem. Freud führt Fixierung u. a. zu manipulativem Charakter

Stillen = psych. Befriedigung (etw. hergeben für denjenigen, den man am meisten liebt), kann auch sinnlich, wollüstig wahrgenommen werden. Mutter stillt Kind, Laura stillt Carmillas Durst

Intimität, Penetration, Austausch von Körperflüssigkeiten, Befriedigung. Eigentlich klar, dass es hier um Sexualität geht?!

Gewisses Maß an Sadismus im Vampirismus? Genuss durch Zufügen von Schmerz? Ausgelebte Sexualität hat aggressive Komponente. Carmilla = manipulativ, oral fixierte Sadistin?

Jeder Sadist braucht einen <u>Masochisten</u>.
Verhältnis Vampir/Mensch erinnert in Carmillas/Lauras Fall an das alte Spiel zwischen Mann/Frau

Vampir = Mann/der aktive Part/Verführer

Mensch = Frau/passiver Part/Opfer (und weil sie ~~das~~ Opfer ist, kann sie nicht dafür verurteilt werden, wenn sie dabei Befriedigung empfindet = kein schlechtes Gewissen wegen sexueller Begierden)

Wenn Vampire tot sind, ist dann Sex mit einem Vampir <u>Nekrophilie</u>?

Carmillas heftige Reaktion auf Kirchenlieder etc. = heißt das, Gott gibt es? Oder dass Carmilla Angst vor Gott (Gottesfurcht) erlernt hat?
Selbsterfüllende Prophezeiung? Zeigen Vampire, die in einem jüdischen/muslimischen Milieu aufwachsen, vergleichbare Reaktionen bei entsprechenden heiligen Orten/Ritualen etc.?

SITZUNG 2

War frisch beim Friseur und habe Wimpern getuscht. Laura blickt neugierig in die Kamera, fragt aber nicht nach. Sie steuert gleich das Sprechzimmer an, als ich die Praxistür öffne, und ich will sie nicht in Verlegenheit bringen, indem ich sie wieder ins Wartezimmer bitte.

ICH: Schön, dass Sie wieder da sind, Fräulein Laura.

LAURA: Danke. *(stellt den spitzenbesetzten Schirm beiseite und streift die Handschuhe ab.)* Ich hoffe, ich bin bei Ihnen noch immer willkommen.

ICH: Selbstverständlich. Warum sollten Sie nicht willkommen sein?

LAURA: Carmilla war bei unserer letzten Begegnung so frei und hat sich zu Ihrem Privatleben geäußert. Wenn ich es richtig verstanden habe, wussten Sie noch nicht einmal selbst um Ihre … Umstände.

ICH: Kein Problem, wirklich, und zudem sind Sie doch nicht dafür verantwortlich, was Fräulein Carmilla sagt. Aber wie ich sehe, sind Sie auch heute wieder allein gekommen.

LAURA *(sieht sich um, als wäre Carmilla bereits im Zimmer)*: Ich habe sie bekniet, diesmal pünktlich zu sein.

Sie setzt sich aufs Sofa und ringt die Hände.

ICH: Kann es sein, dass Sie bedrückt sind? Möchten Sie mir erzählen, worum es sich handelt?

LAURA: Meine Herzdame behauptet, dass sie mich liebt. Warum kann sie sich da nicht wenigstens die Mühe machen und pünktlich sein, wenn sie doch weiß, dass dieses Treffen für mich wichtig ist? *(Pause)* Ich habe ihr die Stirn gekühlt, wenn sie Schmerzen hatte, ich habe ihr Liebesbezeugungen ins Ohr geflüstert, wenn sie Seelenqualen litt, ich habe ihre Geheimnisse für mich behalten und war stets an ihrer Seite, wann immer sie mich brauchte. Es betrübt mich ein bisschen, dass sie meine Fürsorge nicht annähernd erwidert.

ICH: Sie nennen es *betrübt*. Können Sie das Gefühl genauer beschreiben? Wo im Körper empfinden Sie es beispielsweise?

LAURA: Also … Mein Herz schlägt heftig … und ich verspüre ein Dröhnen im Kopf. Meine Haut ist erhitzt, als wäre ich mit glühender Kohle angefüllt.

ICH: Das klingt eher, als wären Sie wütend.

LAURA: Oh, Verzeihung …

ICH: Sie müssen sich nicht entschuldigen.

LAURA: Das wäre einfach nur so … unfeminin.

ICH: Tja, gewisse Gefühle werden noch immer als *unfeminin* angesehen, zumindest unterbewusst … Mitunter fällt es Frauen entsprechend schwer, sich mit ihrer Wut zu identifizieren. Wir deuten sie um in Trauer, in Rastlosigkeit oder Stress, statt sie als das anzuerkennen, was sie tatsächlich ist.

LAURA: Aber es ist für uns Frauen schlicht unnatürlich, Wut zu empfinden.

ICH: Unnatürlich? Wie meinen Sie das?

LAURA *(nervös)*: Ich meine nur, dass … die Wut zur männlichen Sphäre gehört.

ICH: Wissen Sie was, Fräulein Laura? Das ist gar nicht wahr. Jeder Mensch empfindet mitunter Wut. Genau wie jeder

Mensch, ganz gleich, ob Mann oder Frau, Gefühle wie Trauer oder Freude empfindet. Es gibt keine Gefühlsregung, die mit dem Geschlecht verknüpft wäre.

LAURA: Vielleicht haben Sie recht. Es ist nur … dass wütende Frauen so abstoßend wirken.

ICH: Na und? Frauen sind doch nicht nur dazu da, um allen anderen zu gefallen.

Laura sieht skeptisch aus.

ICH: Es ist sogar gesund, hin und wieder wütend zu werden, wenn jemand eine Grenze überschreitet, die einem selbst wichtig ist. Oder wenn jemand ein Versprechen bricht, beispielsweise diesmal pünktlich zu sein. Wut ist ein Hinweis darauf, dass irgendetwas nicht in Ordnung ist. Dabei kann es sich um ein vereinzeltes Ereignis handeln … oder um den Tropfen, der das Fass zum Überlaufen bringt. Genau wie alle anderen Gefühlsregungen hat auch die Wut eine bestimmte Funktion.

LAURA: Natürlich sind Sie die Expertin, aber ich meine doch, dass hundert wütende Männer auf eine wütende Frau kommen. Irgendetwas muss es also doch mit dem Geschlecht zu tun haben.

ICH: Dass Sie das so wahrnehmen, ist nicht verwunderlich. Wir Frauen werden von klein auf dazu erzogen, unsere Wut zu verleugnen. Sie ist einfach nicht gleichermaßen akzeptabel wie die Wut eines Mannes. Es gilt als unziemlich für Frauen, die eigene Wut nach außen zu richten und ihr Gehör zu verschaffen … durch Schreien, Streiten oder das Herumwerfen von Gegenständen. Auch Männer sehen sich mit negativen Reaktionen konfrontiert, wenn sie öfter wütend werden, aber Frauen werden eindeutig härter dafür sanktioniert.

LAURA: Aber ist das nicht auch gut? Dass man lernt, seine Gefühlsregungen zu beherrschen?

ICH: Bis zu einem gewissen Grad, ja. Aber es fängt doch schon in der Kindheit an. Eltern oder Betreuer im Kindergarten … oder … ja, Gouvernanten … wollen nicht sehen, wie das kleine Mädchen seiner Wut freien Lauf lässt, sondern beschreiben es stattdessen als traurig, obwohl es ganz eindeutig zornig ist. Nur dass am Ende nicht einmal das Mädchen selbst sein Gefühl als Zorn benennen kann. Wenn man nicht lernt, seinen Zorn als legitim zu betrachten, wird er sich irgendein anderes Ventil suchen. Er äußert sich in bissigen Kommentaren oder Verbitterung. Oder er richtet sich gegen das eigene Selbst und schlägt um in Ängste, Depressionen, Apathie. Man entfremdet sich von der eigenen Gefühlswelt. Verstehen Sie, was ich damit sagen will? Wenn wir entgegen aller Wahrscheinlichkeit doch einmal wütend werden, dann wird unsere Wut nicht für voll genommen. Sie wird beiseitegeschoben und ignoriert. Insofern lohnt es sich für eine Frau einfach nicht, wütend zu werden. *(Pause)* Eine solche Sicht auf Gefühle ist für Männer im Übrigen ebenso wenig hilfreich. Wenn kleine Jungen traurig sind, dann wird ihr Kummer oftmals zu Wut umgedeutet. Auf diese Weise fällt es ihnen zusehends schwer, ihre Trauer als solche zu identifizieren … oder auch andere Gefühle, die als *schwach* angesehen werden. Das alles ist einfach nur schrecklich falsch und unnötig.

LAURA *(lächelt)*: Jetzt klingen Sie fast, als wären Sie wütend.

ICH: Ja, ich habe mich nur ein bisschen … in Rage geredet. *(muss selbst lachen)* Oder … Klar, im Grunde sollte ich mir gerade eingestehen, dass ich auch wütend bin. Weil es mich *wirklich* wütend macht, dass sich an alledem bis heute nichts geändert hat. Und ich bekomme es fast mit der Angst zu tun, wenn ich mir vorstelle, wie es für Sie sein muss … in der Welt, aus der Sie stammen.

LAURA: Ich will Ihre Expertise wirklich nicht infrage stellen, aber sind Sie nicht zumindest auch der Ansicht, dass Männer und Frauen unterschiedlich wütend werden? Männer werden so laut, finde ich. Und sind immer so schnell persönlich beleidigt. Bevor Duelle in Preußen verboten wurden, hieß es, sie hätten für die nichtigste Kränkung immer sofort ein Duell gefordert.

ICH: Vielleicht drücken wir uns gerade nur unterschiedlich aus, weil wir so unterschiedlich erzogen wurden. Aber generell werden wir aus den verschiedensten Gründen wütend. Ich habe kürzlich erst eine Studie gelesen, in der nachgewiesen wurde, dass Frauen eher wütend werden, wenn sie sich machtlos fühlen, wenn sie ein Unrecht erfahren oder wenn die Menschen in der nächsten Umgebung für ihre Handlungen keine Verantwortung übernehmen. Aber das wird einem nicht in die Wiege gelegt, sondern hängt natürlich damit zusammen, dass Frauen genau mit solchen Erlebnissen öfter konfrontiert werden.

LAURA *(nachdenklich)*: Und wie soll ich nun wissen, dass ich tatsächlich Wut empfinde und nichts anderes?

ICH: Ich glaube, da ist es ganz wichtig, dass Sie lernen, in sich hineinzuhören. Versuchen Sie nachzuempfinden, wie Ihr Körper reagiert, und achten Sie ganz genau auf Ihre Gedanken. Mit ein bisschen Übung lernen Sie, Ihre Gefühlslage richtig zu benennen.

LAURA: Dann glauben Sie also, dass ich in Wahrheit wütend bin?

ICH: Das kann ich Ihnen nicht sagen. Allerdings ist es ganz wesentlich zu erkennen, dass Sie das Recht haben, wütend zu sein, weil Fräulein Carmilla sich wieder verspätet hat. Wütend zu sein ist *erlaubt.*

LAURA *(zögernd)*: Das macht mich jetzt irgendwie … wütend. Ja, de facto bin ich so richtig zornig, das glaube ich ganz sicher.

ICH: Und was heißt das für Sie, dass Sie zornig sind? Was will die Wut? Was meinen Sie?

LAURA: Die Wut will … Sie will … sich Carmilla schnappen, sie auf einen Stuhl drücken und sie bitten … nein, *zwingen*, mir zuzuhören. *(ballt die Fäuste so fest, dass die Knöchel weiß werden)*

ICH: Und was würde die Wut Fräulein Carmilla sagen? Was würden *Sie* ihr sagen?

LAURA: Dass sie mich endlich mit Respekt behandeln soll! Dass sie pünktlich sein und … ihre Versprechungen einhalten soll. *(bekommt feuchte Augen)*

ICH: Glauben Sie, dass Sie Fräulein Carmilla sagen könnten, dass Sie wütend sind?

LAURA *(schluckt trocken)*: Das weiß ich nicht. Aber ich könnte es versuchen.

Es klingelt an der Tür. Laura bleibt auf dem Sofa sitzen und tupft sich die Augen, während ich auf den Flur hinausgehe und die Tür öffne.

ICH: Kommen Sie herein, Fräulein Carmilla! Kommen Sie!

Carmilla antwortet nicht, sondern eilt wortlos vor mir her ins Sprechzimmer und nimmt Laura in die Arme.

CARMILLA: Meine liebste Freundin, weinst du? Was fehlt dir?

LAURA: Du! Du hast mir gefehlt! Wo warst du?

Carmilla lässt sich aufs Sofa fallen und rafft die Röcke. Ich setze mich in meinen Sessel.

CARMILLA: Was ist in meiner Abwesenheit geschehen? Es fühlt sich an, als wäre ein eisiger Wind durch das Zimmer gefegt.

Stille.

ICH: Fräulein Laura, möchten Sie Fräulein Carmilla etwas mitteilen?

LAURA: Nein … *(sieht mich verzweifelt an)* Nein, nicht dass ich wüsste.

ICH: Sind Sie sich da sicher?

LAURA *(bedenkt Carmilla mit einem zweifelnden Blick)*: Ich würde gern sagen, dass … dass du dich verspätet hast, meine Liebste.

ICH: Und was empfinden Sie dabei, Fräulein Laura?

Nervös zerrupft Laura ihr Papiertaschentuch. Carmilla mustert mich misstrauisch.

LAURA: Ich … weiß nicht …

ICH: Ich glaube, Sie wissen es. Aber womöglich fällt es Ihnen schwer, es Fräulein Carmilla zu sagen.

LAURA *(flüstert)*: Ja. Ich kann das nicht.

ICH: Ich verstehe, dass das schwierig für Sie ist. Sie sind es nicht gewöhnt, über negative Gefühle zu sprechen. Aber das bedeutet nicht, dass Sie es nicht könnten. Versuchen Sie es! Ich glaube, es täte Ihnen gut. Und Ihrer Beziehung ebenfalls.

Laura nickt. Knüllt die Taschentuchfetzen in der Faust zusammen. Blickt unvermittelt auf und sieht Carmilla trotzig an.

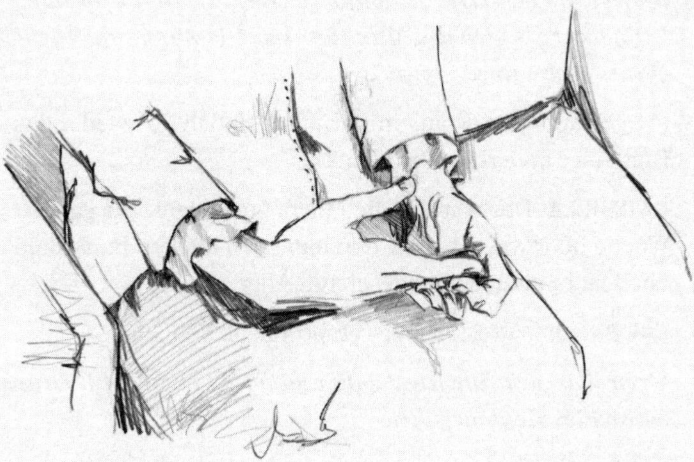

LAURA: Ich … Es … Es macht mich wütend, wenn du dich verspätest.

CARMILLA *(hüstelt theatralisch)*: Ich habe wirklich versucht, pünktlich zu sein. Aber angesichts der Steigung auf dem Weg hierher haben meine armen schwachen Beine angefangen zu zittern.

LAURA: Lüg mich nicht an, Carmilla! Ich erkenne doch an deinen rosigen Wangen, dass du kein bisschen angestrengt bist. Du hast gerade erst gegessen … Guck doch! Du hast sogar noch etwas Blut im Mundwinkel.

Angesichts von Lauras Tonfall wirkt Carmilla verdutzt. Eilig leckt sie sich die Mundwinkel. Die Zunge sieht feucht glänzend rot aus.

ICH: Stimmt das, Fräulein Carmilla? Haben Sie wieder das Blut einer anderen getrunken?

CARMILLA: Das war wirklich nicht so geplant. Die ganze Woche über war ich artig und habe den kleinen Bauernmädchen nicht einmal nachgeschaut. Aber …

LAURA: Du hattest es mir versprochen.

Carmilla zückt ihr Riechsalz und atmet es tief ein. Laura betrachtet sie ungerührt.

LAURA: Wer ist es?

Carmilla streift mich mit einem Seitenblick. Dreht sich wieder zu Laura um.

CARMILLA: Als ich gerade durchs Schlosstor kam, schlenderte ein üppiges junges Milchmädchen den Weg entlang. Sie duftete so wunderbar, dass mir das Wasser im Mund zusammenlief. Ich konnte ihr einfach nicht widerstehen. *(sieht mich grimmig an)* Und ehe Sie fragen: Ja, sie wollte es auch. Sie bettelte und flehte mich geradezu an. Sie wusste genau, was sie tat. Ich musste mich sogar noch ihrer erwehren. Glauben Sie mir, für sie war ich nicht ihre erste Vampirin.

ICH: Klingt ein bisschen so, als wollten Sie ihr die ganze Verantwortung zuschieben. Aber Sie waren zu zweit, und es war nicht das Milchmädchen, das Fräulein Laura hinterging und das Versprechen brach, das Sie einander beim letzten Mal gegeben haben.

CARMILLA: Haben Sie eine Ahnung, wie qualvoll es ist, seiner wahren Natur zu widerstehen? Die Magd hatte zwei Milchkannen in der Hand, die so schwer waren, dass sich ihr Busen in einem fort hob und senkte. Das lange kastanienbraune Haar lockte sich schon ganz feucht an den Schläfen.

LAURA *(schluchzt auf)*: Mir scheint, als wären es immer die hübschesten jungen Dinger, die dir zu schaffen machen.

CARMILLA: Die Alten sind doch ausgezehrt, wenn sie erst Kinder zur Welt gebracht haben. Und viel zu unterernährt, um für eine wie mich nahrhaft zu sein. Außerdem isst man ja auch mit den Augen. Aber das weißt du ja selbst. Du, die du dich so gern mit schönen Dingen umgibst. *(Pause)* Oh, Liebes, nicht traurig sein! Ich will dich doch nur necken.

LAURA *(schnieft)*: Ich bin nicht traurig. Ich bin … Ich bin wütend.

CARMILLA: Stimmt, das hast du schon gesagt. *(lächelt)* Du siehst einfach hinreißend aus, wenn deine Wangen erröten. Ich spüre die Wärme und rieche den Duft deines Blutes bis hierher, das dir die Röte ins Gesicht treibt. Und diese niedlichen Fäustchen … wie die einer Puppe.

ICH: Fräulein Carmilla, es ist wirklich wesentlich, dass Sie die Gefühle von Fräulein Laura für voll nehmen.

CARMILLA: Aber das tue ich doch!

LAURA: Das tust du nicht! Wenn du es tätest, würdest du mich nicht so herzlos behandeln.

CARMILLA: Was weißt du schon davon, was es bedeutet, Vampir zu sein?

LAURA: Ich weiß zumindest, dass mein Blut uns beide am Leben erhält, aber dass dir das für deine Begierden anscheinend nicht reicht. In einem fort schmachtest du anderen Frauen hinterher. Verstehst du gar nicht, dass ich mich da hintergangen fühle?

CARMILLA: Liebste! Ich will, dass du dich mit deiner ganzen liebevollen Seele auf mich verlassen kannst. Du darfst nicht glauben, dass ich dir gegenüber grausam sein wollte, wenn ich dem unerbittlichen Gesetz meiner Stärken und Schwächen Folge leiste.

LAURA: Was soll das bitte heißen? Du versuchst doch nur, mich mit deiner Schmeichelei zu verwirren.

CARMILLA: Dann hör stattdessen, wie meine Leidenschaft ganz ohne Worte des Nachts jenes fein gestimmte Instrument deines Körpers anstimmt!

ICH: Entschuldigung, wenn ich dazwischengehe, aber ich glaube, wir halten hier fürs Erste inne und konzentrieren uns wieder darauf, woran wir mit dieser Therapie arbeiten wollen.

Carmilla verstummt. Lehnt sich auf dem Sofa zurück und wirft mir feindselige Blicke zu.

CARMILLA: Dann geleiten Sie uns auf den rechten Weg, Frau Psychologin. Sagen Sie uns, was wir tun sollen!

ICH: Vielleicht fangen wir damit an, dass wir über die zwei Dinge reden, die Fräulein Laura in unserer letzten Sitzung als Probleme benannt hat. Nämlich erstens, dass sie mehr über

Sie erfahren will. Zwischen Ihnen soll es keine Geheimnisse geben.

CARMILLA *(blickt gleichgültig aus dem Fenster)*: Ist so etwas denn wirklich möglich – den anderen von Grund auf kennen –, ganz gleich, wie viel man einander preisgibt?

LAURA: Warum erzählst du mir nicht wenigstens ein klein wenig über dich? *(schluchzt)* Ich sitze da wie ein Schoßhündchen, das auf die Brosamen vom Tisch seines Frauchens hofft.

ICH: Fräulein Carmilla, woran liegt es denn, dass Sie Fräulein Laura nichts erzählen wollen?

CARMILLA *(fährt sich mit der Zunge über die Zähne und sieht mich säuerlich an)*: Ich wusste, dass Sie beide sich gegen mich verschwören. Sie sitzen hier wie zwei Klatschweiber in einem Teesalon und hetzen.

ICH: Es tut mir leid, wenn Sie es so empfinden, Fräulein Carmilla. Aber wenn ich Ihnen bei Ihren Schwierigkeiten helfen soll, muss ich Sie beide besser verstehen. Ich muss wissen, woher Sie kommen, welche Erfahrungen Sie früher gemacht haben und wie diese Erfahrungen Ihre Beziehung beeinflussen.

Carmilla zuckt nicht mit der Wimper.

ICH: Fräulein Carmilla, wenn ich es richtig sehe, fällt es Ihnen schwer, über sich selbst zu sprechen. Aber vielleicht könnten Sie ein bisschen aus Ihrer Kindheit und Jugend erzählen. Oder wie Sie zur Vampirin geworden sind.

CARMILLA: Danke für dieses Angebot … Worte haben die Kraft, sich wie ein Lauffeuer zu verbreiten. Nur wäre dies eine unmissverständliche Einladung zu einem Pfahl in meinem Fleisch.

ICH: Zu viel preiszugeben scheint für Sie mit Lebensgefahr einherzugehen … oder was man bei einer Untoten sagt. Aber hier sind Sie in Sicherheit. *(Pause)* Für gewöhnlich spreche ich in diesen vier Wänden nicht über mich, aber vielleicht sollte ich eine Ausnahme machen, weil ich nämlich glaube, dass es Ihnen helfen könnte. *(Pause)* Ich weiß, wie es sich anfühlt, eine grundlegende Eigenschaft seiner selbst vor anderen geheim zu halten. Es hat lange gedauert, ehe ich selbst akzeptiert habe, dass ich lesbisch bin, und noch viel länger, bis ich mich getraut habe, es anderen zu erzählen. Jahrelang habe ich vermieden, mit Freunden über Beziehungen und Liebe zu sprechen. Ich wollte nicht mal erzählen, welche Popstars ich gerade heiß fand.

LAURA: Lesbisch? Popstars?

ICH: Ja, eine lesbische Frau fühlt sich von anderen Frauen körperlich angezogen. Und Popstars sind … wie Troubadours womöglich? Das spielt aber auch keine Rolle. Ich will damit nur Folgendes sagen. Indem ich derart wichtige Themen wie Liebe und Sexualität aus Gesprächen ausklammerte, war es für mich umso schwieriger, andere Menschen näher kennenzulernen. Ich glaube, ganz ähnlich verhält es sich mit Fräulein Lauras Verstimmung. Sie möchte Sie kennenlernen, Fräulein Carmilla, und dafür muss sie mehr über Sie erfahren. Sie haben natürlich jedes Recht, gewisse Grenzen zu ziehen, aber Ihrer Beziehung tut es nicht gut, wenn Sie sie aussperren. *(Pause)* Fräulein Laura, korrigieren Sie mich, wenn ich Sie missverstanden oder missgedeutet habe.

LAURA: Nein, Sie haben in Worte gefasst, wozu ich nicht einmal zu denken imstande gewesen wäre.

ICH: Gut. Und, Fräulein Carmilla, wenn ich noch eins ergänzen darf: Wenn Sie über derlei Dinge nicht sprechen … dann sperren Sie auch sich selbst aus.

Stille.

CARMILLA: Sie sagten gerade *erstens*. *Zweitens* wäre dann wohl, dass ich gleich für meinen sporadischen Durst nach Blut getadelt werde, das nicht von Laura stammt. *(legt die Füße auf den Couchtisch)* Sagen Sie es nur frei heraus! Klopfen Sie mir auf die Finger wie einem ungezogenen Schulmädchen! Bringen wir es gleich hinter uns!

ICH: Ich möchte, dass Sie mich nicht als Feindin betrachten …

Carmilla verdreht die Augen.

LAURA: Sei nicht gemein, meine Liebste. Sie versucht wirklich nur, uns zu helfen.

ICH: *Zweitens* benötigen Sie einen Rahmen für Ihre Beziehung. Ich habe den Eindruck, dass Sie beide unterschiedliche Vorstellungen haben, worauf Ihre Verbindung tatsächlich beruhen soll. Was erwarten Sie voneinander? Soll Ihre Beziehung monogam sein? Polygam?

LAURA: Das habe ich nicht verstanden.

ICH: Sie könnten beispielsweise eine dritte Partei mit in Ihre Spiele einbeziehen. Oder einander die Erlaubnis erteilen, vorübergehend andere Verbindungen einzugehen. Oder gleichzeitig mit anderen zusammen zu sein.

Carmilla wirkt neugierig.

ICH: Sie müssten sich nur darüber einig sein, was das Beste für Sie beide ist. Das Problem mit einer monogamen Beziehung ist oft, dass sie als einzig normales und erstrebenswertes Beziehungsgefüge betrachtet wird. Dabei sagt bestimmten Paaren eine offene Beziehung viel mehr zu.

CARMILLA: Genuss ohne Maßregelung, meinen Sie das? Welch spannende Vorstellung! Am Ende erweisen Sie sich doch noch als Geschenk des Himmels, Frau Psychologin. Was meinst du, meine Liebste?

LAURA *(greift sich an die Brust)*: Ich weiß nicht… Ich bin ein bisschen… verunsichert.

CARMILLA: Ich finde, wir sollten der Frau Psychologin den gebührenden Respekt erweisen und auf ihre Empfehlungen hören.

ICH: Ich will hiermit keine der Alternativen *empfehlen.* Die polyamore Beziehung ist nicht für jeden geeignet, genauso wenig wie die Zweierbeziehung. Ich wollte es lediglich in den Raum stellen, weil so viele eine limitierte Vorstellung davon haben, wie Beziehungen auszusehen haben. *(Pause)* Was halten Sie von alledem, Fräulein Laura?

LAURA: Würde sie mich lieben, wie sie behauptet, wie könnte da in ihrem Herzen noch Platz für andere sein? *(dreht sich zu Carmilla um)* Verzeih, meine Liebste, aber diese… Polyamorie überfordert mich. Ich muss mich womöglich erst an den Gedanken gewöhnen. Allerdings habe ich so meine Zweifel. *(schluckt trocken)* Du hast so viel mehr Erfahrung als ich. Du bist so viel älter und hast schon so oft Liebe empfunden, aber für mich bist du die Erste. Ich habe Angst, dir nicht zu genügen.

CARMILLA: Du musst mir doch gar nicht *genügen*, meine Liebste. Wenn wir einander die Erlaubnis erteilen, dass wir auch andere treffen dürfen, dann musst du auch nicht allein die Verantwortung schultern, meine Bedürfnisse zu befriedigen. Und vielleicht magst du es sogar, auch mal von anderen gebissen zu werden. Wie gern sähe ich, wie mein Täubchen in die Arme eines unbekannten Verführers flattert!

Laura macht große Augen und schüttelt den Kopf.

ICH: Fräulein Carmilla, können Sie uns sagen, warum diese Möglichkeit für Sie so verlockend ist?

CARMILLA: Das Blut meines Blümchens ist süßer als Nektar, aber wer bitte schön möchte Jahr für Jahr tagaus, tagein ein und dasselbe essen? Selbst der schmackhafteste buttergebratene Fasan würde einem doch irgendwann zuwider.

LAURA: Ich … Ich bekomme kaum noch Luft …

ICH: Was passiert mit Ihnen, Fräulein Laura, während wir hierüber sprechen?

LAURA: Ich weiß nicht … Ich … *(lockert ihr Halstuch)*

ICH: Möchten Sie eine Pause machen?

Laura schüttelt den Kopf. Sieht Carmilla an.

LAURA: Ich kann einfach nicht verstehen, dass du deine Blume mit anderen teilen willst.

CARMILLA: Meine Blume will mich wohl ganz grundsätzlich nicht verstehen.

LAURA: Womöglich weil du mir so viel vorenthältst.

CARMILLA: Ich will dir doch nur die Wahrheit ersparen, Laura! Wie könnte ich dir lebenslange Treue schwören? Wenn nichts Unvorhergesehenes geschieht, werde ich bis in alle Ewigkeit auf dieser Erde wandeln. Du hingegen wirst sterben. *(streichelt ihr über die Wange)* Jetzt in diesem Augenblick bist du die frisch erblühte Rose, und dein Duft ist der lieblichste überhaupt. Und genau das ist so unwiderstehlich … deine flüchtige Schönheit einzufangen, ehe du an deinem Stängel welkst.

Schwer, sich auf andere einzulassen, wenn sie
einem alle wegsterben
(aber wenn sie ~~Ps~~ Psychopathin sein sollte, hat sie
das Bedürfnis womöglich gar nicht)

LAURA: Du willst mich also gar nicht mehr haben, sobald ich älter werde? Sag mir, wann verliere ich für dich meinen süßen Duft? Wenn mir die ersten grauen Strähnen wachsen und mein Haar seinen Glanz einbüßt? Sobald die ersten Krähenfüße um die Augenwinkel erscheinen? Oder … geschieht es schon jetzt?

Carmilla antwortet nicht. Ich frage mich, wie ich weitermachen soll.

ICH: Ich habe schon mehrere Paare therapiert, bei denen die Glut erloschen war. Manche entwickeln sich auseinander, besonders wenn sie sich in jungen Jahren kennengelernt haben. Früher war das anders, als die Menschen noch keine ganz so lange Lebenserwartung hatten wie heutzutage. Und es ist noch einmal etwas ganz anderes, sobald wir von der Ewigkeit reden.

LAURA: Aber die Zeit spielt für mich keine Rolle! Ich will diese Polyamorie nicht! Wenn ich mir auch nur vorstelle, Carmilla mit einer anderen zu teilen, bin ich drauf und dran, am bitteren Gift der Eifersucht zugrunde zu gehen. Und ich will auch nicht von anderen gebissen werden. Das widerspricht meiner ganzen Natur. *(tupft sich die Augen mit einem neuen Papiertaschentuch)* Ich mag eine Gefangene in den Ketten der Tradition sein, aber dagegen kann ich schlichtweg nichts unternehmen.

CARMILLA: Aber Liebste, so wie wir derzeit leben, widerspricht es *meiner* Natur. Du willst aus mir eine Zahnlose machen. Kannst du deine Ketten nicht abstreifen? Denn damit hältst du zugleich auch mich gefangen?

LAURA: Es ist weder meine Absicht noch mein Wunsch, dich anzuketten. Ich will dich einfach nur bei mir haben. Und zwar nur bei mir. Allerdings sollst du aus freien Stücken bei mir sein.

CARMILLA: Mir fällt es genauso schwer, nach deinen Vorstellungen zu leben, wie es dir schwerfiele, nach meinen zu leben. Ich habe versucht, auf die Mägde und Bauersfrauen zu verzichten, und ich glaube nicht, dass du auch nur ahnst, wie schwer das für mich ist.

LAURA: Ich habe schon verstanden, dass du damit nicht besonders glücklich bist.

CARMILLA: Das mag so sein, aber ich kämpfe damit jeden Tag. Und dieses Opfer erbringe ich dir zuliebe, Laura.

LAURA: Es tut mir leid, dass ein Leben mit mir ein *Opfer* für dich darstellt.

Längeres Schweigen.

ICH: Wenn ich Sie so sprechen höre, wird deutlich, dass Sie beide fast unverrückbare Standpunkte einnehmen. Ich möchte nochmals betonen, dass ich das Thema Polyamorie nicht aufgebracht habe, um eine sofortige Lösung für Ihr Problem aus dem Hut zu zaubern. Ich wollte damit nur Ihren Blickwinkel auf Beziehungsformen erweitern. Aber statt sofort mögliche Hintertürchen zu öffnen, sollten wir lieber noch besser verstehen, wie dieser Konflikt Ihre Beziehung beeinträchtigt. Legen wir also das Thema fürs Erste auf Eis und versuchen, erst einmal einfach nur hinzunehmen, dass Sie beide gänzlich unterschiedliche Einstellungen, Gefühle und Bedürfnisse haben.

LAURA: Nein! Ich halte es keinen Augenblick länger aus, wenn ich mich weiter fragen muss, was sie eigentlich tut, sobald sie mir den Rücken zukehrt.

CARMILLA: Und ich halte es auch nicht aus! Dieses Thema sollten wir nicht einmal diskutieren müssen. Denn so bin ich und bleibe ich. Meiner Natur zufolge jage und verführe ich, und meine Natur kann ich nicht einfach abstreifen. Das wäre, als zwänge man einen Wolf, sich ab sofort von Mohrrüben zu ernähren. Wie kannst du behaupten, dass du mich liebst, und mich gleichzeitig verändern wollen? Warum sollten wir bloß nach deinen Wünschen leben? *(schlägt die Hände vor das Gesicht)* Ich versuche wirklich, für mein Blümchen alles zu geben, aber anscheinend habe ich keinen Erfolg damit.

Hier war ich wirklich gerührt. Sofern sie schauspielert, schauspielert sie meisterhaft. Was natürlich genau ins Bild einer Psychopathin passen würde.

Stille.

LAURA: So sollte es aber nicht sein. Nicht wenn du mich liebst, wie du behauptest.

Carmilla nimmt die Hände herunter.

ICH: Wenn Sie beide das Gefühl haben, mit der Situation nicht mehr klarzukommen, sollten wir vielleicht überlegen, ob es nicht einen Kompromiss gibt. Wären Sie denn an irgendeinem Punkt bereit, auf die andere zuzugehen?

Laura seufzt unglücklich. Carmilla sieht aus, als dächte sie nach.

CARMILLA: Ich könnte ins Bordell gehen …

LAURA: Ins *Bordell*?

CARMILLA: Eine Prostituierte aufzusuchen zählt nicht als Untreue, das habe ich schon viele Männer sagen hören. Vielleicht wäre es für dein verletzliches Herzchen ja leichter zu wissen, dass es sich lediglich um einen Handel drehen würde? Das würde das Ganze ein wenig versachlichen.

LAURA: *Versachlichen?* In einem *Bordell*?

CARMILLA: Warum denn nicht? Ein dortiger Besuch wäre doch auch nicht wesentlich anders, als wollte ich den heimischen Herd hin und wieder verlassen, um mir den Bauch in einem Gasthof vollzuschlagen. *(überlegt kurz)* Und du kämst für die Kosten auf.

LAURA *(keuchend)*: Weshalb denn das?

CARMILLA: Weil ich um diese Ausgabe nicht gebeten habe. Wäre es da recht und billig, mich auch zur monetären Verantwortung zu verpflichten? Wenn gleichzeitig so viele andere zu kostenlosen Mahlzeiten einlüden?

LAURA: Es geht hier doch nicht nur ums Essen, das hast du doch selbst gesagt. Vielmehr hast du die Stirn, die Kosten für deine … deine Hurerei auch noch auf mich abzuwälzen.

CARMILLA: Aber es ist doch ein Arrangement, das uns beiden zugutekommt.

ICH: Lassen wir das Thema Bordell. Anscheinend ist das für Fräulein Laura keine Alternative.

LAURA *(zu Carmilla)*: Meinst du vielleicht, ich soll zu meinem armen Vater gehen und ihn um Geld bitten? Wenn er mich fragen würde, wozu ich es brauche, wäre ich genötigt zu antworten: »Tja, lieber Vater, das braucht meine neue Freundin für ihre Dirnen.«

CARMILLA: Warum denn nicht? Unter Garantie hat er doch selbst dort schon ein Vermögen gelassen.

LAURA *(vor Wut dunkelrot im Gesicht)*: Mein Vater würde *niemals …*

CARMILLA: Glaubst du ernsthaft, er hätte sämtlichen körperlichen Vergnügungen entsagt, seit deine Mutter nicht mehr lebt?

ICH: Ich muss Sie bitten, wieder aufs eigentliche Thema zurückzukommen, auf Ihre Beziehung. Gäbe es denn noch eine andere Möglichkeit, einen Kompromiss zu schließen? Könnte beispielsweise Schweineblut für Sie ein Substitut sein, Carmilla?

CARMILLA *(starrt mich schockiert an)*: Welch geschmacklose Vorstellung! Das wäre, als würde ich Ihnen vorschlagen, mit einer Sau zu kopulieren.

ICH: Verstehe. Entschuldigung. *(Pause)* Gibt es noch andere Möglichkeiten?

Längeres Schweigen.

ICH: Sie haben zuvor von Ihrer beider *Natur* gesprochen. Was Ihre *wahre Natur* sei. Nun bin ich selbst keine Vampirin und weiß auch nicht, wie sich das anfühlt. Trotzdem scheinen Sie beide von Ihrer jeweils eigenen Natur eine ziemlich genaue Vorstellung zu haben.

CARMILLA: Gewisse Dinge sind einfach unverrückbar, selbst wenn man sie verändern wollte.

ICH: Da haben Sie recht. Unsere Herkunft beispielsweise können wir nicht verändern, ebenso wenig wie gewisse Grundbedürfnisse, Essen, Schlaf, Nähe. Trotzdem sagt man ja oft: *So bin ich nun mal* und meint damit eigentlich eher: *Ich will mich nicht ändern.* Oder auch: *Es ist mir zu anstrengend*, mich zu verändern. *(Pause)* Fräulein Laura, Sie sehen beunruhigt aus. Ich versuche nicht, eine von Ihnen zu irgendetwas zu überreden. Ich will damit nur sagen, dass es manchmal hilft, die eigene Selbstwahrnehmung ein bisschen zu überdenken oder zu überlegen, welche Bedürfnisse tatsächlich unverrückbar sind. Vielleicht wäre es gar nicht so unerträglich, wie Sie gerade befürchten, wenn Sie Ihre Beziehung ein wenig offener gestalten würden. *(sehe Carmilla an)* Oder womöglich ist Zweisamkeit am Ende gar nicht so schlimm, wie Sie glauben.

CARMILLA: Aber was heißt das denn … Zweisamkeit? Wie lange hat sie Bestand? Zwanzig Jahre? Dreißig? Darf ich Laura verlassen, wenn sie irgendwann ein schrumpliges, vertrocknetes Weib geworden ist? Oder muss ich bei ihr blieben, bis dass ihr Tod uns scheidet?

Unvermittelt klatscht Laura in die Hände und packt Carmilla am Arm.

LAURA: Es gäbe doch eine Möglichkeit! Ich könnte ebenfalls Vampirin werden.

Carmilla wird blass, doch Laura ist zu aufgeregt, um es überhaupt zu bemerken.

LAURA: Liebste, du könntest mich zur Vampirin machen und mir das ewige Leben schenken. So müsste ich *nie* von dir Abschied nehmen. Warum ist mir das nicht schon früher eingefallen? Oh, Liebste, das ist so romantisch!

CARMILLA: Mein kleines Dummerchen, das hast du nicht richtig durchdacht.

LAURA: Was gäbe es da zu durchdenken? Als Liebende zu sterben, um für immer vereint zu sein? Ich wäre wie die Raupe und du wie der Sommer, der mich in einen Schmetterling verwandelt. Und es würde nie Herbst!

ICH: Ich fürchte, wir müssen ganz kurz zurückspulen.

Laura scheint aus einem Rausch aufzuwachen.

LAURA: Zurückspulen?

ICH: Ich will damit sagen, dass dies doch ein enormer Schritt wäre. Der würde Ihre Beziehung zueinander und zur Umwelt in vielerlei Hinsicht grundlegend verändern. Fräulein Carmilla hat recht, das haben Sie noch nicht gründlich genug durchdacht.

LAURA: Aber es würde doch all unsere Probleme lösen! Verstehen Sie das denn nicht?

ICH: So einfach ist das nicht, wie ich fürchte. Zum Ersten haben Sie bereits jetzt Schwierigkeiten, Ihre unterschiedlichen Erwartungen an Ihre Beziehung übereinzubringen. Wenn Sie jetzt Vampirin würden, bestünden dieselben Schwierigkeiten doch auch weiterhin, und zudem gäbe es Hunderte neue.

LAURA: Wenn ich Vampirin wäre, würde meine Blüte niemals am Stängel verwelken.

Fühlte sich nicht gut an, ihren Traum zum Platzen zu bringen

ICH: Nein, aber Carmilla könnte auch nicht länger Ihr Blut trinken, sondern müsste sich ausschließlich von anderen ernähren. Und dagegen haben Sie ja etwas einzuwenden.

LAURA: Aber … würde es sich nicht anders anfühlen, wenn ich ebenfalls Vampirin wäre? Immerhin könnte ich dann verstehen, worum es eigentlich geht. Ich könnte Carmilla verstehen, ich könnte ihre *Natur* verstehen, weil sie dann endlich auch *meine* Natur wäre. Wir hätten ein unauflösliches Band zwischen uns geknüpft. Ich würde sterben und der Ewigkeit anheimfallen … und in den Armen meiner Geliebten neu geboren sein.

ICH: Fräulein Carmilla, Sie sind so still. Was halten Sie von Fräulein Lauras Vorschlag? Er hätte schließlich enorme Auswirkungen auf Ihr Leben.

LAURA: Ja, was hältst du davon? Warum habe ich darüber nie zuvor nachgedacht? Oder hast du schon darüber nachgedacht und den Gedanken verworfen? Willst du mich nicht zu einem Geschöpf der Nacht machen? *(greift sich an die Brust)* Jetzt sag schon! Beruhige mein bebendes Herz, wenn du kannst! *(zaubert aus heiterem Himmel einen Fächer hervor und fächert sich Luft zu)*

ICH: Fräulein Carmilla, möchten Sie zu alledem etwas sagen? Haben Sie je überlegt, Laura zu einer Vampirin zu machen?

CARMILLA *(schnaubt)*: Ich verstehe diesen Trieb einfach nicht, sich unbedingt vermehren zu wollen. Wenn Sie verzeihen, Frau Psychologin, dass ich dies trotz Ihrer Umstände sage.

ICH: Natürlich. Sie müssen sich für nichts entschuldigen.

CARMILLA: Es sind hauptsächlich meine männlichen Artgenossen, die nach Vermehrung streben. Einige sind fast schon besessen davon, mehr Vertreter ihrer Art zu erzeugen. Und dafür brauchen sie nicht einmal einen Frauenkörper. Glauben Sie mir, wenn sie zum Zuge kommen, fühlen sie sich wie Götter.

ICH: Interessant. Aber um auf Ihre Beziehung zurückzukommen … Was meinen Sie, Fräulein Carmilla? Könnten Sie sich vorstellen, Fräulein Laura zu einer Vampirin zu machen?

CARMILLA: Meine geliebte Freundin ist so jung und naiv. Sie ahnt ja nicht, was sie da von mir verlangt. *(dreht sich zu Laura um)* Das Leben eines Vampirs ist unendlich lang. Viel zu lang für die Art von Liebe, nach der du dich sehnst.

LAURA: Aber ich könnte jeden Morgen neben dir aufwachen, bis die Sonne verblasst und der Mond vom Himmel fällt. Und ich würde deiner niemals müde werden.

ICH: Das ist leicht gesagt, Fräulein Laura, aber das hier ist Ihre allererste große Liebe. Ich will sie nicht kleinreden, es handelt sich um eins der bewegendsten Erlebnisse im ganzen Leben, und man vergisst sie nie. Aber dafür sein Leben zu opfern …

LAURA: Carmilla und ich sind füreinander bestimmt! Und auch wenn Carmilla es nicht zugeben will, weiß ich, dass sie tief im Innern genauso empfindet. Warum hätte sie sonst bei mir bleiben sollen?

ICH: Ich höre Ihnen an, dass Sie sehr starke Gefühle haben, Fräulein Laura. Aber Fräulein Carmilla hat tatsächlich recht, wenn sie sagt, dass Sie nicht wissen, was Sie da von ihr verlangen. Sich ein Leben als Vampir vorzustellen ist wohl ziemlich schwierig, wenn man nicht selbst einer ist. Und es gäbe auch kein Zurück mehr. *(Pause)* Und um ganz ehrlich zu sein … Fräulein Carmilla scheint zu zögern.

Carmilla mustert uns stumm.

LAURA: Sie traut ihren Gefühlen nicht. Es übersteigt meinen Verstand, wie Sie ihren Befürchtungen folgen können. Ich habe doch eine Lösung gefunden! Ihr Auftrag war doch, unsere Liebe zu retten, und nicht, sie zu verhindern.

ICH: Ich hoffe natürlich, dass …

LAURA *(fällt mir ins Wort)*: Sie sagten doch, es sei gut, wenn ich meine Wut erkenne. Und das ist jetzt der Fall. Ich bin wütend! Auf Sie, Frau Psychologin! *(klappt mit einem Knall ihren Fächer zusammen und deutet damit in meine Richtung)*

ICH: Ich bin bloß besorgt, dass Sie dies alles zu leicht nehmen könnten. *(Pause)* Aber vielleicht sprechen wir kurz darüber, wie es sich für Sie anfühlen würde, wenn Sie Ihren Willen bekämen. Sie wären gezwungen, andere zu beißen. Was würde das für Sie bedeuten?

LAURA: So richtig liegt es mir nicht, aber das kann ich ganz sicher lernen.

Vergleich zu BDSM? Eine Submissive, die die dominante Rolle einnehmen muss?

ICH: Was würde aus Ihrem Vater werden?

LAURA: Was hat denn mein lieber Vater damit zu tun?

ICH: Er würde sich wundern, warum Sie nicht altern. Und was dann? Brechen Sie den Kontakt zu ihm ab, oder erzählen Sie ihm, dass Sie eine Vampirin sind?

LAURA *(schnaubt)*: Keine Ahnung. Oder … Vielleicht könnte ich ihn ebenfalls zu einem Vampir machen? Oder … nein. Das würde er nicht wollen. Er will im Himmel schließlich mit meiner Mutter vereint sein.

ICH: Im Himmel, ja. Sie haben erwähnt, dass Fräulein Carmilla auf Kirchenlieder mit Schmerzen reagiert hat. Ich nehme an, als Vampirin müssten Sie dem christlichen Glauben abschwören?

Ich sehe Carmilla an, die zustimmend nickt.

ICH: Was halten Sie davon, Fräulein Laura?

LAURA: Natürlich erfüllt es mich mit Trauer, wenn ich mir vorstelle, ein Leben ohne das Licht der Liebe Gottes führen zu müssen, aber … Sind Vampire nicht auch Geschöpfe Gottes? Wie sonst könnten sie existieren? Irgendjemand muss schließlich den ersten Vampir erschaffen haben. Und wer sonst sollte das gewesen sein als der Schöpfer persönlich? Der Allmächtige hat auch die Mücken geschaffen, die von Blut leben, insofern … warum nicht auch Carmilla?

CARMILLA: Ich habe von Gott keine Ahnung, aber ich weiß beileibe genug über religiöses Gesindel. Du kannst dich doch nicht diesem Pack anschließen, das dich seinerseits ausrotten will. Im Übrigen werde ich dich nicht zur Vampirin machen, Laura.

Stille.

ICH: Für dieses Mal ist unsere Zeit abgelaufen. Aber ich möchte Sie trotzdem herzlich ermuntern, weiter miteinander im Gespräch zu bleiben. Versuchen Sie, bis zu unserem nächsten Treffen offen zu sein für die Argumente der jeweils anderen, alle beide.

Nährboden für Selbsthass. Als würde ICH mich einer fundamentalistischen Freikirche anschließen.

LAURA: *Falls* es ein nächstes Treffen gibt.

ICH: Klar, das bestimmen natürlich Sie.

Laura antwortet nicht, sondern nimmt wortlos ihren Schirm und verschwindet. Carmilla hält noch kurz inne und sieht mir tief in die Augen.

CARMILLA: Ich für meinen Teil bin mir sicher, dass wir uns wiedersehen, Frau Psychologin.

Dann dreht sie sich um und verlässt lautlos das Zimmer. Es sieht fast aus, als würde sie schweben.

Seit P[redacted] geschrieben hat, Carmilla könnte Psychopathin sein, sehe ich die ganze Zeit Hinweise. Habe die Psychopathie-Checkliste eingesehen, und es stimmt einiges überein:

im Buch Robert D. Hare unbedingt ins Quellenverzeichnis aufnehmen!

- oberflächlicher Charme, Beredsamkeit, Schlagfertigkeit
- Neigung zur Langeweile, will Spannung
- Vergnügen auf Kosten anderer
- pathologisches Lügen
- Mangel an Reue, Scham und Schuldbewusstsein
- oberflächliches Gefühlsleben, unterkühlt, gefühlskalt
- Mangel an Empathie
- parasitärer Lebensstil
- Promiskuität
- mangelhafte Verhaltenskontrolle
- Unfähigkeit, Verantwortung für eigenes Handeln zu übernehmen

Nach allem, was ich zusammentragen konnte, ist (aufgrund o. g. Eigenschaften) davon auszugehen, dass ein Psychopath sich nicht verändern lässt. Eine Therapie ist wirkungslos und mitunter gefährlich. Sie kann dem Psychopathen sogar helfen, andere Menschen besser zu verstehen und insofern umso leichter zu manipulieren. NA TOLL.

Denke über den sogenannten parasitären Lebensstil nach. Ich frage mich, ob Carmilla ähnlich materialistisch orientiert ist wie Laura. Carmilla spricht über die Bauersfrauen und Mägde, als wären sie Verbrauchs- oder Wegwerfartikel. Aber bei Laura bleibt sie wohnen. Liegt es am Luxus und an der Bequemlichkeit, oder ist es echte Liebe? Kann sie die überhaupt empfinden?

Ihr Blick ist eisig, aber vielleicht gilt das für alle Vampire. Diese absolute Selbstfixierung ist einerseits ein Anzeichen für Psychopathie, andererseits gilt sie auch für ein Tier, das einfach nur überleben will. Ein Raubtier. Vielleicht ist sie ja eher so etwas in der Art? Ein Wolf, der sich nicht von Mohrrüben ernähren mag? Egal, was sie ist, wäre es naiv zu erwarten, dass sie für ihre Partnerin Empathie empfindet.

Carmilla fasziniert mich sehr (in beruflicher Hinsicht). Sie macht einen wesentlich *moderneren* Eindruck als Laura. Ich kann es an nichts genau festmachen, aber sie passt eher in diese Welt. Trotz ihrer Kleidung ist sie in meinem Sprechzimmer nicht annähernd ein solcher Fremdkörper wie Laura oder Dr. Jekyll. Liegt es daran, dass sie schon so lange lebt, dass sie sich mühelos an neue Zeitalter anpassen kann? Und passt sie sich wirklich an, oder ist alles nur geschauspielert?

Sie hat Laura aber auch in anderer Hinsicht etwas voraus. Für sie war es einfach, sofort auf das Stichwort Polyamorie anzuspringen, weil ihr die natürlich liegt. Für Laura hingegen muss die

ARBEITSHEFT	Forts.

Vorstellung fast unbegreiflich sein. Trotzdem habe ich mich in diesem Zusammenhang in Carmilla eher wiedererkannt. Ich weiß genau, wie es sich anfühlt, sich von jemandem abzugrenzen, der immer mehr von einem erwartet. Als Laura sie anflehte, sie in eine Vampirin zu verwandeln, herrschte exakt die gleiche Stimmung wie damals, als L[redacted] mir einen Antrag machte. (Wie cool ist das denn… die größten Gemeinsamkeiten mit einer Vampirpsychopathin zu haben!)

Vielleicht war es aber auch eine Schnapsidee, zwei Patientinnen aus dem 18. Jahrhundert Polyamorie vorzuschlagen. Ich bin von Laura tatsächlich beeindruckt, weil sie ihren Willen so klar formuliert und imstande ist, Grenzen zu ziehen. Trotzdem wird Carmilla nicht klein beigeben. Sie hatte fast zwei Jahrhunderte Zeit, sich gewisse Eigenheiten, Routinen und Einstellungen anzutrainieren. Überdies ahne ich, dass sie die Ewigkeit nicht ausgerechnet mit Laura verbringen will.

Welche Auswirkungen hat es auf eine Beziehung – ganz gleich, wie harmonisch und glücklich sie ist –, wenn beide Partner unsterblich sind? Ist es nicht gewissermaßen unser Wissen um die eigene Sterblichkeit, das unsere Leidenschaften befeuert? Dass uns nur eine beschränkte Zeit zur Verfügung steht? Wenn eine Beziehung aber nicht durch den Tod bedroht wird, wie kann sie da Priorität haben?

Heute habe ich mich von Carmilla deutlich

ARBEITSHEFT	Fortz.

weniger angezogen gefühlt. Das mit meinem Handgelenk muss ich vielleicht gar nicht mehr ansprechen.

P[redacted] hat mir im Übrigen ein paar gute Tipps gegeben, wie ich Jekyll dazu verhelfen kann, seinen inneren Zwiespalt zusammenzubringen. Es gibt da ein gestalttherapeutisches Verfahren, das sich *Leerer Stuhl* nennt. Bei dieser Übung stelle ich einen Stuhl vor Jekyll, der sich dann vorstellen soll, Hyde säße darauf. Was würde er dann zu ihm sagen? Anschließend nimmt Jekyll selbst auf dem Stuhl Platz und versetzt sich in Hydes Antwort hinein. So kommen die beiden erstmals ins Gespräch und können sich hoffentlich miteinander aussöhnen.

SITZUNG 3

Ich schalte die Kamera an. Gehe auf den Flur und öffne die Tür.

ICH: Hallo, Fräulein Laura, kommen Sie herein!

Grußlos stampft Laura ins Sprechzimmer. Setzt sich aufs Sofa und verschränkt die Arme vor der Brust. Ich folge ihr und nehme im Sessel Platz.

ICH: Wie geht es Ihnen heute?

Laura reckt das Kinn und blickt demonstrativ aus dem Fenster.

ICH: Wie es aussieht, verspätet sich Fräulein Carmilla wieder.

LAURA: Nein, sie verspätet sich nicht. Sie ist *weg*.

ICH: Weg?

LAURA: Was ist daran nicht zu verstehen, Frau Psychologin? Sie hat mich verlassen. Als ich gestern aufwachte, lag ich allein im Bett. Das Laken neben mir war unberührt und ihr Zimmer verwaist.

ICH: Das tut mir leid! Haben Sie eine Ahnung, wo sie sein könnte?

LAURA: Nein. In der Steiermark ist sie zumindest nicht. *(sieht mich erstmals an)* Und das ist *Ihre* Schuld!

Stille.

ICH: Was meinen Sie damit?

LAURA: *Sie* haben sie mit Ihrem gottlosen Gerede überhaupt erst auf die Idee mit der Polyamorie gebracht, Sie Unruhestifterin!

ICH: Fräulein Laura, ich …

LAURA: Ich hatte doch schon eine Lösung! Aber Sie haben ihr Flausen in das schöne Köpfchen gesetzt und mich als dummes junges Ding mit veralteten romantischen Vorstellungen dargestellt. Und eins sage ich Ihnen, Frau Psychologin: Ich weiß genau, warum Sie das getan haben.

ICH *(überrumpelt)*: Erklären Sie mir, was Sie glauben!

LAURA: Sie wollen Carmilla für sich. Ihr hübsches Antlitz und meine Schilderungen ihrer süßen Bisse haben Ihre Gelüste geweckt. Ich habe doch gesehen, wie Sie sie angeschmachtet haben. *(leiser)* Sie und Ihre unsittlichen Beinkleider!

Hätte bemerken müssen, dass das L nicht entgangen ist: Schlechtes Gewissen

ICH: Meine Jeans?

LAURA: Wie immer man die nennt. Ich weiß nur, dass eine Dame nie auf diese Weise ihre Beine herzeigen würde. Und sie säße erst recht nicht so breitbeinig da wie ein Kerl auf einem Pferd.

ICH: Das hier gilt inzwischen als Alltagskleidung sowohl für Männer als auch für Frauen.

LAURA *(reckt erneut das Kinn)*: Ach ja? Und da wundert man sich, dass Sie derlei unziemliche Verbindungen vorschlagen. Polyamorie … schönen Dank auch! Gott hat Adam und Eva erschaffen, und sie waren *zu zweit.* Es waren nicht Adam und Eva und Bertha und Christina, bis Adam irgendwann keine Rippe mehr übrig gehabt hätte.

ICH: Fräulein Laura, ich muss ganz ehrlich sagen, dass ich Ihre Metaphern nicht alle verstehe. *(Pause)* Was Sie da über meine Kleidung und meine Körpersprache sagen, beruht doch einfach nur auf kulturellen Unterschieden. Hier und in der Steiermark Ihrer Zeit gelten schlichtweg unterschiedliche soziale Codes.

LAURA: Das möchte ich meinen.

ICH: Und was die Blicke zwischen Fräulein Carmilla und mir betrifft ... *(zaudere)* Ich war vielleicht etwas direkt, als ich sie fragte, warum sie mich sexualisiert. Ich hätte die Frage womöglich etwas nüchterner formulieren müssen. Ich verstehe, dass die Situation für Sie unangenehm war.

Eine Träne rinnt ihr über die Wange.

ICH: Haben Sie ähnliche Situationen schon öfter erlebt? Hat Fräulein Carmilla in Ihrer Anwesenheit auch zuvor schon mit anderen Frauen geflirtet und sie verbal herausgefordert?

LAURA: Wir haben kaum je andere getroffen ... zumindest nicht, wenn wir zusammen waren. Ihre kleinen nächtlichen Ausflüge ins Dorf unternahm Carmilla immer heimlich. *(Pause)* Aber ich habe hier und da gesehen, welche Blicke sie meinen lieben Gouvernanten zuwarf. Zweideutige Gesten, flüchtige Kommentare... Einmal meinte ich, gehört zu haben, dass sie zu Mademoiselle de Lafontaine sagte, sie wolle ihr zu Lafontaine'schen Konvulsionen verhelfen ... was immer sie damit meinte.

ICH: Das muss schwer für Sie gewesen sein. Ich nehme an, da fühlt man sich in einer Beziehung zutiefst verunsichert.

Laura nickt und streckt sich nach den Taschentüchern aus.

ICH: Wie fühlen Sie sich im Augenblick?

LAURA *(schluchzt)*: Die Sehnsucht ist wie ein Messer in meiner Brust. Ich fühle mich, als würde ich inmitten eines verwilderten Waldes am Grund eines dunklen Weihers liegen.

ICH: Hört sich an, als ginge es Ihnen wirklich schlecht.

LAURA *(von Schluchzern geschüttelt)*: Ja. Nur Carmilla kann mich noch aus diesem schwarzen Wasser retten, das mich aus allen Richtungen umgibt. Aber sie ist weg, und ich kann nicht mehr atmen. Wie soll ich mich da aus eigenem Antrieb wieder befreien?

ICH: Sie fühlen sich anscheinend ganz allein in Ihrer Trauer. Aber Fräulein Laura, nur weil Sie nicht wissen, wie Sie sich *im Augenblick* aus diesem Weiher retten sollen, heißt das noch lange nicht, dass Sie es nicht schaffen.

Verzweifelt schüttelt Laura den Kopf. Tupft sich die Augen. Ballt die Faust um das feuchte Papiertaschentuch.

ICH: Außerdem müssen Sie sich nicht allein daraus retten. Sie haben einen Vater, dem Sie allem Anschein nach sehr wichtig sind. Sie haben Ihre Gouvernanten. Sie haben Ihren Glauben. Und auch ich will Ihnen gern helfen, sofern ich kann.

LAURA: Ich will nicht undankbar erscheinen, aber nichts von alldem lindert meine Seelenpein. Nur mit Carmilla fühle ich mich vollständig. Ich hätte sie niemals gehen lassen dürfen.

ICH: Aber Sie haben sie nicht gehen lassen. Sie allein hat den Entschluss gefasst, in der Nacht zu verschwinden.

LAURA: Mag sein, aber ich hätte irgendetwas tun müssen, um sie vom Bleiben zu überzeugen.

ICH: Woran denken Sie?

LAURA: Wenn ich nur nicht so unnachgiebig gewesen wäre! Ich hätte ihr diese Polyamorie erlauben oder endlich aufhören müssen, mich darüber zu ärgern, dass ihr der Sinn nach abwechslungsreicherer Kost stand. Welche Rolle spielt es schon, wenn sie hier und da eine Magd beißt? Immerhin kehrt sie in mein Bett zurück. Vielleicht hätte ich mich damit arrangieren können.

ICH: Glauben Sie wirklich?

LAURA: Ich weiß es nicht. Sie wäre womöglich nicht gegangen, hätte ich ihr mehr Aufmerksamkeit geschenkt. *(nimmt sich ein neues Papiertaschentuch)* Als ich einmal vom Blutverlust ein wenig ermattet war, untersagte ich ihr, mich zu beißen. Warum nur? Da ist es doch nur klar, dass sie sich anderen zuwendet, wenn sie von mir nicht bekommt, was sie benötigt. Ich hätte ihre Geliebte sein sollen! *(schluchzt)* Heißt Liebe nicht auch, hier und da Opfer zu bringen? Und ohne Blut kein wahres Opfer, oder etwa doch? Oh, warum war ich so abweisend? Wie hat sie es nur mit mir ausgehalten? Womöglich war ich bei den Speisungen so freudlos, dass sie sich ihrer natürlichen Begierden schämte.

Laura weint eine Weile.

ICH: Ich muss sagen, dass ich Sie im Verhältnis zu Carmilla nicht als abweisend erlebt habe, ganz im Gegenteil. Sie waren sehr mitfühlend. Sie haben wirklich versucht, Carmillas Bedürfnissen nachzugeben, und haben sich Mühe gegeben, sie zu verstehen. Wenn Sie mich fragen, war das großzügig und tapfer von Ihnen.

LAURA: Finden Sie? *(schnäuzt sich diskret)*

ICH: Ja. Und was diese Begebenheit angeht, als Sie ihr untersagt haben, Ihr Blut zu trinken, war es meiner Meinung nach richtig, dass Sie eine klare Grenze gezogen haben. Sie waren ermattet, Sie konnten nicht mehr, wollten nicht mehr und haben es klar formuliert. Das ist reifes Verhalten, so übernimmt man die Verantwortung für sich selbst und seine eigenen Bedürfnisse. *(Pause)* In einer gesunden Partnerschaft sollte das Gegenüber so etwas wertschätzen und respektieren.

LAURA: Ich hatte vielleicht das Recht, Nein zu sagen. Aber zumindest hätte ich meine Zustimmung erteilen müssen, dass sie andere hätte beißen dürfen. Ich habe sie hungrig gehen lassen! Ich bin ein schlechter Mensch! *(schlägt die Hände vors Gesicht und fängt erneut an zu weinen)*

ICH: Aber darüber haben wir doch schon gesprochen. Sie haben von Anfang an klargestellt, was Sie dabei empfinden, wenn Fräulein Carmilla andere beißt. Dass Ihnen das nicht behagt, haben Sie unmissverständlich ausgedrückt. Und es war gut, dass Sie dieses Gefühl identifiziert und auch ausdrücklich formuliert haben.

LAURA: Das ist ein schwacher Trost dafür, dass meine Geliebte mich verlassen hat.

ICH: Das verstehe ich. Aber es wäre doch eine recht unausgewogene Partnerschaft, wenn nur einer der Partner seine Bedürfnisse befriedigt bekäme und der andere die ganze Zeit Kompromisse schließen müsste. Auf lange Sicht klingt das sehr destruktiv.

LAURA: Auf lange Sicht destruktiv? Welche Rolle spielt das noch? Ich leide *jetzt im Augenblick* Höllenqualen, und daran bin ich ganz allein schuld.

ICH: Wissen Sie was? Mir fällt gerade noch etwas anderes auf. Als Sie hier ankamen, waren Sie wütend auf mich. Jetzt sind Sie wütend auf sich selbst. Aber ich frage mich, ob diese Wut tatsächlich auf das richtige Ziel ausgerichtet ist.

LAURA: Was soll das heißen?

ICH: Ist das nicht offensichtlich? Es war schließlich Fräulein Carmilla, die Ihren Bedürfnissen keine Aufmerksamkeit schenkte, die Sie belog, die Sie ohne ein Wort verließ. Sollten Sie nicht stattdessen auf Ihre Geliebte wütend sein?

Laura will schon protestieren, schließt den Mund aber wieder. Sinkt auf dem Sofa in sich zusammen. Eine Weile sitzen wir schweigend beieinander.

LAURA: Jetzt weiß ich zumindest, warum sie nie über ihre Herkunft sprach. *(schüttelt den Kopf)* Es ist einfach grässlich. Ich weiß nicht, wie ich es sagen soll.

ICH: Versuchen Sie es einfach.

LAURA *(zögernd)*: Vor einer Weile habe ich mehrere Familienporträts zur Restaurierung gegeben. Sie müssen wissen, dass meine Mutter aus einer alten ungarischen Familie stammte, und die meisten dieser Bilder waren durch sie zu uns gelangt. Vergangene Woche kam aus Graz der Sohn des Gemälderestaurators zu uns. Auf seinem Fuhrwerk hatte er zwei große Packkisten dabei. In unserer Abgeschiedenheit empfanden wir den Besuch als kleine Sensation. Nach dem gemeinsamen Abendessen schauten wir zu, wie eins nach dem anderen die alten Gemälde ans Licht geholt wurden. Sie können sich nicht vorstellen, wie ich erschrak, als ich das gereinigte Porträt einer meiner Vorfahrinnen erblickte, der Gräfin Karnstein.

ICH: Weshalb sind Sie denn erschrocken?

LAURA: Es handelte sich um *Carmilla.*

ICH: Sind Sie sicher?

LAURA: Ja! Sie sah auf dem Bild exakt so aus wie am heutigen Tag. Mein armer, nichts ahnender Vater war hellauf begeistert. »Hier, auf dem Bild, das bist du, wie du leibst und lebst!«, sagte er zu Carmilla. »Als wolltest du gerade den Mund öffnen und etwas sagen.« Und genau so war es. Sogar das kleine Muttermal an ihrem Hals war auf dem Gemälde zu erkennen. Aber das war noch nicht alles. *(Pause)* Der Vorname der Gräfin Karnstein lautete *Mircalla.* Verstehen Sie jetzt, was ich meine? Ein weiteres Anagramm von Carmilla. Somit sind wir obendrein miteinander verwandt.

ICH: Das muss ein Schock für Sie gewesen sein. Wie nahe verwandt sind Sie denn?

LAURA: Mircalla … also, Carmilla … ist vier Generationen entfernt. Reicht das? Oh, man stelle sich vor, was wir getan haben! Es könnte … *(flüstert)* Blutschande gewesen sein.

ICH: Inzest, meinen Sie? Hm, keine Ahnung.

LAURA *(schluchzt)*: Ich habe jede Nacht zu Gott gebetet, dass er mit meinen sündigen Spielen mit einer Untoten Nachsicht habe. Doch selbst wenn er mir in seiner unendlichen Güte vergeben haben sollte, weiß ich, dass er die Blutschande niemals verzeihen würde.

ICH: Was ging Ihnen durch den Kopf, als Sie von Ihrer Verwandtschaft erfuhren?

LAURA: Ich musste einen ganzen Tag lang das Bett hüten. Mein einziger Trost war, dass Carmilla und ich nie … nie ein Fleisch geworden sind. Sozusagen.

ICH: Ich will es Ihnen nicht noch schwerer machen, aber ich möchte doch darauf hinweisen, dass Ihr Verhältnis aus meiner Sicht sehr wohl sexuell war. Der Genuss, die Nähe, die Konvulsionen … *(Pause)* Und dass Fräulein Carmilla Sie wiederholt in die Brust gebissen hat … Das ist immerhin ein Körperteil, der als erotisch besetzt gilt.

LAURA *(errötet)*: Sie hat mich nicht immer in die Brust gebissen. *(hüstelt nervös)* Während meiner monatlichen

Blutungen beispielsweise nahm sie den Umweg über … Ja. *(Pause)* Da musste sie mich überhaupt nicht beißen, sondern konnte wie ein unbändiges Katzenjunges, das soeben eine Schale mit Milch vorgesetzt bekam … wenn Sie verstehen.

ICH: Sicher, das verstehe ich. *(lächele)* Und hat Ihnen das gefallen?

LAURA: Es war auf andere Art zufriedenstellend. Bis zu den Konvulsionen fühlte es sich sehr angenehm und leicht prickelnd an, als wäre ich in einem Bach gegen die Strömung geschwommen.

Ich warte eine Weile, während Laura leise schluchzt.

ICH: Fräulein Carmilla hat doch bestimmt bemerkt, dass Sie schockiert waren, als Sie das Porträt sahen. Haben Sie darüber geredet?

kleine Untertreibung …

LAURA: Als ich bereit war, darüber zu reden, war sie nicht auffindbar. Sie war wie schon so oft zuvor einfach verschwunden, aber diesmal hatte ich endlich einen Trumpf in der Hand. Ich kannte ihren echten Namen. Also suchte ich das Grabmal der Gräfin Karnstein auf, und dort lag Carmilla in einem Sarg, der zwei Handbreit hoch mit Blut gefüllt war. Er war mit hübschen Schnitzereien verschiedenster Gewächse verziert, die in unserer Gegend die Hügel und Wiesen schmücken. Sie wurde zornig, als ich den Deckel lüftete und sie dort im Blut liegend entdeckte.

ICH: Der Anblick muss doch erschütternd gewesen sein.

LAURA: Ich kann die heftigen Gefühle, die ich in diesem Augenblick verspürte, nicht mit Worten beschreiben.

ICH: Möchten Sie es nicht trotzdem versuchen?

Laura entschlüpft ein zittriger Schluchzer.

Sex mit der Großmutter = eindeutig Inzest. Aber Sex mit der Großmutter der Großmutter? Hinreichend nahe Verwandtschaft? Hätte hier genauer nachhaken müssen, war aber zu verblüfft.

LAURA: Im ersten Impuls wollte ich den Deckel zuschlagen und fortlaufen. Ich musste meine zitternden Beine nötigen, stehen zu bleiben. *(schluchzt)* Alles war so … *rot.* Meine Liebste lag nass glänzend vor mir. Das Blut roch nach Eisen und Fäulnis. Ihr wunderbares dichtes Haar war durchtränkt und klebte ihr am Kopf. Doch ihr Antlitz war schöner denn je.

ICH: Was fühlten Sie, als Sie sie auf diese Weise vor sich sahen?

Stille.

LAURA: Ich konnte kaum mehr die Augen davor verschließen.

ICH: Wovor?

LAURA: Vor Carmillas wahrer Existenz.

Stille.

ICH: Was meinen Sie?

LAURA: Sie sieht aus wie ein bildschönes junges Mädchen, aber … *(Pause)* Sie ist nicht einmal menschlich. Sie ist ein Monster. Ich meine, das wusste ich schon, aber … aber erst in diesem Augenblick begriff ich es wirklich.

ICH: Ich sehe Ihnen an, dass das eine einschneidende Erkenntnis war.

Laura nickt.

ICH: Auch wenn es für Sie schwer war, Carmilla in ihrem Sarg liegen zu sehen, war diese Erfahrung womöglich notwendig, damit Sie die ganze Wahrheit über Carmillas Wesen erfassen konnten. Sie waren sozusagen gezwungen, sie in ihrem ureigenen Umfeld zu sehen.

Laura presst sich das Taschentuch auf den Mund.

LAURA: Womöglich war Carmilla deshalb so wütend. Sie wollte nicht, dass ich sie auf diese Weise zu Gesicht bekam.

ICH: Das glaube ich auch. Was passierte als Nächstes?

LAURA: Sie scheuchte mich fort, ohne meinem Flehen Gehör zu schenken. In derselben Nacht und in der darauffolgenden schlich sie sich erneut in mein Bett. Allerdings hatte sich zwischen uns etwas verändert. Gestern Morgen wachte ich dann ohne sie auf. Ich kehrte zu ihrer Grabstätte zurück, um mit ihr zu reden, doch der Sarg war verschwunden. Sie hat mich ein für alle Mal verlassen, da bin ich sicher.

ICH: Fräulein Laura, ich weiß nicht, ob Sie selbst schon darüber nachgedacht haben, aber Ihre Stimme klingt anders, jetzt, da Sie darüber reden, dass Fräulein Carmilla verschwunden ist. Sie hören sich nicht mehr so verzweifelt an. Es scheint, als hätte sich auch bei Ihnen etwas verändert, seit wir über Ihre Entdeckung sprachen. Stimmen Sie mir da zu?

Stille.

LAURA: Ich gestehe, ich mag vor zu vielem die Augen verschlossen haben. Ich mochte es, wenn Carmilla mich biss, ich mochte es wirklich. Aber … *(unterbricht sich)*

ICH: Aber?

LAURA: Wann immer sie mich gebissen hatte, wachte ich morgens stets mit einer schweren Müdigkeit auf, die den ganzen Tag über anhielt. Es war, als würde ich von einer merkwürdigen Schwermut niedergedrückt. Und in einem fort dachte ich nur noch über die Bedeutungslosigkeit der Dinge nach. Derlei Gedanken verdunkelten und verzerrten meine ganze Existenz. *(Pause)* Darüber wollte ich eigentlich nie sprechen. *(Pause)* Ich wollte es nicht einmal mir selbst gegenüber eingestehen.

ICH: Es ist völlig normal, gewisse negative Muster erst zu erkennen, wenn eine Beziehung zerbrochen ist. Vorher sieht man lieber weg. Die negativen Seiten anzuerkennen, hätte zur Folge, dass man etwas verändern muss.

LAURA: So ist es. Ich wollte nicht, dass Carmilla aufhört, mich zu beißen.

ICH: Das verstehe ich. Aber hat denn irgendjemand bemerkt, dass es Ihnen so schlecht ging?

LAURA: Mein Vater fragte mich wiederholt, ob ich mich krank fühlte. Mit einer mir inzwischen unbegreiflichen Sturheit versicherte ich ihm aber immer wieder, dass es mir ausgezeichnet gehe. Und auf gewisse Weise stimmte das ja. Ich hatte weder Schmerzen, noch konnte ich über andere körperliche Gebrechen klagen. Ich war einfach nur zutiefst erschöpft.

ICH: Was Sie da beschreiben, klingt nach einer Depression, zumindest nach einer depressiven Verstimmung. Man darf aber auch nicht vergessen, dass Sie womöglich unter Blutarmut litten. Könnten Sie Hilfe bei einem Hausarzt suchen und Ihre Blutwerte überprüfen lassen? Vielleicht müssten Sie etwas einnehmen.

Hätte ich früher darauf kommen müssen?

LAURA: Sie meinen fremdes Blut? Ich habe schon von Bluttransfusionen gehört, aber wenn ich es richtig verstanden habe, ist so etwas sehr riskant …

ICH: Nein, nein, ich dachte eher an Eisen und Vitamine.

LAURA: Ich werde meinen Vater fragen. Er ist sehr belesen, und wie ich in meinem Brief bereits schrieb, bildet er sich auf seine medizinischen Kenntnisse einiges ein.

ICH: Oder Sie sprechen einmal mit einem richtigen Arzt? *(kurze Pause)* Es schadet sicher nicht, erst nach körperlichen Ursachen für Ihre Erschöpfung zu suchen. Denn dann

könnten Sie medikamentös behandelt werden, doch damit kann ich leider nicht dienen. Allerdings trägt Erschöpfung dazu bei, dass man psychisch nicht mehr auf der Höhe ist.

LAURA: Wie kann das sein?

ICH: Man fühlt sich einfach zerbrechlicher. Als würde einem das eine oder andere mehr zusetzen als sonst. Es fällt einem schwerer, Misserfolge wegzustecken oder Lösungen für Probleme zu finden.

Laura nickt.

LAURA: Das fühlt sich so ungewohnt an.

ICH: Was?

LAURA: Dass mich jemand versteht. Danach habe ich mich lange gesehnt. Ich war so einsam. *(fängt bei diesen Worten bitterlich zu weinen an)* Ich liebe meinen Vater, und wir konnten immer über alles reden. Aber … Ich mag es gar nicht aussprechen. Er versteht von alledem nichts.

ICH: Mit den eigenen Eltern kann man nicht über alles reden. Das wäre doch auch nicht wünschenswert. *(Pause)* Wie geht es Ihnen im Augenblick? Sind Sie jetzt gerade erschöpft?

LAURA: Tatsächlich fühle ich mich ein bisschen weniger kraftlos, nachdem Carmilla mich schon seit Tagen nicht mehr gebissen hat.

ICH: Das ist doch schön zu hören. Aber darf ich fragen, wie Fräulein Carmilla eigentlich reagiert hat, wenn Sie sich schwach und erschöpft gefühlt haben? Das kann ihr doch nicht entgangen sein.

LAURA *(überlegt)*: Das ist ein wenig seltsam. Es war, als … hätte sie mich immer dann am unwiderstehlichsten gefunden, wenn ich mich klein und schwächlich fühlte. Sie nannte mich dann gern ihr Püppchen.

ICH: Und was löste das in Ihnen aus?

LAURA *(errötet)*: Ich mochte es.

ICH: Aber beim letzten Mal wurden Sie wütend, als sie Sie hinreißend nannte und mit einer Puppe verglich.

LAURA: Das stimmt. Ich wollte ja auch nicht immer nur ihr Püppchen sein. Es war nett, solange es … spielerisch gemeint war. Wenn wir … nun ja, wenn sie mich gebissen hatte. Allerdings mochte ich es nicht, wie sie alles, was ich sagte, immer gleich beiseiteschob. In solchen Momenten wollte ich auch nicht Püppchen genannt werden.

ICH: Das verstehe ich. Es wertet schließlich ab.

LAURA: Es war, als würde ich gar nicht richtig zählen.

ICH: Können Sie mir denn ein Beispiel nennen, wie sich das für Sie anfühlte?

LAURA *(überlegt)*: Ja … Einmal standen wir an einem der hohen Fenster im Salon, als über die Zugbrücke ein Wanderer in den Hof schritt, den ich gut kannte, denn er suchte wohl zweimal im Jahr das Schloss auf. Der Mann ist bucklig und hat jene scharfen, mageren Züge, wie sie Missgestalteten häufig eigen sind.

Ich winde mich leicht.

LAURA: Er trug einen schwarzen Spitzbart, grinste und zeigte seine scharfen weißen Zähne von einem Ohr zum anderen. Seine Kleidung war ledergelb, schwarz und scharlachrot, und er hatte sich mit unzähligen Riemen und Gurten umschnürt. Auf dem Rücken trug er eine Laterna magica und zwei mir wohlbekannte Kästen, in denen sich ein Salamander und eine Alraune befanden. Am Gürtel trug er eine Fiedel, ein Schächtelchen mit Zubehör für allerlei Zaubertricks, und in der Hand hielt er einen mit Kupferringen beschlagenen schwar-

Im Kontext BDSM wäre C eine schlechte Dom, die ihre Rolle auch ins übrige Leben überträgt, ohne Einwilligung der Partnerin

zen Stock. Sein Begleiter, ein zerzauster, dürrer Köter, folgte ihm auf den Fersen. Vor der Zugbrücke blieb er plötzlich misstrauisch stehen und heulte kurz daraufhin schauerlich. Der Gaukler stand mitten im Hof und zog seinen grotesken Hut. Er vollführte einen formvollendeten Kratzfuß, wobei er uns überschwänglich in grässlichstem Französisch und kaum besserem Deutsch begrüßte.

Ich ertappe mich selbst dabei, wie ich ungeduldig mit dem Stift auf den Block tippe. Höre sofort damit auf.

LAURA: Dann nahm er seine Fiedel und spielte eine muntere Weise, wozu er sehr hübsch sang. Das Lied handelte von der Liebe und von Seelenverwandten und rührte mich schier zu Tränen, trotz des Geheuls seines Köters. Der Bucklige, der womöglich nie selbst die Liebe erfahren hatte, schien Carmillas und meine Bande überaus treffend zu besingen. Es war, als hätte er mir ins Herz geblickt und würde nun schildern, was er dort gesehen hatte. Als ich das zu Carmilla sagte, lachte sie bloß über mich und erwiderte, das Lied sei banal gewesen, und nur ein einfältiges kleines Mädchen sei von so etwas gerührt. *(seufzt auf)* Ich schämte mich zutiefst.

Stille.

LAURA: Carmilla sorgte oft dafür, dass ich mich … dumm fühlte. Wenn wir unterschiedlicher Meinung waren, schnaubte sie immer und meinte, ich sei zu jung, um dies und jenes zu verstehen. Sie schien mir dauerhaft einen Schritt voraus zu sein.

ICH: Sie war ja auch wesentlich älter und hatte eindeutig mehr Lebenserfahrung. Aber ältere Menschen neigen mitunter zu sehr rigiden Ansichten. Einigen täte es sicher gut, ein bisschen mehr auf die Jüngeren zu hören.

LAURA: Meinen Sie wirklich? Welch seltsame Vorstellung! Mein Vater und meine Gouvernanten bläuen mir immer wieder ein, ich solle zuhören, was Ältere und Weisere zu sagen haben.

ICH: Dabei ist doch gar nicht gesichert, ob jemand recht hat, nur weil er älter ist. Jüngere eröffnen neue Perspektiven und haben ganz neue Vorstellungen. Und das ist wichtig. Ohne sie würden wir immer noch glauben, die Erde wäre eine Scheibe.

Das scheint ihre Vorstellungskraft zu übersteigen

Laura kichert.

ICH: Dass Fräulein Carmilla mehr Erfahrung hat, gibt ihr längst kein Recht, Sie herabzuwürdigen. Im Gegenteil, auch Sie haben ein Recht darauf, dass Ihre Gefühle respektiert werden.

LAURA: Ich kann mich doch selbst nicht für voll nehmen. Sehen Sie mich doch an! *(zeigt auf den Berg benutzter Papiertaschentücher)* Ich bin so schwach!

ICH: Natürlich fühlen Sie sich im Moment schwach, das ist doch auch nicht verwunderlich. Sie sind gerade erst verlassen worden.

LAURA: Aber ich bin *immer* schwach! *(nimmt sich ein weiteres Taschentuch)* Bloß ein einfältiges kleines Mädchen ...

ICH: Einspruch! Jeder fühlt sich gelegentlich schwach und einfältig. Aber ich sehe doch, wie sehr Sie sich allein seit unserer ersten Sitzung verändert haben. Sie können doch schon viel besser Gefühle und Gedanken formulieren, und Sie geben Widerworte. Auch mir.

LAURA *(lächelt scheu)*: Ich hoffe, das bedeutet nicht, dass ich irgendwie rücksichtslos bin.

ICH: Ich glaube nicht.

Lauras Lächeln verblasst.

LAURA: Carmilla bläst wahrscheinlich im Augenblick keine Trübsal.

ICH: Nein, womöglich nicht.

LAURA *(unterdrückt einen Schluchzer)*: Ich wünschte mir, ich wäre ein bisschen mehr wie sie.

ICH: Wirklich?

LAURA: Ja, so unbeeindruckt und stark.

ICH: Aber heißt das denn wirklich, stark zu sein … sich so wenig um andere zu scheren?

Laura runzelt die Stirn.

ICH: Ich glaube eher, es ist ein Zeichen von Stärke, wenn man sich auf andere einlässt. Diesbezüglich sind Sie eindeutig stärker als Fräulein Carmilla.

LAURA: Machen Sie sich nicht über mich lustig! Das erträgt mein armes Herz nicht.

ICH: Es ist mein voller Ernst. Ich glaube, Fräulein Carmilla ist ohne Abschied verschwunden, weil Sie Anforderungen gestellt und auf Ihrem Willen beharrt haben. Sie haben selbst erwähnt, dass sie Sie am liebsten zu haben schien, wann immer Sie Schwäche zeigten. Wann immer Sie wie eine Puppe für sie waren. Und wissen Sie, woran ich denke, wenn ich *Puppe* sage? Ich denke an ein Kleidungsstück, das man nach Belieben anziehen und wieder weglegen kann. Man kann die Gliedmaßen hierhin und dorthin drehen, und man kann so tun, als würde sie sagen und tun, was man selbst will. Eine Puppe gibt keine Widerworte, eine Puppe hat keine eigene Meinung. *(Pause)* Eine Puppe kann auch nicht wachsen und sich weiterentwickeln. Ich glaube, es wäre Ihnen sehr schwergefallen, in der Beziehung mit Carmilla zu wachsen.

LAURA: Ich will immer noch nicht glauben, dass Sie behaupten, ich sei stark. Weil ich mich immer als schwach empfunden habe.

ICH: Aber das wird nicht für immer so sein. Die Umstände verändern sich. Menschen verändern sich.

LAURA: Carmilla hat sich nicht verändert.

ICH: Nein, sie verändert sich nicht. Aber sie ist ja auch kein Mensch.

LAURA *(bekümmert)*: Sie wird für immer die junge Frau bleiben, während ich an meinem Stängel verwelke.

ICH: Sie werden altern, natürlich, aber Sie werden sich eben auch *weiterentwickeln.* Fräulein Carmilla steckt in ihrer Rolle fest. Sie wird Jahr für Jahr weiter wie eine junge Frau handeln, Jahrhundert für Jahrhundert. Und wann immer es für sie anstrengend wird, nimmt sie Reißaus. Das ist doch keine Entwicklung!

LAURA: Aber ich hätte ihr helfen können! Wir hätten uns *gemeinsam* weiterentwickeln können.

ICH: Eine Liebesbeziehung besteht aus Geben und Nehmen. Man muss äußern können, was man fühlt oder denkt. Man muss auf den anderen neugierig sein, von sich selbst erzählen, einander zutiefst kennenlernen wollen. Man muss Rücksicht aufeinander nehmen, dem anderen auch einmal etwas durchgehen lassen, die eigene Meinung sagen und diskutieren können, selbst wenn man unterschiedlicher Ansicht sein sollte. Und man muss sich trauen, um Verzeihung zu bitten, wenn man selbst einen Fehler gemacht hat.

LAURA *(lacht)*: Nicht gerade Carmillas Stärken!

ICH: Und genau das ist doch das noch viel größere Problem … und nicht, dass sie Vampirin ist.

War das unklug? Schlecht über C zu reden könnte bei L ein Gefühl von Schuld erzeugen. Wollte trotzdem unbedingt deutlicher werden.

Laura schlägt den Blick nieder. Erneut kommen ihr die Tränen.

LAURA: Aber sie war so schön! Niemand kann sich mit ihrer Schönheit messen.

ICH: Welche Rolle spielt Schönheit schon, wenn sie dafür sorgt, dass es Ihnen schlecht geht?

LAURA: Aber ich … Ich werde nie wieder jemanden wie sie kennenlernen.

ICH: Das stimmt. Niemand wird je *genau* wie sie sein.

LAURA: Und was, wenn ich nie wieder empfinden werde, was ich für Carmilla empfand, wann immer ich überglücklich in ihren Armen lag? Was, wenn sich in meinem Meer die Wogen der Leidenschaft für immer geglättet haben?

ICH: Davor haben Sie Angst?

LAURA *(flüstert)*: Ja.

ICH: Natürlich gibt es keine Garantie dafür. Aber nur weil Sie nie eine Beziehung mit Fräulein Carmilla haben können, heißt das nicht, dass Sie für immer allein bleiben.

LAURA *(sieht mich ungeduldig an)*: Und wen sollte ich stattdessen kennenlernen, was glauben Sie? Soll ich auf dem Friedhof umherirren und willkürlich Gräber öffnen?

ICH: Tja, wie wäre das? Ist es denn vollkommen ausgeschlossen, dass Sie je wieder einen Menschen kennenlernen? Ich meine natürlich nicht hier und jetzt, sondern eines Tages, wenn Sie sich dafür bereit fühlen.

LAURA: Einen Menschen? Wie sollte ein Mensch mir diesen Genuss bereiten, wenn er mich doch nicht beißen und … lecken kann? Und reden Sie bitte nicht wieder vom Akt an sich! Es ist mir gleichgültig, was Sie sagen. Es sind bloß Dirnen und Huren, die am Geschlechtsakt Gefallen finden.

ICH: Wissen Sie, Fräulein Laura, es macht mich wirklich traurig, wenn ich höre, dass Sie immer noch in dem Glauben leben, dass Frauen Sex nicht genießen dürfen.

LAURA: Sowohl mein Vater als auch meine Gouvernanten sind diesbezüglich sehr überzeugt. Und der Priester im Dorf … Überraschung …

ICH: Entweder wissen die nicht, wovon sie reden, oder aber sie lügen Sie an.

Laura ringt nach Luft. Legt sich die Hand aufs Herz.

ICH *(eilig)*: Verzeihung. Tut mir leid, wenn das hart klang. Aber solche Ansichten machen mich einfach nur wütend.

LAURA *(zögernd)*: Ich verstehe schon, dass man darüber nachdenken sollte. Aber selbst wenn ich jemanden kennenlernen würde … in ferner Zukunft und in Nebel gehüllt, sodass ich es mir nicht einmal vorstellen kann … Dann … *(schluchzt)* Aber ich fühle mich *jetzt* einsam! *Jetzt* ist mein Herz eine schmerzende Leerstelle in meiner Brust. *Jetzt* kann ich vor Herzschmerz des Nachts nicht schlafen.

ICH: Das verstehe ich. Es kann sich ganz fürchterlich anfühlen, wenn eine Beziehung zu Ende geht. Und für diesen Kummer gibt es auch kein Heilmittel.

LAURA: Ich weiß einfach nicht, wie ich das aushalten soll.

ICH: Glauben Sie, dass irgendetwas helfen könnte, damit Sie sich weniger einsam fühlen?

LAURA *(nachdenklich)*: Vielleicht könnte ich einer Freundin einen Besuch abstatten, aber … Nein. Allein bei der Vorstellung fühle ich mich nur *umso* einsamer. Sie können mich einfach nicht verstehen.

ICH: Sind Sie sich da so sicher? Manchmal verstehen andere Menschen durchaus mehr, als man glaubt.

Weckt Trennung von C unbewusst Trauer um die Mutter?

Jemanden wie mich = andere Lesben? Vampirgeliebte? Sonstiges?

LAURA: Nicht meine Freundinnen! Man hat die arme Myrtle aus ihrem Kreis ausgestoßen, nur weil sie zuließ, dass ein männlicher Bekannter sie ansprach, ohne vorher den Hut abzunehmen. Da können Sie sich vielleicht vorstellen, wie sie mich ansehen würden, die sich von einer treulosen Vampirin in die Brust beißen ließ.

ICH: Fällt Ihnen wirklich nichts anderes ein?

LAURA: Ich habe natürlich immer schon von Wien geträumt.

ICH: Ja, ich erinnere mich, Wien haben Sie bei unserem ersten Treffen erwähnt.

LAURA: Aber auch dort würde ich doch nie jemanden wie mich kennenlernen … oder auch nur jemanden, der mich verstünde. Mein Vater ließe das auch niemals zu. Und das mit Recht. Ich würde doch, kaum dass ich aus dem Zug ausgestiegen wäre, niedergestochen, ausgeraubt oder in den weißen Sklavenhandel verschleppt werden. Die Großstadt ist voller Gefahren für ein junges Mädchen, das in ländlicher Idylle aufgewachsen ist. Zumindest sagt das mein Vater. Er ist der Meinung, dass ich die Realität verkenne. Dass ich viel zu blauäugig bin.

ICH: Nun ja, nicht dass Ihr Vater nicht auch hier und da blauäugig gewesen wäre.

LAURA: Was wollen Sie damit andeuten? Verleumden Sie jetzt doch meinen armen Vater?

ICH: Natürlich nicht. Er scheint ein ungeheuer guter Mensch zu sein, der sich liebevoll um Sie sorgt. Andererseits hat er eine völlig Fremde eingeladen, bei Ihnen zu wohnen.

LAURA: Weil er wusste, dass ihre Gesellschaft mich glücklich machen würde.

ICH: Ja, natürlich. Und er hat Fräulein Carmilla und ihrer Mutter blind vertraut, obwohl er sie gar nicht kannte.

LAURA: Dafür werden Sie ihn doch nicht tadeln, oder? Dass er das Gute in anderen sieht?

ICH: Nein, natürlich ist das zunächst einmal großzügig von ihm, aber eben vielleicht auch ein bisschen naiv. Und ich finde, es gibt noch mehr Momente, da er die Realität nicht recht sehen wollte. Beispielsweise hielt er es einfach für Zufall, dass Sie zeitgleich mit Carmillas Ankunft zusehends erschöpft wurden. Und er dachte auch nicht weiter darüber nach, als er das alte Porträt sah, das doch eindeutig Carmilla darstellte … mitsamt Muttermal und allem anderen.

LAURA: Aber hätte er denn ahnen sollen, dass dieses bezaubernde Wesen eine *Vampirin* war?

ICH *(reiße mich zusammen)*: Nein. Sie haben natürlich recht. Was ich aber eigentlich sagen will … Sie sprechen oft so ungeheuer positiv über die Menschen in Ihrer Umgebung und gleichzeitig wahnsinnig schlecht über sich selbst.

LAURA: Wirklich?

ICH: Sie geben sich selbst die Schuld an den Ereignissen, als wären Sie allein für alles verantwortlich, was ringsum passiert. Wäre es nicht viel wahrscheinlicher, dass andere ebenfalls Fehler machen?

LAURA *(zögernd)*: Ja. Womöglich ist niemand fehlerfrei.

ICH: Sie haben sich selbst als *dumm* und als *naives Dummchen* bezeichnet. Was, wenn dem gar nicht so wäre? Was, wenn Ihre Gefühle und Ansichten es vielmehr wert wären, ernst genommen zu werden? *(Pause)* Ich habe mich gefragt, wie es dazu gekommen sein könnte. Nach allem, was Sie von Ihrem Vater erzählen, frage ich mich, ob er Sie womöglich unterschätzt und vielleicht ebenfalls als Püppchen betrachtet.

LAURA *(nachdenklich)*: Mich zu beschützen ist das höchste Ziel meines Vaters, aber vielleicht war er in seinem Eifer mitunter übervorsichtig. Natürlich weil er es gut mit mir meint.

ICH: Selbstverständlich. Aber die Geschichte mit Carmilla zeigt doch auch, dass man niemanden vor jeglicher Gefahr beschützen kann. Trotz Mauern, Burggraben und Zugbrücke hat sich ein Vampir bei Ihnen eingenistet.

LAURA: Dann ist man also … nirgends sicher?

ICH: Nein, nie vollends. Man bekommt es im Leben immer wieder mit Risiken oder Verletzungen zu tun. Am besten nimmt man derlei Schwierigkeiten in Angriff, wenn sie sich einem in den Weg stellen. *(Pause)* Sie haben auch erwähnt, dass Sie so gut wie nie andere Menschen kennenlernen. Ich glaube, das ist einer der Gründe, warum Fräulein Carmilla Ihnen so viel bedeutet hat, und das im Handumdrehen. Fragen Sie sich doch einmal, wie schwer es Ihnen gefallen ist, gleich anfangs Grenzen zu setzen. Sie hatten Angst, dass sie Sie sofort wieder verlassen und einsam zurücklassen könnte.

Laura sitzt eine Weile still da. Scheint zu verarbeiten, was ich gerade gesagt habe.

LAURA: Wenn ich persönlich der Ansicht wäre, dass ich nach Wien ziehen und dort leben wollte … *(lächelt hoffnungsvoll)* Wie wüsste ich da, dass ich dafür bereit wäre?

ICH: Was glauben Sie selbst?

LAURA *(überlegt)*: Ich habe es auch eigenständig in Ihre Praxis geschafft.

ICH: Und niemand hat Sie auf den Sklavenmarkt verschleppt.

Laura lacht.

ICH: Klingt mir wie ein Hinweis darauf, dass Sie die Reise nach Wien womöglich auch schaffen könnten.

LAURA: Möglich. *(denkt nach)* In dem Fall müsste ich natürlich noch einiges organisieren, müsste eine Reisebegleiterin haben. Vielleicht Mademoiselle de Lafontaine? Und welche Herkulesaufgabe, alle meine schönen Sachen zu packen! Ob ich den Gobelin mit Kleopatra mitnehmen könnte? Das hinge natürlich davon ab, wie groß meine Wohnung in Wien wäre. *(klatscht in die Hände)* Und ich muss den Walzer üben! Damit vergnügt man sich doch in Wien, nicht wahr?

ICH: Ja, vom Wiener Walzer habe ich auch schon gehört. Aber Sie könnten natürlich auch mit weniger umwälzenden Veränderungen anfangen. Ganz wie Sie möchten. Sie könnten Wien für einige Tage besuchen, um erst einmal zu sehen, ob Ihnen die Stadt gefällt.

Denke mal, für L wäre es besser, mit kleinen Schritten angefangen = größere Chance auf Erfolg

LAURA *(überlegt)*: Nein. Entweder es geht gut oder eben nicht. Wenn ich schon sterblich bin, dann will ich meine begrenzte Zeit auf Erden nicht verschleudern. Diesen Schritt muss ich wagen.

ICH *(lache)*: Schön, diesen entschlossenen Tonfall zu hören!

Laura lächelt mich an. Ich nehme meinen Stoffbeutel vom Schreibtischstuhl.

ICH: Damit kommen wir wohl zum Ende. Unsere Zeit für heute ist vorbei, aber bevor Sie gehen, will ich Ihnen noch etwas mitgeben. *(nehme ein Fläschchen aus der Tasche)* Seit ich schwanger bin, habe ich das hier gegen den Eisenmangel eingenommen. Das ist jetzt vielleicht etwas unorthodox, wenn ich Ihnen etwas gebe, aber … nehmen Sie es!

LAURA: Nehmen? Sicher? Aber Ihr Kind …

ICH: Ich kann mir Nachschub besorgen.

LAURA: Danke. *(nimmt das Fläschchen entgegen)* Aber … Was steht da? *Blutquick*? Ist da *Blut* drin?

ICH *(lächele)*: Nein, der Saft ist bloß gut fürs Blut.

LAURA *(schraubt den Deckel ab und riecht daran)*: Sehr aufmerksam von Ihnen. *(sieht mich an)* Darf ich nächste Woche zur gleichen Zeit wiederkommen?

ICH: Aber sicher. Wenn Sie wollen, natürlich.

LAURA: Ja. Das will ich.

Sie steht auf. Streift sich die Spitzenhandschuhe über und lächelt fast verschämt, als sie das Zimmer verlässt.

Ich habe das Gefühl, dass ich heute mit Laura wirklich ein ordentliches Stück vorangekommen bin. Ich hoffe, P[redacted] sieht das genauso. Und ich hoffe überdies, dass sie nicht nachfragt, was Laura mit den Blicken zwischen Carmilla und mir gemeint hat. (SOLLTE P[redacted] darauf eingehen, werde ich ihr natürlich eine ehrliche Antwort geben.)

Gestern Nacht habe ich von Carmilla geträumt. Und es war wahnsinnig echt, als befände sie sich in meinem Zimmer, hätte mich gebissen und geküsst. Und das, obwohl M[redacted] neben mir lag. Nach dem Aufwachen war ich fix und fertig. Muss die Schwangerschaft sein. Die übliche Übelkeit scheint mir aber erspart zu bleiben.

Heute habe ich versucht, eine Zeichnung von Laura und Carmilla für das Buch anzufertigen, aber Carmillas Schönheit auf Papier zu bringen ist schlichtweg unmöglich. Es ist de facto eine Erleichterung, dass sie weg ist, und ich bin sicher, dass es auf lange Sicht auch das Beste für Laura ist.

Ich habe mich ein bisschen schlaugemacht und verstehe jetzt besser, woher ihre Ansichten (und die ihrer armen Gouvernanten) über Sexualität stammen. Männer durften zu ihrer Zeit ihre *Triebe entleeren*, indem sie zu Prostituierten gingen, doch von Frauen wurde erwartet, dass sie *Triebe* gar nicht erst an den Tag legten und schon gar kein Vergnügen daraus zogen. *Die Mehrheit der*

Frauen ist, zum Glück für sie selbst, von sexuellen Regungen unbeschwert, schreibt beispielsweise der Mediziner William Acton. Aus derselben Zeit stammt Queen Victorias viel zitierter Ausspruch, man möge die Augen schließen und an England denken. Es hieß sogar, Frauen bekämen Gebärmutterkrebs, sobald sie sich im Bett hingäben.

Da ist es nicht gerade verwunderlich, dass Carmilla Lauras Welt (und die der Mägde und Bauersfrauen) komplett auf den Kopf stellen konnte.

Von [redacted]
An [redacted]
Betreff Re: Laura
Datum [redacted]

Liebe J[redacted],

es ist bestimmt nur gut, dass diese gruselige Vampirin Laura verlassen hat, bevor sie noch größeren Schaden anrichten konnte. Wie heißt es so schön? Good riddance. Einige Punkte will ich trotzdem anmerken.

Dass Laura gewisse Gefühle, die durch den frühen Verlust ihrer Mutter entstanden, auf Carmilla übertragen haben könnte, finde ich bedenkenswert. Das *Messer in meiner Brust* weist doch darauf hin, dass sie sehr darunter leidet und daran zugrunde zu gehen droht. *Am Grund eines dunklen Weihers zu liegen* deute ich so, dass sie von Finsternis umgeben ist und keinen Ausweg mehr sieht. Das sind schon starke Worte, wenn man bedenkt, dass die beiden sich erst wenige Monate kennen. (Stellt sie sich vielleicht sogar unbewusst vor, sie hätte dafür gesorgt, dass die Mutter von der Bildfläche verschwand? In der beschränkten egozentrischen Welt – nicht zu verwechseln mit egoistisch! – eines Kleinkinds ist der Tod womöglich bloß eine Ausflucht.)

Es ist gut, sie dazu zu bringen, ihre Wut aufs richtige Ziel auszurichten. Wäre Laura meine Patientin, würde ich ihr vor Augen führen, welche unbewussten Gefühle von Trauer oder Wut sie in sich trägt. Auf diese Weise vermittelst Du ihr ein Verständnis für ihre eigenen Reaktionen, und sie hat die Möglichkeit, sich anders zu entscheiden, als ihre Gefühle immer nur in Beziehungen auszuleben, in denen sie eigentlich gar nichts zu suchen haben.

Aber im Großen und Ganzen: Gut gemacht, liebe J[redacted]! Wenn Du erlaubst, will ich Dir wirklich sagen, wie stolz ich auf Dich bin und wie gut Du Dich ausgedrückt hast. Besonders gefreut habe ich mich zu lesen, wie Du hinsichtlich von Lauras Grundproblem den Finger in die Wunde gelegt hast: dass sie sich selbst unterschätzt und andere überbewertet. Vielleicht kannst Du die Superlative ein bisschen zurücknehmen. Du warst überdeutlich, als Du Laura versichert hast, dass sie sich doch bereits weiterentwickelt hat. Ich glaube, als Psychologin darfst Du Dich darauf verlassen, dass die Therapie ihre Wirkung auch so zeigt und der Patient diese Erfahrung von ganz allein macht und die Wirkung spürt, ohne dass er explizit darauf hingewiesen wird.

Jetzt bestelle ich mir einen Caffè Corretto, rauche einen Zigarillo und gehe anschließend im Meer baden.
Viele liebe Grüße, P

PS: Du hast natürlich recht, es ist unorthodox, dass eine Psychologin ihre Flasche Blutquick verschenkt. Aber in diesem Fall meines Erachtens völlig okay! Besser, als sie an einen Pfuscher aus dem 18. Jahrhundert mit fragwürdigen Behandlungsmethoden zu verweisen.

Und was die ewige Treue betrifft, die Du mit Laura und Carmilla besprochen hast… dass das Zusammenbleiben früher einfacher gewesen sei, weil die Lebenserwartung grundsätzlich geringer war. Da bin ich neugierig geworden und habe mal gegoogelt. 1870 betrug die durchschnittliche Lebenserwartung von Frauen in Österreich nur 36 Jahre! Wäre vielleicht auch ein interessanter Aspekt für Dein Buch.

Verehrte Frau Psychologin,

ich habe mich zum Bleiben entschlossen. Der hiesige Zeitgeist liegt mir wesentlich mehr, und die Mädchen duften so gut. Besonders Sie.

Vielleicht möchten Sie mir ja eines Tages die Stadt zeigen? Womöglich gibt es hier ja Feuchtgebiete, die ich mit Ihrer Erlaubnis erforschen könnte. Wenn Sie der gleichen Ansicht sind, stellen Sie eine rote Rose ins Fenster. Sobald ich sie entdecke, warte ich bei Sonnenuntergang vor Ihrer Tür.

Ihre ergebene Carmilla

kam 6 Monate
nachdem Carmilla
aus der Praxis
gestürmt war

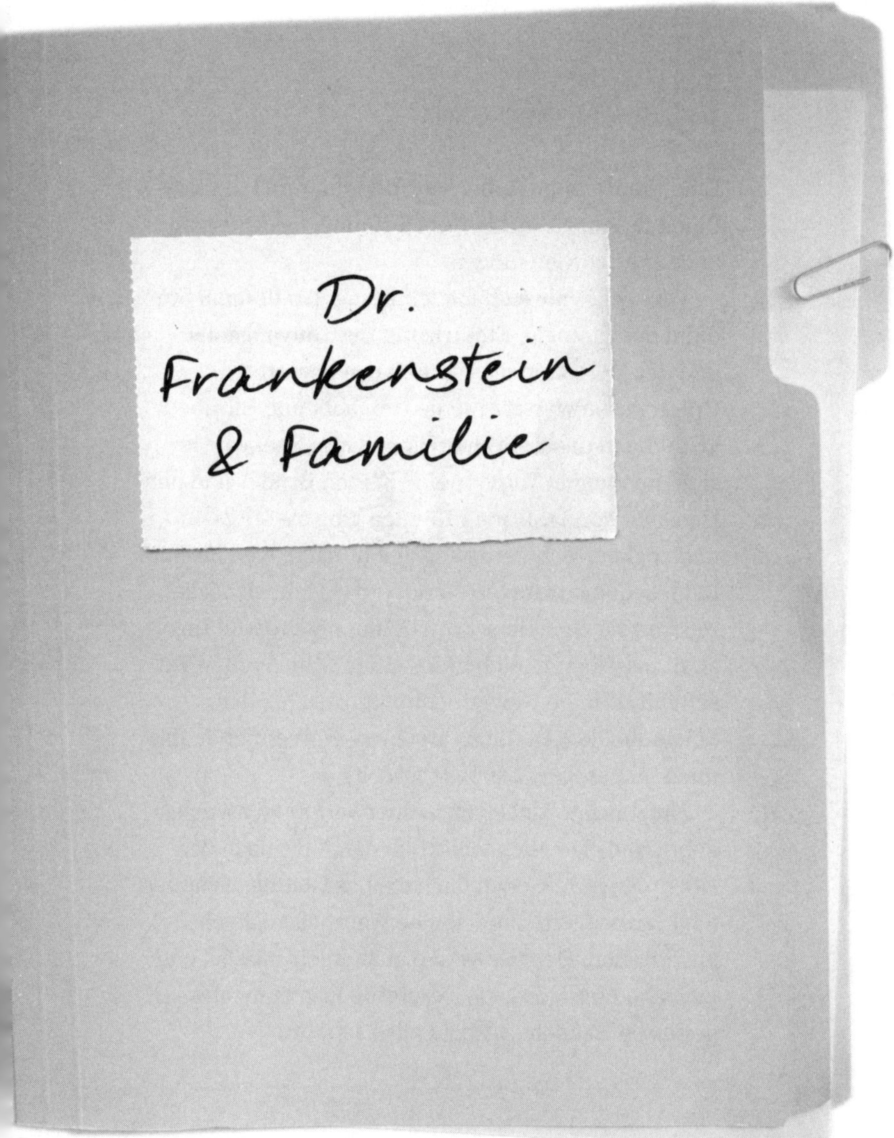
Dr.
Frankenstein
& Familie

Verehrte Frau Psychologin!

Eine Katastrophe dräut am Horizont, und ich sende Ihnen diesen Notruf in der Hoffnung, dass Sie sich meiner erbarmen mögen.

Vor sechs Jahren habe ich in Ingolstadt mein Studium der Biologie, Elektrizität, des Galvanismus und der Mysterien der Erbanlagen angetreten. Unterdessen wartete meine treu liebende Elisabeth geduldig in unserem Heim am Genfer See, wo sie sich um meinen Vater, meine beiden Brüder und den Haushalt sorgte. Ihren Pflichten ging sie sorgsam und zugleich schmetterlingsleicht nach, weil ihr der Lohn schon vor Augen stand … dass ich wiederkehren und sie zu meiner Frau nehmen würde. In Ingolstadt machte ich mich indes einer grauenvollen Tat schuldig. Meine Gewissensnot angesichts der Schändlichkeiten führte zu einem Nervenfieber, das mich monatelang ans Bett fesselte.

Nun bin ich endlich zu meiner Verlobten zurückgekehrt, und eigentlich wollte ich damit bis nach der Hochzeit warten, doch ich habe das Gefühl, als müsse ich Elisabeth die schreckliche Wahrheit sogleich anvertrauen. Mein Gewissen quält mich zutiefst, und ich habe Angst, dass die verderbte Frucht meines gottlosen Handelns alsbald alles zerstört.

Verzeihen Sie, wenn ich geheimniskrämerisch klingen mag, doch schriftlich mag ich ungern Einzelheiten schildern. Ein Brief gerät mitunter in die falschen Hände. Erlauben Sie mir nur, so viel zu sagen, dass ich ein Leben erschaffen habe, das ich seither vor meiner zukünftigen Ehefrau zu verheimlichen suche. Jetzt droht das Geschöpf, unser Idyll in Stücke zu schlagen und mein ganzes Leben zunichtezumachen. Ich kann die Katastrophe nur mehr abwenden, indem ich mein beschämendes Geheimnis lüfte, und hoffe, ihr Herz in seiner unendlichen Güte möge ihr gestatten, mir zu verzeihen. Und hier kommen Sie ins Bild.

Sowie ich von Ihnen erfahren habe, dämmerte mir nämlich, dass Sie der Brückenschlag zwischen mir und meiner Geliebten sein könnten. Nachdem Sie Ihr Berufsleben ebenfalls dem Studium des Menschen gewidmet haben, vermögen Sie vielleicht nachzuvollziehen, welche Antriebskräfte mich auf jene unschönen Abwege geführt haben. Gleichzeitig können Sie in Ihrer Eigenschaft als Frau meiner geliebten kleinen Elisabeth möglicherweise mit Erklärungen und Beistand dienen, dort wo die Geduld und Eignung des Unterzeichnenden nicht länger ausreichen.

Dr. Viktor Frankenstein
Genf 17[redacted]

Vor der Begegnung mit meinen neuen Patienten am Nachmittag habe ich ein bisschen Bammel. Ich habe derzeit extreme Hormonschwankungen und breche beim nichtigsten Anlass in Tränen aus. Keine Ahnung, wie ich gleich einer Frau beibringen soll, dass ihr Partner untreu war und eine andere geschwängert hat.

Außerdem erinnert mich der Tonfall des Briefes an Dr. Jekyll, zumindest wie er anfangs war. Was, wenn ich ihm den Hals umdrehen will?

Apropos Dr. Jekyll: Ich habe vergessen zu erwähnen, dass die *Leerer-Stuhl*-Übung über Erwarten gut gelaufen ist. Und das ist noch untertrieben. Die ersten Male verwandelte er sich in Hyde, sobald er auf dem Stuhl Platz genommen hatte. Allerdings haben wir große Fortschritte gemacht. Hyde fühlt sich zusehends integriert an und braucht nicht mehr *hervorzubrechen*, um sich Gehör zu verschaffen. Bin überdies froh, dass P[redacted] meine Schilderungen der plötzlichen Verwandlungen während der hitzigsten Wortwechsel gefallen haben.

SITZUNG 1

Ich schalte die Kamera ein und wanke kurzatmig und unter Ächzen aus dem Zimmer, um die Tür zu öffnen.

ICH: Herzlich willkommen.

DR. FRANKENSTEIN: Guten Tag. Viktor Frankenstein mein Name, und das hier ist meine liebe Elisabeth Lavenza, zukünftige Frau Frankenstein.

ELISABETH LAVENZA: Angenehm. Frau Psychologin …

Wir betreten das Sprechzimmer. Sobald ich wegsehe, wirft Elisabeth einen Blick auf meinen Babybauch und lächelt Viktor leicht gequält an. Sie setzen sich nebeneinander aufs Sofa.

ELISABETH LAVENZA: Ich darf zu Ihren gesegneten Umständen gratulieren.

ICH: Herzlichen Dank.

bin selbst überrascht, wie gut ich meine Gefühle verberge

Ich nehme ebenfalls Platz. Lächele.

ICH: Herr Doktor Frankenstein hat mir einen Brief geschrieben, in dem er kurz angerissen hat, warum Sie herkommen wollten. Wissen Sie, was in dem Brief stand, Fräulein Lavenza?

ELISABETH LAVENZA: Ich habe eine Vermutung.

ICH: Und möchten Sie die in Worte fassen?

Elisabeth nickt. Sie ist sichtlich nervös. Dreht sich zu Viktor um und nimmt seine Hand.

ELISABETH LAVENZA: Wenn es dein Wunsch sein sollte, dich mit einer anderen zu vermählen, dann erteile ich dir die Erlaubnis, dein Versprechen mir gegenüber zu lösen.

Viktor blickt verständnislos drein. Elisabeth umklammert seine Hand noch fester.

ELISABETH LAVENZA: Ich gestehe, dass ich dich liebe, und in meinen leuchtenden Zukunftsträumen bist du stets mein Freund und Begleiter gewesen. Doch dein Glück liegt mir ebenso sehr am Herzen wie mein eigenes, wenn ich jetzt sage, dass unsere Ehe mich für alle Zeit unglücklich machen würde, wenn du sie nicht aus freien Stücken eingingest. Mich quält allein die Vorstellung, dass du, der du bereits so sehr gelitten hast, nur deinem Ehrgefühl folgen würdest und von einer Liebe und vom Glück mit einer anderen absehen müsstest. Wenn du dich immer noch mit mir vermählen willst, dann wünsche ich mir nichts lieber. Doch wenn du es nicht willst … *(blinzelt ein paar Tränen weg)*

DR. FRANKENSTEIN: Liebste Elisabeth, du hast meine Seelenpein völlig falsch gedeutet! Was immer mich glücklich machen könnte, ist in deiner Person vereint. Verscheuche deine unnötigen Sorgen! Ich würde mein Leben geben, um dein Mann zu werden.

ELISABETH LAVENZA *(seufzt erleichtert)*: Bist du dir sicher?

DR. FRANKENSTEIN: Wenn ich dich ansehe, wage ich mitunter, von paradiesischem Glück und von Liebe zu träumen. Doch der Apfel ward bereits gegessen, und der Engel hebt die Hand nunmehr, um mich von aller Hoffnung fortzutreiben.

Elisabeth lässt ihn nicht aus den Augen. Hält immer noch seine Hand fest umklammert.

ICH: Ich ahne, dass es Ihnen schwerfällt, aber könnten Sie trotzdem ein bisschen genauer werden, Herr Doktor Frankenstein? Worum geht es eigentlich?

ELISABETH LAVENZA: Bist du krank? *(dreht sich zu mir um)* Er versucht, es vor allen geheim zu halten, um uns Kummer und Sorge zu ersparen, aber es wird zusehends offenkundig, dass ihm etwas schwer zusetzt. Sehen Sie nur, wie mager und blass er ist! Seit er aus Ingolstadt heimkehrte, scheint er jede Nacht wach zu liegen.

Viktor bricht in lautes, unbeherrschtes Gelächter aus.

DR. FRANKENSTEIN: Krank? Ich bin nicht krank, sofern mich ein grässliches Geheimnis nicht vergiftet!

ELISABETH LAVENZA: Mein lieber Viktor, mir wird bang ums Herz! Sag mir, worum es geht! Erzähl es mir! Nichts, was du sagst, könnte schlimmer sein als die grauenvollen Gespinste, die ich mir zurechtfantasiere.

DR. FRANKENSTEIN: Du weißt ja nicht, wovon du redest! Was ich mit mir herumtrage, ist schlimmer, als es sich deine unschuldige Seele je ausmalen könnte. *(starrt auf seine Hände hinab)* Oh, rette mich! Rette mich vor meiner eigenen Hände Werk! *(wendet sich wieder Elisabeth zu)* Wie könnte ich es über mich bringen, dir davon zu erzählen?

ICH: Herr Doktor Frankenstein, in Ihrem Brief erwähnten Sie, dass Sie sich Fräulein Lavenza anvertrauen möchten. Und ich ahne, dass das notwendig ist. Ich sehe Ihnen an, dass es Ihnen sehr schwerfällt, aber ich glaube, dass ausgerechnet die Heimlichtuerei sehr zu Ihrer Sorge und Angst beiträgt.

Viktor steht auf und geht im Zimmer auf und ab.

DR. FRANKENSTEIN: Es ist nicht möglich! Ich kann es nicht!

ICH: Warum genau fällt es Ihnen so schwer?

DR. FRANKENSTEIN: Ich habe Angst um Elisabeth, die so gottesfürchtig ist, die mich verabscheuen und sich fragen wird, wie ich nur derart vom Weg abkommen konnte. Ich liebe sie so sehr, und sie hat sich meiner Liebe mehr als verdient gemacht. Und doch habe ich gesündigt, schlimmer als jeder andere! Verdient gemacht?! interessante Wortwahl

ICH: Das glaube ich nicht.

DR. FRANKENSTEIN: Nein, wie könnten Sie es auch verstehen, Frau Psychologin! *(seufzt schwer)* Unser Besuch bei Ihnen ist ein Fehler. Komm, Elisabeth, wir reisen wieder ab!

Elisabeth steht folgsam auf, bleibt aber stehen. Sieht mich flehentlich an.

ICH: Herr Doktor Frankenstein, bitte entschuldigen Sie, wenn es so klang, als wollte ich Ihr Problem abtun. Sollen wir noch einmal von vorn beginnen? Vielleicht erzählen Sie mir erst einmal, wie Sie beide sich kennengelernt haben.

Elisabeth nickt Viktor leicht zu. Nimmt seine Hand. Sie lassen sich erneut auf dem Sofa nieder.

ELISABETH LAVENZA: Erzähl du, Viktor! Das kannst du so gut.

DR. FRANKENSTEIN *(wirkt geschmeichelt)*: Nun also ... Mein Vater hatte eine Schwester, die er sehr liebte und die sich früh im Leben mit einem italienischen Edelmann vermählte. Schon bald nach der Hochzeit folgte sie ihrem Gemahl in sein Heimatland und starb wenig später, allerdings nicht ohne erst ein kleines Mädchen zur Welt gebracht zu haben. Es vergingen einige Monate, und mein Vater erhielt ein Schreiben vom hinterbliebenen Schwager, der mitteilen ließ, er wolle sich mit einer italienischen Dame wiederverheiraten. Er bat meinen Vater darum, das Kind zu sich zu nehmen und es wie eine eigene Tochter zu lieben. Andernfalls wäre Elisabeth von der Stiefmutter großgezogen worden. Mein Vater zögerte keine Sekunde, reiste stante pede nach Italien und holte Elisabeth heim.

Was wäre so schlimm daran gewesen?

ICH: Dann sind Sie also Cousin und Cousine?

DR. FRANKENSTEIN: Ja. Kurz bevor sie zu uns kam, sagte meine Mutter im Scherz, sie habe *ein reizendes Geschenk für meinen Viktor. Morgen sollst du es haben.*

Elisabeth scheint hingerissen und errötet.

ICH: Ein Geschenk?

DR. FRANKENSTEIN *(nickt)*: Voll kindlichen Ernstes fasste ich ihre Worte so auf, dass Elisabeth mein sei, um sie zu schützen, zu lieben und zu verwöhnen. Jedes Lob, das der Kleinen galt, nahm ich so auf, als sei es ein Lob meines Eigentums. Und es war fürwahr das beste Geschenk, das ich je bekam. Als meine Mutter mir vorschlug, Elisabeth zur Frau zu nehmen, wollte ich ihr diesen Wunsch natürlich erfüllen.

Objektifiziert E

ICH: Dann war es Ihre Mutter, die Ihnen die Ehe nahegelegt hat?

DR. FRANKENSTEIN: Es war der Wille meiner Mutter, die häuslichen Liebesbande so fest zu knüpfen wie nur irgend möglich. *(sieht Elisabeth liebevoll an)* Eine Gemahlin ist schließlich umso besser als eine Cousine.

ICH: Wie meinen Sie das?

DR. FRANKENSTEIN: Eine Gemahlin wäre immerhin mein bis zum Ende ihrer Tage.

ICH: Ich ahne schon, dass Sie das positiv meinen, aber Fräulein Lavenza ist doch eine selbstständige Persönlichkeit, oder etwa nicht?

DR. FRANKENSTEIN: Aber natürlich! Und welch eine Persönlichkeit!

ICH: Was halten Sie von diesem Arrangement, Fräulein Lavenza?

ELISABETH LAVENZA: Oh, ich bin überglücklich. *(streift Viktor mit einem Blick)* Auch wenn der Beschluss letzten Endes unter traurigen Vorzeichen besiegelt wurde.

ICH: Ach? Könnten Sie das ausführen?

ELISABETH LAVENZA: Ja, das war kurz bevor Viktor nach Ingolstadt ziehen sollte. Da hatte ich zunächst Scharlach. Wir hatten uns alle Mühe gegeben, Viktors Mutter zu überzeugen, dass meine Pflege eine große Gefahr für sie bedeuten könnte, doch als ich mich schließlich auf dem Weg der Genesung befand, ließ sie sich nicht mehr abhalten. Sie wich nicht von meinem Krankenbette, und dieser Unbedacht erwies sich als folgenschwer. Am dritten Tage musste sich die Mutter hinlegen. Bei den beunruhigenden Symptomen wurde der Arzt beigezogen, aus dessen ernstem Antlitz wir das Schlimmste errieten.

DR. FRANKENSTEIN: Sie legte Elisabeths Hände in die meinen und sagte: »Wie habe ich mich immer gefreut, euch einmal vereinigt zu sehen! Mir ist es ja wohl nicht mehr beschieden, das zu erleben, aber es soll wenigstens der Trost eures Vaters sein.« Außerdem bat sie Elisabeth, ihre Stelle bei meinen jüngeren Geschwistern einzunehmen. Dann ergab sie sich gelassen dem Sensenmann. *Was für eine Bitte!!!*

ICH: Man merkt Ihnen an, wie sehr Sie beide sie geliebt haben. Und wenn ich Sie mir so ansehe, Herr Doktor

Idealisiert die Mutter und die richtige Art zu sterben

Frankenstein, dann scheint die Trauer immer noch allgegenwärtig zu sein.

DR. FRANKENSTEIN: Meine Mutter war die hehrste Frau auf Erden. Selbst der Würger Tod war nicht imstande, die Liebe aus ihren Zügen zu bannen. *(tupft sich eine Träne weg)* Lange konnten wir es nicht fassen, dass ihre lieben Augen uns nun nicht mehr freundlich anblicken, ihre traute Stimme nicht mehr an unser Ohr tönen sollte.

ICH: Verstehe, ja, das kann wirklich schwer sein. Dass jemand an einem Tag noch da ist und am nächsten für immer fort.

DR. FRANKENSTEIN: Wohl wahr, Frau Psychologin. Wohl wahr.

ICH: Ich muss Ihnen trotzdem eine Frage stellen. Ich glaube Ihnen sofort, dass es schwierig ist, einer geliebten Person den letzten Willen zu verweigern. Immerhin haben Sie ihr am Sterbebett versprochen, einander zu heiraten. Aber wollten Sie das auch selbst?

DR. FRANKENSTEIN *(eilig)*: Selbstverständlich! Alle hatten Elisabeth gern. Ich war nicht ganz ein Jahr älter als sie. Uneinigkeit oder Streit war uns fremd, und die Verschiedenheit unserer Charaktere schien uns eher noch fester zu binden, als uns zu trennen.

Elisabeth nickt und lächelt milde.

ICH: Und wie war das für Sie, Fräulein Lavenza? Das Ganze muss für Sie doch sehr ungewöhnlich gewesen sein, zumal Herr Doktor Frankenstein kurz darauf wegzog.

ELISABETH LAVENZA: Mich um den Haushalt und um Viktors Brüder zu kümmern war eine Frage der Ehre für mich. Ich nahm mir fest vor, meinen Pflichten tapfer und treu nachzukommen, und die größte bestand darin, mich denen zu widmen, die ich als Vater und Geschwister lieben gelernt hatte.

ICH: Ich entnehme Ihren Ausführungen, dass es Ihnen wichtig war, den Bedürfnissen und Wünschen der anderen Rechnung zu tragen. Aber wie fühlte es sich für Sie an, als Viktors Mutter Ihnen dieses Versprechen abnahm?

ELISABETH LAVENZA: Unsere Ehe war immer das höchste Ansinnen unserer Eltern. Bereits als kleine Kinder lernten wir, uns auf etwas zu freuen, was unter Garantie eintreffen würde. Wir waren in der Kindheit die besten Spielkameraden, und inzwischen schätzen wir einander als Freunde.

ICH: Sie sagen *Spielkameraden*, aber eigentlich waren Sie doch mehr als das. Herr Doktor Frankenstein erwähnte zuvor, dass sein Vater Sie wie eine eigene Tochter annehmen sollte … was Sie beide gewissermaßen zu Geschwistern macht.

DR. FRANKENSTEIN: Aber das sind wir ja nicht. Andernfalls wäre die Vorstellung einer Heirat erschreckend.

ICH: Nein, leibliche Geschwister sind Sie natürlich nicht, aber Sie sind wie Geschwister zusammen aufgewachsen. Ich frage mich gerade, wie das Ihre Gefühle hinsichtlich der Heirat beeinflusst.

Viktor und Elisabeth sehen mich verwirrt an.

Scheinen gar nicht zu begreifen, worauf ich hinauswill

ELISABETH LAVENZA: Mein ganzes Leben kommt dem Weg hin zu meinem vorbestimmten Schicksal gleich, Viktors gesetzlich angetraute Ehefrau zu werden. Und ich kann es kaum erwarten, selbst Mutter zu werden. Ich muss sagen, ich beneide Sie, Frau Psychologin. Sie und Ihr Mann müssen sehr glücklich sein.

Sie späht auf meinen Babybauch und wirkt sehnsüchtig.

DR. FRANKENSTEIN: Dass wir zusammen aufwuchsen, hat uns einander nur umso nähergebracht. Nach Mutters Tod war der Trost, den Elisabeth mir spendete, überaus rühmenswert, sie leistete meinem Vater Gesellschaft und erzog meine Brüder. Nie erlebte ich sie so bezaubernd wie in jener Zeit, als sie immerzu versuchte, alle glücklich zu machen, und ihr eigenes Glück nachgerade hintanstellte.

ICH: Verstehe. Vielleicht könnten Sie mir ein bisschen mehr darüber erzählen, was Sie am anderen schätzen?

DR. FRANKENSTEIN: Schon als kleines Mädchen war Elisabeth folgsam, stets gut gelaunt, verspielt und lebensfroh. Trotzdem waren ihr Gefühle stark und tief. Sie ist ehrbar, trotzt den größten Anstrengungen und ist doch die zarteste Frau der Welt. Ich liebe es, mich um sie zu kümmern, ganz so wie ich es mit einem geliebten Haustier täte.

ICH *(versuche dazwischenzugehen)*: Ich höre Ihnen an, dass Sie sie schätzen, aber sie mit einem Haustier zu vergleichen und sie als Geschenk zu bezeichnen …

DR. FRANKENSTEIN: Sie ist ungewöhnlich leidensfähig, mit reichlich Kreativität gesegnet, gleichzeitig kann sie sich hervorragend auf gewisse Aufgaben konzentrieren. Unsere Bediensteten wenden sich mit ihren Wünschen und Anfragen immer an sie. Alle vergöttern sie.

ELISABETH LAVENZA *(glücklich)*: Aber dich vergöttern sie auch, Viktor! *(wendet sich mir zu)* Er war immer schon überaus neugierig. Sein Wissensdurst zeugt von enormer Leidenschaft. Ich selbst beschäftige mich lieber mit den luftigen Schlössern der Poesie, mit der Schönheit der uns umgebenden Natur, der erhabenen Formen der Berge, dem Wechsel der Jahreszeiten. Aber *Viktor*! Er findet Freude, ja Entzücken darin, mittels verborgener Naturgesetze die Geheimnisse der Welt zu lüften.

DR. FRANKENSTEIN: Du ahnst ja nicht, wie sehr ich diese Seite an mir inzwischen verfluche. Denn sie hat mich ins Verderben gestürzt.

Er schlägt die Hände vors Gesicht. Beunruhigt wechselt Elisabeths Blick zwischen ihm und mir hin und her.

ICH: Es sieht so aus, als würden wir uns gerade wieder dem Thema nähern, das Sie hier besprechen wollen, Herr Doktor Frankenstein. *(Pause)* Sind Sie dazu bereit?

Viktor schüttelt den Kopf, hat noch immer die Hände vors Gesicht geschlagen.

ICH: Vielleicht können wir helfen. Indem wir damit anfangen und schon mal vorwegschicken, dass Sie nach sechs Jahren nach Hause zurückkehrten. In der Zwischenzeit hatten Sie studiert, während Fräulein Lavenza sich um Haushalt und Familie gekümmert hatte. Geplant war, dass Sie nach Ihrer Rückkehr heiraten würden, aber in Ihrer Abwesenheit ist etwas passiert. Sie haben selbst gesagt, Sie hätten gesündigt. Anscheinend ist das etwas, was bei Ihnen große Angst und schwere Schuldgefühle weckt.

Viktor bricht in Tränen aus. Nickt.

ELISABETH LAVENZA: Mein lieber Vetter, wie sehr du leidest! Du kannst es uns erzählen, Viktor. Hab keine Angst!

Viktor murmelt etwas Unverständliches.

ELISABETH LAVENZA: Ich kann dich nicht verstehen, Viktor.

DR. FRANKENSTEIN *(nimmt die Hände herunter)*: Ich habe ein Leben geschaffen.

Elisabeth ringt nach Luft, lehnt sich auf dem Sofa zurück.

Viktor blickt ins Leere.

ICH: Sie haben ein Kind mit einer anderen.

ELISABETH LAVENZA: Wer ist sie?

DR. FRANKENSTEIN *(als hätte er uns nicht gehört)*: Ich verfluche den Tag, da ich bezeugen musste, wie diese Ausgeburt des Teufels in meiner Ingolstädter Wohnung den ersten Atemzug tat.

ICH: Dann war es eine Hausgeburt?

Elisabeth weint still. Viktor scheint mich noch immer nicht gehört zu haben.

DR. FRANKENSTEIN: Seine faltige gelbe Haut! Die schwärzlichen Lippen! Gott steh uns bei! Kein Sterblicher kann das Grauen ertragen, das dieses Böse in seinen wässerigen Augen weckte. Unsäglicher Schrecken und Ekel erfüllen mein Herz, wenn ich nur daran denke.

ICH: Ich muss schon sagen, dass Sie auf diese Weise von Ihrem Sohn sprechen, fühlt sich für mich sehr unangenehm an.

DR. FRANKENSTEIN *(tonlos)*: Er ist nicht mein Sohn. Er ist ein Gräuel.

Ich sehe inzwischen wütend aus. Lege mir die Hand auf den Bauch. Unbewusste Geste

DR. FRANKENSTEIN: Ganz gleich, wie sehr ich mich anstrenge, ich kann einfach nicht vergessen, wie schwer es atmete, wie seine Glieder krampfhaft zuckten, als der Lebensfunke zündete und es die Augen aufschlug.

ICH *(räuspere mich)*: Klingt nach einer schweren Geburt.

DR. FRANKENSTEIN *(ohne sich zu unterbrechen)*: Es stieß unartikulierte Laute aus, während sich die Haut seiner Wangen unter einem hässlichen Grinsen runzelte. Eine Mumie, lebendig geworden, konnte nicht so abscheulich sein. Ich hatte zwar erwartet, dass es hässlich würde, aber …

ELISABETH LAVENZA: Hör auf, Viktor! Gottes Geschöpfe sind schön!

DR. FRANKENSTEIN *(sieht sie verblüfft an)*: Gottes Geschöpfe? Nein, Elisabeth! Nicht einmal Dante hätte es sich grausiger vorstellen können. Es war aber nicht nur das Entsetzen, es war auch … Es war … *(ringt um die richtigen Worte)* Es war auch bitterste Enttäuschung. Die Träume, die ich so lange genährt, die meine Freude gewesen, wurden mir nun zu Höllenqualen.

Mein Gesicht ist hochrot. Bei Elisabeth strömen die Tränen. Viktor richtet den Blick erneut ins Leere.

ELISABETH LAVENZA: Ich will von Träumen von einem Kind mit einer anderen nichts hören. Und da hilft es auch nicht, dass du deinen armen Sohn schwarzmalst, der mir an einer Krankheit zu leiden scheint. Doch ihn trifft keine Schuld, auch wenn er unehelich zur Welt kam.

DR. FRANKENSTEIN: Ich suchte Zuflucht im Hofe des von mir bewohnten Hauses und blieb für den Rest der Nacht dort, obwohl mich der Regen, der vom trostlosen grauen Himmel unaufhörlich herniederfloss, schon bis auf die Haut durchnässt hatte. Dort ging ich auf und nieder, aufs Tiefste erregt, und lauschte auf jeden Laut, der sich aus dem Hause vernehmen ließ. Mir war so, als näherte sich der hässliche Dämon, dem ich so leichtsinnigerweise Leben verliehen hatte. *(schüttelt sich)* Endlich kam der Morgen,und ich eilte auf die Straße hinaus, ohne mir klar zu werden, wo ich war und was ich wollte. Bis ich mich plötzlich der Herberge gegenüber befand, vor der die Post und die Reisewagen zu halten pflegten. Als die Tür geöffnet wurde, bemerkte ich im Innern der Kutsche Henry Clerval, meinen lieben Freund aus Jugendtagen, der sofort heraussprang und auf mich zueilte. Ich empfand eine unbeschreibliche Freude über seine Ankunft. Ich ergriff seine Hand und vergaß mein ganzes Elend und Unglück. Deshalb war ich auch imstande, meinen Freund in herzlichster Weise zu begrüßen und zu meiner Wohnung zu führen. Erst dort fing ich erneut an zu zittern und schauderte bei dem Gedanken, dass die Kreatur, die ich in meinem Zimmer zurückgelassen, immer noch dort sein könnte. Ich fürchtete mich, das Ungeheuer wieder zu erblicken. Noch mehr aber fürchtete ich, Henry könnte es entdecken. Doch der unheimliche Geselle war fort. Ich konnte es gar nicht fassen, dass mir ein solch ungeheures Glück beschieden sein sollte.

Jähe Stimmungsschwankungen: aufgeregt, froh, verängstigt, erleichtert

ICH: Herr Doktor Frankenstein, wenn ich Fräulein Lavenza zitieren dürfte … Das Kind trägt keine Schuld. Es hat nicht darum gebeten, zur Welt zu kommen. Ich würde gern verstehen, warum Sie ihm gegenüber trotzdem so negative Gefühle haben.

Viktor blinzelt verwirrt in meine Richtung.

ICH: Sollen wir fürs Erste aufhören? *(blicke kurz in meine Notizen)* Das alles klingt höchst dramatisch, und ich höre Ihnen an, wie ungemein schwer es Ihnen fällt, darüber zu sprechen. Aber einiges habe ich noch nicht verstanden. Wer ist die Mutter des Kindes? Wie ist es ihr bei der Entbindung ergangen? Geht es ihr und dem Kind gut?

Elisabeth trocknet sich die Augen. Sieht Viktor an und scheint sich gegen seine Antwort zu wappnen.

DR. FRANKENSTEIN: Die Mutter? Wovon reden Sie?

ELISABETH LAVENZA: Sie redet von der Mutter deines Kindes, Viktor. Wie … Wie konntest du mir so etwas antun? *(schluchzt)* Ich erkenne dich nicht wieder! Dich so reden zu hören … Du klingst wie ein Unmensch.

DR. FRANKENSTEIN: *Ich?*

ELISABETH LAVENZA: Sechs Jahre warst du fort, hast die Welt gesehen und die Fächer studiert, für die du dich so begeistert hast. Du trafst Gleichgesinnte, während ich mich um deinen Vater, deine Brüder, um deren Ausbildung und den Haushalt mit all seinen Notwendigkeiten kümmerte. Du hast nicht einmal die Feder in die Hand genommen und mir geschrieben. Tagaus, tagein wartete ich darauf, von dir wenigstens eine Zeile zu lesen. Ich war drauf und dran, an Sehnsucht und Sorge zu zerbrechen. Jede Sekunde, die ich wartete, fühlte sich an wie eine ewige Qual. Am Ende schickten wir Henry Clerval, der nachsehen sollte, ob du überhaupt noch am Leben warst. Er erzählte uns dann, dass du krank warst. *(lacht verbittert)* Ich wollte nur noch, dass du wieder gesund werden und zu uns nach Hause kommen würdest. Ich gab mein Bestes, damit du ein glückliches, friedliches Heim vorfändest. Und jetzt erfahre ich, dass du mit einer anderen zugange warst.

DR. FRANKENSTEIN: Das Einzige, womit ich zugange war, waren meine Bücher.

ELISABETH LAVENZA: Ach? Dann war es eine jungfräuliche Geburt, ja?

Viktor schüttelt verständnislos den Kopf.

ICH: Ich habe allmählich das Gefühl, wir reden aneinander vorbei. Ihre Geschichte ergibt keinen rechten Sinn, Herr Doktor Frankenstein. Irgendetwas haben Sie vergessen zu erwähnen.

DR. FRANKENSTEIN *(als wäre der Groschen gefallen)*: Oh! Sie glauben … *Nein!* Ich habe mich missverständlich ausgedrückt. Natürlich! Wie hätten Sie verstehen sollen … wenn es in der Geschichte der Menschheit nie etwas Vergleichbares … *(seufzt)* Das Wesen, von dem ich gesprochen habe, entstammte nicht dem Schoße einer Frau. *(blinzelt unkontrolliert)* Ich kann es nicht erklären, unmöglich.

ICH: Herr Doktor Frankenstein, Sie haben ganz recht, wir verstehen kein Wort. Allerdings glaube ich, wir könnten durchaus mehr verstehen, als Sie ahnen, wenn Sie uns wenigstens eine Chance gäben.

DR. FRANKENSTEIN: Es gab kein Kind. Und es gibt auch keine andere, liebste Elisabeth! Dass du auch nur eine Sekunde lang glauben konntest … Aber natürlich musstest du das glauben! *(holt tief Luft)* Natürlich muss ich … Ich versuche … Aber ich bitte Sie, sich immer vor Augen zu halten, dass es nicht Visionen eines Irren sind, von denen ich Ihnen berichte. Wenn das, was ich Ihnen nun erzähle, nicht wahr ist, dann gibt es keine Sonne am Himmel.

Ich nicke ihm aufmunternd zu.

DR. FRANKENSTEIN: Meine fleißigen Studien verliehen mir an der Universität einen außerordentlichen Nimbus. Trotzdem konnte mir auch dort niemand die Frage beantworten, woher das Leben kommt.

ELISABETH LAVENZA: Es ist natürlich gottgegeben!

DR. FRANKENSTEIN *(eilig)*: Ja, alles ist die Schöpfung Gottes. Aber ich wollte eine naturwissenschaftliche Antwort auf jene Frage. Und um die Ursachen des Lebens zu entdecken, müssen wir zunächst wissen, was der Tod ist. Ich machte mich an die Anatomie, aber auch das genügte mir nicht. Es handelte sich auch noch darum, die natürliche Zerstörung, den Verfall des menschlichen Körpers zu studieren. Und nun, da ich mir vorgenommen hatte, die Ursachen und Erscheinungen dieses Verfalls zu studieren, musste ich ganze Tage und Nächte in Grabgewölben und Beinhäusern verbringen.

ELISABETH LAVENZA: Viktor, du hast doch nicht etwa Gräber geplündert!

DR. FRANKENSTEIN: Es geschah im Dienste der Wissenschaft. Und es waren nicht nur Gräber. Die Beinhäuser, der Seziersaal und auch die Schlächterwerkstatt lieferten mir mein Material. In meiner Kammer vollbrachte ich mein ekelerregendes Werk.

ICH: *Material?* Sie nahmen *Leichenteile* mit auf Ihr Zimmer?

DR. FRANKENSTEIN *(nickt unglücklich)*: Meine Aufmerksamkeit richtete sich besonders auf dasjenige, was dem menschlichen Feingefühl sonst am meisten widerstrebt. Ich sah zu, wie die schönen Formen des Lebens verfielen und vernichtet wurden, wie die Gräuel des Todes die blühende Pracht des Lebens ablöste, wie die Würmer sich der wundervollen Gebilde bemächtigten, wie sie Auge und Gehirn darstellen.

ELISABETH LAVENZA: Aber warum, Viktor? Das verstehe ich nicht.

DR. FRANKENSTEIN: Ich glaubte, wenn ich die Mysterien des Todes verstünde und den Ursachen des Werdens und des Lebens auf die Spur käme, wäre ich womöglich imstande, toten Dingen Leben einzuflößen. In diesem Zusammenhang entdeckte ich auch die Möglichkeiten der Elektrizität, nähte unversehrte Glieder verschiedener Körper zusammen, die …

ELISABETH LAVENZA: Nein, Viktor! Hör auf damit! Das ist Blasphemie! Es gibt nur einen, der Leben erschafft, und das ist Gott der Herr.

DR. FRANKENSTEIN *(wirkt leicht gekränkt)*: Und jetzt auch noch mich.

ICH: Herr Doktor Frankenstein, *was* haben Sie erschaffen?

DR. FRANKENSTEIN: Wie könnte ich Ihnen das Ungetüm schildern, das ich mit so viel Mühe und Fleiß erschuf? *(überlegt)* Seine Glieder waren proportioniert, und seine Züge hatte ich möglichst schön gemacht. Schön! Großer Gott! Nahezu zwei Jahre hatte ich gearbeitet, nur um etwas zu schaffen, dem ich Leben einflößen konnte. Dazu hatte ich mich also meiner Ruhe und Gesundheit beraubt. Ich hatte Gefühle, wie sie ein Sklave hegen muss, der in den Minen zu arbeiten gezwungen wird, nicht aber wie ein Künstler, der sein Lebenswerk schafft. Jede Nacht fieberte ich und wurde entsetzlich unruhig. Bei jedem Blatt, das zu Boden fiel, fuhr ich zusammen, und an den Menschen schlich ich vorbei. Wenn ich mich im Spiegel betrachtete, erschrak ich über mein Aussehen. Nun war die Schönheit des Traumes verblichen, unsäglicher Schrecken und Ekel erfüllten mich. Erschöpfungsdepression?

ICH: Dann schlug dieses Wesen wirklich die Augen auf, und Sie ergriffen die Flucht?

Viktor nickt gequält.

ICH: Aber ich verstehe immer noch nicht, *warum* Sie flohen.

DR. FRANKENSTEIN: Warum?

ICH: Ja, was hätten Sie denn erwartet, wenn es zum Leben erwacht?

DR. FRANKENSTEIN: Ein neues Menschenwesen würde mich als seinen Schöpfer preisen, und manches Gute und Edle sollte seinen Ursprung mir zu verdanken haben. Kein Vater sollte der Dankbarkeit seiner Kinder so wert sein wie ich. Ziemlich narzisstisch!

ICH: Verstehe. Und was passierte, als Ihnen dämmerte, dass es nicht so ausgehen würde?

DR. FRANKENSTEIN: Das weiß ich nicht. Ich kann es schlecht beschreiben. Als es die Augen aufschlug und sich bewegte …

Er wirft Elisabeth einen flehentlichen Seitenblick zu.

ICH: Ihre Reaktion ist bemerkenswert, Herr Doktor Frankenstein. Sie hatten annähernd zwei Jahre lang auf diesen Moment hingearbeitet und hingefiebert. Aber im selben Moment, da Ihr Geschöpf die Augen aufschlägt, scheinen Sie kein bisschen darauf vorbereitet zu sein. Sie laufen davon.

DR. FRANKENSTEIN: Nichts und niemand hätte mich auf den unendlichen Schrecken und den Abscheu im Herzen vorbereiten können.

ICH: Sie sprechen die ganze Zeit darüber, was Sie dabei empfanden. Aber haben Sie auch überlegt, wie es für dieses neugeborene Wesen gewesen sein muss? Das gerade erst zum Leben erwacht war und sofort mutterseelenallein dastand?

DR. FRANKENSTEIN: Neugeboren? Es ist ein Monster!

ICH: Aber haben Sie einen Grund, dieses Wesen ein Monster zu nennen? Hat es irgendetwas Monströses getan?

DR. FRANKENSTEIN: Haben Sie mir nicht zugehört? Es war so *hässlich*!

ICH: Das ist aber doch kaum die Schuld des Wesens. Und ich finde, was Fräulein Lavenza und ich zuvor über ein neugeborenes Kind gesagt haben, gilt auch hier. Dieses Wesen hat nicht darum gebeten, erschaffen zu werden. Soweit wir wissen, hat es nichts Schlimmes verbrochen, und der einzige Mensch, den es kannte, waren Sie. Sind da nicht Sie für das Wesen verantwortlich?

Elisabeth nickt. Viktor wirkt schockiert und verletzt.

ICH: Fräulein Lavenza, wie fühlen Sie sich bei Herrn Doktor Frankensteins Ausführungen?

ELISABETH LAVENZA *(sieht Viktor von der Seite an)*: Ich frage mich, ob er sich womöglich genauso verhielte, wenn ich ihm ein Kind schenken würde, das seinen Erwartungen nicht entspräche.

DR. FRANKENSTEIN: Elisabeth, was redest du da? Das kannst du doch nicht vergleichen!

ELISABETH LAVENZA: Nicht? Wenn du doch so besessen von der Vorstellung warst, ein Leben zu erzeugen … Warum hast du dann diesen grässlichen Weg eingeschlagen? Du und ich, wir hätten doch gemeinsam ein Leben erschaffen können, wenn wir den Bund fürs Leben geschlossen hätten.

DR. FRANKENSTEIN: Mir ging es um etwas ganz anderes! Ich wollte nicht nur Leben erzeugen, ich wollte *den Tod überwinden*! Meine Mutter hätte ein längeres Leben verdient. Wir hätten es verdient, dass sie bei uns geblieben wäre. Kannst du da nicht verstehen, warum ich das alles getan habe? Du warst doch dabei, als sie der Krankheit erlag, mit der du sie angesteckt hattest.

Elisabeth ringt nach Luft. Viktor schluckt trocken.

ICH: Hier muss ich wohl einschreiten. Sie haben gerade etwas sehr Wichtiges gesagt, Herr Doktor Frankenstein. Die treibende Kraft hinter Ihren Experimenten war also der Tod Ihrer Mutter?

DR. FRANKENSTEIN: Ja.

Seine Unterlippe zittert, aber er scheint die Tränen zurückzuhalten.

ICH: Ich ahne, dass Ihre Trauer ganz fürchterlich gewesen sein muss. Sie war so übermächtig, dass Sie versuchen wollten, den Tod zu besiegen. Möchten Sie beschreiben, wie sich die Trauer anfühlte?

DR. FRANKENSTEIN: Warum sollte ich beschreiben, wie sich Trauer anfühlt? Die hat doch jeder schon durchgemacht! Wem hat die kalte Hand des Würgers nicht schon einen geliebten Menschen entrissen?

Nicht bereit, sich dem Schmerz zu stellen

ICH: Überdies glaube ich eben herausgehört zu haben, dass Sie Fräulein Lavenza vorwerfen, Ihre Mutter mit der Krankheit angesteckt zu haben, an der sie letztlich starb.

Elisabeth sieht ihn nervös an.

DR. FRANKENSTEIN: Ich werfe es ihr nicht vor. Ich stelle es nur fest.

ELISABETH LAVENZA: Ich habe immer gesagt, deine Mutter solle sich fernhalten, aber sie hat ja nicht auf mich gehört.

DR. FRANKENSTEIN: Du hättest noch deutlicher werden müssen.

Elisabeth fängt an zu weinen. Ich reiche ihr ein Taschentuch.

ICH: Wenn etwas Schlimmes passiert, neigen wir dazu, die Schuld einem anderen zuzuschieben. Das verstehe ich einerseits, andererseits war niemand sonst daran schuld, Herr Doktor Frankenstein. Ihre Mutter hatte einen eigenen Willen, sie beschloss für sich selbst, Fräulein Lavenza am Krankenbett zu besuchen.

DR. FRANKENSTEIN: Meine Mutter war die selbstloseste Frau auf Erden! Nie hätte sie gezögert und setzte sich sofort selbst der Gefahr aus.

Elisabeth nickt schluchzend.

ICH: Sie sagen es doch selbst, Herr Doktor Frankenstein … Sie ging das Risiko aus freien Stücken ein. Fräulein Lavenza hat sie weder dazu verlockt noch darum gebeten.

Elisabeth sieht mich erleichtert an.

ICH: Ich habe den Eindruck, es war für Sie einfacher, Fräulein Lavenza für den Tod Ihrer Mutter verantwortlich zu machen, als letztlich zu akzeptieren, dass sie nicht mehr da ist. *(Pause)* Könnte das stimmen?

DR. FRANKENSTEIN *(senkt den Blick)*: Sie könnten recht haben. Aber am wütendsten … *(schluckt)* Am wütendsten war ich auf Mutter selbst. Immer musste sie sich um Kranke und Notleidende kümmern.

Elisabeth streichelt ihm den Arm. Viktor betrachtet sie mit feuchtem Blick.

DR. FRANKENSTEIN: Vergib mir, meine Liebste! Ich wusste nicht, dass ich derlei armselige Gefühle hege.

ELISABETH LAVENZA: Ich habe es immer geahnt.

DR. FRANKENSTEIN: Wirklich? Wie kamst du darauf?

ELISABETH LAVENZA: Du hast mir nie geschrieben. Und du kamst nie auf Besuch. Als du wieder gesund warst, gingst du stattdessen mit Henry Clerval wandern.

ICH: Sie haben Henry Clerval schon einmal erwähnt. Sie hatten ihn geschickt, um nach Herrn Doktor Frankenstein zu sehen. Und das war ausgerechnet zu der Zeit, da das Wesen zum Leben erwachte?

Viktor nickt.

ICH: Konnte Herr Clerval Ihnen helfen, wieder gesund zu werden?

DR. FRANKENSTEIN: Ja. Ich glaubte damals, das Ungeheuer überall zu sehen. Ich meinte zu fühlen, wie es nach mir griff. Ich schlug wütend um mich, während ich abwechselnd weinte oder laut und übertrieben lachte.

ICH: Das klingt, als wären Sie völlig von Ihren Gefühlen überwältigt gewesen.

Schlecht formuliert; klingt eher nach Wahnvorstellungen!

DR. FRANKENSTEIN: Ja. Und Henry verschwieg die ganze Gefährlichkeit meiner Krankheit, weil er wusste, dass mein Vater schon zu alt war, um die lange Reise anzutreten, und dass Elisabeth sich zu Tode gehärmt hätte. Henry ahnte, dass mein Vater sofort darauf bestanden hätte, die unbequeme, ja gefährliche Reise nach Ingolstadt zu unternehmen. *(sieht zutiefst bewegt aus)* Die unausgesetzte, hingebende Pflege meines Freundes rettete mir das Leben. Sehr langsam schritt meine Genesung vorwärts, immer wieder durch Rückfälle aufgehalten.

ELISABETH LAVENZA: Zumindest hättest du es mir ermöglichen müssen, dir zu helfen, Viktor.

DR. FRANKENSTEIN *(nimmt ihre Hand und küsst ihre Finger)*: Du weißt hoffentlich, dass du mein erster Gedanke warst, sobald ich wieder ich selbst war.

ELISABETH LAVENZA *(zieht die Hand zurück)*: Aber warum bist du nicht zu uns zurückgekommen, als du wieder gesund warst?

Viktor weicht ihrem Blick aus.

ICH: Was sprach dagegen?

DR. FRANKENSTEIN: Der Sommer floss dahin, und meine Rückkehr nach Genf wurde auf Ende Herbst festgesetzt. Durch verschiedene Zufälligkeiten kam es aber nicht dazu, und unterdessen brach der Winter herein, der mit Schnee und Eis die Straßen unbenutzbar machte … Also musste ich meine Abreise auf den folgenden Frühling verschieben. Dieser neue Aufschub fiel mir sehr schwer, auch wenn Henry und ich eine vergnügliche Zeit hatten. Schon war es Mai geworden, und Henry schlug mir vor, mit ihm eine Fußtour in die Umgebung von Ingolstadt zu machen, damit ich mich von dem Landstriche, in dem ich einige Zeit gelebt hatte, verabschieden könne. Vierzehn Tage lang blieben wir fort, und Henry gelang es, dass wieder die besseren Gefühle meines Herzens die Oberhand gewannen. So hatte ich auch wieder Freude an der Natur.

ICH: Klingt nicht, als hätten Sie es eilig gehabt, nach Hause zurückzukehren. *(Pause)* Da Sie sich jetzt bewusst gemacht haben, insgeheim wütend auf Fräulein Lavenza gewesen zu sein, frage ich mich, ob Sie deshalb die Heimreise verzögert haben, genauso wie sie argwöhnt.

Nicht stolz darauf, zynisch geworden zu sein …

DR. FRANKENSTEIN: Mag sein. Allerdings war es auch die Gewissheit, dass sich das Scheusal, der entsetzliche Dämon, nach wie vor irgendwo dort draußen in der Welt herumtrieb. Ich hatte Angst, dass es noch nicht vorbei wäre, dass es wieder auftauchen und Schreckliches anrichten könne. Bisweilen waren es nur die körperliche Anstrengung und eine andere Umgebung, die mir eine Atempause von derlei düsteren Gedanken bescherten.

ICH: Fräulein Lavenza, können Sie für Herrn Doktor Frankenstein beschreiben, wie es sich für Sie anfühlte, in all den Jahren zu Hause zu sitzen und auf ihn zu warten?

ELISABETH LAVENZA: Ich kam nicht umhin, mir Sorgen zu machen, und nichts hätte mich von meiner Sehnsucht ablenken können. *(sieht Viktor an)* Nichts gegen deinen Vater und deine Brüder, aber ich brauchte *dich*.

DR. FRANKENSTEIN: Und ich war so beschäftigt mit meinem Studium und meinem abscheulichen Werk. Sämtliche Gefühlsdinge wollte ich dem höheren Ziel unterordnen, das meine ganze Aufmerksamkeit erforderte.

ELISABETH LAVENZA: *Gefühlsdinge?* Nennst du so deine Liebe zu mir?

Frustriert sehen sie einander an.

ICH: Herr Doktor Frankenstein, mir scheint, Sie machen dicht, sobald es auf der Gefühlsebene anstrengend wird, sowohl im Großen als auch im Kleinen, von dem Brief, den Sie hätten schreiben sollen, bis zu der Verantwortung für ein Geschöpf, das Sie zum Leben erweckt hatten. Es ist, als wären Sie diesbezüglich vollkommen passiv, fast schon … handlungsunfähig.

Viktor antwortet nicht. Gibt mir mit seinem Schweigen quasi recht

ICH: Haben Sie eine Ahnung, wo Ihr Wesen derzeit steckt?

DR. FRANKENSTEIN: Es hat mich heimgesucht. Es streift in den Wäldern um den Genfer See umher und schreit Abscheulichkeiten, die von den Bergen widerhallen. *(schüttelt sich)* Es ist fürchterlich wütend, weil ich mit ihm nichts zu tun haben will.

Elisabeth und ich sehen ihn erschrocken an.

ICH: Aber es ist doch höchstens zwei Jahre alt! Kann es denn sprechen?

DR. FRANKENSTEIN: Und ob! Wie ein unbeherrschbarer Bergbach strömt es aus ihm heraus. In seinem Selbstmitleid zitiert es Goethe und Milton.

ELISABETH LAVENZA: Dann kann es lesen? Und Gefühle empfinden? Viktor, dann hat es vielleicht eine Seele!

Viktor schnaubt.

ICH: Unsere Sitzung ist gleich vorbei, aber ich frage mich, ob das Wesen beim nächsten Mal mitkommen könnte.

DR. FRANKENSTEIN: Und warum in Gottes Namen?

ICH: Weil das Wesen, ob Sie nun wollen oder nicht, ein Teil Ihres Lebens ist.

Nachdrücklich schüttelt Viktor den Kopf.

ELISABETH LAVENZA: Viktor, denk an deine selige Mutter, die sich stets aller schutzlosen Geschöpfe entlang ihres Weges annahm! *Ich* war doch auch eines davon! Was würde sie sagen, wenn sie dich jetzt gerade sähe? Hat sie dich nichts über den Wert der Fürsorge gelehrt?

DR. FRANKENSTEIN: Die Fürsorge war ihr Todesurteil.

Elisabeth sieht weg. Titel für meine Autobiografie? HAHA!

ICH: Was passiert ist, ist nun mal passiert. Aber auf die Zukunft können wir durch Veränderung im Hier und Jetzt einwirken. Sie haben sicher viel zu besprechen, wenn Sie nach Hause kommen. Ich glaube, es wäre gut für sämtliche Beteiligten, wenn ich Sie beim nächsten Mal zu dritt treffen könnte. Ich bin nämlich der Ansicht, dass Sie dringend eine Art und Weise finden müssen, wie Sie miteinander kommunizieren, damit Sie sich in die Lage des jeweils anderen hineinversetzen können.

DR. FRANKENSTEIN *(leise)*: Ich weiß nicht einmal, ob das Ungeheuer das will …

ELISABETH LAVENZA: Natürlich will es! Wir sorgen dafür, dass es sich willkommen fühlt. *(steht auf, mustert mich unverwandt)* Auf Wiedersehen, Frau Psychologin. Und danke für Ihren Beistand.

Ich stehe ebenfalls auf und will die beiden zur Tür begleiten, aber Elisabeth bittet mich, mir nicht unnötig Mühe zu machen. Sie zieht Viktor hinter sich her aus dem Zimmer. Ich sinke in meinen Sessel zurück. Streiche mir erneut über den Bauch. Wirke sehr nachdenklich. Dann wende ich mich um und schalte die Kamera aus.

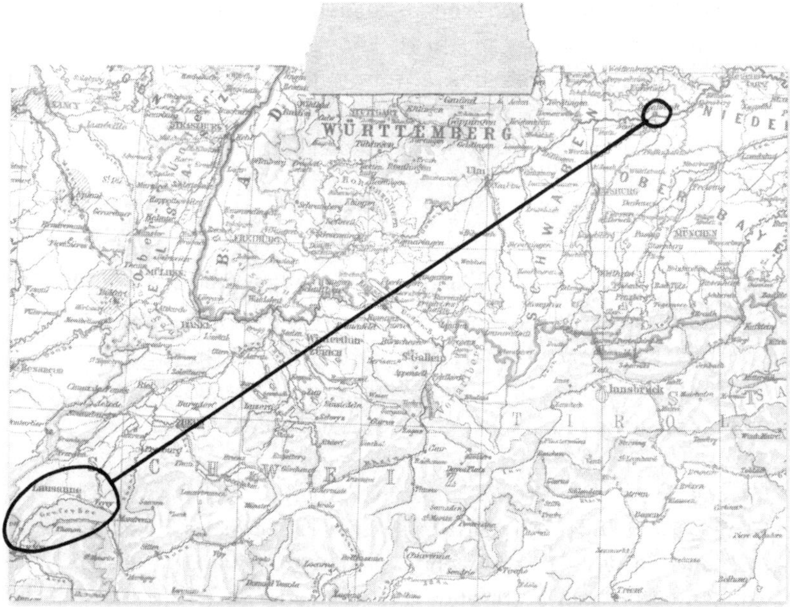

So viel dazu, dass ich gewusst hätte, worum es gehen würde! Stattdessen sitze ich hier und kann es kaum fassen. Er hat ein Monster erschaffen. Im wörtlichen Sinn.

Wenn ich das Sitzungsprotokoll noch einmal lese, komme ich mir komplett bescheuert vor, dass ich nicht sofort darauf gekommen bin, WELCHES Monster Viktor meinte! Dabei bin ich doch diejenige, die sich auf diesem Gebiet Expertin nennen will!

Herr im Himmel, hier dürfte einiges aufzudröseln sein! Ich hätte hinsichtlich Viktors und Elisabeths Verhältnis nachfragen müssen. Es handelt sich immerhin um eine arrangierte Ehe, die sich noch dazu irgendwie inzestuös anfühlt. Besonders die Anforderungen, die an Elisabeth gestellt werden, sind schlichtweg unfair. Ihr Leben lang bestimmten andere über sie, und die Rollen, die ihr auferlegt wurden, waren zudem irre konfliktbeladen.

Irgendwo habe ich gelesen, dass Personen, die noch vor dem achten Lebensjahr miteinander aufwachsen, eine Beziehung entwickeln, die der von Vollgeschwistern entspricht. Gilt das auch für Elisabeth und Viktor? Fühlen sie sich sexuell voneinander angezogen? Da sollte ich nachforschen… Anziehungskraft/Begierde/Leidenschaft? Viktor selbst kommt mir völlig asexuell vor. Ist aber bloß ein Gefühl. Würde allerdings zu dem Umstand passen, dass er geschlechtslos Leben erzeugen wollte, Stichwort unbefleckte Empfängnis. (Oder aber ich habe zu viel Zeit mit Psychoanalytikern verbracht.) Oder verbirgt sich hinter seiner Motivation noch etwas anderes, Tieferes als der Tod der Mutter? Ich muss daran denken, was Carmilla über männliche Vampire sagte: dass auch sie sich am liebsten eigenmächtig fortpflanzen. Sie meinte, das verleihe ihnen ein göttergleiches Gefühl. Und Viktor hat durchaus gewisse narzisstische Züge.

Er hat mit seinem Werk wissenschaftlich enormen Fortschritt erzielt. Mir wird ganz schwindlig, wenn ich daran denke, welche Konsequenzen das haben könnte. (Oder nicht? Viktor stammt aus dem 18. Jahrhundert. Wären seine Arbeiten so durchschlagend gewesen, sähe man die Folgen in unserem Jahrhundert doch längst.) Auf alle Fälle ist er intellektuell hochbegabt, scheint aber große Schwierigkeiten zu haben, sich gefühlsmäßig in andere hineinzuversetzen. Er schien sich nicht einmal ansatzweise vorstellen zu können, wie sich die Geschichte seiner Schöpfung von außen anhörte, und konnte erst gar nicht verstehen, dass sie für Elisabeth und mich missverständlich klang. Könnte das ein Anzeichen für eine Autismus-Spektrum-Störung sein? Sechs Jahre Trennung von Elisabeth sind doch ziemlich lang, und es scheint fast, als hätte er nach dem Prinzip *aus den Augen, aus dem Sinn* gelebt. Überdies ist problematisch, wie er Elisabeth objektifiziert… als *Geschenk* für ihn, so als müsste sie sich seiner Liebe *verdient* machen.

Macht ihn das blind für ihre Bedürfnisse?

Die Sache mit dem Monster, das er erschaffen

hat, weckt bei mir natürlich jede Menge beunruhigende Gedanken hinsichtlich des Kindes, das in knapp zwei Monaten zur Welt kommen soll. Ich kann gar nicht aufhören, darüber nachzudenken, wie dieses Wesen sich gefühlt haben muss, als es aufwachte und nur mit Ekel, Abscheu und Verlassenwerden konfrontiert wurde.

Was, wenn mein Kind richtig superhässlich wird? Sodass man es nicht einmal als Mutter lieb haben kann? Wir wissen de facto nicht, wie der Samenspender aussieht, außer dass er die gleiche Augen- und Haarfarbe hat wie M[redacted]. (Komisch übrigens, dass man versucht, Äußerlichkeiten zu matchen. Als könnten die Leute sich nicht denken, dass M[redacted] wohl kaum der leibliche Vater sein kann.) Und was, wenn ich zu dem Kind keine Verbindung herstellen kann? Wie soll ich dem Kind eine gute Mutter sein, wenn ich keine entsprechend guten Vorbilder habe?

Habe außerdem Angst, was passieren könnte, jetzt da gewisse Strömungen von rechts außen immer stärker werden. Vielleicht wird unser Kind auch als Monster angesehen, nur weil es zwei Mütter hat.

Ist es überhaupt richtig, ein Kind in die Welt zu setzen, während diese dem Untergang entgegenzusteuern scheint?

Muss dringend Atemübungen machen. Und P[redacted] anrufen, obwohl es dafür eigentlich schon ein bisschen spät ist.

SITZUNG 2

Mein verschwitztes rotes Gesicht in Nahaufnahme. Keuchend gehe ich hinaus auf den Flur. Öffne die Tür. Ein Moment Schweigen, ehe ich mich vorstelle.

WESEN: Guten Tag. Wie schön, Ihre Bekanntschaft zu machen, Frau Psychologin.

ICH: Herzlich willkommen. Ich wollte gerade einen zusätzlichen Sessel bereitstellen, damit wir alle sitzen können.

Schwere Schritte im Flur.

WESEN: Ich kann den nehmen. Sie sollten in Ihren gesegneten Umständen nicht so schwer heben.

ICH: Nicht nötig, ich …

Ich verstumme. Das Wesen nimmt fast die komplette Türöffnung ein, als es mit dem Sessel unter dem Arm das Sprechzimmer betritt. Ich folge ihm und sehe ihm nervös nach.

ICH: Danke. Den können Sie dort hinstellen. Und nehmen Sie doch bitte Platz!

Das Wesen lächelt freundlich und setzt sich auf den Sessel.

WESEN: Sie müssen verzeihen, wenn ich ein bisschen zu früh dran bin. Ich konnte nicht ganz einschätzen, wie lange die Reise dauern würde.

ICH: Kein Problem. *(Pause)* Verzeihung, wie war gleich wieder Ihr Name?

WESEN *(betrachtet seine Hände)*: Den habe ich nie erwähnt. Ich meine … Ich habe nie einen Namen bekommen.

ICH: Oh. *(Pause)* Wie fühlt sich das für Sie an? Keinen Namen zu haben?

Das Wesen zieht die Schultern hoch. Blickt unbehaglich drein.

WESEN: Ich kann es ja mit nichts vergleichen. *(lächelt verunsichert)* Sie sind tatsächlich die Erste, die fragt, wie ich heiße.

ICH: Das ist aber … traurig.

WESEN: Wirklich? *(wirkt nachdenklich)* Meine Bestandteile haben natürlich Menschen gehört, die sicher Namen hatten, aber an die erinnere ich mich nicht.

ICH: Haben Sie gar keine Erinnerungen daran, was war, bevor Herr Doktor Frankenstein Sie zum Leben erweckte?

WESEN: Nein, da ist nichts. Aber Sie Menschen wissen wohl auch nichts aus der Zeit vor Ihrer Geburt, oder?

ICH: Da haben Sie natürlich recht. *(Pause)* Sie sagten, *Sie Menschen.* Zählen Sie sich nicht dazu?

WESEN: Ich weiß nicht recht.

ICH: Als wen oder was würden Sie sich denn bezeichnen?

WESEN: Keine Ahnung. Viktor Frankenstein hat mich ein Monster genannt. Die anderen auch.

ICH: Ja, aber so will ich Sie auf *keinen* Fall nennen.

WESEN *(sieht mich nervös an)*: Aber das bin ich nun einmal.

Fange in diesem Moment fast an zu weinen

ICH: Was ist denn Ihrer Ansicht nach ein Monster?

WESEN: Ich … Ich weiß nicht … Jemand wie ich. *(denkt nach)* Ich bin keine Schöpfung Gottes. Ich bin die schlechte Kopie eines Menschen … ein Schandfleck auf dieser Welt, vor dem alle davonrennen und den niemand kennen will. Nicht einmal derjenige, der mich erschuf.

ICH: Klingt furchtbar, sich selbst so zu sehen.

WESEN: Wenn ich schon keine Liebe erwecken kann, dann muss ich mich wohl damit begnügen, Angst zu erzeugen.

kommt mir irgendwie bekannt vor, Hjalmar-Söderberg-Zitat?

ICH: Aber eigentlich wollen Sie viel lieber Liebe erwecken.

WESEN: Ja. Aber sehen Sie mich an! Wer sollte ein solches Flickwerk aus zusammengesetzten Leichenteilen lieben?

ICH: Muss man denn unbedingt über ein spezielles Aussehen verfügen, um geliebt zu werden?

Stille.

WESEN: Sie wenden den Blick nicht ab, wenn Sie mich ansehen. Und Sie sind auch nicht fortgerannt, um eine Heugabel zu holen.

ICH: Ehrlich gesagt wüsste ich nicht einmal, woher ich eine Heugabel nehmen sollte.

Wir lächeln einander an, aber der Blick des Wesens bleibt traurig.

ICH: Als ich Herrn Doktor Frankenstein und Fräulein Lavenza vergangene Woche traf, nannte ich Sie *Wesen*. Ich frage mich, ob wir fürs Erste nicht doch dabei bleiben sollten.

WESEN *(lächelt scheu)*: Das wäre noch der netteste Rufname, der mir je verliehen wurde.

ICH: Dann belassen wir es erst einmal dabei. *(Pause)* Herr Doktor Frankenstein und Fräulein Lavenza haben mir ihre Sicht der Dinge schon dargelegt, insofern könnten Sie mir, bis die beiden kommen, vielleicht erzählen, was Sie sich von diesem Gespräch erhoffen.

WESEN: Ich möchte bloß, dass Viktor mir gegenüber seinen Pflichten nachkommt. Ich möchte … Ich möchte, dass er sich meine Geschichte anhört.

ICH: Da sind wir einer Meinung.

WESEN: Viktor hat mich erschaffen. Eigentlich sollte ich sein Adam sein, aber ich bin mehr der gefallene Engel, den man aus dem Paradies vertreibt. *(sieht aus dem Fenster und schluchzt)* Überall sehe ich Glück, das mir unwiederbringlich verweigert wird. Ich war doch gut, aber das Leid macht mich rachelüstern.

ICH: Was könnte Ihr Leid lindern?

WESEN: Ich hätte da so eine Vorstellung, wie er seine Missetat an mir wiedergutmachen könnte.

Ich will gerade antworten, als es draußen klopft. Ich gehe hinaus in den Flur, das Wesen bleibt in seinem Sessel sitzen. Sein Blick schweift durchs Zimmer und streift die Kamera. Es erstarrt, als es die Stimmen von Viktor und Elisabeth hört.

DR. FRANKENSTEIN *(zu Elisabeth)*: Denk jetzt daran, was ich dir gesagt habe, Liebste! Sieh es nicht an! Seine unmenschliche Hässlichkeit ist nicht zu ertragen.

ICH: Herr Doktor Frankenstein, ich muss Sie doch sehr bitten, gut zu überlegen, was Sie jetzt sagen.

Wir betreten das Zimmer. Beim Anblick des Wesens schlägt Elisabeth die Hände vor den Mund, um einen Schrei zu ersticken. Viktor legt ihr beschützend den Arm um die Schultern. Ich gebe ihnen mit einer Geste zu verstehen, dass sie sich aufs Sofa setzen sollen.

ICH: Das Wesen und ich haben gerade darüber gesprochen, dass es sich wünscht, Herr Doktor Frankenstein möge sich anhören, was es zu sagen hat. Ich hoffe, wir sind alle bereit, einander Gehör zu schenken.

DR. FRANKENSTEIN: Ich kann es versuchen, aber der Widerwille, der mich packt, allein weil ich mich im selben Zimmer befinde wie dieses abscheuliche …

WESEN *(fällt ihm ins Wort)*: Ich wusste es! Diese Zusammenkunft hat keinen Sinn. *Nichts* hat einen Sinn! Wenn du, mein eigener Schöpfer, mich derart verabscheust, wie kann ich da auf deine Mitmenschen hoffen, die mir rein gar nichts schuldig sind?

Elisabeth befreit sich aus Viktors Griff und späht vorsichtig zu dem Wesen hinüber.

DR. FRANKENSTEIN: Du glaubst wirklich, ich wäre dir etwas schuldig? *(murmelt etwas Unverständliches)* Wie konnte ich mich nur zum Herkommen überreden lassen? Verflucht sei der Tag, an dem es das Licht des Tages erblickte!

WESEN: Wie kann ich zu dir durchdringen? Kann dich denn gar nichts dazu bewegen, dein Werk, das doch nur um Liebe und Mitleid fleht, mit Milde zu betrachten?

Elisabeth sieht das Wesen erneut an. Diesmal hält sie den Blickkontakt aufrecht.

ELISABETH LAVENZA: Viktor. Sein Ausdruck ist freundlich. Siehst du nicht, dass es leidet?

DR. FRANKENSTEIN: Verschwinde, du grässliche Kreatur! Nein, bleib, damit ich dich in den Staub treten kann! Abscheulicher Teufel!

WESEN *(Blick verdüstert sich)*: Nimm dich in Acht, was du sagst, Viktor! Auch wenn das Leben sich als überaus bittere Erfahrung erweist, ist es mir doch lieb und teuer, und ich gedenke es zu verteidigen.

DR. FRANKENSTEIN *(steht auf)*: Ach ja? Komm her, damit ich dir den Lebensfunken auslösche, den ich dir unbedachterweise eingehaucht habe!

WESEN: Bist du dir sicher? Erinnere dich! Du hast mich größer und behänder gemacht als dich selbst. *(versucht, aus dem Sessel zu kommen, klemmt aber fest)*

Elisabeth winselt verschreckt. Ich stehe auf, sehe abwechselnd Viktor und das Wesen an.

ICH: Solange Sie sich in diesen vier Wänden aufhalten, muss ich sicher sein, dass Sie beide Ihre Wut im Zaum halten.

Das Wesen und Viktor sehen sich an, dann wendet sich das Wesen beschämt an mich.

WESEN: Ich muss um Verzeihung bitten. *(an Viktor gewandt)* Danke deinem Glücksstern, dass sie dazwischengegangen ist!

ICH: Herr Doktor Frankenstein, würden Sie sich bitte wieder hinsetzen?

ELISABETH LAVENZA: Ja, Viktor. Setz dich hin!

DR. FRANKENSTEIN: Es trägt meinen Rock! Es ist nicht nur ein Monster, es ist auch ein Dieb! Verschwinde! Verschone mich mit deinem Anblick! Und gib mir meinen Rock zurück!

Das Wesen zwängt sich aus seinem Sessel, geht einen Schritt auf Viktor zu und legt ihm die Hände vor die Augen.

WESEN: So verschone ich dich mit dem Anblick, den du so sehr verabscheust.

Viktor will dem Wesen das Gesicht zerkratzen. Ich gehe dazwischen und versuche, sie auseinanderzuziehen.

ICH: Ich glaube, ich muss hier gewisse Regeln einführen.

Das Wesen betrachtet meine Hand, die auf seiner Brust ruht.

WESEN: Haben Sie wirklich keine Angst vor mir?

ICH: Nein. Bisher haben Sie mir keinen Grund zur Angst gegeben. Auf eine Sache müssen wir uns trotzdem einigen, und zwar auf der Stelle. Sie überlegen bitte, wie Sie in diesen vier Wänden miteinander umgehen. Ich toleriere weder Drohungen, Gewalt noch Beleidigungen. Wir können über Ihre Wut sprechen, das ist das eine, aber Sie werden ihr hier nicht auf diese Weise Ausdruck verleihen. Um mit unseren Gefühlen und innersten Gedanken in Kontakt zu kommen, müssen wir uns sicher fühlen. Wenn wir das nicht hinkriegen, dann ist die Therapie zum Scheitern verurteilt. Haben Sie das verstanden?

ELISABETH LAVENZA: Hör auf sie, Viktor! Denk auch an ihren Zustand!

Viktor und das Wesen nicken. Murmeln jeder eine Entschuldigung. Ich nehme die Hände wieder herunter.

ICH: Na also.

Wir setzen uns. Meine schwere Atmung ist kurz das Einzige, was man hört.

ICH: In Ordnung. Sie sind also heute hier und wollen versuchen, zueinander durchzudringen und einen Weg zu finden, die Lage des jeweils anderen besser zu verstehen.

Viktor verzieht den Mund. Elisabeth legt ihm die Hand auf den Arm.

ELISABETH LAVENZA: Stell dir vor, Viktor, wir hören jetzt, was deine Schöpfung zu sagen hat! Ist es nicht auch ein klein wenig spannend, dich mit dem Ergebnis deiner bahnbrechenden wissenschaftlichen Arbeit auseinanderzusetzen? Du musst doch neugierig sein!

E.s einziger Hebel = V.s Ego schmeicheln?

Viktors Gesichtsausdruck entspannt sich sofort.

DR. FRANKENSTEIN: Du hast recht, liebste Elisabeth. Rein wissenschaftlich ist dies natürlich eine Sensation. Selbst wenn ich vor Abscheu zittere.

ICH *(an das Wesen gewandt)*: In der vergangenen Woche berichtete Herr Doktor Frankenstein von seinen wissenschaftlichen Experimenten, aus denen ... Sie hervorgingen. Er ließ Sie allein, nur Sekunden nachdem Sie in seiner Ingolstädter Wohnung zum Leben erwacht waren. Als er wiederkam, waren Sie verschwunden. Erzählen Sie uns, wie Sie das Ganze erlebt haben!

Das Wesen holt tief Luft. Ist sichtlich nervös. Elisabeth lächelt es aufmunternd an.

WESEN: An die erste Zeit meiner Existenz kann ich mich kaum erinnern. Es war alles so überwältigend. Mannigfaltige Eindrücke strömten auf mich ein, ohne dass ich zwischen den verschiedenen Sinnen hätte unterscheiden können. Ich roch, sah, hörte, fühlte, und alles war eins. *(Pause)* Irgendwie griff ich wohl nach Viktors Rock. *(sieht Viktor an)* Ich wusste nicht, dass er dir gehört. Ich wusste nicht einmal, was ein Rock war. Ich wusste nur, dass er weich war und wärmte. Ich glaube, dann stieg ich die Treppe hinunter. Und dann ... *(Pause)* Ich stand vor der Tür. Es war früh am Morgen. Das Licht wurde zusehends hell und blendete, und von der Wärme wurde ich müde. Ich suchte Zuflucht in den Schatten eines Waldes in der Nähe von Ingolstadt, legte mich an einen Bach und wollte mich ausruhen. Erst in der Nacht weckten mich Hunger und Durst. Ich fand einige Beeren und Nüsse und trank Wasser aus dem Bach. Ich war hilflos, allein und zutiefst unglücklich. Ich wusste ja nichts und verstand noch viel weniger. Also setzte ich mich hin und weinte.

ELISABETH LAVENZA: Sie waren einsam und verwaist, Sie Armer!

Viktor schnaubt ungeduldig.

WESEN: Es vergingen mehrere Tage und Nächte. Allmählich lernte ich, meine Sinneswahrnehmungen zu unterscheiden, deutete Formen und Farbwechsel in meiner Umgebung. Mitunter versuchte ich, den schönen Gesang der Vögel nachzuahmen, aber angesichts der wunderlichen, blökenden Laute, die ich hervorstieß, verstummte ich wieder.

ELISABETH LAVENZA: Wie konntest du es nur allein lassen, Viktor? Es war doch kaum anders als ein Neugeborenes.

Erinnert sie an ihre eigene Herkunft??

DR. FRANKENSTEIN: Ein neugeborenes Untier womöglich.

ICH: Herr Doktor Frankenstein, ich muss Sie nochmals daran erinnern, sich gut zu überlegen, was Sie sagen.

Viktor murmelt bloß etwas Unverständliches.

WESEN: Als eines Tages die Kälte besonders an meiner Haut brannte, fand ich ein Feuer, das umherziehende Bettler hatten brennen lassen. Ich war vor Glück schier überwältigt, weil es eine solche Wärme ausstrahlte. In meinem Eifer streckte ich die Hände in die Flammen, zog sie dann aber mit einem Schmerzensschrei hastig zurück.

ELISABETH LAVENZA: Armes Ding!

Viktor zuckt nicht mit der Wimper.

WESEN: Doch ich untersuchte die Zutaten, die für das Feuer vonnöten waren, und entdeckte mehr davon im Wald. Ich klaubte Zweige zusammen, doch sie waren feucht geworden und wollten nicht brennen. Das machte mich traurig. Dann trockneten jene Zweige, die ich neben das Feuer gelegt hatte, und wenig später breitete sich das Feuer darüber aus.

Jetzt brannte das Holz! Und endlich verstand ich, wie es dazu gekommen war. Als die Nacht hereinbrach, entdeckte ich zu meiner Freude, dass das Feuer nicht nur Wärme, sondern auch Licht spendete. Außerdem stellte ich fest, dass die Nüsse, die am Feuer gelegen hatten, viel besser schmeckten, wenn sie geröstet waren. Nur die Beeren waren verdorben.

DR. FRANKENSTEIN *(leise)*: Nun, kurzfassen kann es sich jedenfalls nicht.

Elisabeth wirft ihm einen empörten Blick zu und wendet sich wieder dem Wesen zu.

ELISABETH LAVENZA: Sie waren sicher sehr einsam.

ICH: Ja, das klingt eindeutig nach großer Einsamkeit. Sie mussten sich die Welt selbst erarbeiten. Aber ich bewundere die Art, wie Sie es geschafft haben, sich auf eigene Faust durchzuschlagen.

DR. FRANKENSTEIN: In der vergangenen Woche habe ich Ihnen erzählt, dass ich monatelang vom Nervenfieber ans Bett gefesselt war. Habe ich da vielleicht Mitleid bekommen? Hätte ich das nicht ebenso sehr verdient?

ICH: Natürlich war es auch für Sie anstrengend, Herr Doktor Frankenstein. Aber jetzt gerade ist das Wesen an der Reihe. Und denken Sie daran: Dies ist kein Wettbewerb, wer schlimmer dran war. *(wende mich wieder dem Wesen zu)* Erzählen Sie weiter!

WESEN: Drei Tage lang strich ich umher und suchte nach Nahrung. Zum ersten Mal sah ich Schnee und fror so sehr an den Füßen, dass ich schier verzweifelte. Ich traf auch auf Menschen, die bei meinem Anblick sofort laut aufschrien. Als ich ein kleines Dorf erreichte, staunte ich angesichts der kleinen Hütten nicht schlecht. Dort standen noch vereinzelte

Gemüsestauden, und durch die Fenster entdeckte ich Milchschüsseln und Käselaibe, die meinen Appetit weckten. Doch dann fingen irgendwo Kinder an zu schreien, und eine Frau wurde ohnmächtig, als sie mich entdeckte. Das ganze Dorf geriet in Aufruhr. Manche flohen, manche aber griffen mich mit Steinen und anderen Waffen an.

ICH: Das klingt ja fürchterlich!

WESEN: Grün und blau geschlagen, flüchtete ich aus dem Dorf und stieß auf eine hübsche, reinliche kleine Hütte, traute mich aber nicht einzutreten. Sie war eindeutig bewohnt, doch daneben stand überdies ein Schuppen, der meine Zuflucht wurde. Er bestand aus Holzbohlen und war so niedrig, dass ich nicht einmal aufrecht darin sitzen konnte.

ELISABETH LAVENZA *(schüttelt den Kopf)*: Sie hätten etwas Besseres verdient.

WESEN *(lächelt schüchtern)*: Es war im Vergleich mit dem finsteren, kalten Wald ein wahres Paradies für mich. Der Boden war nackt, aber trocken, und wenn auch der Wind durch unzählige Ritzen und Löcher hereinblies, so war ich doch einigermaßen vor den Unbilden der Witterung geborgen. Und vor der Feindseligkeit der Menschen … *(Pause)* Ich beschloss, bis auf Weiteres in diesem Schuppen zu bleiben. Ich bestreute den Boden mit Stroh und … *(sieht beschämt weg)* … aß mit Genuss ein Stück Brot, das ich im Dorf gestohlen hatte. Dann entdeckte ich, dass ich zwischen den Bohlen hindurch in das Wohnhaus sehen konnte. Es war ein herrlicher Anblick, selbst für ein unglückliches Geschöpf wie mich. Der Raum war weiß gekalkt, reinlich, wenn auch armselig ausgestattet. In einem Winkel, dicht am Feuer, saß ein alter Mann, der wie im Kummer das Gesicht in den Händen barg. Beim Anblick des Silberhaars und des gütigen

Bewunderung für den Vater; will selbst der Jüngling sein?

Gesichts des Greises empfand ich Ehrfurcht. Ein junges Mädchen war damit beschäftigt, das Zimmer in Ordnung zu bringen. Dann nahm der Alte ein Instrument zur Hand und entlockte ihm Töne, die mich mehr entzückten als der Gesang der Drossel oder der Nachtigall. Die Weise, die der Alte spielte, lockte Tränen in die Augen des lieblichen Kindes. In der Hütte wohnte auch ein junger Mann, schlank und hoch aufgeschossen mit einem feinen, ebenmäßigen Gesicht. Nach dem Lied stieß der Jüngling monotone Laute hervor. Später kam ich darauf, dass er laut vorlas, aber damals hatte ich noch keine Ahnung von dem Geheimnis der Buchstaben und Worte. Er lächelte die anderen so liebevoll an, dass in mir merkwürdige Gefühle entstanden. Ich zog mich wieder zurück, weil diese Gefühle seltsam und überwältigend waren.

ICH: Was waren das für seltsame Gefühle?

WESEN *(nachdenklich)*: Ein Gemisch von Lust und Schmerz … ein Sehnen, wie ich es bisher nicht kannte.

ICH: Das haben Sie wunderbar formuliert, wie ich finde. Wonach sehnten Sie sich genau?

WESEN *(schlägt den Blick nieder)*: Ich wollte zu diesen freundlichen Wesen dazugehören. Ich wollte überhaupt zu jemandem gehören.

Elisabeth schluchzt. Bin selbst fast zusammengebrochen

WESEN: Verzeihen Sie! Ich wollte Sie nicht aufregen, Fräulein Lavenza.

ELISABETH LAVENZA: Nein, nein! Lassen Sie sich von mir nicht unterbrechen! Erzählen Sie weiter!

Viktor beißt die Zähne zusammen.

WESEN: Wenn Sie sicher sind? *(Pause)* Es war wunderbar,

die Liebe und Verehrung zu sehen, die diese jungen Menschen dem Greise zuteilwerden ließen. Allerdings schien ihnen auch etwas zu fehlen. Ich konnte zwar nicht erkennen, warum sie so niedergeschlagen waren, trotzdem berührte mich der Anblick zutiefst. Warum waren sie nicht glücklich? Sie hatten Feuer, um sich zu wärmen, sie waren schön gekleidet, und was noch besser ist als alles andere … Sie waren nicht allein. Sie unterhielten sich und tauschten tagaus, tagein freundliche, liebevolle Blicke aus. Was hatten also ihre Tränen zu bedeuten? Erst mit der Zeit ward mir Verschiedenes klar, was mir bisher rätselhaft gewesen. Mir dämmerte, dass sie oft Hunger litten, besonders die beiden jungen Menschen, denn ich bemerkte mehrmals, dass sie dem Greise Nahrung vorsetzten, ohne für sich selbst etwas übrig zu behalten. *(Pause)* Dieser Zug von Güte rührte mich. *(Pause)* Nachts hatte ich ihnen zuvor Essen gestohlen, doch nachdem ich wusste, dass ich den guten Menschen damit wehe tat, verzichtete ich darauf und holte mir in einem benachbarten Gehölz Beeren, Nüsse und Wurzeln. Ich entdeckte auch ein Mittel, ihnen bei ihrer Arbeit behülflich zu sein. Ich brachte Feuerholz mit nach Hause, das ich vor ihrer Tür ablegte. Sie waren sichtlich erstaunt.

ICH: Das kann ich mir denken.

Hoch entwickeltes Empathievermögen!

DR. FRANKENSTEIN: Sie wären umso erstaunter gewesen, wenn sie geahnt hätten, welches Grauen sich auf der anderen Seite der Bohlenwand befand.

Statt darauf einzugehen, nickt Elisabeth dem Wesen erneut aufmunternd zu.

WESEN: Die Tage unterschieden sich kaum, trotzdem fuhr ich fort, der Familie mit allerhand Erledigungen zu helfen, bei denen ich sie beobachtet hatte. Beim Räumen des Schnees beispielsweise. Und mit der Zeit machte ich eine weitere wichtige Entdeckung. Ich bemerkte nämlich, dass diese Wesen eine Methode besaßen, sich gegenseitig ihre Gefühle in artikulierten Lauten auszudrücken, und dass die Worte, die sie sprachen, bald Leid, bald Freude, bald Frohsinn, bald Schmerz im Zuhörer hervorzurufen vermochten. Worte sind eine wahrhaft herrliche Gabe!

ICH: Das stimmt. Ohne sie würden Sie uns nicht erzählen können, was Ihnen widerfahren ist.

DR. FRANKENSTEIN: Wie bedauerlich *das* gewesen wäre!

Ich werfe ihm einen warnenden Blick zu. Elisabeth hingegen kann die Augen gar nicht mehr von dem Wesen abwenden.

ELISABETH LAVENZA: Hören Sie nicht auf Viktor! Sie sind so klug! Und Ihre Stimme klingt angenehm und kraftvoll.

WESEN: Finden Sie wirklich? Manchmal, wenn ich mich selbst sprechen höre, meine ich, immer noch das gutturale Blöken zu hören, das die Vögel verschreckte.

ELISABETH LAVENZA: Aber nein! Es ist wirklich bewundernswert. Immerhin vermochten Sie die Sprache nicht zu erlernen, indem Sie mit anderen sprachen. Ich weiß noch gut, wie ich mit Viktors jüngeren Brüdern zusammensaß. Wie ich hierhin und dorthin zeigte und Mal ums Mal dasselbe Wort wiederholte, damit sie es lernten. *Lampe, Stuhl, Hund, Kirche …*

WESEN *(nickt)*: Wann immer ich sicher sein konnte, dass niemand mich hörte, übte ich, wie Lippen und Zunge gewisse Worte formten. Und nach einigen Monaten im Schuppen hatte ich mir die alltäglichsten Begrifflichkeiten beigebracht. *Feuer, Milch, Brot, Holz …* Das Mädchen hieß *Tochter, Schwester* und *Agathe*, der Jüngling *Sohn, Bruder* und *Felix*, der Alte hingegen hatte nur einen Namen: *Vater.*

Besonders deutliche Betonung!

ICH: Es scheint Sie sehr zu berühren, wenn Sie von dieser Familie sprechen.

WESEN: Ja, ich schätzte sie sehr. Wenn sie traurig waren, litt ich mit ihnen, wenn sie fröhlich waren, nahm ich an ihrer Freude teil.

DR. FRANKENSTEIN: Sie nahmen *teil*? In Ihrem kleinen Schuppenversteck?

WESEN: Ja. Zumindest fühlte es sich so an. Es war ein Wunschgedanke, natürlich. Ich wollte einfach so sein wie sie. *(schluchzt zittrig)* Ich bewunderte sie für ihre Würde, ihre Schönheit und ihre zarte Haut. Daher war auch mein Schrecken umso größer, als ich mich zum Vergleiche in dem klaren Spiegel eines Teiches betrachtete.

Stille.

ICH: Was genau hat Ihnen einen Schrecken eingejagt?

WESEN: Aus der blanken Wasseroberfläche sah mir ein Scheusal entgegen. Mich ergriffen Verzweiflung und Scham, als ich einsah, dass ich wirklich dieses Scheusal war.

ELISABETH LAVENZA: Aber so schlimm ist es doch gar nicht! Sie sind bloß ein bisschen … groß geraten. Und vielleicht ein bisschen gelb. Nicht wahr, Viktor?

DR. FRANKENSTEIN: Elisabeth, du bist genauso naiv und gutherzig wie immer. Lass dich von seinem Wortschwall nicht in die Irre leiten! Es ist lediglich ein verschlagenes Menschenimitat.

ICH: Herr Doktor Frankenstein, wir haben *alle* die Worte und Verhaltensweisen von anderen imitiert, als wir Kinder waren, genau wie Fräulein Lavenza angedeutet hat. Genau so funktioniert Lernen.

DR. FRANKENSTEIN: Aber da imitieren Menschen Menschen! Dies ist etwas vollkommen anderes! *(hebt frustriert die Hände)* Wir sprechen hier von einem Monster!

ICH: Herr Doktor Frankenstein, ich möchte hier gern kurz innehalten. Sie nennen das Wesen wiederholt ein Monster. Dabei hat es unter Beweis gestellt, dass es Freude und Trauer verspürt. Es verspürt Mitgefühl für andere, und es hat ein Moralempfinden entwickelt. Es hat aufgehört, die Familie zu bestehlen, sobald ihm klar wurde, dass sie es schwer hatten, obwohl es selbst hungrig war. Und es hat die Familie unterstützt, ohne im Gegenzug etwas zu erwarten.

Viktor sieht weg, scheint meine Aussage nicht hören zu wollen.

ICH: Das Wesen denkt, fühlt und sehnt sich nach Zugehörigkeit. Es ist wie ein Kind, das sich selbst großziehen musste, weil Sie es sitzen ließen. Und ich muss sagen, unter diesen Umständen hat es sein Leben ziemlich gut gemeistert, besonders wenn ich bedenke, dass es – im Unterschied zu Kindern, bei denen wir dazu programmiert sind, uns um sie kümmern zu wollen – nicht gerade zärtliche Gefühle in seiner Umgebung weckte. Verstehen Sie nicht, wie das gewesen sein muss?

DR. FRANKENSTEIN: Ich hingegen verstehe nicht, wie Sie so mit mir reden können.

ICH: Was meinen Sie mit *so*?

DR. FRANKENSTEIN: Ich stamme aus einer der vornehmsten Genfer Familien. Ich habe an einer der renommiertesten Universitäten studiert und dort für meine unerhörte Begabung einige Aufmerksamkeit erregt. Ich wollte die Geheimnisse von Himmel und Erde erforschen. Mag sein, dass mein ungestümer Wissensdurst mich auf Abwege führte, aber meine

Absicht war edel! Ich suchte nach dem Stein der Weisen. Nach dem Lebenselixier. Und de facto habe ich es gefunden. *(rückt den Hemdenkragen zurecht)* Doch statt mit Ihrer stummen Bewunderung werde ich mit Anklagen konfrontiert. *Ich* werde als Monster bezichtigt, während diese *Kreatur* im selben Raum wie ich sitzt. *(weist auf das Wesen, das in seinem Sessel zurückscheut)*

ICH: Herr Doktor Frankenstein, ich würde Sie niemals als Monster bezichtigen, aber so, wie Sie sich gerade benehmen, zeugt es wirklich nicht von Mitmenschlichkeit.

DR. FRANKENSTEIN: Mitmenschlich? Etwa mit *dem da*? Ha!

ICH: Mein Problem mit der Bezeichnung *Monster* ist der Umstand, dass sie eine gewisse ureigene Bosheit unterstellt. Aber daran glaube ich nicht. *(Pause)* Ich glaube vielmehr, dass wir die Bezeichnung *Monster* bei Wesen anwenden, die wir nicht verstehen, weil sie sich anders als wir selbst verhalten oder auch anders aussehen. Was immer fremd ist, kann leicht mit dem Bösen verwechselt werden, weil wir Angst davor haben. Deshalb ist ja auch viel gewonnen, wenn wir versuchen, einander kennenzulernen.

Viktor rührt sich nicht, während Elisabeth nachdenklich nickt.

ICH: Es gibt immer gute Gründe, uns so zu verhalten, wie wir es tun. Das gilt für mich selbst, für Fräulein Lavenza, für das Wesen und auch für Sie. *(Pause)* Ich glaube beispielsweise, dass es einen Grund gibt, warum Sie es allein ließen.

DR. FRANKENSTEIN: Immer diese Anklagen!

ICH: Ich klage Sie nicht an, ganz im Gegenteil. Ich will Ihre Beweggründe verstehen. Trotzdem glaube ich, dass wir alle für unsere Handlungen Verantwortung übernehmen müssen. Und das gelingt Ihnen am besten, indem Sie sich die Erzählung des Wesens anhören. Es muss das Gefühl haben, dass es angesehen und angehört wird.

Stille. Viktor blickt wütend aus dem Fenster.

ICH: Ich mache Ihnen keine Vorwürfe. Was da passiert ist, war nie Ihre Absicht, Herr Doktor Frankenstein, das habe ich doch verstanden. Und mit offenen Sinnen zuzuhören, sollte für Sie doch kein Problem darstellen. Ich meine … Überlegen Sie doch einmal, was Sie schon alles zustande gebracht haben! Das war doch der größte wissenschaftliche Durchbruch aller Zeiten.

Endlich dreht Viktor sich wieder zu mir um.

DR. FRANKENSTEIN *(atemlos)*: Meinen Sie wirklich? Der größte wissenschaftliche Durchbruch aller Zeiten? Das heißt, bis zum heutigen Tag? Selbst heutzutage?

ICH: Ja, würde ich schon sagen.

Elisabeth streicht ihm über den Arm.

DR. FRANKENSTEIN: Vielleicht ist der Schöpfer seinem Geschöpf tatsächlich schuldig, seine Erklärungen anzuhören.

Elisabeth nickt zufrieden. Ich wende mich an das Wesen, das unseren Wortwechsel mit großen Augen verfolgt hat.

ICH: Möchten Sie uns weiter von Ihrem Leben in diesem Schuppen erzählen?

WESEN: Wenn Sie es wollen, Frau Psychologin. *(räuspert sich)* Meine Gedanken wurden zusehends rege, und ich begriff immer mehr Zusammenhänge. Und ich sehnte mich so sehr, diesen wunderbaren Menschen näher zu sein. Der alte Vater war blind, und das erweckte in mir die wahnwitzige Hoffnung, dass ich mit ihm reden könnte. Wenn er mich nicht sähe, würde ich ihn ja vielleicht auch nicht so sehr erschrecken wie alle anderen.

ICH: Diese Sehnsucht nach Nähe ist völlig natürlich. Können Sie uns genauer beschreiben, worauf genau Sie hofften? Ich glaube, es ist wichtig, dass Sie das in Worte fassen und Herr Doktor Frankenstein es auch hört.

WESEN: Ich hätte alles in meiner Macht Stehende getan, um diese guten Menschen glücklich zu machen. Sie kamen mir vor wie höhere Wesen, wie Götter, die über mein künftiges Schicksal zu entscheiden hätten. Ich stellte mir tausendmal in meinem Innern vor, wie sie mich wohl aufnähmen, wenn sie mich zum ersten Mal sähen. Ich dachte mir, dass sie anfangs ja sehr erschrecken, dann aber, gewonnen durch meine Güte und mein mildes Wesen, mir ihre Gunst und schließlich ihre Liebe schenken müssten.

Er verstummt, wie um zu sehen, ob ich noch mehr hören will. Ich nicke ihm aufmunternd zu.

WESEN: Zunächst war es schwierig für mich, die Worte zu verstehen, die nicht mit sichtbaren Dingen verknüpft waren. Aber den Gesprächen innerhalb der Familie entnahm ich zusehends auch Worte zu zwischenmenschlichen Beziehungen. Ich hörte, wie sie vom Unterschied der Geschlechter redeten, von der Geburt und der Erziehung der Kinder. Anscheinend galt das ganze Leben einer Mutter der Sorge um ihre Nachkömmlinge, und ich lernte mehr über Schwestern, Brüder und andere Verwandtschaftsgrade, die die Bande bezeichnen, die die Menschen untereinander verbinden. Doch wer waren meine Freunde und Verwandten? *(späht verstohlen zu Viktor hinüber)* Kein Vater hatte meine Kinderjahre behütet, keine Mutter mir ihre Liebe und Zärtlichkeit geschenkt.

ELISABETH LAVENZA: Oh, ich wünschte, ich hätte schon früher gewusst, dass es Sie gab! *(sieht zu Viktor)* Deine Brüder waren in ihren ersten Lebensmonaten auch keine

Schönheiten. Aber das hinderte mich nicht daran, sie in den Armen zu halten, ihre Wangen zu küssen und sie inniglich zu lieben.

Viktor will schon protestieren, aber Elisabeth wirft einen vielsagenden Blick auf meinen Babybauch.

ELISABETH LAVENZA: Was hieltest du von ihrem Mann, wenn du hören müsstest, dass er das Kind verlassen hat, sobald es die Augen aufgeschlagen hatte?

DR. FRANKENSTEIN: Hör auf, von diesem Monster als meinem Kind zu denken, Elisabeth! Wenn ihr Mann im Übrigen einen ähnlich grauenerregenden Dämon gezeugt hätte, könnte ich es ihm wohl kaum verübeln.

ELISABETH LAVENZA: Nur dass es ihrem Mann niemals eingefallen wäre, derart absurde Umwege einzuschlagen, um ein Leben zu erschaffen.

ICH: Nun habe ich keinen Mann, aber …

Habe sofort bereut, etwas gesagt zu haben

Viktor und Elisabeth drehen sich unvermittelt zu mir um.

ELISABETH LAVENZA: Oh, ich bitte vielmals um Verzeihung! Sie müssen kürzlich erst Witwe geworden sein. *(Tränen treten ihr in die Augen)* Und doch sitzen Sie hier und hören sich *unsere* Probleme an.

ICH: Das mache ich gern. *(zögere)* Eigentlich spreche ich nicht über mein Privatleben, aber ich möchte nicht, dass Sie meine Lage falsch einschätzen. *(Pause)* Ich bin keine Witwe. Damit will ich sagen … Ich bin mit keinem Mann verheiratet. Ich bekomme ein Kind mit meiner Frau.

Elisabeth mustert mich misstrauisch. Viktor lehnt sich interessiert vor.

DR. FRANKENSTEIN: Zwei Frauen, die ein Kind gezeugt haben? Haben Sie nicht gesagt, mein wissenschaftlicher

Durchbruch sei bis heute unübertroffen? Wie haben Sie das geschafft? Haben auch Sie sich der Elektrizität bedient? Oder hat die Wissenschaft endlich meine alten Vorbilder rehabilitiert? Hatten Paracelsus und Albertus Magnus am Ende doch immer recht? *(gluckst in sich hinein)* Wenn Professor Krempe das doch hören könnte! Er müsste alles zurücknehmen.

ICH: Nein, nichts dergleichen. Wir brauchen nach wie vor ein Spermium, um eine Eizelle zu befruchten, und eine Gebärmutter, in der ein Embryo heranwachsen kann. Meine Frau und ich haben die Hilfe einer Samenbank in Anspruch genommen.

Elisabeth hustet und streckt die Hand nach einem Wasserglas aus.

DR. FRANKENSTEIN: Samenbank?

ICH: Ich ahne, dass das in Ihren Ohren seltsam klingt, aber das ist… nun ja… ein Ort, an dem Männer ihren Samen spenden, der dann Frauen zugutekommt, die aus unterschiedlichen Gründen mit ihrem Lebenspartner keine Kinder bekommen. Aber wenn wir jetzt wieder zurück zu…

DR. FRANKENSTEIN *(unterbricht mich)*: Und der *Spender*? Wer ist das?

ICH: Keine Ahnung.

DR. FRANKENSTEIN: Dann wird Ihr Kind mit anderen Worten einen Vater haben, der es noch vor der Geburt sitzen gelassen hat! *(triumphiert)* Wie können Sie angesichts dessen mich und meinen Versuch verurteilen, ein Leben zu erzeugen?

ICH: Nun gut, das Thema tut an sich gar nichts zur Sache, aber dieses Kind wird trotz allem zwei Elternteile haben, die sich beide schon lange danach sehnen. *(streichele mir über den Bauch)* Es wird vom ersten Moment an geliebt und umsorgt werden.

WESEN: Das klingt … wunderbar.

Ich wende mich ihm zu. Wir lächeln uns an.

ICH: Wir sollten zu Ihrer Geschichte zurückkehren.

Das Wesen nickt. Atmet tief durch.

WESEN: Ich fand eine Tasche mit Büchern, und sobald ich mir das Lesen beigebracht hatte, verschlang ich Miltons *Verlorenes Paradies*, Plutarchs Biografien und *Die Leiden des jungen Werther*. Und ich stellte fest, dass ich den Menschen in jenen Büchern sowohl ähnlich war als mich auch von ihnen unterschied. Ich litt mit ihnen, ich verstand sie, aber nur bis zu einem gewissen Maß. Je mehr ich lernte, umso mehr Fragen stellten sich mir. Nirgends stieß ich auf ein Wesen, das wie ich selbst war. Wer also war ich? *Was* war ich? Woher kam ich?

ICH: Das sind ganz existenzielle Fragen. Und genau deshalb sind sie zutiefst menschlich. Viele machen eine Therapie, um genau solchen Überlegungen auf den Grund zu gehen.

WESEN: Menschliche Fragen, mag sein, aber ich bin nicht menschlich. So ist es nun einmal, ganz gleich, wie wir es drehen und wenden. Im *Verlorenen Paradies* begegnete ich Adam, auch er hatte mit anderen nichts gemeinsam. Und doch war da eine Ähnlichkeit. Er ward von Gott geschaffen, als vollendetes Geschöpf. War glücklich und wurde geliebt. Er genoss die liebevolle Fürsorge seines Schöpfers. Ich selbst ähnelte eher Satan, denn ähnlich wie er schmeckte ich oft die bittere Galle der Eifersucht. *(wendet sich an Viktor)* Du hast mir die Fähigkeit geschenkt, zu fühlen und meine

Sinne einzusetzen, doch anschließend setztest du mich der Verachtung und der Furcht der Menschen aus. Warum musstest du ein so hässliches Ungeheuer erschaffen, dass selbst du vor Ekel dich von mir abwandtest? Selbst Satan hatte seine Genossen, die mit ihm lebten. Doch mein Versuch, mit dem blinden Mann Kontakt aufzunehmen, bekräftigte ein für alle Mal, dass ich dazu verdammt war, einsam und gehasst zu bleiben.

ICH: Dann haben Sie ihn letztlich angesprochen? Wollen Sie uns von dieser Begegnung erzählen?

WESEN *(wirkt gequält)*: Eines Tages, als er sich allein in der Hütte aufhielt, trat ich auf ihn zu. Wenn ich seine Gunst gewönne, dachte ich mir, könnte ich womöglich mittels seiner Erlaubnis auch von der übrigen Familie anerkannt werden. *(Pause)* Mein Herz klopfte stürmisch. Der Augenblick war gekommen, in dem sich erweisen würde, ob meine Hoffnung oder meine Furcht begründet war. Ich klopfte also an. Als der Alte aufmachte, erzählte ich ihm, ich sei ein Wanderer, der sich ausruhen müsse. Ich konnte ihm schließlich nicht sagen, wer ich in Wahrheit war, aber ich schilderte ihm meine Einsamkeit und Verzweiflung. Zum ersten Mal im Leben unterhielt ich mich mit jemandem.

Viktor starrt mit leerem Blick vor sich hin.

ICH: Und was antwortete der alte Mann?

WESEN: Oh. Es war so wunderbar, ganz erstaunlich! Er verlieh seinem Mitleid Ausdruck und sagte, es sei ihm eine Freude, einem Mitmenschen zu helfen. *(schluchzt)* Genau das sagte er tatsächlich. Er nannte mich einen Mitmenschen.

Viktor späht zu ihm hinüber. Elisabeth weint still vor sich hin.

ICH: Und wie fühlte sich das für Sie an?

WESEN: Als wäre ich schlussendlich etwas wert.

ICH: Das muss ein großer, umwälzender Moment für Sie gewesen sein, mit jemandem zu interagieren, statt fortgejagt zu werden.

WESEN *(Blick verdüstert sich)*: Gewiss. Nur dass im selben Augenblick die Tür erneut aufging und Agathe und Felix eintraten. Entsetzen brannte in ihren Blicken. Agathe sank um. Felix riss mich mit übermenschlicher Kraft von seinem Vater weg und schlug mit einem Stock auf mich ein. Ich rannte aus der Hütte, so schnell ich konnte.

ELISABETH LAVENZA: Sie Ärmster!

WESEN: Haben Sie kein Mitleid mit mir, Fräulein Lavenza! Das hilft mir nicht.

ELISABETH LAVENZA: Aber Sie müssen zutiefst verletzt gewesen sein.

WESEN: Ich verspürte Wut und Rachsucht. Ich hätte am liebsten das Haus und seine Inwohner vernichtet und mich an deren Todesangst und Schmerzgeheul ergötzt.

Elisabeth zuckt auf dem Sofa zusammen. Schlagartig bin ich nervös. Viktor nickt.

ICH: Und … was haben Sie getan?

WESEN: Ich wütete durch den Wald und zerstörte alles, was mir in den Weg kam. Ich riss Bäume mitsamt ihren Wurzeln aus. Es war eine entsetzliche Nacht, die ich da draußen verbrachte. Das Leben war die Hölle. Die eiskalten Sterne funkelten, als wollten sie mich verhöhnen. Als ich keine Kraft mehr hatte, sank ich auf den feuchten Boden nieder. Niemand in der ganzen Welt hatte Mitleid mit mir oder wollte mir helfen. In diesem Augenblick erklärte ich dem ganzen verruchten Menschengeschlecht Krieg bis aufs Messer. Und besonders dem, der mich gebildet und an dem unsäglichen Leid Schuld trug.

DR. FRANKENSTEIN: Hören Sie das? Er bedroht mich, der Teufel! Und er wollte diese arme, unschuldige Familie erschlagen, für die er zuvor ach so warme Gefühle gehegt hatte!

Ich sehe das Wesen an.

ICH: Es klingt, als wären Sie ungemein wütend und traurig gewesen. Trotzdem haben Sie Ihre Wut an niemandem ausgelassen … mal abgesehen von ein paar Bäumen.

WESEN *(blickt zu Boden)*: Das Schlimmste habe ich Ihnen noch nicht erzählt. *(Auf den Teppich tropfen so große Tränen, dass man im Mitschnitt ein schwaches Prasseln hört)* Ich kehrte zu der Hütte zurück, doch sie war verwaist. Die Familie hatte die Flucht ergriffen. Als ich daran zurückdachte, wie sie mich weggestoßen und fortgejagt hatten, packte mich erneut die Raserei. *(ringt die Hände, bis an der Haut am Handgelenk die Nähte reißen)* Ich setzte die Hütte in Brand. Im Nu stand sie in Flammen. Das Feuer verschlang sie mit spitzen, zerstörenden Zungen.

Elisabeth schlägt die Hände vor das Gesicht.

ICH: Sind Sie sich sicher, dass die Hütte leer war?

WESEN: Ja. Ich hatte die Leute schließlich in die Flucht geschlagen.

DR. FRANKENSTEIN: Du hast das Eigentum dieser armen Menschen niedergebrannt. Was halten Sie davon, Frau Psychologin? Hier haben Sie doch den Beweis für seine Boshaftigkeit!

ICH *(an das Wesen gewandt)*: Ihre Trauer und Enttäuschung angesichts von Agathes und Felix' Reaktion kann ich nachvollziehen. Besonders nachdem Sie ihnen zuvor so freundschaftliche Gefühle entgegengebracht hatten. Aber ihr Heim in Brand zu setzen, all ihr Hab und Gut ... Das ist eine sehr ernste Sache.

WESEN: Ich weiß.

Stille.

ICH: Wie fühlte es sich an, als Sie die Hütte brennen sahen?

WESEN: Ich hatte gehofft, mich besser zu fühlen, aber das war nicht der Fall. *(sinkt in sich zusammen und heult)* Oh, wo sollen sie jetzt wohnen? Wovon sollen sie leben? Ich weiß doch, dass sie sich alles vom Munde absparen mussten! *(jault laut auf)*

ICH: Für diese Tat müssen Sie natürlich die Verantwortung übernehmen. Gleichzeitig sollten wir Verständnis aufbringen für die Verzweiflung, die Angst und die Einsamkeit, die Sie empfunden haben. Wie gesagt, für alles, was wir tun, gibt es gewisse Gründe.

Hätte ich härter mit ihm ins Gericht gehen müssen?

Viktor blickt missmutig drein. Und plötzlich strahlt Elisabeth ihn an.

ELISABETH LAVENZA: Aber Viktor, wir könnten der Familie helfen!

Alle sehen sie verdutzt an.

DR. FRANKENSTEIN: Und wie? Einen Brand löschen kann jeder mit einigen Eimern Wasser, aber nicht einmal die Alchemisten haben versucht, ein Feuer, das bereits gewütet hat, ungeschehen zu machen.

ELISABETH LAVENZA: Stell dich nicht dumm, wenn du doch deine Intelligenz so hoch schätzt! Ich meine natürlich, dass wir ihnen finanziell beistehen sollten.

DR. FRANKENSTEIN *(schockiert)*: Und warum? So tragisch es war, was ihnen widerfahren ist, aber es ist doch wohl kaum unsere Verantwortung.

ELISABETH LAVENZA: Nicht?

DR. FRANKENSTEIN: Nicht ich habe die Hütte in Brand gesteckt. Das kannst du mir nun wirklich nicht vorwerfen.

Elisabeth lächelt ihn milde an.

ELISABETH LAVENZA: Aber es wäre unchristlich, einer Familie in Not nicht zu helfen. *(streichelt seinen Arm)* Stell dir nur vor, welch heroischer Akt das von dir wäre!

DR. FRANKENSTEIN *(lacht)*: Oh, deine Güte hört nie auf, mich zu verwundern! Wie sollte ich einem solchen Engel eine Bitte abschlagen?

Das Wesen wirkt verhalten hoffnungsfroh. Wischt sich ein bisschen Rotz von der Oberlippe. Viktor sieht es von der Seite an.

DR. FRANKENSTEIN: Ich helfe dieser Familie. Aber nicht um deinetwillen. Und das hier heißt auch nicht, dass ich dir aus weiteren Klemmen heraushelfe.

Stille.

ICH: Unsere Zeit ist gleich um, aber bevor wir uns voneinander verabschieden, möchte ich doch gern auf etwas zu sprechen kommen. Es war Thema, bevor Sie dazukamen. *(wende mich an das Wesen)* Sie wollten nämlich gerade erzählen, was Herr Doktor Frankenstein tun könnte, um Ihr Leid zu lindern.

DR. FRANKENSTEIN: *Sein* Leid? Haben wir darüber nicht schon genug gesprochen? *Es* ist es doch, der anderen Leid zufügt! Mir beispielsweise.

WESEN: Du hast mich einsam und unglücklich gemacht, und deshalb gibt es auch nur einen Weg, alles wiedergutzumachen. Die Menschen wollen nichts von mir wissen. Doch ein Wesen, das genauso verunstaltet und grässlich wäre wie ich, stieße mich nicht von sich weg.

Viktor ringt nach Luft, schüttelt den Kopf.

DR. FRANKENSTEIN: Du … Du willst, dass ich ein zweites Monster erschaffe?

WESEN: Ja. Und sie darf von derselben Art sein wie ich, darf die gleichen Beeinträchtigungen haben. Nur du kannst das schaffen, Viktor. Und es ist mein gutes Recht, das du mir nicht abschlagen kannst. Lass mich nicht einsam verschmachten! *(holt zu einer weiten Geste aus)* Sie alle haben jemanden, der Sie liebt. Auch ich habe so etwas verdient. Mein Wunsch ist nur vernünftig und nicht übertrieben. Sie und ich werden uns aus dieser Welt zurückziehen und einander daher nur umso verbundener sein.

DR. FRANKENSTEIN *(springt auf und ballt die Faust)*: Ich weigere mich! Und keine Folter der Welt kann mich dazu bringen, eine solche Liederlichkeit zu begehen!

WESEN *(steht ebenfalls auf)*: Ich brauche schlichtweg ein einziges Wesen, das mir Freundlichkeit entgegenbringt. Ich würde es hundert- und aberhundertfach vergelten. Ich würde Frieden mit der Menschheit schließen. Oh, mein Schöpfer, mach mich glücklich! Lass mich Dankbarkeit für dich empfinden, nur dieses eine Mal! Ich will doch nur, dass mir jemand Sympathie entgegenbringt.

ICH: Aber Wesen … Glauben Sie nicht, dass Sie jemandem sympathisch sein könnten, auch wenn dieses Wesen nicht genau wäre wie Sie?

Viktor und das Wesen wenden sich gleichzeitig zu mir um.

ICH: Es heißt immer, Gleich und Gleich gesellt sich gern, weil es natürlich alles erleichtert, wenn man ähnliche Erfahrungen gemacht hat. Aber wir können einander auch näherkommen, wenn wir unterschiedlich sind. Dazu müssen wir nur miteinander reden. Wir müssen einander erzählen, wer wir sind, und zuhören. *(Pause)* Und Wesen, Sie erzählen sehr eindrücklich, was Ihnen widerfahren ist, und kleiden Ihre Gefühle in passende Worte. Mir sind Sie sehr sympathisch, auch wenn wir aus komplett unterschiedlichen Welten stammen. Und ich habe so eine Vermutung, dass das auch für Fräulein Lavenza gilt.

Das Wesen späht scheu zu Fräulein Lavenza hinüber, die nickt. Viktor sieht aus, als ginge es ihm nicht gut.

ICH: Ich verstehe schon, dass einem angesichts der Vorurteile mancher Menschen die Hoffnung schwindet. Aber nicht alle Menschen sind feindselig. Und ich glaube, wenn man erst eine Weile zusammengesessen und sich unterhalten hat, fällt es schwer, Sie nicht zu mögen.

Ein Lächeln breitet sich auf dem Gesicht des Wesens aus. Dann verdunkelt sich plötzlich sein Blick.

WESEN: Nein! Ich weigere mich, noch weitere Annäherungsversuche mit Menschen zu wagen. Ich brauche endlich jemanden wie mich. *(sieht Viktor an)* Wenn du einverstanden wärst, müsste uns nie wieder jemand zu Gesicht bekommen. Wir würden in die öden Weiten Südamerikas ziehen.

DR. FRANKENSTEIN: Ich soll ein weiteres Monster erschaffen, damit eure vereinte Bosheit die Welt in Schutt und Asche legt? Niemals!

WESEN: Du irrst dich. Wir würden dort friedlich und zurückgezogen leben, und du könntest alle Grausamkeit weit von dir weisen. Ich würde kein Lamm und kein Kätzchen anrühren, um mich zu ernähren, sondern meinen Hunger nur mehr mit Beeren und Eicheln stillen. Meine Begleiterin wäre wie ich und würde von der gleichen Kost leben. Wir würden auf getrocknetem Laub schlafen …

DR. FRANKENSTEIN: Nie im Leben!

WESEN: Dann ist der Hass das einzige Gefühl, das ich dir entgegenbringe.

Sie starren sich an.

ICH: Ich verstehe gut, dass Sie sich derzeit so fühlen, Wesen. Es ist völlig in Ordnung, wütend und enttäuscht zu sein, weil Herr Doktor Frankenstein Ihren Wunsch nicht erfüllen will. Aber wäre es nicht ziemlich grausam, ein Wesen zu schaffen, dessen einzige Daseinsberechtigung die Liebe zu Ihnen wäre? Hat nicht jeder das Recht, Inhalt und Richtung des eigenen Lebens selbst zu bestimmen? Was wird aus ihr, wenn die Liebe nicht auf Gegenseitigkeit beruht? Oder wenn Sie nicht die Gefühle für sie hegen, von denen Sie gerade ausgehen? Wie sähe ihr Leben dann aus? Da hätten Sie sie zur gleichen Existenz verdammt, die Sie selbst – wie Sie sagen – verabscheuen.

Das Wesen sinkt leicht in sich zusammen, als ginge ihm die Luft aus.

ICH: Ich glaube, es gibt andere Mittel und Wege, um Ihr Gefühl von Einsamkeit und Außenseitertum zu überwinden. Und Herr Doktor Frankenstein, ich weiß, das hören Sie nicht gern. Aber ich glaube wirklich, es täte sowohl Ihnen als auch dem Wesen gut, wenn Sie sich einander annähern könnten.

DR. FRANKENSTEIN: Sie haben recht, ich höre das wirklich nicht gern.

ICH: Das Wesen muss seinen Schöpfer kennenlernen. Und dieses Nervenfieber, von dem Sie befallen wurden, nachdem das Wesen aus Ihrer Wohnung geflohen war, lag vielleicht nicht allein an Angst und Abscheu. Vielleicht hatten Sie auch ein leicht schlechtes Gewissen.

Er klappt den Mund auf und schließt ihn wieder.

ICH: Vielleicht könnten Sie für die kommende Woche ja etwas Gemeinsames planen.

Viktor mustert mich misstrauisch.

ICH: Sie haben beide einen großen Wissensdurst. Vielleicht möchten Sie dem Wesen ja etwas beibringen. Oder Sie könnten einen kleinen Ausflug unternehmen.

ELISABETH LAVENZA: Ja! Ihr sprecht beide so poetisch von der Natur und den Naturerlebnissen.

DR. FRANKENSTEIN: Ich bin äußerst skeptisch.

ELISABETH LAVENZA: Aber Viktor, du sagst doch oft selbst, eine Luftveränderung und Bewegung verleihen deinen Gedanken Leichtigkeit. Vielleicht könntet ihr nach Chamonix fahren. Du liebst doch die Berge und das Rauschen des Flusses. Du könntest dem Wesen all die Orte zeigen, die dich in deiner Kindheit so sehr beeindruckt haben.

Viktor und das Wesen sehen einander zweifelnd an. Elisabeth lächelt mich an und steht auf.

ELISABETH LAVENZA: Verzeihung, ich sehe gerade, wir haben um mehrere Minuten überzogen. Aber ich freue mich schon auf unseren nächsten Besuch.

Ich will aufstehen, doch Elisabeth bittet mich, sitzen zu bleiben. Als sie die Tür hinter sich zuziehen, renne ich zur Toilette, um zu pinkeln. Ich kehre ins Sprechzimmer zurück und bleibe eine Weile mitten im Raum stehen. Dann drehe ich mich zur Kamera, um sie auszuschalten. Dabei habe ich feuchte Augen.

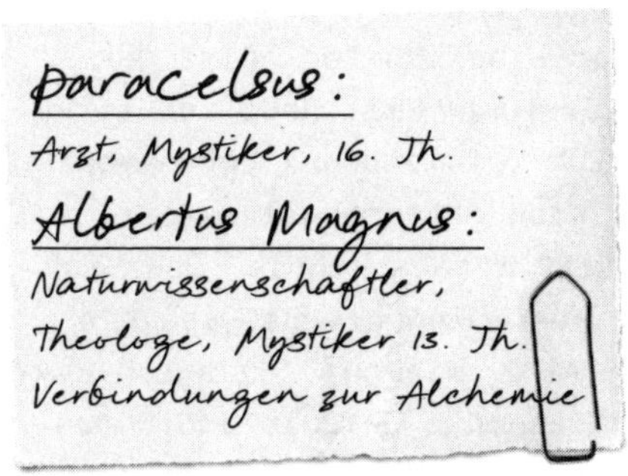
paracelsus:
Arzt, Mystiker, 16. Jh.
Albertus Magnus:
Naturwissenschaftler,
Theologe, Mystiker 13. Jh.
Verbindungen zur Alchemie

Auf dem Mitschnitt ist zu sehen, wie schockiert ich bin, als ich das Wesen ins Sprechzimmer begleite. Es hat wirklich eine Weile gedauert, bis ich mich an den Anblick gewöhnt hatte. Zugegeben, ich hatte Angst. Und war ein bisschen angewidert. (Zum Beispiel, als die Naht an seiner Hand aufging.) Aber was seine Persönlichkeit angeht, war da nur Wärme… An ihm ist rein gar nichts monströs. Es hat mich wirklich berührt. Ich hatte mich selbst ja auch wie ein Monster gefühlt, bevor ich akzeptiert habe, wer ich bin. Allerdings hatten in meiner Umgebung diverse Leute meinen Status quo als Monster *bekräftigt* und den Ekel vor mir selbst noch befeuert. Aber das war nichts im Vergleich zu den Erlebnissen des Wesens.

Während es seine Geschichte erzählte, musste ich mich die ganze Zeit zusammenreißen, um nicht in Tränen auszubrechen. Ich konnte Elisabeth gar nicht ansehen, weil ich das Gefühl hatte, ihr ging es genauso. (Und der Mitschnitt bestätigt es!) Hätten wir uns angeblickt, hätte ich mich womöglich nicht mehr beherrschen können. Das Wesen meinte, das ganze Leben einer Mutter gelte der Sorge um ihre Kinder. Und manchmal habe ich tatsächlich Angst, dass ich kein eigenes Leben mehr führen kann, wenn das Kind erst einmal da ist, dass ich seine LEIBEIGENE werden könnte. Dass ich nicht länger ICH sein kann. Ich glaube, ich bin einfach noch nicht so weit. Wie gut, dass ich Psychologin bin und meine eigenen Gefühle und Gedanken frühzeitig analysieren KANN!

ARBEITSHEFT	Forts

Andererseits empfand ich für das Wesen insgeheim so etwas wie Muttergefühle, und als ich erzählte, dass mein und M[redacted] Kind lange ersehnt sei, war mir plötzlich klar, dass ich es wirklich so meinte. Vielleicht bin ich ja doch *bereiter*, als ich glaube?

Mir war sofort klar, dass ich eine Grenze überschritten hatte, indem ich so viel von mir selbst preisgab. Und warum in aller Welt musste ich von Samenbanken anfangen? Himmel, wie Elisabeth mich anstarrte!

Apropos Elisabeth! Hier und da merke ich selbst, dass ich sie fast vergesse. Muss einen Weg finden, sie öfter in den Vordergrund zu rücken. Muss ihr mehr Raum geben, damit sie erzählt, wie sie ihre Rolle in dem ganzen Geschehen wahrnimmt. Aber zumindest ist sie nicht so hilflos, wie ich anfangs dachte. Sie drückt ihre Gefühle deutlicher aus, scheint besser mit ihnen in Kontakt zu stehen als beispielsweise Laura. (Trotzdem bin ich auf Lauras Entwicklung in letzter Zeit wirklich stolz. Sie vermisst Carmilla nach wie vor, ist aber selbstbewusster und selbstständiger geworden, auch im Verhältnis zu ihrem Vater. Es sind zwei Schritte vorwärts, einer zurück, aber es geht voran!)

Interessant, wie Elisabeth Viktor durch Schmeicheleien beeinflusst. Es grenzt an Manipulation, aber die Frage ist doch, wie gut er ihr andernfalls – wenn sie ihre Wünsche direkt formuliert –

ARBEITSHEFT	Fortz.

zuhören würde. Es war beinahe lustig zu beobachten, welche Wirkung es hatte, als ich ihre Methode imitierte. Er legte augenblicklich eine Kehrtwende hin und war bereit, mir zuzuhören. Ich bin mir sicher, dass P[redacted] das ebenfalls urkomisch findet. Ich habe ihr mehrmals gemailt, aber noch keine Antwort erhalten. (Hoffe, es ist nichts passiert, immerhin ist sie schon über 70.) Ich wüsste gern, was sie davon hält, wie ich die Sache mit der abgefackelten Hütte gehandhabt habe. Finde selbst, dass das irgendwie schräg war. »Sie müssen Verantwortung übernehmen, gleichzeitig sollten wir Verständnis aufbringen.« Das klingt ein bisschen wie eine pädagogisch überambitionierte Vorschullehrerin.

Außerdem muss ich von ihr erfahren, ob ich den Konflikt zwischen Viktor und dem Wesen gut aufgelöst habe, als die beiden handgreiflich zu werden drohten. (Ich hatte tatsächlich keinen Moment lang Angst, das Wesen könnte mich verletzen – oder auch mein Kind –, zumindest nicht absichtlich.)

Am zufriedensten bin ich damit, dass ich es geschafft habe, ihnen eine Hausaufgabe mit auf den Weg zu geben. Aber hätten sie dafür nicht doch erst eine weitere Therapiesitzung absolvieren müssen? Elisabeths Vorschlag mit dem Ausflug in die Natur hat mir nämlich gefallen. Will selbst nur noch raus hier, muss allmählich Schluss machen.

ARBEITSHEFT	Fortz.

PS: Habe einen SvD-Artikel über das *Uncanny Valley* von Jenny Jägerfeld gefunden. Vielleicht war das ja Viktors Gefühl, als das Wesen die Augen aufschlug?
PPS: Mich ärgert es ein bisschen, dass JJ ständig im Frühstücksfernsehen und in den großen Zeitungen auftaucht. Ist sie wirklich so toll?

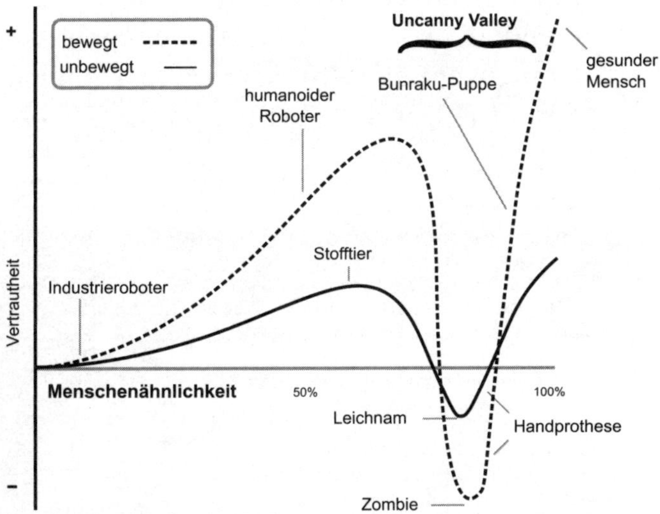

Diagramm des Robotikers und Professors Masahiro Mori zur Illustration seiner Hypothese, die menschliche emotionale Reaktion auf einen Roboter schlage von Empathie in Unbehagen um, sobald der Roboter *allzu* menschenähnlich (anthropomorph) werde. *The Uncanny Valley*, das *Unheimliche Tal*, ist der Bereich des negativen Responses. *Bunraku* = traditionelles japanisches Figuren- oder Puppentheater. Die Puppen sind durchschnittlich 1,50 m groß.

WISSEN

→ Psychologie | Svd.se

Jenny Jägerfeld: *Unheimliche*
Unbehagen gegenüber humano

Je ähnlicher ein Roboter dem Menschen ist, ums
Gefallen an ihm … bis zu einem gewissen Punk
zu menschlich wird, erzeugt er Unbehagen und
Eine Erklärung hierfür könnte der *Uncanny-*

Sage und schreibe 125 000 Dollar war ein anonymes Unternehmen jüngst bereit, demjenigen zu bezahlen, der bereit wäre, sein Gesicht für Tausende humanoider Roboter zur Verfügung zu stellen. Die individualisierten Roboter sollen älteren Mitmenschen virtuell Gesellschaft leisten.

Wer genau hinter dem ungewöhnlichen Angebot steckt, ist nach wie vor nicht bekannt. Die Londoner Kommunikationsagentur Geomiq ist hinsichtlich ihres Auftraggebers zum Schweigen verpflichtet. Die Roboter indes sollen bereits im kommenden Jahr marktfähig sein. Nur ein freundliches Gesicht fehlt ihnen noch.

Dass wir unsere älteren Mitmenschen einer geklonten Roboterarmee überlassen, ist eine beklemmende Vorstellung. Zudem scheinen die meisten von uns

R2-D2 aus *Star Wars* und der humanoide Robo

Redakteurin
Maria Carling
wissen@svd.se svd.se/wissen

Tal erklärt
den Robotern

nehr finden wir
Venn der Roboter
ogar Abscheu.
alley-Effekt liefern.

Fotos: TT

phia

→ SvD.se

Brauchen Sie Hilfe?

Haben Sie angesichts Ihrer Gefühls- und Lebenslage oder Ihrer Beziehung zu anderen Menschen ein Problem, bei dem wir Ihnen helfen können? Schicken Sie Ihre Anfrage per E-Mail an psychologie@svd.de, und wir leiten sie an Jenny Jägerfeld weiter, natürlich anonym, wenn Sie möchten. Schildern Sie Ihre Situation trotzdem so genau wie nur möglich. Jenny Jägerfelds Antworten zu ausgewählten Fragen werden auf dieser Seite veröffentlicht.

derlei humanoiden Robotern gegenüber ein starkes Unbehagen zu verspüren. Eine Erklärung dafür könnte das *Phänomen des Unheimlichen Tals* liefern.

Das Unheimliche (engl. *the uncanny*) wurde in der Psychologie erstmals von Ernst Jentsch untersucht. Im Jahr 1906 beschrieb er *das Unheimliche* als Zustand der kognitiven Dissonanz, in dem man wirklich und unwirklich, lebendig und tot nicht mehr klar unterscheiden kann.

Sigmund Freud entwickelte den Begriff weiter und definierte ihn als Gefühl der Unbehaglichkeit oder des Angst- und Grauenerregenden, das man verspürt, sobald etwas Bekanntes, *Heimisches, Heimliches* plötzlich unvertraute neue Züge annimmt. Das Gefühl kann auch in entgegengesetzten Situationen geweckt werden, zum Beispiel wenn wir in einem unvertrauten, uns fremden Kontext plötzlich vertraute Elemente wahrnehmen.

Das Unbehagen kann laut Freud durch eine Reihe unterschiedlichster Sinneseindrücke, Erlebnisse und Situationen ausgelöst werden, so durch den Anblick eines Spiegels, eines Doppelgängers oder einer lebensechten Puppe. Oder, auf unser Jahrhundert gemünzt, durch den Anblick eines humanoiden Roboters.

Der Robotiker Masahiro Mori griff die Theorien des Unheimlichen auf und prägte 1970 den Begriff des *Unheimlichen Tals (the uncanny valley)*. Moris Hypothese beruht auf der Annahme, dass ein Roboter umso positiver wahrgenommen wird, je menschenähnlicher er ist, allerdings nur bis zu einem Wendepunkt, an dem die Reaktion des Betrachters in Antipathie umschlägt.
Es dürfte niemanden überraschen, dass wir für den goldigen *Star-Wars*-Roboter R2-D2 mehr Empathie aufbringen als für einen industriellen Roboterarm. Wenn wir jedoch beispielsweise einem humanoiden Roboter mit Echthaar und fotorealistischer Haut oder einer computeranimierten Figur gegenüberstehen, die zwar überaus lebensecht aussieht, trotzdem aber nicht als vollständig lebensecht wahrgenommen wird, empfinden wir Unbehagen. (Als Musterbeispiel wird diesbezüglich oft der US-Weihnachtsfilm *Polarexpress* angeführt.) Forschern zufolge könnte dies daran liegen, dass die Roboter oder computeranimierten Figuren zwar menschlich aussehen, ihr Verhalten, seien es Gesichtsausdrücke oder Bewegungsmuster, aber nicht als menschlich anerkannt werden.

Warum erleben wir dieses Missverhältnis ausgerechnet als *unheimlich?* Eine Theorie besagt, dass es evolutionär einen Überlebensvorteil darstellen würde, Unbehagen gegenüber einem anderen zu empfinden, der krank oder *verkehrt* aussieht. Eine andere Theorie führt die angeborene Angst vor dem Tod ins Feld. Indem das Unheimliche, v.a. der humanoide Roboter, leblose Blicke und Bewegungsabläufe aufweist, erinnert uns dies an unsere eigene Sterblichkeit.
Die zuvor womöglich am weitesten verbreitete Überzeugung besagt, dass wir Menschen für Roboter und Avatare schlichtweg keine Empathie empfinden können. Neuere Studien besagen indes das Gegenteil, nämlich dass umgekehrt das mangelnde Empathievermögen einer menschenähnlichen Figur Unbehagen in uns hervorruft.
Die Fähigkeit, für ein menschliches Gegenüber Empathie zu empfinden, ist eine der wichtigsten Voraussetzungen sozialer Interaktion und ein Mangel an Empathie oftmals Anzeichen für eine Persönlichkeitsstörung wie beispielsweise Psychopathie.

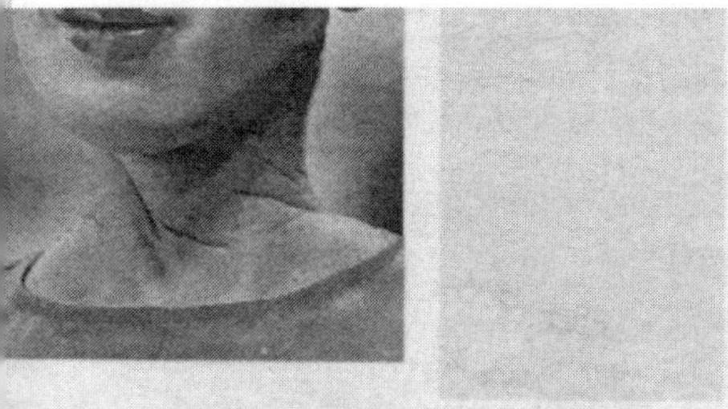

Was Patienten mit einer psychopathischen Störung von anderen unterscheidet, ist das Fehlen der sogenannten Schreckreaktion, die u.a. anzeigt, dass man auf einen plötzlichen Stimulus von außen, auf etwas Überraschendes oder jäh Unbehagliches mit Erschrecken reagiert. Der Reflex äußert sich u.a. durch Blinzeln, das Aufreißen der Augen oder Anheben der Brauen.

Wissenschaftler gehen davon aus, dass das Unbehagen beim Anblick eines humanoiden Roboters mitunter darauf beruht, dass wir ihn als gefühlskalt und unempathisch wahrnehmen. Roboter sind nicht wie der Mensch dazu imstande, Gefühle zu vermitteln, sozial zu interagieren und Empathie zu bezeugen. Daher verbinden wir ihn mit einer gewissen Unvorhersehbarkeit und der Bedrohung, die potenziell eine psychopathische Persönlichkeit charakterisiert.

Eine verwandte Theorie führt die Bedeutung von Spiegelneuronen ins Feld, die für die menschliche Interaktion eine entscheidende Rolle spielen. Wenn wir einen anderen Menschen vor uns sehen, werden beim Betrachter wie beim Betrachteten die gleichen Hirnzellen stimuliert. Dieser Mechanismus erleichtert es uns, besser zu verstehen, warum das Gegenüber sich auf eine gewisse Weise verhält oder wie es sich fühlt. Dieselben Spiegelneuronen sorgen dafür, dass auch wir uns instinktiv krümmen und einen schmerzverzerrten Gesichtsausdruck annehmen, wenn wir sehen, wie jemand einen harten Ball ins Gesicht bekommt. Bei virtuellen Avataren und humanoiden Robotern gibt es diese *imitierte* Reaktion nicht. Sie spiegeln unsere Gefühle nicht wider. (Eine weitere Studie weist im Übrigen nach, dass sich die Fähigkeit zur Empathie in als negativ empfundenen Situationen bei Menschen verringert, die zuvor Botoxinjektionen bekommen haben und die Stirn nicht mehr runzeln können. Indem sie selbst den Gesichtsausdruck des Gegenübers nicht spiegeln können, verlieren sie bis zu einem gewissen Grad die Fähigkeit, sich in das Gegenüber hineinzuversetzen.)

Das *Phänomen des Unheimlichen Tals* kann insofern herangezogen werden, als man gegenüber dem humanoiden Roboter ein mangelndes Empathievermögen feststellt. Und genau deshalb fühlt es sich womöglich nicht richtig an, die Großmutter einem Roboter anzuvertrauen, ganz unabhängig davon, wie freundlich das tausendfach kopierte 125 000-Dollar-Gesicht einem entgegenblickt. Am besten überlässt man die Fürsorge für unsere Alten einem Menschen aus Fleisch und Blut. Oder man stellt Gesellschaftsroboter her, die aussehen wie R2-D2.

Jenny Jägerfeld ist praktizierende Psychologin.
Mehr von ihr unter:
SvD.se/autor/jenny-jagerfeld

Überlegungen zur Namenlosigkeit

Namen und Worte sind sprachliche Bezeichnungen. Wir haben Bezeichnungen für alles, was sich in unserer Wahrnehmungssphäre befindet, von konkretesten Gegenständen bis hin zu abstraktesten Phänomenen. Wenn wir ein Wort oder einen Namen hören *(Feuer, Milch, Brot, Holz, Agathe, Felix)*, verknüpfen wir es mental mit dem Phänomen, Gegenstand oder mit der entsprechenden Person. Was, wenn wir keinen Namen für das Essenziellste haben, für uns selbst?

Wer wäre ich ohne Namen? Wäre mein Gefühl für mich selbst dann nicht eher diffus? Meine Identität geschwächt? Ich würde mich immer noch *ich* nennen, aber welche Auswirkungen hätte dies auf meine Rolle in der Welt? Niemand würde quer über die Straße nach mir rufen, niemand über mich reden können, niemand würde den Namen bei einem Streit schreien oder erregt im Bett keuchen.

Als Prince (the Artist) seinen Namen in ein Symbol änderte, das niemand aussprechen konnte, fing man an, ihn *the artist formerly known as Prince* zu nennen. Sagt das nicht einiges über die Notwendigkeit aus, dass eine Person benannt werden muss? Warum beschloss er dann, seinen Namen abzulegen? Ich könnte es verstehen, wenn dieser Name ihn auf eine Rolle festgelegt hätte, die er nicht länger spielen wollte. Aber warum dann nicht einfach einen neuen Namen annehmen? Vielleicht wollte er sich dadurch nicht definieren lassen.

Ich musste sofort an T[redacted] denken, dessen Geschlecht bei der Geburt als weiblich definiert wurde, der aber schon in der Unterstufe wusste, dass er in Wahrheit männlich war. Ich tröstete ihn zigmal, wenn er wieder einmal mit dem falschen Namen angesprochen oder das verkehrte Pronomen benutzt worden war. Das traf ihn immer tief. Das war doch nicht er! Doch für sich selbst hatte er immer gewusst, dass er T[redacted] war, ganz egal, wie die anderen ihn nannten. Er sprach sich mit T[redacted] an, wann immer er sich im Spiegel sah, und kritzelte *Tom* an die Klotüren der Kneipen in der Stadt. Das Wesen scheint keinen Namen für sich selbst zu haben. Liegt es daran, dass es sich darüber nie Gedanken gemacht hat? Oder glaubt es, es sei eines Namens nicht würdig?

Sogar Tarzan hatte einen Namen, obwohl er zwischen wilden Tieren aufwuchs.

Vielleicht ist es am Ende ja sogar besser, *Monster* gerufen zu werden, als gar nicht gerufen zu werden.

SITZUNG 3

Elisabeth, Viktor und das Wesen kommen diesmal gemeinsam, und ich bitte sie herein. Das Haar des Wesens ist kürzer und sieht, anders als beim letzten Mal, ordentlich gekämmt aus. Es nähert sich dem Sessel, doch Elisabeth legt ihm die Hand an den Arm.

Zieht das Wesen richtiggehend hinter sich her

ELISABETH LAVENZA: Setz dich doch dorthin, da klemmst du nicht fest.

Sie lächeln einander an. Das Wesen setzt sich neben Viktor aufs Sofa. Streicht sich den schwarzen Pony aus der Stirn.

ICH: Sie haben sich die Haare geschnitten?

Das Wesen sieht mich nervös an und nickt.

ICH: Sieht gut aus!

WESEN *(atmet auf)*: Danke. Ich fühle mich auch schon ein bisschen besser. Oder … weniger abstoßend. Elisabeth hat mir geholfen.

ELISABETH LAVENZA: Nicht der Rede wert! Ich wünschte mir nur, ich wäre mit seinen neuen Kleidungsstücken fertig geworden. Leider habe ich zu wenig Wollstoff bestellt. Aber es ist auch nicht gerade alltäglich, Beinkleider für jemanden zu nähen, der acht Fuß misst. 2,40 m

ICH: Das kann ich verstehen. Aber wie nett von Ihnen, dass Sie ihm helfen! *(sehe Viktor an)* Wie ist es Ihnen ergangen, seit wir uns zuletzt gesehen haben? Haben Sie Ihre Hausaufgaben erledigt?

DR. FRANKENSTEIN *(nickt)*: Und es hat uns fast das Leben gekostet.

ELISABETH LAVENZA: Viktor, übertreib nicht!

ICH: Erzählen Sie doch mal, Herr Doktor Frankenstein!

DR. FRANKENSTEIN: Tja, wie Sie wissen, war ich ein bisschen widerwillig. Aber dort draußen in der Natur, die der Allmächtige ins prachtvollste Kleid gewandet hatte, durchzog mich ein lang entbehrtes Gefühl der Freude. Jede Wendung der Straße, jeder neue Anblick riefen mir die Jugend mit ihrem leichtherzigen Frohsinn in die Erinnerung zurück. Wir wanderten bis zur Quelle des Arveiron. Dort war es himmlisch schön, und nur die Fledermäuse, die über unsere Köpfe hinweghuschten, und die Frösche, die am Ufer ihr raues, unharmonisches Konzert ertönen ließen, störten die Stille.

ICH: Und wie war es, das alles zusammen zu erleben?

WESEN *(späht zu Viktor)*: Ich sah meinem Schöpfer an, wie sehr ihn die Natur verzückte. Mir gegenüber war er allerdings weiterhin genauso kalt wie die unendlichen Gletscherweiten.

ICH: Erkennen Sie sich in der Beschreibung wieder, Herr Doktor Frankenstein? Waren Sie so unterkühlt?

DR. FRANKENSTEIN: Das weiß ich nicht.

ICH: Sie erwähnten gerade, der Ausflug hätte Sie fast das Leben gekostet. Was ist passiert?

DR. FRANKENSTEIN: Ich bin mir wirklich nicht sicher, ob ich darüber sprechen kann. Allein bei der Erinnerung bin ich zutiefst erschüttert.

Das Wesen beugt sich in meine Richtung.

WESEN: Wir waren bereits auf dem Rückweg nach Genf, waren vom Gletscher hinabgestiegen, und die Sonne schien endlich wieder wohltuend warm. Als wir uns der Schweizer Grenze näherten, durchquerten wir dichtes Holz und standen mit einem Mal vor einem wilden Bach. Die Uferbäume hängten ihre sprossenden Zweige in die klare, frische Flut. Ich blieb einen Augenblick lang stehen, um mir zu überlegen, wie wir weiterkämen, als ich Stimmen vernahm. Rasch verbarg ich mich unter einem dichten Baum.

Viktor nickt. Schluckt trocken.

DR. FRANKENSTEIN: Kaum war das geschehen, als ein junges Mädchen in vollem Laufe dahereilte. Sie lachte laut und herzlich, als spotte sie eines Verfolgers. Plötzlich glitt sie aus und stürzte in die Fluten. Ich stand hilflos da und sah es geschehen, während es … *(späht zum Wesen hinüber)* es … *(ihm versagt die Stimme)*

WESEN: Ich sprang aus meinem Versteck ihr nach und brachte sie mit großer Mühe aufs Trockene.

ICH: Das war sehr mutig von Ihnen.

ELISABETH LAVENZA: Insbesondere nachdem niemand dir je das Schwimmen beigebracht hatte.

WESEN *(lächelt beschämt)*: Als ich das Mädchen an Land zog, war es bewusstlos, und Viktor und ich bemühten uns, es wieder ins Leben zurückzurufen.

DR. FRANKENSTEIN: Sie fing just an, Wasser zu husten, als ihr Vater – der Bauersmann, mit dem sie Fangen gespielt hatte – aus dem Gehölz hervorbrach.

WESEN: Kaum hatte er mich erblickt, so drang er schon auf mich ein, riss das Mädchen aus meinen Armen und zog sich eilig mit ihr zurück.

DR. FRANKENSTEIN: Ich rannte ihm nach, warum, weiß ich heute noch nicht. Als der Mann bemerkte, dass ich ihm folgte, riss er seine Flinte von der Schulter, zielte auf mich und schoss.

ICH: Du liebe Güte!

DR. FRANKENSTEIN: Zum Glück war er kein guter Schütze. Die Kugel streifte lediglich mein Ohrläppchen. Sehen Sie nur!

ICH *(beuge mich vor und mustere sein Ohr)*: Ja ... Ja, ich glaube, da sehe ich etwas. Da war überhaupt nichts!

DR. FRANKENSTEIN: Das also war der Lohn für das Gute, was wir getan! Wir hatten einen Menschen vor dem sicheren Tode gerettet.

ICH: Ich höre Ihnen an, dass Sie noch immer wütend sind.

DR. FRANKENSTEIN: Wütend? Nie zuvor hatte ich eine derartige Raserei verspürt. Und am meisten schmerzte mich, dass es Undank und Ungerechtigkeit waren, denen ich das alles zu verdanken hatte.

ICH: Können Sie diese Gefühle noch genauer beschreiben?

DR. FRANKENSTEIN: Mein Wunsch nach Rache, nach furchtbarer, tödlicher Rache wuchs von Tag zu Tag. Umsonst wollte ich diese Kränkung und Qual nicht erduldet haben. Aber noch viel mehr als alles andere wollte ich wieder nach Hause. Doch auch die liebliche Sonne und das milde Wehen des Frühlingswindes waren nicht mehr imstande, die Glut meiner Rachegefühle zu besänftigen.

ICH: Dass das ein schreckliches Gefühl gewesen sein muss, kann ich mir vorstellen, Herr Doktor Frankenstein. Jemandes Leben zu retten und dafür angeschossen zu werden! *(Pause)* Ich würde hier gern ein bisschen ausführlicher werden. Der Vater des Mädchens hatte also das Wesen gesehen und sofort Angst vor *Ihnen beiden*. Er glaubte, Sie wollten dem Mädchen etwas antun, und Sie fühlten sich dafür zu Unrecht beschuldigt.

DR. FRANKENSTEIN *(ungeduldig)*: Genau.

ICH: Damit haben Sie doch gewissermaßen das Gleiche erlebt, was das Wesen zuvor schilderte.

Viktor mustert mich skeptisch, Elisabeth nickt.

ICH: Seit Tag eins hatten es die Menschen auf das Wesen abgesehen, weil sie Angst vor ihm hatten, und zwar aufgrund ihrer Vorurteile. Es half der armen Familie in vielfacher Hinsicht, aber sobald sie es zu Gesicht bekamen, jagten sie es fort. Es wurde angegriffen und vom Hof vertrieben, ohne die Möglichkeit der Verteidigung zu bekommen. Nun haben Sie also ebenfalls kurz erlebt, wie sein Leben aussieht, und das Tag für Tag.

DR. FRANKENSTEIN: Aber das kann man doch nicht vergleichen! Für mich ist es noch viel schlimmer. Ich bin ein respektierter Mann und werde gemeinhin entsprechend behandelt. Es kennt doch nichts anderes!

ICH: Ich finde schon, dass man das vergleichen kann. Mein Punkt ist doch folgender: Sie beide sind gar nicht so unterschiedlich, wie Sie vielleicht glauben, Herr Doktor Frankenstein. Sie haben beide Angst, werden wütend und traurig, wenn man Sie ungerecht behandelt. Und ich verstehe tatsächlich nicht, wie Sie darauf kommen, dass es für Sie schlimmer sein könnte. Ist es nicht genau umgekehrt? Dieses Erlebnis war für Sie doch bloß die Ausnahme von der Regel. Anschließend konnten Sie nach Hause zurückkehren und Ihre übliche Rolle in der Gesellschaft wieder einnehmen.

DR. FRANKENSTEIN: So einfach war es für mich nun auch wieder nicht.

ICH: Nein, das behaupte ich ja gar nicht. Aber Sie sind ein respektierter Bürger, sind verlobt, haben eine wohlgelittene Familie, wohnen in einem schönen Haus. Das Wesen hat nichts dergleichen. Und es wird von seiner Umwelt *jedes einzelne Mal* so behandelt, wann immer es jemandem begegnet.

Viktor starrt mich an. Sieht angeschlagen aus. Ich warte ab. Elisabeth tupft sich eine Träne weg.

ICH: Was meinen Sie, Herr Doktor Frankenstein?

DR. FRANKENSTEIN: Womöglich liegen Sie nicht ganz falsch. *(räuspert sich)* So habe ich es bislang nie betrachtet.

Stille. Viktor dreht sich zu dem Wesen um.

DR. FRANKENSTEIN: Stimmt das, was die Frau Psychologin sagt? Hast du die gleichen Gefühle wie ich? Empfindest du den gleichen Hass, die gleichen Rachegefühle, den gleichen Kummer und die gleiche Scham?

WESEN: Ja. Und auch ich bin von den Menschen enttäuscht.

DR. FRANKENSTEIN: Genau wie ich. *(schlägt die Hände vor das Gesicht)* Guter Gott, wie du mich hassen musst! Immerhin bin ich der Grund für dein Leiden. Aber das wollte ich nicht. Ich hatte nur gute Absichten, das schwöre ich.

Das Wesen streicht Viktor unbeholfen über den Rücken. Ich warte kurz ab.

ICH: Herr Doktor Frankenstein, Sie haben mir und Elisabeth erzählt, warum Sie das Wesen erschaffen wollten, aber ich glaube, es muss es ebenfalls hören.

WESEN: Ja, ich will wissen, warum es mich gibt.

Viktor schnieft und lässt die Hände sinken. Sieht das Wesen an. Nickt. Scheint sich zu sammeln.

DR. FRANKENSTEIN: Ich hatte nur Gutes im Sinn. Du solltest mein großer Wurf werden. Du hast meine ganze Zeit und Aufmerksamkeit erfordert. Ich arbeitete so hart, dass ich irgendwann schier ein Wrack war. Doch allein der Gedanke an dich verlieh mir immer wieder Kraft, Freude und Hingabe für mein Unternehmen und die mühsame Forschungsarbeit. *(seufzt)* Dir Leben einzuflößen, war mein sehnlichster Wunsch.

WESEN: Dann … Dann war ich doch herbeigesehnt.

DR. FRANKENSTEIN: Mehr, als ein Vater je ein Kind herbeisehnte.

Eilig wische ich mir eine Träne aus dem Augenwinkel. Zum Glück sind Viktor und das Wesen komplett aufeinander fokussiert. Nur Elisabeth merkt etwas, aber ich weiche ihrem Blick aus. Räuspere mich.

ICH: Wie fühlt sich das an, wenn Sie so etwas hören, Wesen? Dass Sie sehr wohl erwünscht waren?

WESEN: Das ist alles, wonach ich mich je sehnte. *(wischt sich Rotz von der Oberlippe)* Trotzdem macht es mich traurig.

ICH: Warum?

WESEN: Was Viktor da sagt, ist wie der Zuckerkristall, der den bitteren Sud nur umso bitterer macht. Jetzt, da ich weiß, wie sehr ich herbeigesehnt wurde, verstehe ich auch, welche Enttäuschung ich gewesen sein muss. Warum sonst wäre er davongelaufen, sobald ich die Augen aufgeschlagen hatte?

DR. FRANKENSTEIN *(leise)*: Du hast mich nicht enttäuscht.

WESEN: Warum hast du mich dann allein gelassen?

Viktor schlägt erneut die Hände vor das Gesicht. Schüttelt den Kopf.

WESEN: Wie konntest du mich in deiner Wohnung in Ingolstadt zurücklassen? Du musst doch gesehen haben, wie verwirrt ich war, welche Qualen ich litt. Du musst doch gewusst haben, dass ich eine Anleitung brauchte. Eine freundliche Stimme, eine zärtliche Berührung.

DR. FRANKENSTEIN: Ich weiß. Die Scham zerreißt mich wie ein Rudel hungriger Wölfe. Willst du das hören? Nun, das kannst du haben. Ich schäme mich. Ich wünschte mir, ich hätte dich nicht allein gelassen. Ich wünschte mir, ich hätte den Mut gehabt und wäre geblieben. *(weint)* Ich hatte Angst vor dem, was ich heraufbeschworen hatte. Und ich hatte Angst davor, wozu meine Schöpfung *mich* machen könnte.

Das Wesen blickt verständnislos drein.

ICH: Wie meinen Sie das, Herr Doktor Frankenstein?

DR. FRANKENSTEIN: Ich habe ihm in die Augen gesehen, sobald der Lebensfunke entzündet war. Und da wusste ich plötzlich, dass ich eine Grenze überschritten hatte, die niemand je überschreiten sollte. Nur weil ich die Kenntnis besaß, hatte ich nicht das *Recht* dazu. *(lässt die Hände wieder sinken und sieht das Wesen an)* Ich hatte Angst, dass in die falschen Hände geraten könnte, was ich entdeckt hatte. Und ich hatte Angst, weil mir plötzlich die Tragweite meiner Besessenheit dämmerte … und wozu sie mich getrieben hatte. Mich befielen ein lähmender Kummer und Hoffnungslosigkeit, weil …

Er verstummt.

ICH: Herr Doktor Frankenstein, was wollten Sie gerade sagen?

DR. FRANKENSTEIN: Mir war tief im Innern meines Herzens klar, was meine selige Mutter gesagt hätte, wenn sie Zeugin alldessen geworden wäre. *(sieht Elisabeth an)* Alle meine Bemühungen waren immer nur ihr gewidmet … weil ich den Tod überwinden wollte, der sie uns so unbarmherzig entrissen hatte. Und doch hätte sie sich im Grabe umgedreht, wenn sie von meinem Tun erfahren hätte. *(sieht wieder das Wesen an)* Ich habe deinen Hass verdient. Nimm Rache an mir, und ich will deine Strafe mit Freuden entgegennehmen. Kein Schmerz kann so schlimm sein wie die Gewissheit, welch schlechter Mensch ich bin.

WESEN *(schüttelt den Kopf)*: Warum hast du denn nie etwas gesagt?

DR. FRANKENSTEIN: Es war mir nicht klar! Es dämmert mir erst jetzt. *(wirft mir einen Blick zu)* Seit sie meine Seele seziert hat. Ich bin gekommen, weil ich Hilfe benötigte, um Elisabeth von deiner Existenz zu erzählen. Das war schon alles. Dich kennenzulernen war nicht meine Absicht. Allein der Gedanke an dich, an den Beweis für meine Ruhmessucht und meinen moralischen Fehltritt, bescherte mir Fieber und Schüttelfrost.

ICH: Herr Doktor Frankenstein, Sie benutzen die Vergangenheitsform. Wie fühlen Sie sich im Hier und Jetzt, wenn Sie an das Wesen denken?

Viktor denkt eine Weile nach. Das Wesen kaut nervös an einem Fingernagel.

DR. FRANKENSTEIN: Nichts an ihm ist auch nur annähernd so grauenerregend wie die Fieberträume, die ich hatte.

ICH: Dann ist es mit anderen Worten gar nicht das Monster, mit dem Sie gerechnet haben?

DR. FRANKENSTEIN: Nein.

ICH: Womöglich ist es überhaupt kein Monster?

DR. FRANKENSTEIN: Greifen Sie jetzt nicht vorweg! Ich bin noch unentschieden, was ich von alledem halten soll.

Das Wesen seufzt tief. Viktor sieht aus, als bereue er, was er gesagt hat.

ELISABETH LAVENZA: Oh Viktor, nun sei doch nicht so stur!

DR. FRANKENSTEIN *(an das Wesen gewandt)*: Also, jetzt habe ich alles bekannt. Willst du noch etwas über deinen Schöpfer wissen? Oder wie du zur Welt kamst? Vielleicht willst du wissen, wem deine Hände gehörten und wessen Herz in deiner Brust schlägt. Willst du wissen, wie ich deinen Lebensfunken entzündete? Frag, was immer du willst, und ich will dir ehrlich antworten.

WESEN: Das ist nicht nötig, Viktor.

Das Wesen, das auch wieder Viktors Rock trägt, zieht etwas aus seiner Tasche. Dann wirft es ein Büchlein auf den Couchtisch. Es landet aufgeschlagen vor uns. Elisabeth wendet sofort den Blick von den anatomischen Zeichnungen ab, während ich selbst mich neugierig vorbeuge.

DR. FRANKENSTEIN: Meine Zeichnungen! Da sind sie ja! Haben sie die ganze Zeit in der Rocktasche gesteckt?

WESEN *(nickt)*: Als ich endlich das Geheimnis der Buchstaben gelernt hatte, las ich alles mit höchster Aufmerksamkeit. Darin hast du alles niedergeschrieben, was meine verdammte Herkunft betrifft, sämtliche Einzelheiten aus jener Reihe ekelhafter Umstände, die mich hervorgebracht haben. Jedes geplünderte Grab, jedes Experiment, das abgebrochen wurde, sobald die Nekrose einsetzte. Darin konnte ich dein Ringen um meine Erschaffung nachvollziehen. Ich weiß genau, wie du es angestellt hast. Was ich trotzdem nicht verstehe … das Warum. Aber jetzt verstehe ich es.

ICH: Was haben Sie beim Lesen des Büchleins empfunden?

WESEN: Ich war angewidert. Ich ekelte mich vor dem Tag, an dem ich das Leben eingehaucht bekommen hatte.

DR. FRANKENSTEIN: Das war nie für die Augen eines Außenstehenden bestimmt.

Es bleibt eine Weile still, abgesehen von Elisabeths erstickten Schluchzern.

ICH: Wie fühlt es sich an, jetzt hier zu sitzen?

WESEN: Gut. Ich fühle mich … ruhig.

ICH: Und Sie, Herr Doktor Frankenstein?

DR. FRANKENSTEIN: Ich fühle mich leicht … durcheinander. Trotz meiner zahlreichen naturwissenschaftlichen Studien gibt es doch Teile des Herzens, die ich anscheinend nie durchdrungen habe.

ICH: Wie fühlen Sie sich gerade, Fräulein Lavenza? Sie haben die ganze Zeit dabeigesessen und zugehört. Was halten Sie von dem Gespräch zwischen Herrn Doktor Frankenstein und dem Wesen?

ELISABETH LAVENZA: Ich bin stolz auf beide. Es fühlt sich beinahe so an, als wären düstere Wolken zerstreut worden. Meine Zukunftsträume sind heller als noch vor wenigen Stunden. Diese grässliche Geschichte kommt womöglich trotz allem zu einem glücklichen Ende.

ICH: Ich bin froh, dass es Ihnen gelungen ist, einander zuzuhören und wirklich zu versuchen, sich in den anderen hineinzuversetzen. Trotzdem sollen Sie nicht vergessen werden, Fräulein Lavenza. Ich glaube, dass Sie im Verlauf dieser Therapiestunden eine wichtige Rolle gespielt haben.

ELISABETH LAVENZA: *Ich?*

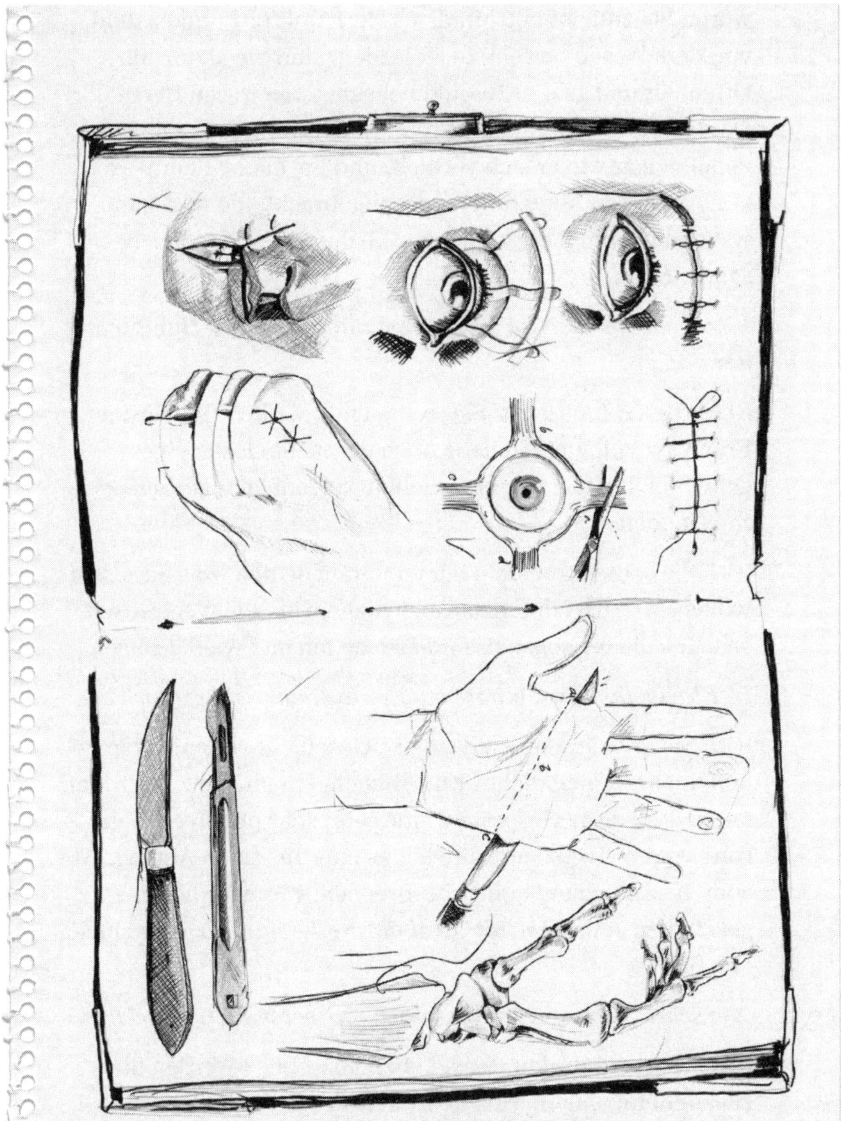

ICH: Ja, wirklich. Als wir uns das erste Mal begegneten, waren Sie zutiefst betroffen, als Herr Doktor Frankenstein von dem Wesen berichtete. Trotzdem sind Sie allem mit Offenheit und großer Geduld begegnet. Sie waren Herrn Doktor Frankenstein eine Stütze, auch wenn Ihnen nicht gefallen hat, wie er sich verhielt, und Sie haben dem Wesen von Anfang an Mitgefühl entgegengebracht. Sie waren ein wesentlicher Teil dieser kleinen Gruppe ... oder soll ich sagen: *Familie?*

Viktor meldet sich zu Wort, lässt dann aber die Hand wieder sinken.

ELISABETH LAVENZA: Sie treiben mir die Röte ins Gesicht, Frau Psychologin. Ich habe doch gar nichts Einmaliges getan. Ich bin nur den natürlichen Neigungen meines Herzens gefolgt.

ICH: Sie sollten trotzdem immer darauf achten, was Sie selbst wollen. Man darf durchaus auch mal ein bisschen egoistisch sein. Ich glaube sogar, das *muss* man hin und wieder sein.

In Elisabeths Blick blitzt Neugier auf, aber sie sagt nichts.

ICH: Sie erwähnten gerade, diese Geschichte könne womöglich doch ein glückliches Ende haben. Ich bin ganz Ihrer Meinung, dass diese Gespräche eine sehr, sehr positive Erfahrung waren. Trotzdem halte ich es eher für einen Anfang. Wir sollten nämlich unbedingt besprechen, was als Nächstes geschehen soll. *(sehe alle drei der Reihe nach an)* Was meinen Sie?

Alle schweigen, werfen einander nur verstohlene Blicke zu.

ICH: Wie wird Ihr künftiges Leben aussehen? Werden Sie zusammenwohnen? Welche Rolle werden Sie in diesem Fall im Leben des jeweils anderen einnehmen? Was wünschen Sie sich voneinander?

DR. FRANKENSTEIN *(zögernd)*: Also … Ich und Elisabeth heiraten natürlich. Es wird inzwischen höchste Zeit. Sie hat all die Jahre so geduldig auf mich gewartet. Und mein Vater wird ja auch nicht jünger. Er redet schon jetzt in den höchsten Tönen von jenem Tag, da er sie endlich vor den Altar führen wird, wo ich bereits auf sie warte.

ICH: Verstehe. *(Pause)* Wesen, könnten Sie uns möglicherweise ganz kurz allein lassen und draußen warten?

WESEN: Oh. *(unglücklich)* Ja. Natürlich. Habe ich Sie verärgert?

ICH: Überhaupt nicht. Ich würde nur gern Herrn Doktor Frankenstein und Fräulein Lavenza ein paar Fragen zu ihrer Beziehung stellen, und glaube, dabei sollten wir für einen Moment unter uns sein.

Das Wesen nickt. Ich lächele ihm zu, während es ins Wartezimmer geht. Vorsichtig zieht es die Tür hinter sich zu.

ICH: Herr Doktor Frankenstein, Sie sagten gerade, es werde höchste Zeit, dass Sie heirateten. Fräulein Lavenza und Ihr Vater hätten darauf gewartet. Ich weiß außerdem, dass Sie einander am Sterbebett Ihrer Mutter die Ehe versprochen haben. Aber ich muss nochmals nachfragen, jetzt, da wir in unserem Gespräch so weit gekommen sind. Was empfinden *Sie* dabei, Herr Doktor Frankenstein? Wenn Sie von den Wünschen und Bedürfnissen aller anderen absehen, möchten Sie dann immer noch heiraten?

Elisabeth sieht Viktor beunruhigt an.

DR. FRANKENSTEIN: Ich liebe meine Cousine aufs Innigste. Nichts würde mich glücklicher machen, als sie zur Frau zu nehmen und sie in guten wie in schlechten Tagen zu ehren. *(lächelt)* Schlechte Tage habe ich ihr bereits zur Genüge beschert.

ICH: Und wie fühlen Sie sich bei dem Gedanken, Fräulein Lavenza?

ELISABETH LAVENZA: Ich würde natürlich nichts lieber wollen! Allein meine Dankbarkeit kann sich mit meiner Liebe messen.

ICH: Sie sagen *Dankbarkeit.* Ich habe ein bisschen über Ihre Situation innerhalb der Familie Frankenstein nachgedacht. Ihre leibliche Mutter starb früh. Ihr leiblicher Vater gab Sie bei Ihrer Tante und Ihrem Onkel in Obhut. Herr Doktor Frankenstein hat erzählt, Sie seien ihm als *Geschenk* angekündigt worden. Das war womöglich nicht wörtlich gemeint, aber meiner Meinung nach sagt es trotzdem einiges aus. Ihre Pflegeeltern wünschten sich sehnlich, dass Sie einander heiraten sollten, und Sie haben es ihnen versprochen. Überdies kümmerten Sie sich um den Haushalt, um Herrn Doktor Frankensteins Brüder und den Vater. Mir scheint es, als hätten Ihr Leben lang andere über Sie bestimmt, Fräulein Lavenza. Ich weiß natürlich nicht, was dahingehend in Ihnen vorgeht, aber ich höre, wie Sie behaupten, Herrn Doktor Frankenstein zu lieben. Ich habe so eine Ahnung, wie schwierig es sein könnte, die ureigenen Gefühle zu identifizieren, wenn man andauernd von außen bestimmt und dirigiert wird.

ELISABETH LAVENZA: Meine Liebe ist aufrichtig und stark.

ICH: Das ist gut. Ich will nur sicherstellen, dass Sie die Ehe nicht aus reiner Dankbarkeit eingehen. Ich will, dass Sie in sich hineinhorchen und spüren, dass es Ihr eigener Wille und Ihr eigener Wunsch ist und Sie sich Ihren Platz in der Familie nicht erst *verdienen* müssen.

DR. FRANKENSTEIN: Aber das weiß sie doch.

Ich sehe Elisabeth an, die nachzudenken scheint.

ICH: Fräulein Lavenza, was würden Sie sich in Ihrer Beziehung von Herrn Doktor Frankenstein wünschen? Möchten Sie ihn um etwas bitten?

Elisabeth scheint zu zögern. Viktor merkt es ihr an. Wirkt plötzlich beunruhigt.

ELISABETH LAVENZA: Wenn ich mir etwas wünschen dürfte, dann wüsste ich, was es wäre. *(Pause)* Wenn wir heiraten wollen, dann möchte ich auch, dass wir wie Verheiratete leben. Dass wir zusammenleben. Ich will, dass du zu Hause bist, Viktor, nicht Hunderte von Meilen entfernt. *(Pause)* Und ich will, dass du an deine Gesundheit denkst, damit ich mir nicht mehr so viele Sorgen machen muss. *(Pause)* Und dass du mit mir sprichst, wenn es dir schlecht geht.

ICH: Was meinen Sie, Herr Doktor Frankenstein?

DR. FRANKENSTEIN: Ich meine, dass meine Zukünftige nicht allzu gut im Kopfrechnen ist. Das war nicht *ein* Wunsch, das waren *drei*. *(lächelt schief)*

ICH: Versuchen Sie bitte, ernst zu nehmen, was Fräulein Lavenza sagt! Wären das Wünsche, denen Sie irgendwie nachkommen könnten?

DR. FRANKENSTEIN: Ich will natürlich alles für meine Geliebte tun, aber im Augenblick fühle ich mich ein wenig überwältigt.

ICH: Ich habe den Eindruck, dass zwei der Punkte, die Fräulein Lavenza aufführte, mit Ihrem Berufsleben zu tun haben, einmal dass Sie so weit entfernt von ihr sind, sowohl geografisch als auch gefühlsmäßig. Und es klingt, als hätte Ihre Besessenheit von Ihrem Experiment dazu geführt, dass Sie an einer Belastungsdepression leiden, wie es heutzutage heißt. Und da frage ich mich doch, wie Sie sich Ihr zukünftiges Berufsleben vorstellen. Was möchten Sie als Nächstes tun? Wollen Sie sich weiter der Forschung widmen?

Viktor wird blass. Schüttelt den Kopf.

DR. FRANKENSTEIN: Als Henry mir zu Hilfe kam, hatte ich bereits den heftigsten Abscheu vor allem entwickelt, was mit Forschung und Experimenten zu tun hatte. Wenn ich auch gesundheitlich wiederhergestellt war, so war doch schon der Anblick eines der Chemie dienenden Instrumentes geeignet, von Neuem nervöse Erschütterungen in mir hervorzurufen.

ICH: Verstehe. Wenn man aufgrund seiner Arbeit derart erschöpft ist, ist es nicht ungewöhnlich, dass alles, was einen an die frühere Arbeitssituation erinnert, neuerliche Stressreaktionen auslöst.

ELISABETH LAVENZA: Aber Viktor, wenn du ein weniger erschütterndes Gebiet erforschen würdest? *(nachdenklich)* Die Lebensspanne des Regenwurms vielleicht? Oder den Orientierungssinn der Vögel?

DR. FRANKENSTEIN: Nein, das würde mich bloß wieder krank machen. Ich weiß das. Es wäre wie früher, als ich mich nicht mäßigen konnte. Meine Experimente beherrschten mein ganzes Leben. Die Suche nach Antworten war ein unwiderstehlicher, wilder Trieb. Darüber habe ich alles andere vergessen. Ich vergaß zu schlafen, ich vergaß zu essen. Ich vergaß zu *fühlen.* Fast hätte ich meine Liebe zu dir vergessen. *(schluchzt)* Ich suchte Zufriedenheit in der Bewunderung durch andere. Ich glaubte, allein das würde mich glückselig machen. Dabei … *(schüttelt den Kopf)* Dabei machst du mich am glücklichsten.

Hier habe ich für ihre Beziehung richtig Hoffnung

ICH: Es klingt wirklich nicht dumm, die Forschung bleiben zu lassen, wenn Sie sich danach fühlen, zumindest fürs Erste.

ELISABETH LAVENZA: Vielleicht könntest du Landarzt werden?

DR. FRANKENSTEIN: Ja, vielleicht. *(nachdenklich)* Mein früheres Ich hätte allein die Vorstellung von einer so prosaischen Existenz zutiefst verabscheut … dass all meine Ambitionen und meine hochfliegenden Träume darin münden könnten, Bleichsucht und Keuchhusten zu kurieren und fettleibigen Trinkern gegen die Fußgicht zu helfen. *(lacht auf)* Aber ein Leben als Landarzt klingt gar nicht so schlecht. Es klingt geradezu … heilsam.

ICH: Fräulein Elisabeth hat sich überdies gewünscht, dass Sie mit ihr ehrlich über Ihr Wohlbefinden reden. Glauben Sie, daran könnten Sie arbeiten?

DR. FRANKENSTEIN: Ich will es versuchen.

ICH: Ich finde, Sie haben schon bewiesen, dass Sie Ihre Gefühle und Gedanken ganz wunderbar in Worte fassen können, selbst wenn es manchmal ein bisschen dauert. Wenn Ihnen irgendetwas besonders schwerfällt, könnten Sie es auch aufschreiben, wie einen Brief. Das hilft, die Gedanken zu sortieren und die richtigen Worte zu finden. Das gilt im Übrigen auch für Sie, Fräulein Elisabeth.

Elisabeth nickt.

DR. FRANKENSTEIN: Aber was, wenn selbst eine ruhigere Arbeit mich an den Abgrund bringt?

ICH: Wie meinen Sie das?

DR. FRANKENSTEIN: Wie kann ich mir denn selbst trauen? Mein Ehrgeiz und meine Ruhmessucht lauern noch immer tief in meinem Innern wie schlafende Hunde. Wenn ich die

Arbeit wiederaufnehme, könnte ich die Bestie wecken. Die reißt dann vielleicht alles in Stücke und verschlingt mich vollends. Was, wenn mich das Nervenfieber wieder packt?

ICH: Gut, dass Sie darüber nachdenken, Herr Doktor Frankenstein. Wie können Sie selbst dafür sorgen, dass das nicht passiert? Gibt es vielleicht Warnsignale, auf die Sie achten sollten?

DR. FRANKENSTEIN: Es war immer ein schlechtes Zeichen, wenn mir die Augen aus den Höhlen quollen.

ICH: Am besten wäre doch, wenn Sie die Reißleine ziehen könnten, *bevor* es dazu käme. *(Pause)* Sie haben doch sehr deutlich geschildert, wie es beim letzten Mal für Sie war. Sie haben nicht mehr geschlafen, ungesund gelebt und sich von Ihren Mitmenschen zurückgezogen. Sie haben rund um die Uhr gearbeitet, und das zu Hause. Was könnten Sie beim nächsten Mal anders machen?

DR. FRANKENSTEIN: Tja, zuallererst will ich nicht mehr forschen.

ICH: Und das ist wunderbar. Aber Sie müssen auch lernen, zwischen Arbeits- und Privatleben eine klare Grenze zu ziehen und die beiden Bereiche gut auszubalancieren. Wie wäre das möglich, was meinen Sie?

DR. FRANKENSTEIN: Nun ja … Ich glaube, die Probleme haben so richtig begonnen, als ich nicht mehr schlafen konnte.

ICH: Klingt einleuchtend. Genügend Schlaf ist ungeheuer wichtig. Fällt Ihnen noch etwas anderes ein, was Ihnen helfen könnte, gesund zu bleiben?

DR. FRANKENSTEIN: Nichts weckt meine Lebensgeister so sehr wie ein Spaziergang durch die schönen Wälder rings um den Genfer See.

ICH: Schlaf, Bewegung und frische Luft. Klingt nach einem guten Anfang.

Viktor sieht Elisabeth an und drückt ihr die Hand.

DR. FRANKENSTEIN: Und diesmal will ich mich auch nicht von anderen zurückziehen.

ELISABETH LAVENZA: Das ließe ich auch nicht zu. Ich helfe dir und sorge dafür, dass du dich im Kreis der Familie erholen kannst. Ich bitte die Köchin, Wildschwein mit Rotkohl und Maronen aufzutischen und Quellwasser aus dem Rothenbrunnen zu besorgen.

ICH: Ein verständnisvoller Partner kann eine enorme Stütze sein, aber ich glaube trotzdem, dass Sie, Herr Doktor Frankenstein, unbedingt auch selbst Verantwortung übernehmen müssen. Ihr Part in Ihrer Beziehung, Fräulein Lavenza, darf nicht nur darin bestehen, ihm zu helfen und ihn zu unterstützen.

ELISABETH LAVENZA: Nicht *nur?* Es gibt doch kein höheres Ziel, als jenen beizustehen, die man liebt.

ICH: Natürlich ist es wichtig, sich umeinander zu kümmern, aber genauso wichtig ist es, sich auch um sich selbst zu kümmern und eine eigene Identität zu entwickeln. Tatsächlich stärkt das sogar Ihre Bindung.

Elisabeth sieht nachdenklich aus. Ich spähe zur Uhr.

ICH: Eine Sache möchte ich noch ansprechen, bevor wir das Wesen wieder dazuholen. Sie haben sechs Jahre lang getrennt gelebt. In so langer Zeit passiert einiges, und Sie müssen einander ganz neu kennenlernen, als erwachsene Menschen, und den anderen als denjenigen ansehen, der er wirklich ist. Mein Rat wäre, dass Sie das vor Ihrer Heirat tun.

DR. FRANKENSTEIN: Ich sehe Elisabeth an, so wie sie wirklich ist. Ihr bildschönes Antlitz spiegelt ihre innere Schönheit.

ICH: Herr Doktor Frankenstein, Sie neigen dazu, geliebte Menschen zu idealisieren, beispielsweise Ihre Mutter. Und Fräulein Lavenza haben Sie ebenfalls auf ein ziemlich hohes Podest gestellt.

DR. FRANKENSTEIN: Ja? Und hat sie das etwa nicht verdient?

ICH: Es ist gar nichts verkehrt daran, von einem geliebten Menschen nur das Beste zu denken. Andererseits verliert man so das große Ganze aus dem Blick. Ich glaube, es wäre wichtig, dass Sie das *ganze* Fräulein Lavenza sehen. Sie ist nicht Ihre Verlängerung, sondern ein eigenes Individuum mit eigenen Gefühlen, Gedanken und Bedürfnissen, und die werden nicht immer mit Ihren Vorstellungen übereinstimmen.

DR. FRANKENSTEIN: Da wäre Streit doch vorprogrammiert.

ELISABETH LAVENZA: Dabei haben wir nie gestritten. Zumindest nicht, bevor das Wesen ins Bild kam.

So war es, als sie kleine Kinder waren.

ICH: Es mag klingen, als wäre es etwas Gutes, wenn man sich nicht streitet, aber das kann durchaus auch ein Alarmsignal sein. Es kann darauf hindeuten, dass man das Gefühl hat, seinen Frust womöglich nicht ausdrücken oder nicht über seine Gefühle reden zu dürfen.

ELISABETH LAVENZA: Ich habe bloß Angst, dass ein Streit uns voneinander entfernen könnte.

ICH: Aber wissen Sie … Ich glaube, es ist genau umgekehrt. Nicht über wichtige Dinge zu reden, sondern sie immer nur für sich zu behalten, kann Menschen *erst recht* auseinandertreiben. Außerdem kann man doch versuchen, konstruktiv miteinander zu streiten oder zu diskutieren. Es gibt da eine Methode, die sich *Ich-Botschaften* nennt. Dabei spricht man vom Ich statt vom Du, um destruktive Kommunikationsmuster aufzubrechen und zu verhindern, dass Konflikte geschürt werden.

ELISABETH LAVENZA: Das klingt wahnsinnig kompliziert.

ICH: Ist in Wahrheit aber ganz einfach. Es geht bloß darum, den Blickwinkel zu verändern.

Ächzend stemme ich mich aus dem Sessel. Sie sehen einander an, als ich ihnen den Rücken zukehre, und zucken zurück, als ich mit einem Rotstift auf das Whiteboard schreibe.

1. Ich fühle mich … (Ausdruck des Gefühls)

2. Wenn … (Auslöser des Gefühls)

3. Ich hätte gern, dass … (Wunsch, was stattdessen passieren soll)

ICH: Sehen Sie, Fräulein Lavenza, statt zu sagen: »Du hast mir nie etwas erzählt«, könnten Sie diesem Muster folgen. Wie würde das klingen? Was meinen Sie?

Elisabeths Blick huscht zwischen mir und dem Whiteboard hin und her.

ELISABETH LAVENZA: »Ich fühle mich traurig … wenn … du wichtige Dinge nicht mit mir besprichst.«

Ich nicke ihr aufmunternd zu.

ELISABETH LAVENZA: »Ich hätte gern, dass … du mich mehr an deinem Leben teilhaben lässt.«

ICH: Hervorragend! Verstehen Sie es jetzt? Da streitet man nicht um Tatsachen oder darum, wer recht hat, weil niemand Ihnen Ihre *Gefühle* abstreiten wird.

Viktor nimmt sein Büchlein vom Tisch und schreibt ab, was auf dem Whiteboard steht.

ICH: Versuchen Sie außerdem, Worte wie *immer* und *nie* zu vermeiden. Sagen Sie nicht: »Du willst nie etwas unternehmen« oder: »Du willst immer bestimmen.« Solche Formulierungen können dazu führen, dass das Gegenüber dichtmacht und stattdessen zum Gegenangriff übergeht.

ELISABETH LAVENZA: Klingt vernünftig.

Sie sieht Viktor an, der immer noch in sein Büchlein schreibt.

ICH: Etwas anderes wüsste ich gern noch. Haben Sie beide sich je miteinander amüsiert? Gemeinsames erlebt... nur zu zweit?

Sie schütteln den Kopf.

ICH: Sie könnten vielleicht einmal zusammen ins Theater gehen. Oder verreisen. Fräulein Lavenza, Sie haben Genf nicht mehr verlassen, seit Sie volljährig wurden, nicht wahr? Mit Ausnahme dieses Besuchs?

ELISABETH LAVENZA: Nein. Hier und da fand ich es bedauerlich, dass ich nicht die gleichen Möglichkeiten hatte wie Viktor, Erfahrungen machen und mehr dazulernen konnte.

Viktor sieht sie verblüfft an. Sie lächelt entschuldigend. Ich werfe einen flüchtigen Blick auf die Uhr.

ICH: Klingt doch, als wäre dies ein Thema, über das wir ausführlicher sprechen sollten. Aber jetzt ist es wohl an der Zeit, das Wesen wieder dazuzuholen und die Sitzung gemeinsam zu beschließen. Wäre das in Ordnung?

Sie nicken, und ich gehe zur Tür. Bitte das Wesen herein. Wir setzen uns wieder, das Wesen wirkt beunruhigt, ent-

spannt sich aber sichtlich, als es spürt, dass die Stimmung im Zimmer gut ist.

ICH: Danke, dass Sie draußen gewartet haben.

ELISABETH LAVENZA *(sieht das Wesen eifrig an)*: Es war wirklich sehr lehrreich. Die Frau Psychologin findet, dass Viktor und ich uns neu kennenlernen sollen. Wie aufregend! Wir, die uns schon ein Leben lang kennen! Und jetzt gehen wir ins Theater und unternehmen solche Sachen.

WESEN *(Blick hellt sich auf)*: Vielleicht kann ich ja helfen und unterdessen auf Viktors kleine Brüder aufpassen. Es wäre schön, sie besser kennenzulernen.

ELISABETH LAVENZA: Das wäre wirklich sehr nett. Ein großartiger Vorschlag!

DR. FRANKENSTEIN *(flüstert Elisabeth zu)*: Als es sich zuletzt aufgeregt hat, hat es ein Haus in Brand gesteckt.
Das Wesen wirkt verletzt.

ICH *(an das Wesen gewandt)*: Das ist ein fantastischer Vorschlag, wie ich finde. Aber ich verstehe auch die Sorge von Herrn Doktor Frankenstein.

WESEN: Ich auch. *(schluckt trocken)* Viktor hat ja recht. Wie soll er sich je auf mich verlassen können?

ELISABETH LAVENZA: Irgendwie muss das doch möglich sein. *(sieht mich an)* Oder?

ICH: Vertrauen entsteht mit der Zeit. Aber es ist ein gutes Zeichen, dass das Wesen die Taten bereut, die es in der Vergangenheit begangen hat. *(sehe das Wesen an)* Ich glaube wirklich, dass Sie in Wahrheit gar nicht zu Gewalt neigen. Sie haben Ihre Wut wohl lediglich wie ein Schmerzmittel eingesetzt, wenn Sie herabgewürdigt, missachtet oder ungerecht behandelt wurden. Sie wollten nicht traurig sein oder sich verletzbar fühlen. Aber Sie müssen auch lernen und sich trauen, diese Gefühle anzunehmen, statt sie in Form von Wut nach außen abzuleiten. Damit kann ich Ihnen bestimmt helfen, wenn Sie die Therapie fortsetzen möchten.

Das Wesen nickt.

WESEN: Nichts lieber als das.

Ich lächele.

ICH: Was ist eigentlich aus Fräulein Lavenzas Vorschlag geworden? Haben Sie der Familie geholfen, die in der Hütte gelebt hatte?

ELISABETH LAVENZA: Wir haben ihnen geschrieben, dass wir für die Kosten des Wiederaufbaus aufkommen möchten. Erst waren sie widerwillig, weil sie Angst hatten, erneut von *diesem Ungeheuer* heimgesucht zu werden. Aber wir sicherten ihnen zu, dass sie sich keine Sorgen zu machen brauchen und dass ihr neues Haus größer und schöner werden soll als ihre alte Hütte.

ICH: Wie fühlt sich das für Sie an, Wesen?

WESEN: Gut. Es ist zumindest *etwas.* Allerdings habe ich ja gesehen, wie sehr sie die alte Hütte liebten, trotz der vielen Löcher und Spalten, durch die des Nachts der Wind hereinfegte, und trotz des Raureifs, der sich auf die Fenster legte. Oh, wie kann ich meine Untat nur sühnen?

ICH: Fräulein Lavenza und Herr Doktor Frankenstein helfen ihnen finanziell. Aber könnten Sie nicht beim Bau selbst mit anpacken? Sie sind doch groß und stark und lernen schnell. Sie wären bei den Bauarbeiten mit Sicherheit ein Gewinn.

Das Wesen mustert mich bekümmert.

WESEN: Als sie mich zuletzt sahen, prügelten sie mich vom Hof.

ICH: Herr Doktor Frankenstein und Fräulein Lavenza müssten natürlich erst die Lage sondieren. Und dafür bürgen, dass Sie nicht wieder gewalttätig werden.

Das Wesen nickt stumm.

ICH: Dann hoffen wir, dass die Familie auf den Vorschlag eingeht. Mit anzupacken, um Ihre *Untat zu sühnen*, ist oft viel heilsamer, als nur zu Hause zu sitzen und Trübsal zu blasen. *(Pause)* Und Herr Doktor Frankenstein … das gilt selbstverständlich auch für Sie. Gäbe es etwas, womit Sie das Wesen unterstützen könnten?

DR. FRANKENSTEIN: Sicher … *(räuspert sich)* Ich könnte es beispielsweise unterrichten. Es hat ja nie eine Schule besucht.

ELISABETH LAVENZA *(an das Wesen gewandt)*: Und dann musst du natürlich auch irgendwo wohnen. Du kannst bei uns einziehen, du bist jetzt ja ein Teil der Familie.

Viktor nickt, und Elisabeth streicht ihm über die Wange. Sieht stolz aus. Die großen Augen des Wesens schimmern feucht.

ICH: Unsere Sitzung ist gleich vorbei. Trotzdem würde ich gern noch etwas Wichtiges ansprechen, damit das Wesen das Gefühl hat, dass es eine eigene Identität hat und liebenswert ist.

Alle drei sehen mich an. Ich fange den hoffnungsvollen Blick des Wesens auf.

ICH: Sie brauchen einen Namen. Und ich frage mich, ob Sie möchten, dass Herr Doktor Frankenstein Ihnen einen Namen gibt. Oder möchten Sie ihn sich selbst aussuchen?

Das Wesen sieht verstohlen zu Viktor hinüber. Dann betrachtet es seine Hände.

Jemand hat die Narbe versorgt und vernäht.

WESEN: Ich würde ihn mir gern selbst aussuchen. Viktor kennt sicher auch schöne Namen, aber …

Es hält inne und lächelt unsicher.

ICH: Vielleicht wissen Sie ja schon, wie Sie heißen möchten?

WESEN: Mhm.

ICH: Und möchten Sie uns den Namen verraten?

WESEN: Ich …

Es späht erneut zu Viktor und Elisabeth hinüber. Sie sehen es neugierig an, doch das Wesen beugt sich zu mir vor.

WESEN: Darf ich den Namen erst an Ihnen ausprobieren?

ICH: Selbstverständlich.

Das Wesen steht auf und kommt einen Schritt auf mich zu. Beugt sich zu mir herunter und flüstert mir den Namen ins Ohr. Als ich höre, wie es ihn ausspricht, muss ich mir die Tränen wegblinzeln.

ICH: Das ist ein wunderbarer Name.

Von [redacted]
An Julia Bergfeld
Betreff Re: Alles okay?
Datum [redacted]

PG

Bitte entschuldige, dass ich mich nicht früher gemeldet habe! Ich war unterwegs auf einer Wanderung. Habe zwei Weindörfer besucht, erst Greve in Chianti, dann Radda in Chianti, und jetzt müssen sich meine armen Füße (und womöglich auch meine Leber, wir werden sehen) dringend ein bisschen erholen. Jedenfalls bin ich die Protokolle der drei Sitzungen und auch Deine E-Mails durchgegangen. Einige Bemerkungen kommen jetzt sicher zu spät. Ich hoffe, Du kannst trotzdem etwas damit anfangen.

Wie herrlich makaber das alles ist! Fast wünsche ich mir, ich hätte auch so interessante Patienten gehabt. Endlich mal nicht dieselbe alte Paartherapie-Leier oder arme Seelen, die sich bei irgendeinem grässlichen Bürojob kaputtarbeiten.

Was Deine Arbeit mit Viktors und Elisabeths Beziehung angeht, empfehle ich Dir Robert Sternbergs Dreieckstheorie der Liebe. (Ist Dir schon mal aufgefallen, wie dreiecksverliebt Psychologen bei ihren Erklärungsmodellen sind? Sollen wir das mal auf freudsche Weise analysieren, was meinst Du? ☺) Sternberg behauptet nämlich, dass Liebe aus drei Komponenten besteht: aus Leidenschaft, Intimität und Commitment. (Kennst Du ein besseres Wort dafür? Oder müssen wir es beim Englischen belassen?)

- Leidenschaft definiert er auf dreierlei Weise: 1. als starke Anziehungskraft oder Aufgeregtheit angesichts des anderen oder bei gemeinsamen Aktivitäten. 2. als ein starkes Gefühl (wie Wut), selbst auf gewisse Risiken hin. 3. als starkes sexuelles oder romantisches Gefühl für das Gegenüber.
- Intimität definiert er über Gefühle der Nähe, die die Verbindung zwischen zwei Menschen festigt. Man fühlt sich wohl mit dem

anderen und ist sich sicher, dass die Gefühle erwidert werden. Intimität ist etwas zutiefst Persönliches, Privates, fast Heimliches.

- Commitment wiederum ist – anders als die ersten zwei Punkte – die bewusste Entscheidung, zusammen zu sein. Commitment kann man ebenfalls auf drei Arten definieren: 1. als Versprechen, etwas zu tun oder zu geben. 2. als Versprechen, gegenüber anderen oder in einer bestimmten Situation loyal zueinander zu sein. 3. als festen Vorsatz, die Beziehung zu pflegen, auch wenn es anstrengend wird.

In einer Liebesbeziehung kann es mitunter um Leidenschaft und Intimität ohne Commitment gehen. Und in einer Ehe (wie in meiner eigenen, bevor ich irgendwann den Hintern hochgekriegt und die Scheidung eingereicht habe) kann es Commitment, vielleicht auch Intimität geben, aber keine Leidenschaft mehr. Wie Du Dir also denken kannst, sind sämtliche Kombinationen möglich. Wenn alle drei Komponenten zusammenkommen, darf man sich wohl ziemlich glücklich schätzen.

Vielleicht findest Du hier ja einen Ausgangspunkt für Eure weiteren Gespräche über ihre Beziehung. Offensichtlich ist Commitment vorhanden, allerdings auf nicht ganz unkomplizierte Weise, weil die Grundlage dafür das Versprechen am Sterbebett von Viktors Mutter ist. Eine gewisse Intimität herrscht sicher ebenfalls, weil die beiden miteinander aufgewachsen sind; allerdings haben sie sich in den letzten Jahren kaum gesehen. Aber Leidenschaft? Bezweifle ich! Wird spannend zu sehen, wie das weitergeht. Sie scheinen ja beide fest entschlossen zu sein, zusammen weiterzumachen, und in diesem Fall muss man ihre Entscheidung auch respektieren. Und immerhin scheint ja tiefe, beidseitige Zuwendung vorhanden zu sein.

Aber was für einen schlimmen Start ins Leben das Wesen hatte! Ich glaube trotzdem nicht, dass es so unklug war, wie Du befürchtest, während der zweiten Sitzung jene *Schieflage* entstehen zu lassen. Im Gegenteil, ich glaube, dass Viktor unbedingt hören sollte, wie sein Wesen sich fühlte, und es scheint dann ja auch Verständnis und Empathie in ihm geweckt zu haben. Und wie clever von Dir, ihnen Hausaufgaben mitzugeben!

Aus dem Protokoll der dritten Sitzung kann ich Deinen Ehrgeiz herauslesen, alle Probleme der Beteiligten auf einmal zu lösen, und das war vielleicht ein bisschen viel des Guten. Allein Viktors Arbeitssituation hätte man in einer gesonderten Sitzung besprechen können. Andererseits hat seine Arbeitsbelastung Einfluss auf die Beziehung mit Elisabeth, insofern ist diese Entscheidung sicher nicht einfach. Und ja, Du hast recht, Du als Psychologin hast ein bisschen viel preisgegeben, und *Samenbank* ist auch kein schönes Wort. Aber ich sehe schon, was Dich dazu veranlasst hat. Vielleicht bin ich jetzt nach meiner Weinwanderung auch etwas nachsichtiger als sonst. Last but not least will ich trotzdem sagen, dass es ganz danach aussieht, als hättest Du ein Händchen dafür, herannahende Konflikte zu entschärfen, beispielsweise als Viktor und das Wesen fast aufeinander losgegangen wären. Vorbildlich und gut gemacht, finde ich!

So, ich glaube, ich schlendere jetzt mal runter zum Restaurant und esse ein paar Crostini mit Hühnerleber. Vielleicht gönne ich mir trotz allem noch ein Glas Chianti. Es wäre doch eine Schande, darauf zu verzichten, nachdem es dort einen so fantastischen Weinkeller gibt. Und meine Leber darf sich einfach morgen ausruhen.

Viele liebe Grüße von P

Ich bin wirklich froh (und vielleicht auch ein klein bisschen überrascht), dass Viktor plötzlich so viel Mitgefühl an den Tag legt. Anscheinend musste er erst angeschossen werden, um Einfühlungsvermögen zu entwickeln.

Für ihn besteht ganz bestimmt Hoffnung. Er will Buße tun und sich bessern, aber das heißt auch, dass er sich nicht in Selbstmitleid und Selbstvorwürfen suhlen darf. Und P[redacted] hat natürlich recht: Was ich selbst davon halte, dass er und Elisabeth heiraten wollen, spielt eigentlich keine Rolle. Beide wollen es, und wer wäre ich, ihnen zu sagen, dass sie es nicht tun sollten? Mit ein bisschen Anleitung wird Elisabeth lernen, nicht mehr nur seine, sondern auch ihre eigenen Bedürfnisse zu erkennen. Keine Ahnung, wie es um Viktors Bereitschaft aussieht, ihr dabei zu helfen, sobald es hart auf hart kommt. Immerhin könnte er dabei *verlieren* (auch wenn ich ehrlich gesagt nicht verstehe, wie man mit einem Menschen zusammen sein will, der überhaupt keine eigene Meinung hat).

Über diese kleine *Familie* zu schreiben, wird wahnsinnig spannend. Das Buch hat im Moment den Arbeitstitel *Monster in Therapie.* Klingt vielleicht krass, aber es muss natürlich auch ein Hingucker sein, wenn es sich verkaufen soll. Ich will damit nicht nur Psychologen, sondern einen größeren Leserkreis ansprechen. (Versuche gerade, NICHT daran zu denken, was die Kollegen davon halten könnten. Zum Glück ist P[redacted] meine Mentorin. Vielleicht könnte sie sich ja vorstellen, ein Vorwort zu schreiben. Ich will sie wirklich nicht über die Maßen strapazieren oder den Eindruck erwecken, dass ich aus ihrem guten Ruf Profit schlagen will.)

Eine Sache kann ich ihr nicht erzählen. Ich habe gestern eine Karte von Carmilla bekommen. Sie hat beschlossen hierzubleiben. Und jetzt weiß ich auch, wie ich es anstellen kann, wenn ich sie – außerhalb der Praxis – wiedersehen will.

Ich habe die letzte Nacht nur von Blut und Rosen und davon geträumt, dass Carmilla mir über die Brüste streichelt. Im Traum war alles so einfach und unbeschwert. Als ich wach wurde, steckte ich wieder in meinem schweren Körper, den ich kaum rechtzeitig zum Klo schleppen kann. Fast hätte ich in die Hose gepinkelt! Außerdem bin ich die ganze Zeit schrecklich kurzatmig. Auf den Mitschnitten höre ich mich an wie ein Bernhardiner im Hochsommer. Wie kann es sein, dass es immer noch fünf Wochen sind, bis das Baby kommt? Wohin soll der Bauch denn noch wachsen?!

Natürlich treffe ich mich NICHT mit Carmilla! Es wäre womöglich sogar gefährlich… und definitiv unethisch, weil Laura noch immer meine Patientin ist. (Und ich will auch nicht, dass Carmilla mich so sieht.)

Man will geliebt werden, mangels dessen bewundert, mangels dessen gefürchtet, mangels dessen gehasst und verachtet. Man will irgendein Gefühl in den Menschen wecken. Die Seele schreckt vor der Leere zurück und sucht um jeden Preis Kontakt.

Hjalmar Söderberg: Doktor Glas

Dorian
Gray

London, im Juli 1890

Hochverehrte Frau Psychologin,

mein Name ist Basil Hallward. Ein gewisser Dr. Jekyll hat Sie mir wärmstens anempfohlen und insinuiert, dass sein Leben sich sichtlich verbessert habe, seit Sie ihn von einer mir unbekannten Erkrankung geheilt haben.

Ich schreibe Ihnen nicht in eigener Sache, sondern strecke meine hilfesuchende Hand um meines Freundes Dorian Gray willen aus. Er ist vor achtzehn Jahren zu meinem besten Freund geworden, und jeder Moment, den ich nicht mit ihm verbringen durfte, erfüllte mich mit Kummer. Er war damals kaum mehr als zwanzig Jahre alt und unbeschreiblich schön. Aller Schimmer, die ganze leidenschaftliche Keuschheit der Jugend waren in ihm vereint. Er war einfach, natürlich und liebevoll, das unverdorbenste Menschenkind auf Erden.

Doch jetzt hat ihn etwas völlig verwandelt. Er sieht immer noch genauso aus wie der wundervolle Jüngling, der Tag für Tag in mein Atelier kam, um mir für sein Bild zu sitzen. (Ich bin nämlich Maler.

Mein letztes Porträt von Dorian Gray erwies sich als mein Meisterstück.) Aber das Äußere täuscht. Dorian spricht davon, dass er herzlos sei, dass er nicht mehr empfinde, wie er sollte. Er befindet sich in einem moralischen Verfall.

Teils bin ich mitschuldig daran. Zu Beginn unserer Freundschaft stellte ich ihn unglückseligerweise meinem alten Freund Lord Henry Wotton vor. Henry hatte von der ersten Minute an einen sehr schlechten Einfluss auf ihn.

Die Lage wurde umso schlimmer, kurz nachdem er eine gewisse Schauspielerin kennengelernt und sich mit ihr verlobt hatte. Wenig später nahm sie sich in der Garderobe des Theaters das Leben. Ab da streifte Dorian alle Hemmungen ab. Mit den Jahren lebte er abwechselnd in Luxus und Überfluss oder in Schmutz und Sünde und zeigte für nichts Reue oder Scham. Inzwischen machen in London seltsame Gerüchte über seine Lebensführung die Runde. Man schimpft Dorian einen liederlichen und verachtenswerten Menschen. Als er Lady Gwendolen kennenlernte, hatte sie nie auch nur der Hauch eines Geredes berührt. Mittlerweile gibt es in London keine einzige anständige Frau mehr, die sich im Hyde Park noch mit ihr sehen

Menschen. Als er Lady Gwendolen kennenlernte, hatte sie nie auch nur der Hauch eines Geredes berührt. Mittlerweile gibt es in

lassen will. Für junge Männer ist Dorians Freundschaft noch viel verhängnisvoller. Ein Jüngling in der Garde beging Selbstmord. Sir Henry Ashton musste mit einem befleckten Namen England verlassen. Und von Adrian Singeltons furchtbarem Ende will ich gar nicht anfangen. Man munkelt, Dorian sei in einer elenden Spelunke in den entlegenen Teilen Whitechapels in einem Streit mit fremden Matrosen beobachtet worden. Man habe ihn im Morgengrauen aus berüchtigten Häusern schleichen und in der Nacht in die grässlichsten Nester schlüpfen sehen. Und die Geschichten, die über die Vorkommnisse in seinem Landhaus kursieren! Sein Name kam in der furchtbarsten Beichte auf einem Sterbebett vor, die ich je im Leben gelesen habe.

Natürlich genießt Dorian aufgrund seiner Stellung und seines Reichtums einen gewissen Schutz, aber die ehrbareren Männer meiden doch seine Gesellschaft. Lange habe ich mir gestattet zu glauben, dass all dies nur Einbildung sei oder dem Neid geschuldet … Er mit dem unschuldigen Gesicht! Denn die Sünde ist etwas, was sich einem Menschen aufs Gesicht schreibt. Wenn ein

sen. Und von Adrian Singeltons furchtbarem Ende will ich gar nicht anfangen. Man munkelt, Dorian sei in einer elenden Spelunke in

Unwürdiger ein Laster hat, zeigt es sich in den Linien des Mundes, in gesenkten Lidern, sogar in der Form der Hände. Doch bei Dorian gibt es nicht das geringste Kummerfältchen.

Ich mache mir Sorgen, was als Nächstes geschehen wird. England ist dieser Tage schlimm genug, die englische Gesellschaft ist ganz und gar verderbt und dankbarer Nährboden für den schlechten Einfluss, der mit Henry begann und den Dorian nunmehr auf seine übrigen Freunde ausübt. Sie alle verlieren ihr Gespür für Güte, Ehre und Anständigkeit. Er flüstert ihnen irrwitzige Gelüste ein, sie sinken tief, und er ist derjenige, der sie nach unten zieht.

Ich will, dass Dorian wieder ein Leben führe, das achtbar sei. Doch noch viel mehr will ich, dass Dorian Hilfe erfahre, seine Seele zu retten. Vielleicht können Sie ihn dabei unterstützen, nach innen zu blicken und zu erkennen, wozu er sich hat verwandeln lassen. Andernfalls fürchte ich, die Katastrophe könnte unvermeidlich sein.

Mein Flehen ist bislang auf taube Ohren gestoßen. Ich weiß selbst nicht mehr weiter. Meine Karriere liegt darnieder, und nur Dorians Bildnis kann

Doch noch viel mehr will ich, dass Dorian Hilfe erfahre, seine
Seele zu retten. Vielleicht können Sie ihn dabei unterstützen, nach

mich noch rehabilitieren. Ich werde anlässlich einer Sonderausstellung nach Paris reisen, und könnte ich dort mein Meisterwerk ausstellen, wäre das Staunen maßlos.

Aber natürlich ist dies ein eitler Traum. Dorian hat das Gemälde versteckt und lässt es mich aus unerfindlichen Gründen nicht einmal mehr ansehen. Ich will in Paris ein Atelier mieten und mich dort einschließen, bis ein großes Bild fertig ist, das ich im Kopf habe. Allerdings mache ich mir Gedanken, was während meiner Abwesenheit passieren könnte. Daher hoffe ich sehr, Sie können sich meines lieben Dorians annehmen und vielleicht einen Teil des Schadens ungeschehen machen, zu dem ich beigetragen habe.

Mit ausgesuchter Hochachtung
Basil Hallward

SITZUNG 1

Dorian und ich haben soeben das Sprechzimmer betreten, und ich schalte die Kamera ein. Er sieht sich um. Licht fällt durchs Fenster, und die Kamera liebt sein Gesicht. Es ist schwer, den Blick von den leuchtend blauen Augen, der makellosen Haut und dem goldglänzenden Haar abzuwenden, den vollen Lippen. Ich selbst bin fleckig im Gesicht, habe winterfahle Haut und dunkle Augenringe von den langen Nächten, in denen ich stille. Ich bitte ihn, Platz zu nehmen. Er lässt sich mir gegenüber im Sessel nieder. Sieht mich erwartungsvoll an.

ICH: Eigentlich treffe ich niemanden, der nicht von sich aus mit mir Kontakt aufgenommen hat.

DORIAN GRAY *(lächelt)*: Es ist nicht das erste Mal, dass eine schöne Frau von ihren Prinzipien absieht, um mich in ihre Kammer einzulassen.

Habe mich allen Ernstes leicht geniert, weil er so unfassbar gut aussieht

ICH: Ach ja? *(räuspere mich)* Was ich eigentlich meinte … Worauf ich eigentlich hinauswollte … Wollen Sie diese Therapie selbst? Ist es nicht in Wahrheit bloß Ihr Freund Basil, der meinte, Sie sollten kommen?

DORIAN GRAY *(lächelt)*: Da seien Sie versichert. Ich bin hier aus freien Stücken. Wie könnte ich widerstehen, wenn es doch darum geht, über mein Lieblingsthema zu sprechen?

ICH: Und das wäre?

DORIAN GRAY: Ich selbst. *(grinst selbstbewusst)*

ICH: Wissen Sie, was Basil in seinem Brief an mich über Sie schrieb?

DORIAN GRAY: Nein, aber ich kann es mir denken. Er ist gar grässlich besorgt um meinen Ruf, und dafür gibt er unserem lieben Freund Lord Henry die Schuld. Das hat er von Beginn an getan. Basil wollte mich immer nur für sich allein haben.

ICH: Aus mehreren Gründen scheint er besorgt zu sein. Er glaubt, wenn Sie so weiterleben wie bisher, wird es in einer Katastrophe enden. Ich habe fast den Eindruck, dass er Angst hat, Sie könnten in schlimme Schwierigkeiten geraten oder anderen schaden.

DORIAN GRAY *(lacht)*: Der gute alte Basil! Da bleibt er sich treu. Er behauptet, er habe nie etwas Schöneres als mich gemalt. Am liebsten würde er mich doch zusammen mit seinem Hermes aus Elfenbein und seinem silbernen Faun in sein Atelier sperren.

ICH: Ja, er schrieb, er sei Künstler und dass er ein Porträt von Ihnen gemalt habe.

DORIAN GRAY *(mit unstetem Blick)*: Er hat von mir zahlreiche Porträts gemalt. Und mit einer Ausnahme musste ich in seinem Atelier berühmte Figuren der Geschichte nachstellen. Ich war Paris in funkelnder Rüstung und Adonis im Jagdgewand mit blitzendem Jagdspieß. Ich habe mich über den stillen Teich einer Waldlandschaft Griechenlands gebeugt und in dem schweigenden Silber des Wassers das Wunder meines eigenen Bildes erblickt. Mit schweren Lotosblumen bekränzt, habe ich am Bug der Barke Hadrians gesessen und auf das grüne, trübe Wasser des Nils gesehen. Nachschlagen!

Narziss?

ICH: Warum sind Sie denn Ihrer Meinung nach hier?

Dorian sieht mich eindringlich an und schürzt die Lippen.

DORIAN GRAY: Das Leben ist die erste und größte der Künste. Und ist da ein Psychologe nicht der größte Künstler von allen? *Versucht, mir zu schmeicheln*

ICH: Interessante Sichtweise. Aber womit soll ich Ihnen helfen?

DORIAN GRAY: Ich will meine Neugier auf das Leben stillen. Je mehr ich kennenlerne, umso mehr verlangt es mich zu erfahren. Ich habe wahnsinnige Hungergelüste, die gieriger werden, je mehr ich sie füttere.

ICH: Erzählen Sie doch einmal genauer von diesen Hungergelüsten!

DORIAN GRAY: Ich habe Erlebnisse jeglicher Natur gesammelt, als wären es schöne Dinge, alter Brokat, Juwelen. Ich sammelte aus allen Weltteilen die seltsamsten Instrumente, die man finden konnte. Und dann die Welt der Düfte! Ich erforschte die wohlriechenden Stoffe und die Geheimnisse ihrer Herstellung, was im Weihrauch es war, das einen mystisch machte, und in der Ambra, das einem die Leidenschaften erweckte, und in den Veilchen, welche die Erinnerung an gestorbene Liebe heraufriefen. Ich versuchte, eine wahrhafte Psychologie der Düfte auszuarbeiten und die verschiedenen Einwirkungen zu bestimmen. Ich entwickelte eine besondere Neigung für die Theatralik und sämtliche Gegenstände, die mit dem Ritus der Kirche in Zusammenhang standen, nur dass ich nie dem Irrtum verfiel, irgendeinen Glauben oder ein System formell anzuerkennen und so die Entfaltung meines Geistes zu hemmen. Ich verfolgte mit Leidenschaft die materialistischen Lehren der darwinistischen Bewegung und schwelgte in der Vorstellung von der völligen Abhängigkeit des Geistes von gewissen physischen Bedingungen. Kurz gesagt, ich wusste, dass die Sinne nicht weniger als die Seele ihre Geistesmysterien zu offenbaren haben. Und bei deren Erforschung erhoffe ich mir von Ihnen einige Hilfe.

ICH: Das klingt alles hochinteressant, aber wenn man eine Therapie beginnt, dann üblicherweise um Hilfe bei eher persönlichen Problemen oder Dilemmata zu bekommen. Man will einen Leidensdruck lindern, ein Verhalten ändern oder Mittel und Wege finden, mit seinen Gefühlen oder Beziehungsgeflechten besser klarzukommen. Was Sie gerade erzählt haben, klingt für mich eher nach abstrakteren philosophischen Überlegungen.

DORIAN GRAY: Es mag Ihnen schwerfallen, sich das vorzustellen, aber auch ich habe gelitten. Auch ich kenne Dilemmata. Wie soll ich es formulieren, damit Sie es begreifen? *(lächelt fast kindlich)* Diese Situation ist neu für mich. Die meisten sind nicht sonderlich neugierig auf mein Innenleben.

ICH: Dann wollen die meisten also nicht genau wissen, wer Sie tief im Innern sind?

DORIAN GRAY *(plötzlich abweisend)*: Wer könnte es ihnen verübeln? Bei einem Gesicht wie dem meinen?

ICH: Was soll das heißen?

DORIAN GRAY: Die meisten sind davon völlig in Bann geschlagen.

ICH: Ihr Inneres interessiert mich viel eher. Ihre Gedanken und Gefühle.

Stille.

ICH: Ich weiß schon, dass es gerade anfangs schwierig sein kann, seine Probleme zu benennen. Aber fürs Erste muss ich lediglich wissen, ob Sie wirklich hier sein möchten.

Dorian nickt.

ICH: Ich kann Ihnen helfen, Ihr Ziel zu formulieren, sobald ich ein bisschen mehr über Sie weiß und darüber, womit Sie zu kämpfen haben. Was meinen Sie?

DORIAN GRAY *(leckt sich die Lippen)*: Gegen ein kleines Ringkämpfchen hatte ich noch nie etwas einzuwenden.

ICH: Nun gut, dann fangen wir vielleicht einfach vorn an. Wie sind Sie beispielsweise aufgewachsen?

Dorian wirkt verwirrt und leicht verärgert, weil ich nicht auf seine anzügliche Bemerkung und das Feixen eingehe. Er lehnt sich im Sessel zurück.

DORIAN GRAY: Ich bin im selben Haus aufgewachsen, in dem ich noch immer wohne und das ich von meinem Großvater geerbt habe, dem letzten Lord Kelso. Vielleicht haben Sie von ihm gehört.

ICH: Leider nicht.

DORIAN GRAY *(fast mitleidig)*: Ich verstehe. Sie haben in dieser Welt vermutlich keine Verbindung zur Londoner Aristokratie. *(sieht sich um)* Ich wohne am Grosvenor Square in Mayfair, was immer schon eine gefragte Adresse war. Aber natürlich habe ich das Haus umgestaltet, um es meinem Lebensstil anzupassen. Lord Kelso führte ein eher zurückhaltendes Leben. Ich selbst öffne ein- oder zweimal in jedem Monat während des Winters und jeden Mittwochabend während der Dauer der Saison mein Haus für Gäste. Da muss die Tafel erlesen dekoriert sein, mit feinen symphonischen Arrangements exotischer Blumen, gestickten Decken und antikem Gold- und Silbergeschirr.

Ich räuspere mich, und Dorian sieht mich erneut verständnislos an.

DORIAN GRAY: Was?

Hyde, Carmilla, jetzt Dorian. Alle machen mich an. Sind das die unsittlichen Beinkleider?

ICH: Verzeihung, mir ist nur aufgefallen, dass Sie eher von Dekoration sprechen als von sich selbst. Dabei bin ich an Ihnen interessiert.

Ungeduldig geworden, weil mich das an Lauras endlose Beschreibungen erinnert

DORIAN GRAY: Wenn Sie nur Ihre weibliche Ungeduld gezügelt und mich nicht unterbrochen hätten, hätte ich Sie zufriedenstellen können. *(streicht sein goldblondes Haar zurecht)* Meine Mutter war eine Devereux, Lady Margaret Devereux. Von ihr habe ich die außergewöhnliche Schönheit und die Wertschätzung alles Schönen bei anderen. Ihr Blick war beseelt und von einer strahlenden Farbe, die Haut rosig, die Purpurlippen weich und glänzend. Sie sollten ihr Bildnis sehen … im Gewand der Bacchantin mit einem Efeukranz im Haar. Sie hätte wen sie wollte heiraten können und machte alle Männer fast toll, als sie mit meinem Vater durchbrannte, einem jungen Habenichts, einem Fähnrich in einem Musketierregiment oder etwas Ähnlichem.

ICH: Ist in Ihren Kreisen wahrscheinlich nicht gut angekommen?

DORIAN GRAY *(amüsiert)*: Das kann ich nicht behaupten.

ICH: Wie würden Sie das Verhältnis der beiden beschreiben?

DORIAN GRAY: Nicht dass ich viel über sie wüsste. Mein Vater starb noch vor meiner Geburt und meine Mutter, als ich noch klein war. Aber sie müssen sehr verliebt gewesen sein, wenn man bedenkt, dass meine Mutter so viel geopfert hatte. Sie war eine Romantische. Alle Frauen der Familie waren das. Die Männer waren eine traurige Bande. *(verzieht den Mund)* Aber wie auch immer. Meine Mutter hätte, wie man hört, jeden haben können, trotzdem wählte sie einen Niemand.

ICH: Was genau meinen Sie, wenn Sie *Niemand* sagen?

DORIAN GRAY: Was sonst sollte ich sagen, wenn einer weder Titel noch Vermögen hat?

Schon speziell, den eigenen Vater einen Niemand zu nennen!

ICH: Es tut mir sehr leid, wenn ich höre, dass die beiden schon so früh verstorben sind. Was ist Ihrem Vater widerfahren?

DORIAN GRAY: Er wurde in einem Duell in Spaa getötet. Eine hässliche Sache.

ICH: Wissen Sie Genaueres über die Umstände?

DORIAN GRAY: Man erzählt sich, Kelso habe einen schurkischen Abenteurer angeworben, so einen Viechkerl aus Belgien, um seinen Schwiegersohn öffentlich zu beleidigen. Daraufhin spießte der Bursche sein Gegenüber im Duell auf wie eine Taube.

ICH: Dann gab Ihr Großvater den Mord an Ihrem Vater in Auftrag?

DORIAN GRAY *(schulterzuckend)*: Er wollte einen Skandal vertuschen, wodurch die Sache aber wohl nur noch schlimmer wurde. Angeblich aß Kelso sein Kotelett im Club eine Zeit lang allein.

ICH: Und Ihre Mutter?

DORIAN GRAY: Kelso holte seine Tochter zu sich zurück, aber sie sprach nie mehr ein Wort mit ihm. Sie starb binnen einem Jahr. Zu meinem Glück fiel ihr Erbe an mich, unter anderem die ganze Besitzung Selby. Es war eine schlimme Geschichte, aber andererseits auch schön, nicht wahr?

ICH: Ich weiß nicht, ob ich das so *schön* finden kann, dass Ihr Großvater Ihren Vater wie eine Taube aufspießen ließ. *(Pause)* Ich bin etwas überrascht, dass Sie so nüchtern, fast amüsiert von alldem erzählen. Immerhin sind das doch Ereignisse, die Ihr Leben beeinflusst haben. Sie sind als Waisenkind aufgewachsen.

DORIAN GRAY: Was da passiert ist, kommt mir vor wie der wundervolle Abschluss eines wundervollen Stückes. Es hat die schreckensvolle Schönheit einer griechischen Tragödie, in der ich selbst eine große Rolle spielte, in der ich aber nicht verwundet wurde. Ich meine … Eine schöne Frau, die alles um eine wahnsinnige Leidenschaft wagt. Wilde Wochen des Glücks, unversehens abgeschnitten durch ein scheußliches, verräterisches Verbrechen. Monate sprachloser Verzweiflung und dann ein Kind, das unter Schmerzen geboren wurde. Die Mutter vom Tode weggerafft, der Knabe in Einsamkeit und Tyrannei einem lieblosen alten Mann überlassen.

ICH: Der lieblose Tyrann war Ihr Großvater?

DORIAN GRAY: Ja. Er hasste mich wegen meiner außerordentlichen Ähnlichkeit mit meiner Mutter.

ICH: Was geht in Ihnen vor, wenn Sie an ihn denken?

DORIAN GRAY: Als ich jünger war, schämte ich mich des Kerls. Sein Geiz war weithin Gesprächsthema und machte ihn zum Gespött der Leute. Angeblich fragte einmal die Königin, wer der englische Edelmann sei, der sich mit den Kutschern um den Fuhrlohn zankte.

ICH: Dann haben Sie sich also in jungen Jahren oft für ihn geschämt. Aber wie geht es Ihnen jetzt, wenn Sie an ihn denken?

DORIAN GRAY: Es gibt keinen Grund mehr, an ihn zu denken. Er ist seit Langem tot und begraben.

ICH: Aber dass Ihr Großvater tot ist, bedeutet doch nicht, dass Sie keine Gefühle mehr für ihn haben.

Dorian zuckt mit den Achseln.

Geiz → Gespött. Ist Dorian deshalb so luxusfixiert?

ICH: Wie hat er sich Ihnen gegenüber verhalten?

DORIAN GRAY: Er hat mich schlechter behandelt als die Droschkenkutscher.

ICH: Schlechter als die Droschkenkutscher … Was genau heißt das?

DORIAN GRAY: Ich weiß nicht, wie ich es erklären soll.

Er lächelt wieder sein knabenhaftes Lächeln, das aber nicht bis zu den Augen reicht.

ICH: Wie fühlen Sie sich jetzt, da Sie mit mir über Ihren Großvater reden?

DORIAN GRAY: Das ist alles so lange her, ich kann mich kaum noch erinnern …

ICH: In Ordnung. Vielleicht sprechen wir stattdessen über aktuellere Beziehungen. Über diesen Basil Hallward beispielsweise, der mir den Brief geschrieben hat. Er scheint sich sehr um Ihr Wohlbefinden zu sorgen. Wie haben Sie einander kennengelernt?

DORIAN GRAY: Bei einem Gesellschaftsrummel … bei Lady Brandon. Es war ganz grässlich öde. Lady Brandon behauptet immer, sie und meine arme Mutter seien ganz unzertrennlich gewesen, aber ich weiß nicht, ob ich ihr glauben soll. Ihr Haus war jedenfalls übervoll mit vornehmen Witwen und langweiligen Akademikern, Männern mit Sternen und Hosenbandorden sowie ältlichen Damen mit riesenhaften Diademen und Papageiennasen. Quer durch den Saal nahmen Basil und ich Blickkontakt auf. Er wurde ganz blass, der Arme, und wandte sich zum Gehen. Ich glaube, er wollte fliehen, aber Lady Brandon hielt ihn auf, noch ehe er die Tür erreichte. Sie hatte es sich in den Kopf gesetzt, ihn als berühmten Mann zu behandeln, wohl weil irgendein Bild von ihm gerade großen Erfolg gehabt hatte, oder es war wenigstens in den Abendblättern davon geschwatzt worden. Sie schleifte den armen Basil herum, um ihn mit ihrer seltsam gellenden Stimme reihum vorzustellen. Henry sagt immer, die Dame sei – von der Schönheit abgesehen – ein Pfau.

ICH: Aber warum wollte Basil dann fliehen, als er Sie sah?

DORIAN GRAY: Er hat mir später berichtet, dass ihn ein seltsames Gefühl des Bangens überkam. Er stand von Angesicht zu Angesicht einem Mann gegenüber, dessen bloße Erscheinung so bezaubernd war, dass sie seine ganze Natur, seine ganze Seele und sogar seine Kunst an sich reißen würde, sofern er sich nicht widersetzte.

ICH: Hat er sich sexuell zu Ihnen hingezogen gefühlt?

DORIAN GRAY *(lacht)*: Jetzt sind Sie aber unverblümt!

ICH: Entschuldigen Sie bitte, wenn ich gleich zur Sache komme! Ich hatte bloß das Gefühl, dass Sie es nicht von sich aus aussprechen würden.

DORIAN GRAY: Sie müssen sich nicht entschuldigen. Das ist doch erfrischend! Sexuell hingezogen? Doch, das war bei dem lieben Basil wohl der Fall. Aber das war es nicht allein. Basil behauptet, ein Vorgefühl gehabt zu haben, das Schicksal halte erlesene Freuden und erlesene Schmerzen für ihn bereit, und ihn schauderte. *(winkt ab, als hätte er das Interesse verloren)* Jedenfalls meinte er, das Schicksal habe uns zusammengeführt, und ich pflichtete ihm bei.

ICH: Glauben Sie das wirklich?

DORIAN GRAY: Ich glaube eher, dass Lady Brandon uns zusammenführte. *(lacht)* Ich habe es um Basils willen gesagt. Mir war damals wichtig, dass es ihm behagte.

ICH: Wie wirkte er auf Sie? Fühlten Sie sich Ihrerseits von ihm angezogen?

DORIAN GRAY: Ihre Geradlinigkeit gefällt mir, Frau Psychologin.

Er lächelt mich anerkennend an, ich lächele zurück.

DORIAN GRAY: Aber nein. Wir wurden bloß gute Freunde.

ICH: Wie sind Sie Freunde geworden? Etwa zu der Zeit, als Sie ihm Modell saßen?

DORIAN GRAY: Ich saß nicht nur Modell für ihn. Ich rief in ihm eine neue Art der Kunst wach, eine völlig neue Stilform. Er sah *alles* in mir. Was die Erfindung der Ölmalerei für die Venezianer war, war mein Antlitz für ihn. Er sagt, ich hätte für ihn das Lineament einer neuen Schule gebildet, die bestimmt sei, alle Leidenschaft des romantischen Geistes und die Vollkommenheit des Griechischen in sich zu fassen.

ICH: Wow, nicht schlecht!

DORIAN GRAY: Nein, wirklich nicht. Er malte eine Landschaft, die zu den besten Stücken gehörte, die er je geschaffen hatte. Und warum? Weil ich neben ihm saß, während er malte. Irgendein feiner Einfluss ging von mir aus, sodass er zum ersten Mal in seinem Leben in der einfachen Waldlandschaft das Wunder sah, nach dem er immer ausgeschaut und das er nie gefunden hatte.

ICH: Das klingt, als seien Sie seine Muse gewesen.

DORIAN GRAY: Muse? *(lacht)* Ja, mag sein. Ich wurde schon mit dem jungen Adonis verglichen, der aussieht, als sei er aus Elfenbein und Rosenblättern gemacht, aber nie mit einer Muse.

ICH: Hat es Ihnen gefallen, seine Inspirationsquelle zu sein?

DORIAN GRAY: Anfangs ja. Basil schmeichelte mir ungemein. Aber irgendwann fand ich es schrecklich ermüdend, auf einem Podium zu stehen und mir Mühe zu geben, hübsch auszusehen. Im Atelier wurde die Luft zum Ersticken. Das Ergebnis indes gefiel mir sehr. Das jüngste Bildnis, das Basil von mir malte … *(verstummt plötzlich)*

ICH: Woran haben Sie gerade gedacht?

Dorian schluckt.

DORIAN GRAY: Der Eindruck meiner eigenen Schönheit kam über mich wie eine Offenbarung. Einen solchen Eindruck hatte ich nie zuvor gehabt. Basil Hallwards Schmeicheleien waren mir nur als reizende Übertreibungen der Freundschaft erschienen. Ich hatte sie gehört, darüber gelacht und sie vergessen. Doch jetzt brach die volle Wirklichkeit der Schilderung über mich herein.

ICH: Basil schrieb, Sie hätten das Porträt versteckt.

Dorian quält sich ein Lächeln ab, das eher aussieht wie eine Grimasse. Er wirkt wütend.

DORIAN GRAY: Anfangs hatte Basil selbst es nicht herzeigen wollen. Das hat er in seinem Brief sicherlich nicht erwähnt, obwohl der ohne jeden Zweifel überaus wortreich war. Er befürchtete, das Gemälde könnte das Geheimnis seiner Seele aufdecken, weil jedes Porträt, das mit Empfindung gemalt wird, auch immer ein Porträt des Künstlers ist.

ICH: Um welches Geheimnis hätte er sich denn Sorgen machen sollen? Um die Anziehungskraft zwischen Ihnen?

DORIAN GRAY *(grinst hämisch)*: Um seine *künstlerische Abgötterei. (verdreht die Augen)* Zumindest nannte er es damals so. Erst später gestand er mir die Wahrheit. Natürlich erst, als er nichts mehr zu verlieren hatte. Er flehte und bettelte mich an, ich möge zu ihm ins Atelier kommen. Er könne nicht mehr malen wie einst, als ich dort gewesen sei. Ich war die sichtbare Verkörperung des unsichtbaren Ideals, das der Künstler nicht loswird wie einen köstlichen Traum. *(hält inne und grinst)* Klingt das jetzt selbstherrlich? Das waren seine Worte, nicht meine. Er betete mich schlichtweg an. Er war eifersüchtig auf jeden, mit dem ich sprach. Er wollte mich ganz für sich, und das vermochte er immer nur dann zu unterdrücken, wenn er mich im Gewand vergangener Zeiten malte. Doch dann kam der Tag, an dem er mich in meinem eigenen Gewand, in meiner eigenen Zeit malte. Ein Bildnis des Dorian Gray, ganz ohne symbolisches Requisit. Da packte ihn die Angst vor seinem Werk. Er hätte seine Seele den oberflächlichen, spähenden Augen der Welt entblößen müssen.

ICH: Wenn ich seinen Brief richtig verstanden habe, dann hat er es sich inzwischen anders überlegt. Und jetzt erlauben Sie niemandem einen Blick auf das Porträt.

Dorian antwortet nicht. Ich warte ab, aber er schweigt weiter.

ICH: Möchten Sie eine Pause machen?

DORIAN GRAY: Nein, ich … Ich will einfach nicht mehr von diesem verfluchten Bildnis sprechen. Das langweilt mich.

ICH: Was ging in Ihnen vor, als Basil Ihnen seine Gefühle schilderte?

DORIAN GRAY: Ich hatte unendliches Mitleid mit ihm. Basils Bekenntnis erklärte natürlich die Anwandlungen von Eifersucht und seine wilde Hingebung, seine ausschweifenden Bewunderungshymnen und die Stimmungen seltsamer Schweigsamkeit. Das alles verstand ich jetzt, und ich wurde traurig. Es schien mir etwas Tragisches um eine Freundschaft zu sein, die so von der Romantik gefärbt war.

ICH: Er tat Ihnen also leid. Was empfinden Sie heute für ihn?

DORIAN GRAY: Henry sagte einmal, Basil lege alle Grazie, die er besitze, in sein Werk hinein. Der Meinung bin ich auch. Und was ihm fürs Leben übrig bleibt, sind seine Vorurteile, seine Prinzipien und sein gesunder Menschenverstand. Gute Künstler existieren lediglich in ihren Werken und sind darum im Leben völlig ohne Bedeutung.

ICH: Dann finden Sie ihn bedeutungslos? *Weicht der Frage aus*

DORIAN GRAY: Klingt das kaltherzig? Ich habe mir nie gewünscht, dass er mich anbetet. Für meine Schönheit kann ich nichts.

ICH: Sie haben jetzt schon mehrmals auf Ihr Äußeres angespielt. Beispielsweise sagten Sie, es sei für Sie eine Offenbarung gewesen, Ihre eigene Schönheit auf der Leinwand zu sehen.

Dorian wird ungehalten, als ich die Leinwand erwähne.

ICH: Ist es wichtig für Sie, schön zu sein?

DORIAN GRAY: Schönheit sei eine Form des Genies, sagt Henry, stehe in Wahrheit aber noch höher als das Genie, da sie keiner Erklärung bedürfe. Sie gehöre zu den großen Tatsachen der Welt und könne nicht infrage gestellt werden. Sie habe ihr göttliches Hoheitsrecht. Sie mache Fürsten aus denen, die über Schönheit verfügen.

ICH: Ist das auch Ihre Meinung?

DORIAN GRAY: Ich sehe schon, Sie sind nicht begeistert. Die Menschen sagen manchmal, Schönheit befinde sich nur auf der Oberfläche. Mag sein. Aber für mich ist Schönheit das Wunder aller Wunder. Nur hohle Menschen urteilen nicht nach dem Schein. *(studiert sein Nagelbett)* Die Götter waren mir gnädig, ich durfte mein jugendliches Äußeres behalten.

ICH: Sie sehen wirklich jung aus für Ihr Alter. Sie müssten doch an die vierzig sein.

Dorians überhebliches Lächeln wird leicht steif.

ICH: Es klingt, als würden Sie Schönheit und Jugend gleichsetzen.

DORIAN GRAY: Nicht alle jungen Menschen sind schön, aber nur ein junger Mensch kann wahrhaft schön sein.

ICH: Wie fühlt es sich da an, wenn Sie an Ihr eigenes Alter denken?

DORIAN GRAY: Sie meinen den Umstand, dass alle Schönheit vergänglich ist? Darum mache ich mir keine Gedanken. *(winkt erneut ab)* Aber wechseln wir das Thema. Dieses hier langweilt mich.

ICH: Womöglich war es verkehrt, das Gespräch auf die Äußerlichkeit zu bringen, nachdem Sie selbst gerade gesagt haben, dass die Menschen selten an Ihrem Innern interessiert sind. Warum wählen *Sie* nicht das Thema? Worüber sollen wir reden?

DORIAN GRAY *(kneift die Augen zusammen)*: Überraschen Sie mich! Los, stellen Sie eine Ihrer listigen Fragen! Ich sehe Ihnen an, dass Sie insgeheim darauf brennen.

ICH: Tatsächlich brenne ich nicht darauf. Sie bestimmen, worum es bei dieser Therapie gehen soll. Und obwohl ich hier bin, um Ihnen zu helfen, müssen immer noch *Sie* die Hauptarbeit leisten.

DORIAN GRAY: Arbeit. Das klingt unsäglich fade. Arbeit ist der Fluch der trinkenden Klasse. Sagt Henry immer.

ICH: Henry zitieren Sie oft. Vielleicht sollten wir über ihn sprechen. Können Sie ihn mir beschreiben?

DORIAN GRAY: Er ist … groß und anmutig. Sein romantisches olivfarbenes Gesicht und der müde Ausdruck darin schlagen mich in einen Bann. Der müde Ton seiner Stimme verzaubert mich völlig. Auch seine kühlen, blumenhaften weißen Hände haben einen besonderen Reiz. Sie bewegen sich wie Musik, wenn er spricht, und scheinen eine eigene Sprache zu haben.

ICH: Ich dachte eigentlich, wir gehen vom Äußeren weg, aber jetzt beschreiben Sie doch nur sein Aussehen. Ich wüsste gern, wie sehr das Aussehen eine Rolle bei der Auswahl Ihrer Freunde spielt. Würden Sie Henry attraktiv nennen?

DORIAN GRAY: Nein.

ICH: Tut er Ihnen deshalb leid?

DORIAN GRAY: Nicht weil er nicht attraktiv wäre, sondern weil er so intelligent ist.

ICH: Wie habe ich das zu verstehen?

DORIAN GRAY: Henry meint, es schwebe ein Verhängnis um alle körperliche und geistige Auszeichnung. Die Hässlichen und die Dummen seien in dieser Welt am besten dran. Sie könnten behaglich dasitzen und sorglos dem Spiel zuschauen. Wenn sie nichts von Siegen wissen, so bleiben ihnen auch Niederlagen erspart. Sie leben, wie wir alle leben sollten, sorglos, gleichgültig und ohne Unruhe. Oder was meinen Sie? *(sieht mich vielsagend an)*

ICH: Ich meine, dieser Henry hat bemerkenswerte Ansichten.

DORIAN GRAY: Seine Ansichten teilt er mit grenzenloser Großherzigkeit. Bereits bei unserer ersten Begegnung überraschte er mich mit seiner Klarsicht.

ICH: Wollen Sie mir mehr darüber erzählen? Über Ihre erste Begegnung?

Den Sarkasmus hat er nicht verstanden

DORIAN GRAY: Sie fand im Atelier statt. Basil war drauf und dran, seine Arbeit an meinem Porträt zu beenden, und ich war an jenem Tag ziemlich verdrossen. Basil machte mir Vorwürfe, woraufhin ich Henry bekniete, er möge bleiben. Als wir nach einer Pause verlangten und Basil für uns ein Eisgetränk mit Erdbeeren besorgen ließ, schlenderte ich in den Garten hinaus. Ich hatte gerade mein Gesicht in den großen kühlen Fliederblütenbüscheln gebadet, als Henry zu mir trat und mir die Hand auf die Schulter legte.

ICH: Sie kennen die beiden also fast gleich lang, wenn ich Basils Brief richtig deute. Ich meine, er hätte erwähnt, dass Sie einander seit achtzehn Jahren kennen. Stimmt das?

DORIAN GRAY: Müssen wir das jetzt ausrechnen? Sowie man sich ans Denken macht, wird man ganz Nase, ganz Stirn oder derart Grässliches. Man betrachte die Menschen, die in irgendeinem gelehrten Beruf Erfolg hatten. *(sieht mich erneut vielsagend an)*

ICH: Sie haben erwähnt, dass sich Basil wegen Henrys Einfluss auf Sie Sorgen macht. Was halten Sie selbst davon? Hat er einen schlechten Einfluss auf Sie?

DORIAN GRAY: Er hat mir die Augen geöffnet. Erst war mir wirr von seinen Reden, und ich wusste nicht, was ich antworten sollte. Sie erzeugten in mir eine neue Welt, ein neues Chaos. Worte! Bloße Worte! Welch feine Magie war doch in ihnen! Sie hatten in mir eine geheime Saite berührt, die zuvor nie berührt worden war, die ich aber jetzt zittern und in seltsamer Wildheit rauschen hörte. Er hatte mich mit einem wilden Verlangen gefüllt, alles im Leben kennenzulernen! Seit jenem Tag pocht etwas in meinen Adern. Wenn ich im Park spazierte oder nach Piccadilly schlenderte, betrachtete ich die mir Entgegenkommenden und wollte mit wilder Neugier herausfinden, welches Leben sie führten. Einige von ihnen zogen mich an, andere erfüllten mich mit Schaudern. Es lag ein verführerisches Gift in der Luft.

ICH: Sie sagen *verführerisches Gift*, etwas *pocht in den Adern* und *wilde Neugier*. Das klingt nicht uneingeschränkt positiv.

DORIAN GRAY: Er erklärte mich mir selbst. Wie gut er mich bereits kannte! Aus seinem Mund klang alles so einfach, und meine Sinne dürsteten nach Erlebnissen.

ICH: Was genau sagte er denn, das solchen Eindruck bei Ihnen hinterließ? *Was* öffnete Ihnen die Augen?

DORIAN GRAY: Er sagte zu mir, ich sei ein prächtiges Menschenkind. Und dann erzählte er mir, das Ziel des Lebens sei Selbstentfaltung. Man solle seine eigene Natur vollkommen verwirklichen.

ICH: Der Meinung bin ich auch.

DORIAN GRAY: Trotzdem beherrsche uns zweierlei: die Furcht vor Gott und die Furcht vor der Gesellschaft. Damit sterben unsere Seelen Hungers und beugen sich der sogenannten Moral. *(rümpft die Nase)* Wir haben die höchste aller Pflichten vergessen, die Pflicht, die man sich selbst gegenüber hat. Ich glaube – und Henry glaubt es ebenfalls –, wenn ein einziger Mensch sein Leben völlig und ganz ausleben wollte, jeder Empfindung Form, jedem Gedanken Ausdruck, jedem Traum Wirklichkeit geben wollte, dann erhielte die Welt einen enormen Schwung an Freudigkeit.

ICH: Stimmt, nur …

DORIAN GRAY *(fällt mir ins Wort)*: Ein Mann, der vor sich selbst Angst hat und stattdessen tut, was die Gesellschaft von ihm verlangt, verdrängt seine natürlichen Gedanken und glüht nicht in seinem natürlichen Feuer. Seine Tugenden gehören nicht wirklich ihm. Seine Sünden, wenn es so etwas wie Sünden gibt, sind geborgt. Er wird ein Echo der Musik irgendeines Fremden, er wird Schauspieler einer Rolle, die nicht für ihn geschrieben wurde.

ICH: Da haben Sie recht. Andererseits ist es natürlich schwer, sich nicht von der Umwelt beeinflussen zu lassen. Wir leben schließlich nicht in einem Vakuum. Und … müssen wir nicht auch anderen zuhören, um Rücksicht auf sie zu nehmen?

DORIAN GRAY: Rücksicht … Wird die nicht überschätzt? Jeder Trieb, den wir ersticken möchten, wühlt sich im Geiste fort und vergiftet uns. Henry sagt immer, um eine Versuchung loszuwerden, müsse man ihr nachgeben.

ICH: Trotzdem können wir nicht ständig *allen* Gefühlen freien Lauf lassen und nicht *alle* Gedanken laut aussprechen. Wir haben nicht ohne Grund Rechte, Gesetze und soziale Übereinkommen. Ohne die würde unser Zusammenleben nicht funktionieren. Und es gibt auch einen Grund, warum gewisse Situationen in uns Schuld- oder Schamgefühle wecken.

DORIAN GRAY: Selbstverleugnung verstümmelt unser Leben. Widerstehe dem guten Leben, und deine Seele wird krank vor Sehnsucht nach dem, was du dir selbst verboten hast, vor Verlangen nach dem, was ungeheuerliche Gesetze zu etwas Ungeheuerlichem und Gesetzwidrigem gemacht haben.

ICH: Natürlich fühlen wir oft Schuld oder Scham für Taten, für die wir uns weder schuldig noch beschämt fühlen müssten. Aber diese Gefühle hat doch jeder einmal … aus gutem Grund.

DORIAN GRAY: Das sagen Sie so.

Diskussion statt bloßer Theorie. Hätte seinen Überlegungen ein bisschen mehr nachspüren sollen.

ICH: Ja. Wenn wir beispielsweise eine Grenze überschreiten oder etwas getan oder gesagt haben, was wir nicht hätten tun oder sagen dürfen, *sollen* wir uns schuldig fühlen, damit uns dasselbe nicht noch einmal passiert.

DORIAN GRAY: Und die Scham … Welche Lobeshymnen singen Sie auf die Scham?

ICH: Auch sie erfüllt eine Funktion, zumindest die gesunde Scham. Sie entsteht aus der Angst, nicht zu einer Gruppe zu gehören oder abgewiesen zu werden, und führt dazu, dass wir uns anpassen, während wir uns sonst anders verhalten hätten.

DORIAN GRAY: Anpassen? Geht es jetzt wieder um Rücksicht? Was das Leben der Nächsten angeht, kann man, wenn man ein Affe oder ein Pfaffe sein will, sich mit seinen moralischen Ansichten darüber wichtigmachen.

ICH: An sich ist es natürlich gut, wenn man seine Gedanken und Gefühle ausdrücken, seine Träume ausleben und gewissen Verlockungen nachgeben kann. Aber es ist auch wichtig, dass wir uns selbst und andere dabei nicht verletzen. Und genau deshalb macht uns die Scham zu besseren Menschen. Sie zwingt uns, auf andere Rücksicht zu nehmen. Insofern nein, ich finde nicht, dass Rücksicht überschätzt wird.

DORIAN GRAY: Aber alle Scham abzustreifen kann so verlockend sein, finden Sie nicht auch? Ein neuer Hedonismus, den brauchen wir! Ein Evangelium des Genusses. *(lächelt schalkhaft)* Verspüren Sie nie Neigungen, die Sie mit Schrecken erfüllen, Begierden, die Ihnen Angst machen, Tagträume, die Ihnen die Röte in die Wangen treiben? Hat die Scham nie Ihrem wahren Ich im Weg gestanden?

ICH: Nun reden wir nicht über mich, aber natürlich habe ich auch schon Scham empfunden, wo es unnötig gewesen wäre, genau wie jeder andere auch. Allerdings sind unsere Welten verschieden. In Ihrer Gesellschaft haben Menschen sehr viel häufiger Scham empfunden, wenn es um Sex oder Sexualität ging … obwohl es auch heutzutage noch Menschen gibt, die jeden, der nicht der Norm entspricht, mit Scham konfrontieren.

DORIAN GRAY: Und was ist die Norm? Immer noch dieselbe alte gepriesene Ehe, in der alles, was nicht dem Zweck der Fortpflanzung dient, wie die Pest verteufelt wird?

ICH: Ganz so schlimm ist es inzwischen nicht mehr, auch wenn wir immer noch nicht komplett frei sind von solchen Überzeugungen. *(Pause)* Aber ich würde gern weiter über Sie sprechen. Sie meinten, man solle sich nicht von anderen beeinflussen lassen, aber Ihre Begegnung mit Henry hatte offenbar großen Einfluss auf Sie. Ist das nicht ein bisschen paradox?

Ich meine, in Dorians Blick einen gekränkten Zug zu erkennen.

DORIAN GRAY: Wie gesagt, Henry öffnete mir die Augen. Er zeigte mir nur das auf, was längst entdeckt werden wollte. Früher oder später wäre ich auch allein daraufgekommen. Ich war jung, als ich Henry kennenlernte, inzwischen habe ich ihn überflügelt.

ICH: Inwiefern?

DORIAN GRAY: Im Gegensatz zu ihm lebe ich, wie ich leben sollte. Dafür ist er zu feige. Es gefällt ihm, gewagte Reden zu schwingen und die Damen so weit zu bringen, dass sie sich an die Brust greifen. Dabei lebt er ein bequemes, ganz schrecklich konventionelles Leben.

ICH: Konventionalität scheint für Sie etwas Verabscheuungswürdiges zu sein. Trotzdem gibt es Situationen, in denen auch Sie der Norm gefolgt sind.

Dorian zieht eine Augenbrauche hoch.

ICH: Basil hat erwähnt, dass Sie verlobt waren.

DORIAN GRAY: Oh. Ja, mit Sibyl Vane.

ICH: Möchten Sie mir von ihr erzählen?

DORIAN GRAY: Sie war Schauspielerin. Ein Mädchen von kaum siebzehn Jahren, mit blumenhaftem, kleinem Gesicht, schmalem griechischem Kopf und dunkelbraunen Zöpfen, mit Augen wie blaue Brunnen der Glut, mit Lippen, die an Rosenblätter erinnerten. Nie im Leben hatte ich etwas Schöneres gesehen. Durch den Tränenschleier, der mein Auge verdunkelte, vermochte ich dieses Mädchen kaum zu sehen. Und ihre Stimme … Nie hatte ich eine solche Stimme gehört. Sie klang zuerst sehr leise, mit tiefen, vollen Tönen, die einem jeder für sich ins Ohr zu fallen schienen. Dann wurde sie ein wenig lauter und klang wie eine Flöte oder eine entfernte Oboe. Damals glaubte ich, sie wäre das größte Ereignis meines Lebens. Dann hat Henry … Ich meine, dann sah ich ein, dass sie eher das erste Ereignis meines Lebens war. Menschen, die nur einmal im Leben lieben, sind in Wahrheit die Oberflächlichen. Was sie Treue nennen, nenne ich entweder die Trägheit der Gewohnheit oder ihren Mangel an Fantasie.

Versteckt Trauma hinter Aphorismen

ICH: Könnten wir noch kurz bei Sibyl Vane bleiben? Erzählen Sie mir doch ein bisschen mehr von ihr!

DORIAN GRAY: Ich ging jeden Abend ins Theater und sah sie spielen. An einem Abend war sie Rosalinde, am nächsten Imogen. Ich habe sie im Dunkel eines italienischen Grabgewölbes beobachtet, wie sie das Gift von den Lippen ihres Geliebten küsste und starb. Ich sah, wie sie durch die Ardennen wanderte, verkleidet als hübscher Knabe. Ich sah sie in jedem Jahrhundert und in jeder Tracht. Gewöhnliche Frauen

Genau wie er selbst von Basil verkleidet wurde!

erwecken nie meine Fantasie, kein Zauber verklärt sie und verleiht ihnen neue Gestalt.

ICH: Aha …

DORIAN GRAY: Man erkennt ihren Geist so leicht wie ihre Hüte. Sie schnattern nachmittags beim Tee, sie haben ihr stereotypes Lächeln und ihr Benehmen nach der Mode. Aber eine Schauspielerin! Wie anders ist es mit einer Schauspielerin! Sie verzauberte mich, obwohl ich sie nicht kennenlernen wollte. Ist das nicht seltsam?

ICH: Warum, glauben Sie, war das so?

DORIAN GRAY: Ich hatte etwas in ihrer kindlichen Erscheinung gesehen, in ihrer heiteren fantastischen Art, ihrer schüchternen bebenden Grazie. Womöglich ahnte ich die dramatische Wende voraus, die ihr Leben einschlagen würde.

ICH: Ja, vielleicht, aber könnte es nicht auch sein, dass Sie sie nicht kennenlernen wollten, weil Sie Angst hatten, sie könnte nicht Ihrem Idealbild entsprechen? Solange man auf Abstand bleibt, kann man immerhin an seinen Vorstellungen vom anderen festhalten.

DORIAN GRAY: Ich blieb nicht auf Abstand. An einem Abend, an dem sie die Rosalinde gespielt hatte, musste ich zu ihr in die Kulissen gehen. Sie war so schüchtern und so freundlich, noch fast wie ein Kind. Vor reizendem Erstaunen machte sie große Augen, als ich ihr sagte, was ich von ihrer Darstellung hielt. Irgendwann sagte sie zu mir: »Sie sehen mehr wie ein Prinz aus. Ich muss Sie Prinz Wunderhold nennen.« Als wir uns verlobten, kannte sie nicht einmal meinen Namen.

Sich nicht vorzustellen, heißt doch eindeutig, den anderen auf Abstand zu halten. Vgl. Usernamen auf Tinder

ICH: Das ist ja ein bisschen … ungewöhnlich.

DORIAN GRAY: Das verstehen Sie nicht. Sie betrachtete mich nur so wie eine Gestalt in einem Stück.

ICH: Für mich klingt das so, als wären Sie beide eher an Traumbildern voneinander interessiert gewesen. Was wussten Sie denn über sie?

DORIAN GRAY *(ungehalten)*: Ihre Geschichte kümmerte mich nicht. Was hätte es mir bedeutet, woher sie stammte? Von ihrem kleinen Kopf bis zu ihren kleinen Füßen war sie ein ganz und gar himmlisches Geschöpf. Jeden Abend musste ich sie sehen, und wenn es nur einen Akt lang war. Ich hungerte nach ihrer Gegenwart. Und wenn ich an die herrliche Seele dachte, die sich in dem kleinen Elfenbeinleib verbarg, erfasste mich Ehrfurcht.

ICH: Aber warum wollten Sie ihre Geschichte denn nicht erfahren? Wenn man den anderen kennenlernen will, muss man doch auch seine Geschichte kennen. Wie sonst hätten Sie verstehen sollen, wer sie war?

DORIAN GRAY: Sie war mehr als ein Individuum. Sie war alle großen Frauengestalten der Welt in einer. Rosalindens Arme umfassten mich, und Julia küsste mich auf den Mund. Ich musste Romeo persönlich eifersüchtig machen. Alle toten Liebhaber der Welt sollten unsere lachenden Stimmen hören und sich grämen. Sie hatte gerade erneut die Rosalinde gespielt, als wir uns erstmals küssten. Sie hätten sie sehen sollen! In ihren Knabenkleidern war sie einfach entzückend. Sie trug eine moosfarbene Samtjacke mit zimtbraunen Ärmeln, eine kurze braune Hose, die kreuzweise überm Knie gebunden war, und ein reizendes grünes Mützchen mit einer Habichtsfeder. Ich vergaß, dass ich in London und im neunzehnten Jahrhundert lebte. Ich war mit meiner Liebsten weit weg in einem Walde, den nie jemand gesehen hatte. Mir

Angelt sich sämtliche großen Frauenfiguren, stellt sämtliche großen Helden in den Schatten?

schien, als wäre mein Leben zusammengedrückt zu einem einzigen Punkt rosafarbener Freude. Sibyl indes bebte wie eine weiße Narzisse. Dann warf sie sich auf die Knie und küsste mir die Hand.

ICH: Sind Sie sicher, dass es Sibyl war, in die Sie sich verliebten, und nicht eine der Rollen, die sie verkörperte?

DORIAN GRAY: Sie sind ja zynisch! Hatte ich nicht recht, meine Geliebte aus der Poesie zu holen und mein Weib in Shakespeares Stücken zu finden? Sogar ihr Tod wies die verschwendete Schönheit der Kunst auf.

ICH (zweifelnd): Ich weiß, dass sie sich das Leben genommen hat. Das hat mir Basil geschrieben. Tut mir aufrichtig leid, Mister Gray. Aber ich bin immer noch nicht sicher, was Sie mit der verschwendeten Schönheit meinen.

DORIAN GRAY: Wenn die Elemente der Schönheit wahrhaft sind, wendet sich die ganze Sache lediglich an unseren Sinn für dramatische Wirkung. Mit einem Male merken wir, dass wir nicht länger die Spieler, sondern die Zuschauer des Stückes sind. Oder besser gesagt, wir sind beides. Wir sehen uns selbst zu und werden von der Schönheit des Schauspiels bezaubert.

ICH: Sie ziehen Parallelen zwischen dem künstlerischen Erlebnis und Sibyls Schicksal. Ich finde, ganz ähnlich haben Sie von Ihren Eltern erzählt. Sie sagten, was ihnen zugestoßen sei, gleiche dem *wundervollen Abschluss eines wundervollen Stückes.* Ich habe den Eindruck, diese Art und Weise, Tragödien in Ihrem Leben zu Theateraufführungen umzudeuten, könnte Ihre Methode sein, um bestimmte Gefühle von sich fernzuhalten. So kann man das Ereignis aus sicherem Abstand betrachten, es betrifft Sie nicht selbst. Das ist ein Abwehrmechanismus. Im Unterschied zur Wirklichkeit kann man das Theater verlassen, wenn einem der Verlauf des Stücks nicht gefällt.

DORIAN GRAY: Sie sagen das, als wäre das etwas Schlimmes.

Stille.

ICH: Wie haben Sie reagiert, als Sie von Sibyls Tod erfuhren?

DORIAN GRAY: Ich litt unsäglich. Abends ging ich mit Henry in die Oper und nachher irgendwo soupieren.

ICH: Sie waren am selben Abend, nachdem Sie von ihrem Tod erfahren hatten, in der Oper?

DORIAN GRAY: Ja. Die Patti sang himmlisch. *(Pause)* Henry war richtig eifersüchtig. Er wünschte sich, dass einmal jemand seinetwegen Selbstmord beginge.

ICH: War das sein Ernst?

DORIAN GRAY *(verständnislos)*: Unbestritten. Er sagte, es schenke ihm für den Rest seines Lebens Liebe zur Liebe. Die Menschen, die ihn angebetet hätten, hätten alle hartnäckig weiterleben wollen. Er gab mir zu verstehen, dass in Sibyls Tod etwas Nobles, Schönes liege. So etwas lasse einen an die Wirklichkeit dessen glauben, womit wir alle spielen … Romantik, Leidenschaft und Liebe.

ICH: Aber es war kein Schauspiel, es war die Wirklichkeit. Sibyl war ein echter Mensch. Den Unterschied verstehen Sie hoffentlich, Mister Gray.

DORIAN GRAY *(schnaubt)*: Selbstverständlich. Ich bin ja nicht debil. Aber Henry hat mir beigebracht, ihr einsames Sterben inmitten des grellen Flitterstaates des Ankleidezimmers nicht anders zu betrachten, als wäre es ein seltsames, unheimliches Fragment aus einer Tragödie unserer romantischen Dramatiker, eine wundervolle Szene von Webster, Ford oder Cyril Tourneur. Für mich war Sibyl nie lebendiger als dort auf den Theaterbrettern. Das Mädchen selbst lebte nie wirklich, und so ist es nicht wirklich gestorben.

ICH: Aber … das ist sie doch! Sie ist doch gestorben! Natürlich kann die Erinnerung an sie in Ihnen weiterleben, aber … *sie selbst* lebt nicht mehr.

Dorian lehnt sich verwirrt zurück.

DORIAN GRAY: Sie war ein Traum, ein Geist, der durch Shakespeares Stücke huschte und sie durch ihr Dasein nur noch strahlender machte.

ICH: Ich hab schon verstanden, dass Sie sie so gesehen haben. Aber konzentrieren wir uns für einen Moment auf die echte Sibyl Vane und auf den Umstand, dass sie gestorben ist. Was geht da in Ihnen vor?

DORIAN GRAY: Sie war ein Flötenton, durch den Shakespeares Musik inniger und freudenreicher wurde. Ich bin froh, dass sie mir derlei wundersame Erlebnisse bescherte.

ICH: Ein Flötenton? *(Pause)* Aber … ist es nicht trotz allem seltsam, dass Sie nicht mehr für einen Menschen empfinden, den Sie nach eigener Aussage geliebt haben? Was meinen Sie?

DORIAN GRAY: Aber das ist doch schon so lange her! Achtzehn Jahre! Sie ist gestorben, ja. Ich trauere um Ophelia, um Cordelia, um Brabantios Tochter. Aber ich verschwende meine Tränen nicht an Sibyl Vane.

ICH: Behaupten Sie und haben gleichzeitig Tränen in den Augen.

DORIAN GRAY: Wirklich? Das muss die gleißende Sonne sein, die durchs Fenster scheint, sodass meine Augen tränen. *(tupft sich mit einem Seidentuch energisch die Augen trocken)* Was hätte ich zu beweinen? Bei alledem ist nichts Schlimmes, im Gegenteil. In der Regel führen Leute vom Theater das trivialste Leben. Sie sind gute Ehemänner, treue Gattinnen oder sonst etwas Langweiliges. Sie treiben in der glanzlosen Tristesse der Mittelschichttugenden. Wie anders war Sibyl! Sie *lebte* ihre schönste Tragödie … *(räuspert sich)* … und ihr Leben endete wie das von Julia. Etwas von Märtyrertum umschwebt sie. Ihr Tod hat die pathetische Nutzlosigkeit des Märtyrertums.

ICH: Mister Gray, ich sehe doch, dass Sie mit den Tränen kämpfen. Wie wäre es, wenn …

DORIAN GRAY: Ich kämpfe nicht mit den Tränen! Ich meine … Ich bin nicht herzlos, ich habe unerhört gelitten, nachdem ich von ihrem Tod erfuhr. Aber dann war es auch wieder vorbei.

ICH: War es wirklich vorbei?

DORIAN GRAY: War es nicht Gautier, der gern von der *consolation des arts* schrieb?

ICH: Keine Ahnung, aber …

DORIAN GRAY: Ich liebe schöne Dinge, die ich berühren und in die Hand nehmen kann. Alter Brokat, grüne Bronze, Lackarbeiten, geschnitztes Elfenbein, ein erlesenes Interieur, verschwenderische Üppigkeit, dem allen ist viel zu entnehmen. Aber die künstlerische Seelenverfassung, die sie schaffen oder jedenfalls offenbaren, gilt mir noch mehr. Zuschauer seines eigenen Lebens zu werden, wie Henry sagt, bedeutet doch, dem Leiden des Lebens zu entrinnen. Ist es nicht so?

Distanzierung überdeutlich

ICH: Was glauben Sie selbst? Ist das eine Methode, die sich zu bewähren scheint?

DORIAN GRAY: Sagen Sie es mir! Sie sind die Psychologin.

ICH: Ich bin ja eher neugierig zu erfahren, welche Leiden Sie verdrängen wollen, Mister Gray.

Er neigt den Kopf.

DORIAN GRAY *(leise)*: Das spielt keine Rolle. Ein Mensch, der Herr über sich selbst ist, kann einem Schmerz so leicht ein Ende machen, wie er einen Genuss findet. Ich habe keine Lust, meinen Empfindungen preisgegeben zu sein. Ich will sie nutzen, sie genießen und beherrschen.

Eine Weile herrscht Schweigen.

ICH: Unsere Sitzung ist vorbei, Mister Gray. Ich will nur noch sagen, dass ich verstehe, wenn Sie Ihren Empfindungen nicht ausgeliefert sein wollen. Aber es besteht ein Unterschied zwischen Ausgeliefertsein und der Anerkenntnis, dass sie existieren. Vielleicht sind Sie doch nicht so ungerührt, wie Sie glauben.

DORIAN GRAY *(gähnt demonstrativ)*: Sieh einer an, es ist spät geworden! Sie haben recht. Es ist an der Zeit, nach Hause zurückzukehren.

ICH: Wenn Sie sich nicht trauen, Ihre Gefühle zuzulassen, wird es schwer für Sie, einem anderen Menschen je wirklich nahezukommen. Und da besteht die Gefahr, sehr einsam zu werden.

DORIAN GRAY: Einsam? Erst gestern Abend hatte ich ein halbes Dutzend der verderbtesten Männer und Frauen aus der Londoner Gesellschaft zu Gast.

ICH: Ich glaube trotzdem, dass es einen Grund gibt, warum Sie zu mir gekommen sind. Vielleicht gibt es da doch das eine oder andere, was Sie gern ändern würden.

Stille.

Sieht mich erwartungsvoll an, ich soll wohl schockiert sein.

ICH: Zu Anfang dieser Sitzung habe ich Ihnen meine Hilfe angeboten. Vielleicht möchten Sie nämlich formulieren, worauf wir uns in dieser Therapie konzentrieren sollten. Ich würde mit Ihnen gern weiter über Sibyl reden, denn ich glaube, dass diese Geschichte Ihnen mehr zusetzt, als Sie zugeben. Und ich würde mit Ihnen gern über Ihre frühe Bekanntschaft mit Lord Henry sprechen und auch über die Art und Weise, wie er mit seinen Vorschlägen und Ansichten Einfluss auf Sie nahm. Es klingt nämlich ein bisschen so, als wäre er eine Vaterfigur für Sie gewesen. Allerdings frage ich mich, welche seiner Ansichten mit der Richtung übereinstimmen, die Ihr Leben in Zukunft einschlagen soll, und wer Sie sein möchten. Vielleicht könnten wir gemeinsam darüber nachdenken.

DORIAN GRAY: Wenn Sie das sagen, klingt das so einfach, aber der Mensch ist ein Wesen mit vielen Facetten und Myriaden an Leben und Gefühlen.

ICH: Diese Facetten können wir zusammen unter die Lupe nehmen. Allerdings müssen Sie dazu bereit sein, sich einem Punkt zu nähern, der wehtun könnte. Ich habe den Eindruck, dass Ihre schneidigen Antworten oft ein Schutzschild sind, damit Sie sich mit Ihren wahren Gefühlen nicht auseinandersetzen müssen. Aber wenn Sie bei mir in Therapie sein wollen, müssen Sie bereit sein, sich anzustrengen.

DORIAN GRAY *(lächelt matt)*: Mich anstrengen … Sie wissen genau, wie Sie einen Mann wie mich verlocken.

ICH: Es liegt natürlich ganz an Ihnen, ob Sie wiederkommen wollen. Aber ich hoffe es natürlich.

Dorian steht auf. Geht zur Tür. Bleibt dort kurz stehen, bevor er sie öffnet. Die Sonnenstrahlen, die durchs Fenster hereinfallen, bringen sein Haar zum Leuchten, und als er den Kopf dreht, sieht er im Profil aus wie eine griechische Statue.

DORIAN GRAY: Ich werde darüber nachdenken.

Als er gegangen ist, drehe ich mich zur Kamera um und schalte sie aus. Mein Seufzer wird mittendrin abgeschnitten.

Antinoos, der Liebhaber des
römischen Kaisers Hadrian,
hatte angeblich makellose
Proportionen. H ließ zig
A-Statuen anfertigen und kam
nie über dessen Tod hinweg.
A = H.s Idealbild, genau wie
Dorian = Basils Idealbild

Herr im Himmel, so etwas habe ich echt noch nie erlebt, weder im Therapiezimmer noch außerhalb! Ich habe mich nie von Männern angezogen gefühlt, erst recht nicht von solchen, die wie kleine Jungs aussehen, aber als ich die Tür aufmachte, verschlug mir Dorians Schönheit buchstäblich den Atem. Sie ist geradezu unwirklich, fast übernatürlich. Die meisten Menschen, die er trifft, reagieren wohl ähnlich. Nur dass ihn sein Auftreten eindeutig unattraktiv macht. Er hat mich auf eine Art und Weise angeflirtet, die sich komplett gewohnheitsmäßig anfühlte, komplett gefühllos, ungefähr so wie die in die Jahre gekommenen Gockel am Strand, die in einer Tour die gleiche Nummer abziehen. Der Kontrast zu dem unschuldigen, jungenhaften Äußeren war fast unheimlich.

Aber er ist ein spannender Patient. Er sagt selbstmitleidig, dass andere sich nicht für sein Inneres interessieren, aber macht sofort dicht, wenn ich ihn dazu bewegen will, über seine Gefühle zu reden.

Ich frage mich, was es mit einem Menschen macht, wenn er jemandes Idealbild ist. Dorian hat Sibyl zu seinem Idealbild gemacht und sie ihn zu ihrem. Es scheint fast, als hätte Dorian mit der Verlobung etwas Schönes in Szene setzen wollen, was man sich gern ansehen will. Ein weiteres Idealbild.

Basils Brief zufolge geriet Dorian nach Sibyls Selbstmord aus dem Gleis. Da sollte ich genauer hinsehen. Was fühlte er damals? Was löste den

Selbstmord überhaupt aus? Auf welche Weise veränderte er sich (wenn es denn stimmt)? Wie konnte er am selben Abend einfach in die Oper gehen? Diesbezüglich muss ich sicher vorsichtig sein. Ich darf nicht den Eindruck erwecken, als würde ich ihn für Sibyls Tod verantwortlich machen.

Ob seine Tränen echt waren? Keine Ahnung. Manchmal wirkt er wie eine leere Hülle, so als wüsste selbst nicht, wie er sie füllen soll. Ist er deshalb nonstop auf der Jagd nach neuen Erlebnissen zwischen seinen Juwelen, Philosophen, der Parfümpsychologie und wovon er sonst noch spricht, nur um sich dann sofort dem nächsten Thema zuzuwenden, weil das aktuelle die Leerstelle nicht ausfüllt?

Hat er psychopathische Züge? Ist er ein Narzisst? Oder hat er einfach nie gelernt, mit seinen Gefühlen umzugehen? Strebt er sein künstlerisches Ideal so sehr an, dass er nur deshalb alles ausblendet, was nicht in sein Bild passt? Will er auf Teufel komm raus diesem Henry gefallen?

Fragen über Fragen.

Unwillkürlich musste ich an das Wesen denken, das für ein Monster gehalten wird, nur weil es hässlich ist, während Dorian durch seine Schönheit und gesellschaftliche Stellung bislang mit allem durchkommt. Ich habe auch an Dr. Jekyll gedacht, der eine monströse Seite entwickelte, weil er zu viele Hemmungen und Schamgefühle hatte. Und dann

Dorian, der eindeutig zu wenig davon hat. Aber hieße das nicht, auch Dorian ein Monster zu nennen? Basils Brief zufolge zerstörte er das Leben unzähliger Menschen, denen er begegnete, und ich habe ein bisschen Angst, was noch passieren könnte, wenn Dorian den Unterschied zwischen dem Tod in der Kunst und dem realen Tod nicht sieht.

Wo bitte schön soll ich da anfangen? P[redacted] ist wieder auf längere Weinwanderung gegangen und kann mir in den kommenden Wochen nicht helfen. Da muss ich wohl selbst nachdenken. Die Geschichte von Dorians Eltern beispielsweise klang sehr dramatisch. Und dieser tyrannische Großvater. Dorian sah sich womöglich genötigt, seine Gefühle zu unterdrücken und den Mangel an Liebe zu kompensieren, indem er dieses aufgeblasene Ego entwickelte. Da muss es obendrein ein enormer Segen/Fluch gewesen sein, so schön zu sein.

Seiner Schönheit wird schon seit Jahren gehuldigt, wohl seit er Basil und Henry kennt. Ist Dorian damit sozusagen auch ein Idealbild für sich selbst? Kann er so seine Gefühle auf Abstand halten? Ich habe mir den Mitschnitt jetzt mehrmals angesehen, als er erzählt, wie ihm die eigene Schönheit auf dem Gemälde die Sprache verschlug. Er sieht bis heute so aus, als sei er darüber vollkommen verzückt.

Aber bis ich besser zu ihm durchdringe, sind das alles Spekulationen. Muss über sein Geschwätz und die Aphorismen hinweghören, die nicht einmal seine eigenen zu sein scheinen. Will er sich gar nicht genauer mit sich selbst beschäftigen, weil er

ARBEITSHEFT | Fortz.

Angst hat, was er hinter der schönen Fassade entdecken könnte?

Kann mich gerade schlecht konzentrieren. Schlafe schlecht, stille und wechsele Windeln, wasche und trockne. Ich liebe dieses Würmchen, das sofort strahlt, sobald es mich sieht. Sein feines blondes Haar, die weichen Fußsohlen, die bis heute noch nie den Boden berührt haben. Alle Ängste, ich könnte womöglich keine Verbindung zu ihm herstellen, waren komplett unbegründet. Ich liebe ihn so sehr, dass es mir das Herz zerreißt. Nur Mutter zu sein, liebe ich nicht, zumindest nicht die ganze Zeit. Die Zeit in der Praxis kommt mir fast wie Urlaub vor, auch wenn ich mich schäme, so zu denken.

Gestern kam ich nach Hause, und M[redacted] hatte sich schick gemacht. Außerdem hatte sie Kartoffelpuffer gebraten, mein Lieblingsgericht. Aber all diese Gemütlichkeit und die brennenden Kerzen erzeugten in mir einen solchen Erwartungsdruck, dass ich noch vor dem Dessert vollkommen erschöpft war. Wie immer durfte ich mir dann anhören, dass ich zu viel arbeite, dass ich davon besessen bin. Dabei tue ich das, was ich tue, doch nur für unsere Familie! Ich bin kein Viktor Frankenstein. Mein großer Durchbruch könnte uns ein völlig neues Leben ermöglichen, eine ganz neue finanzielle Sicherheit. Wir sind dann – ohne Sex – auf dem Sofa eingeschlafen, und ich wachte erst wieder auf, als ich stillen musste. Hätte heulen können.

Als ich zu guter Letzt ins Bett kroch, konnte ich nicht einschlafen, obwohl ich komplett erledigt war. Lag bloß da und scrollte durch die Instagram-Posts von Transmännern, die sich die Narben von der Mastektomie hatten übertätowieren lassen. Im selben Moment fiel mir ein, dass ich dem Wesen so etwas vorschlagen könnte. Vielleicht wäre das eine Möglichkeit, sich in seiner Haut wohler zu fühlen.

War ganz begeistert. Dann lag ich weiter wach und dachte an Dorian. Am Ende stand ich wieder auf und las das Sitzungsprotokoll noch einmal durch. Dorian Gray reagiert sehr merkwürdig, als das Gespräch auf Basils Gemälde kommt. Muss da bei unserer nächsten Sitzung nachhaken. WENN er denn wiederkommt.

Ist etwas passiert, als das Bild gemalt wurde, woran er sich nicht erinnern will?

Ironischerweise habe ich den größten Teil des Vormittags damit verbracht, MEIN Bild von ihm für das Buch zu zeichnen.

Eitelkeit

Ei·tel·keit Substantiv, feminin [die]
/ˈai̯tl̩kai̯t/

Als Eitelkeit wird die übertriebene Sorge um das eigene Äußere oder die Außenwirkung bezeichnet.
In zahlreichen Moralschriften gilt sie als schlechte Eigenschaft und wird gleichgesetzt mit Selbstgefälligkeit, Selbstgerechtigkeit, Überheblichkeit, Arroganz, Prahlerei und Hochmut. In der Renaissance wird die Eitelkeit wiederholt in Gestalt der nackten Frau dargestellt, die sich im Spiegel ansieht und sich die Haare kämmt. Den Spiegel hält mitunter ein Dämon oder ein Putto (wenig bekleidete oder nackte Kindergestalt, nicht zu verwechseln mit einem Cherub). Die Eitelkeit wird überdies oft mittels Juwelen, Pfauen, Goldschätzen oder dem Sensenmann symbolisiert. Im biblischen Zusammenhang steht die Hure Babylon für Eitelkeit und Materialismus. Neben Stolz und Übermut wird Eitelkeit – zusammengefasst unter *Hochmut* – zu den sieben Todsünden gezählt.

Etym.: ahd. ītal (9. Jh.); mhd. ītel, asächs. īdal, mnd. mnl. īdel, nl. ijdel, aengl. Īdel mhd. Ītelkeit: *Leerheit, Nichtigkeit*

Diego Velazquez: *Venus vor dem Spiegel.* 1647–1651.
National Gallery, London

Überlegungen zum Streben nach Glück

Haben eine Babysitterin organisiert, um zusammen essen gehen zu können, habe sogar abgepumpt, damit ich ein, zwei Gläser Wein trinken kann, aber so recht kam keine romantische Stimmung auf. Ich habe das Gefühl, [redacted] ist chronisch unzufrieden mit mir. Unter anderem sagte sie zu mir: »Selbst wenn du hier bist, bist du abwesend.« Das Schlimmste ist… dass sie recht hat. Und ich fühle mich selbst schlecht. Ich bin eine schlechte Partnerin und eine schlechte Mutter. Wir haben auf dem Heimweg vom Restaurant kein Wort miteinander gesprochen. Als ich ihre Hand nehmen wollte, zog sie sie weg. Jetzt sitze ich allein in der stillen Wohnung, und es fühlt sich fast schon entspannender an, an die Arbeit zu denken als an meine Ehe oder generell an mein Privatleben. Aber so schwer ist das auch nicht zu verstehen. Ich bin einfach nicht glücklich. Und dafür gebe ich mir selbst die Schuld.

Es fühlt sich an, als wären Wohlbefinden und Glück zu einem moralischen Imperativ geworden: *Du sollst glücklich und gesund sein.* Diese gesellschaftliche Anforderung lastet auf uns wie eine schwere, nasse Decke. Negativität, Mangel, Unzufriedenheit oder Unglück werden als moralische Unzulänglichkeiten angesehen. Für dein Glück bist du selbst verantwortlich, und wenn du unglücklich, fett, krank, gestresst oder auf andere Weise ungesund bist, dann trägst du selbst die Schuld daran. Du ernährst dich falsch. Du treibst nicht genug Sport. Du hast deine Achtsamkeitsübungen vernachlässigt. Und warum hast du dich für diesen und keinen anderen Beruf entschieden? Selbst schuld.

Ich habe so meine Zweifel, was dieses frenetische, zwanghafte Streben nach dem perfekten Leben angeht. Die Rolle des Über-Ichs hat sich seit dem Jahrhundert, aus dem meine Patienten stammen, schließlich verändert. Es liegt doch auf der Hand, vor allem bei Dr. Jekyll. Mit ihm arbeite ich daran, dass sich sein überstrenges Über-Ich ein bisschen locker macht. Ich bringe ihm bei, dass es völlig in Ordnung ist, sich hier und da einfach zu amüsieren. Dorians Über-Ich erinnert mich allerdings eher an heutige Charaktere.

Ich habe ein Video mit dem Soziologen und Philosophen Slavoj Žižek gesehen, der beim Reden ständig Tics hat und spuckt. Er ist der Ansicht, dass heutzutage das Über-Ich eher das Gebot ausgibt, man müsse Spaß haben und sich amüsieren. Das alte, bestrafende, väterliche Über-Ich, das sagt: *Nein, du verdienst es nicht, Spaß zu haben, Du darfst nicht an dich selbst denken, Arbeite härter,* das ist weggefallen. Auf den ersten Blick mag es gut klingen, dass wir die Zügel ein bisschen lockern. Allerdings ist er der Meinung, dass der Fokus auf den Genuss das Genießen selbst sabotiert.

Es heißt immer, wir wären unseres Glückes Schmied, wir hätten die volle Kontrolle darüber, dabei ist das gar nicht möglich. Denn es blendet komplett aus, dass es äußere Strukturen gibt und nicht alle Menschen die gleichen Voraussetzungen mitbringen. Ich muss da an diesen Politiker denken, der sein neues Zierkissen auf Insta postete. Auf dem Kissen stand: *Anywhere is paradise. It's up to you.* Ohne Kontext und vollkommen bescheuert. Genau wie die ganzen *Glück-ist-eine-Entscheidung*-Jünger. Das sag mal einem LGBT-Aktivisten in Russland, einem syrischen Kind, einem Pflegeheimbewohner, der in seinen eigenen Ausscheidungen liegt, den

Kids aus der Banlieue mit schlechterer Gesundheitsversorgung, schlechteren finanziellen Ausgangsbedingungen, schlechteren Noten, nur aufgrund ihres Wohnorts! Die können eben nicht selbst entscheiden!

Dagegen haben wir durchschnittlichen Angehörigen der Mittelschicht VIEL ZU VIELE Entscheidungsmöglichkeiten. Wir träumen davon, unseren Partner fürs Leben zu finden, aber wie soll das mit Tinder gehen? Wir haben die Auswahl zwischen zig Zahnpastasorten, Mobilfunkanbietern, Ausbildungsmöglichkeiten, Kindergärten, Seniorenheimen, Rentenanlagen, Jobs, LIFESTYLES, ganz zu schweigen von der Wahl zwischen Paleo-Ernährung versus Intervallfasten versus Low Carb High Fat versus Whateverthefuck. Ständig müssen wir googeln und recherchieren, welche Möglichkeiten wir haben, weil wir unbedingt die richtige Wahl treffen müssen. Diese absurde Überzeugung, dass das Individuum sein Schicksal in die eigenen Hände nehmen kann, erzeugt im Umkehrschluss Schamgefühle und Ängste, wenn man nämlich am Ende nicht erfolgreich ist. Wenn man all seine Entscheidungen selbst verantwortet, entstehen Schuldgefühle und Ängste, man könnte im Fall der falschen Wahl alles bereuen. Und was wären die Konsequenzen?

Visionen von einem sozialen Wandel schrumpfen zu Träumen der individuellen Entwicklung, politische Diskussionen werden ersetzt durch vorurteilsbehaftete Moralpredigten, in wissenschaftliche Erkenntnisse mischen sich übersinnliche Spinnereien.
Statt uns Sorgen um unsere persönliche Gesundheit und unser Glück zu machen, sollten wir uns vielleicht eher um unsere kranke Umwelt sorgen, um eine Gesellschaft und eine Welt, die in Flammen steht.
Ich frage mich, ob ich überhaupt noch als Psycholo-

gin arbeiten kann. Kann ich das ethisch vertreten? Kann ich wirklich Individuen bei ihren Problemen helfen, die in Wahrheit gar nicht individuell, sondern strukturell bedingt sind, und sie anschließend einfach zurück in die Hölle schicken, die draußen ja immer noch lodert?

Gleich wird es wieder hell. Ich muss mich dringend für SCHLAF entscheiden. TRAU DICH zu schlafen.

SITZUNG 2

Ich schalte die Kamera ein und gehe hinaus in den Flur. Öffne die Tür, heiße Dorian willkommen. Er entschuldigt sich für die Verspätung, allerdings so beiläufig, als wollte er mir zu verstehen geben, dass er Wichtigeres zu tun hatte.

ICH: Es ist Ihre Zeit. Sie bestimmen selbst, was Sie damit anfangen.

Wir betreten das Sprechzimmer. Dorian lässt sich in den Sessel fallen.

DORIAN GRAY: Das sagen Sie so, als ich aber nach unserem ersten Treffen nach London zurückkam, dämmerte mir, dass Sie mich richtig manipuliert hatten.

ICH: So sollte es sich aber nicht anfühlen. Wie kommen Sie darauf?

DORIAN GRAY: Sie haben mich auf Abwege geleitet und mein Gemüt vergiftet.

ICH: Können Sie das genauer ausführen?

DORIAN GRAY *(kneift die Augen zusammen)*: Sie haben mir eingeredet, dass mein Leben ein Jammertal und von Tragödien gesäumt war, obwohl ich gleichzeitig in meinem selbst geschaffenen Paradies lebe. Nun ja, jedermanns Paradies scheint seine eigene Schlange zu haben. *(sieht mich angewidert an)* Sie wollten mich glauben machen, dass ich Hilfe benötige.

ICH: Warum sollte ich das tun?

DORIAN GRAY: Weil Sie ahnen, dass dies die einzige Möglichkeit für jemanden wie *Sie* ist, mit jemandem wie *mir* zusammenzukommen.

ICH: Das glauben Sie wirklich?

DORIAN GRAY: Warum denn nicht? Um sich in meiner Nähe zu sonnen, sind schon verzweifeltere Winkelzüge angewandt worden.

Ich muss lachen. Dorian wirkt gekränkt.

DORIAN GRAY: Wie schön, dass ich Sie zum Lachen bringe!

ICH: Verzeihung, das war nicht meine Absicht! Ich bin einfach nur baff. Andererseits tut es mir sehr leid zu hören, dass Sie mich für manipulativ halten.

Projiziert er seinen Selbsthass und seine Schwäche auf mich?

DORIAN GRAY: Ich halte Sie für das, was Sie sind, Punkt, aus. Sie haben versucht, mich gegen Lord Henry aufzubringen, einen meiner engsten und klügsten Freunde, und fast wäre ich darauf hereingefallen. Im intellektuellen Vergleich wären Sie ihm hoffnungslos unterlegen.

ICH: Das kann durchaus sein. Nicht dass ich beabsichtigt hätte, Sie gegen Lord Henry aufzubringen. Ich wollte lediglich aus Ihnen herauskitzeln, was tatsächlich Ihre eigenen Ansichten sind und welche Sie von ihm übernommen haben.

DORIAN GRAY: Dann glauben Sie also, ich wäre bloß eine geistlose Marionette?

ICH: Nein, aber Sie waren sehr jung, als Sie einander begegneten. Ihre Eltern waren gestorben, Mister Gray, und Ihren Großvater haben Sie als Tyrannen bezeichnet. Da ist es doch nicht verwunderlich, wenn eine ältere Person, die Interesse an einem zeigt, auch zur Einflussperson wird. Ich bin außerdem davon überzeugt, dass man in regelmäßigen Abständen seine Gedanken und Überzeugungen auf den

Prüfstand stellen und sie gegen neuere Erfahrungen abgleichen sollte. *Denke ich wirklich immer noch so wie damals mit zwanzig, oder habe ich inzwischen vielleicht Neues gelernt, an dem ich meine Überzeugungen ausrichten kann?*

DORIAN GRAY *(ungeduldig)*: Sie behaupten, ich hätte mich von Lord Henry beeinflussen lassen, aber Sie sind doch vom gleichen Schlag! Sie nehmen jedes Wort, das Basil Ihnen geschrieben hat, für bare Münze. Aber ich kann Ihnen sagen, dieser Herr ist nicht annähernd so selbstlos und gut, wie er sich unter Garantie dargestellt hat.

ICH: Ich kenne ihn natürlich nicht, aber ich meine, aus seinem Brief aufrichtige Sorge herausgelesen zu haben.

DORIAN GRAY *(schnaubt)*: Sorge um sich selbst womöglich. Basil gibt sich gern tadellos und gut, und er redet sich ein, jederzeit sein Bestes zu geben, damit er nachts in scheinheiliger Selbstgerechtigkeit schlafen kann. Aber seine Sorge ist vorgespielt … genau wie die Ihre.

ICH: Meine Sorge ist nicht vorgespielt, Mister Gray. Ich hoffe, das erkennen Sie mit der Zeit selbst, wenn wir unsere Sitzungen fortsetzen.

DORIAN GRAY *(schüttelt den Kopf)*: Sie haben so begeistert von Scham und Schuld gesprochen, nur damit ich spießbürgerliche Gefühle für etwas entwickele, wofür ich gar nicht verantwortlich bin.

ICH: Wovon sprechen Sie denn jetzt? Und wie kommen Sie darauf, dass ich versuche, Ihnen Schuldgefühle einzuflüstern?

DORIAN GRAY: Glauben Sie ja nicht, ich hätte nicht gesehen, wie strafend Sie mich während des Gesprächs über Sibyl angesehen haben!

ICH *(vorsichtig)*: Vielleicht liege ich ja falsch, aber kann es nicht sein, dass Sie bei unserem letzten Treffen meinen Blick nur deshalb als strafend empfanden, weil Sie sich insgeheim für ihren Tod verantwortlich fühlen?

DORIAN GRAY *(lacht theatralisch)*: Sie halten sich wohl für besonders gerissen, aber ich durchschaue Ihre Taschenspielertricks. Ich merke durchaus, wie Sie alles, was ich sage, gegen mich verwenden. Sie halten mir einen Zerrspiegel vor, in dem alles lächerlich, bemitleidenswert oder verbrecherisch aussieht.

ICH: Nun kommen Sie zu mir in Therapie, insofern ist es nicht weiter verwunderlich, dass ich das Gesprächsthema auf Sie bringe. Aber ich habe nie behauptet, dass Sie für Sibyls Tod verantwortlich wären. Ich habe nur gefragt, ob es *sein könnte*, dass Sie sich Vorwürfe machen.

DORIAN GRAY: Ich hätte ahnen müssen, dass Ihre sogenannte Frisur schon einen Hinweis darauf gibt, dass Sie sich auf Haarspalterei verstehen.

ICH: De facto ist es doch ein Riesenunterschied.

DORIAN GRAY: Wie auch immer. Sie meinten beim letzten Mal, dass ich bestimmen dürfe, worüber wir in diesem unschönen Zimmer reden sollten. Also bestimme ich hiermit, dass wir nicht mehr über Sibyls Tod sprechen. Und auch nicht über Henry.

ICH: In Ordnung. Worüber möchten Sie stattdessen sprechen?

Dorian presst die Lippen zusammen.

ICH: Wenn Sie nicht über Sibyls Tod sprechen möchten, dann ja vielleicht über Sibyls Leben?

DORIAN GRAY: Was wollen Sie wissen?

ICH: Erzählen Sie mir das Erste, was Ihnen einfällt.

DORIAN GRAY *(trotzig)*: Sie hat mich geliebt. Sie fühlte sich meiner unwürdig, was sie aber weder demütig noch unterwürfig machte. Stattdessen verspürte sie Stolz. Sie sagte, sie fühle sich in ihrem Kerker der Leidenschaft frei.

ICH: Was meinte sie wohl damit, dass sie sich Ihrer unwürdig fühlte? War das eine Frage der gesellschaftlichen Schicht oder …

Dorian nickt ungeduldig.

ICH: Interessant, dass Sie gewissermaßen in die Fußstapfen Ihrer Mutter getreten sind.

DORIAN GRAY *(zuckt zurück)*: Was reden Sie denn da?

ICH: Sie hatte einen *Niemand* geheiratet, der unter dramatischen Umständen starb, was Sie wiederum für romantisch hielten. Finden Sie nicht, dass es hier ein gewisses Muster gibt?

DORIAN GRAY: Muster schätze ich lediglich auf meinen Gobelins. Wenn Sie hier ein Muster sehen – das nicht existiert –, brauchen womöglich Sie Hilfe und nicht ich.

Noch nicht bereit für diese Richtung!

ICH: Ich dachte, ich weise einfach einmal darauf hin. Sie sagten, Sibyl habe Sie geliebt. Haben Sie sie ebenfalls geliebt?

DORIAN GRAY: Selbstverständlich! Ich wollte sie auf eine goldene Säule stellen, auf dass ich sehe, wie die Welt das Weib anbetet, das mein ist. Ihr Vertrauen machte mich fromm und treu, ihr Glaube machte mich gut. Im Vergleich zu ihr hatte nichts auf der Welt mehr Bedeutung.

Er verstummt. Ich warte ab.

Brauchte Henrys Segen?

DORIAN GRAY: Ich brannte darauf, sie Lord Henry vorzustellen, obwohl jenes schäbige Theater lediglich für jenen betretbar war, der dort seiner Göttin huldigte. Henry war skeptisch, aber ich war überzeugt, dass sie ihm etwas darstellen würde, was er zuvor nie kennengelernt hatte. Sie war so talentiert! Wenn sie spielte, konnte man alles vergessen, und selbst die gemeinen, rohen Menschen mit ihren groben Gesichtern und plumpen Bewegungen wurden ganz anders, wenn *sie* auf der Bühne stand. Sie vergeistigte sie, und man fühlte, dass sie vom selben Fleisch und Blut war wie man selbst. Hallo, Klassendünkel!

ICH: Und mit *man selbst* meinen Sie …

DORIAN GRAY: Mich, Henry, Basil und dergleichen. Sie konnte Menschen, die ohne Seele gelebt hatten, beseelen und in ihnen, deren Leben schmutzig und hässlich gewesen war, den Sinn für Schönheit erwecken, sie aus ihrer Selbstsucht herausziehen und ihnen Tränen und Schmerzen entpressen, die nicht ihre eigenen waren. Sibyl verdiente ihre Verehrung, sie verdiente die Verehrung der Welt. Einschließlich meiner Bewunderung. *(schluckt trocken)* Zumindest war es an den anderen Abenden immer so gewesen. Doch an jenem Abend, kurz nachdem ich um sie angehalten hatte, spielte sie die Julia, und ich sah sie ein letztes Mal auf der Bühne.

Stille.

DORIAN GRAY: Ich saß mit Henry und Basil im Publikum, als sie unter einem Sturm des Beifalls die Bühne betrat. In der Schar der plumpen, schäbig gekleideten Schauspieler bewegte sich Sibyl Vane wie ein Wesen aus einer schöneren Welt. Ihr Körper neigte sich beim Tanzen wie eine Pflanze im Wasser. Ich hörte Lord Henry leise rufen: »Reizend! Reizend!« Doch … dann … machte sie einen seltsam abwesenden Eindruck. Sie zeigte keinerlei Freude, als ihr Auge auf Romeo ruhte.

Er schlägt sich an die Stirn.

DORIAN GRAY: Sie sagte den kurzen Dialog mit völlig künstlicher Stimme. Die Stimme war wundervoll, der Ton aber gänzlich verfehlt. Er traf die Farbe nicht. Er nahm dem Vers alles Leben. Er machte die Sprache der Leidenschaft unwahr. Und es wurde im Verlauf der Szene immer schlimmer. Ich spürte, wie enttäuscht meine Freunde waren, auch wenn sie kein Wort zu mir zu sagen wagten. Erst später erwähnte Henry, dass sie die Julia wie eine Holzpuppe gespielt habe, auch wenn sie ganz bezaubernd gewesen sei.

ICH: Und was war Ihr eigener Eindruck?

DORIAN GRAY: Ich wollte im Erdboden versinken. Sie deklamierte die schönste Stelle mit der qualvollen Genauigkeit eines Schulmädchens. *(denkt kurz nach) Du weißt, die Nacht verschleiert mein Gesicht, sonst färbte Mädchenröte meine Wangen, um das, was du vorhin mich sagen hörtest … (schüttelt sich)* Sie sprach alles, was sie zu sagen hatte, mit übertriebenem Pathos. Selbst die gewöhnlichen, ungebildeten Zuhörer verloren ihre Anteilnahme an dem Stück. Der letzte Akt wurde vor fast leeren Bänken gespielt.

Scheint die Scham erneut zu durchleben

ICH: Ich verstehe, wie enttäuschend es war, dass sie offenbar einen schlechten Tag hatte, ausgerechnet als Ihre Freunde Sie begleiteten. Aber war vielleicht etwas passiert? War sie traurig? Oder vielleicht krank?

DORIAN GRAY: Krank? *Traurig?* Sie war an dem Abend glücklicher denn je. Als ich hinter die Kulissen ins Ankleidezimmer eilte, stand sie da, und ein sieghafter Ausdruck lag auf ihren Zügen. Ihre Augen leuchteten in sonderbarem Feuer.

ICH: Okay, dann glaubte sie, die Vorstellung wäre gut gelaufen.

DORIAN GRAY *(ächzt verärgert)*: Nein! Natürlich wusste sie, dass es ein Fiasko gewesen war.

ICH: Ich bin mir nicht sicher, ob ich das verstehe. Warum war sie denn glücklich?

DORIAN GRAY: Weil sie endlich eingesehen hatte, was *wirkliche* Wirklichkeit war. *(Pause)* Bis dahin hatte sie nur auf der Bühne gelebt. Die gemalten Kulissen waren ihre Welt gewesen. Und jetzt erzählte sie mir, wie meine Liebe ihr den Blick geöffnet hatte auf die Hohlheit, die Erbärmlichkeit, die Albernheit des öden, verlogenen Flitters, zwischen dem sie immer gespielt hatte. Mit einem Mal war ihr bewusst geworden, dass der Romeo grässlich alt und geschminkt war, dass das Mondlicht im Garten falsch war, dass die Worte, die sie zu sprechen hatte, nicht ihre Worte waren. *(Pause)* Sie eröffnete mir, dass ich ihr etwas geschenkt hatte, wovon alle Kunst nur ein Abglanz war. Plötzlich hasste sie das Theater. Zuvor habe sie eine Leidenschaft spielen können, die sie nicht gefühlt habe, nun aber könne sie kein Empfinden mehr spielen, da sie brenne wie Feuer. Es sei Entweihung für sie, die Liebe nur zu spielen. *(düsterer Blick)* So tötete sie meine Liebe.

ICH: Wie meinen Sie das?

DORIAN GRAY: Sie hatte meine Fantasie entfesselt. Jetzt fesselte sie nicht einmal meine Neugier. Ich hatte sie geliebt, weil sie wie ein Wunder gewesen war, weil sie Genie und Geist gehabt hatte, weil sie die Träume großer Dichter verwirklicht und den Schatten der Kunst Körper und Gestalt verliehen hatte. All das hatte sie weggeworfen. Sie war nur noch seicht und stumpf. Welcher Narr war ich doch gewesen! Ich wollte sie nie wiedersehen. Ich wollte, ich hätte sie nie kennengelernt.

ICH: Das war eine ganz schön heftige Reaktion.

DORIAN GRAY *(selbstmitleidig)*: Das fand Sibyl auch.

ICH: Haben Sie das alles zu ihr gesagt?

DORIAN GRAY: Äh … ja.

ICH: Klingt irgendwie unnötig hart.

Sibyls Erfolg als Verlängerung von DG selbst … narzisstisch

DORIAN GRAY: Sie hatte das Gedicht meines Lebens vernichtet. Ich hätte sie berühmt, vom Glanz umstrahlt, herrlich gemacht. Die Welt hätte sie angebetet, und sie hätte meinen Namen getragen. Aber was war sie jetzt? Eine Schauspielerin dritten Ranges mit einer hübschen Larve. Ohne ihre Kunst war sie nichts.

ICH: Das alles muss sie schwer verletzt haben. Wie hat sie darauf reagiert?

DORIAN GRAY: Sie warf sich mir zu Füßen und lag da wie eine zertretene Blume. Krampfhafte Schluchzer erstickten ihre Stimme. Ihre kleinen Hände streckten sich in die Luft und schienen mich zu suchen. Doch bei der Berührung stieß ich sie zurück. Sie bat um Verzeihung und bettelte, ich möge sie nicht verlassen, versprach, sich anzustrengen und alles wiedergutzumachen. Sie wirkte bis zum Komischen melodramatisch. Die Gefühle und Erregungen der Menschen, die man nicht mehr liebt, haben immer etwas Lächerliches an sich, finden Sie nicht?

ICH: Haben Sie sie wirklich nicht mehr geliebt?

DORIAN GRAY: Nein, ich liebte sie wirklich nicht mehr.

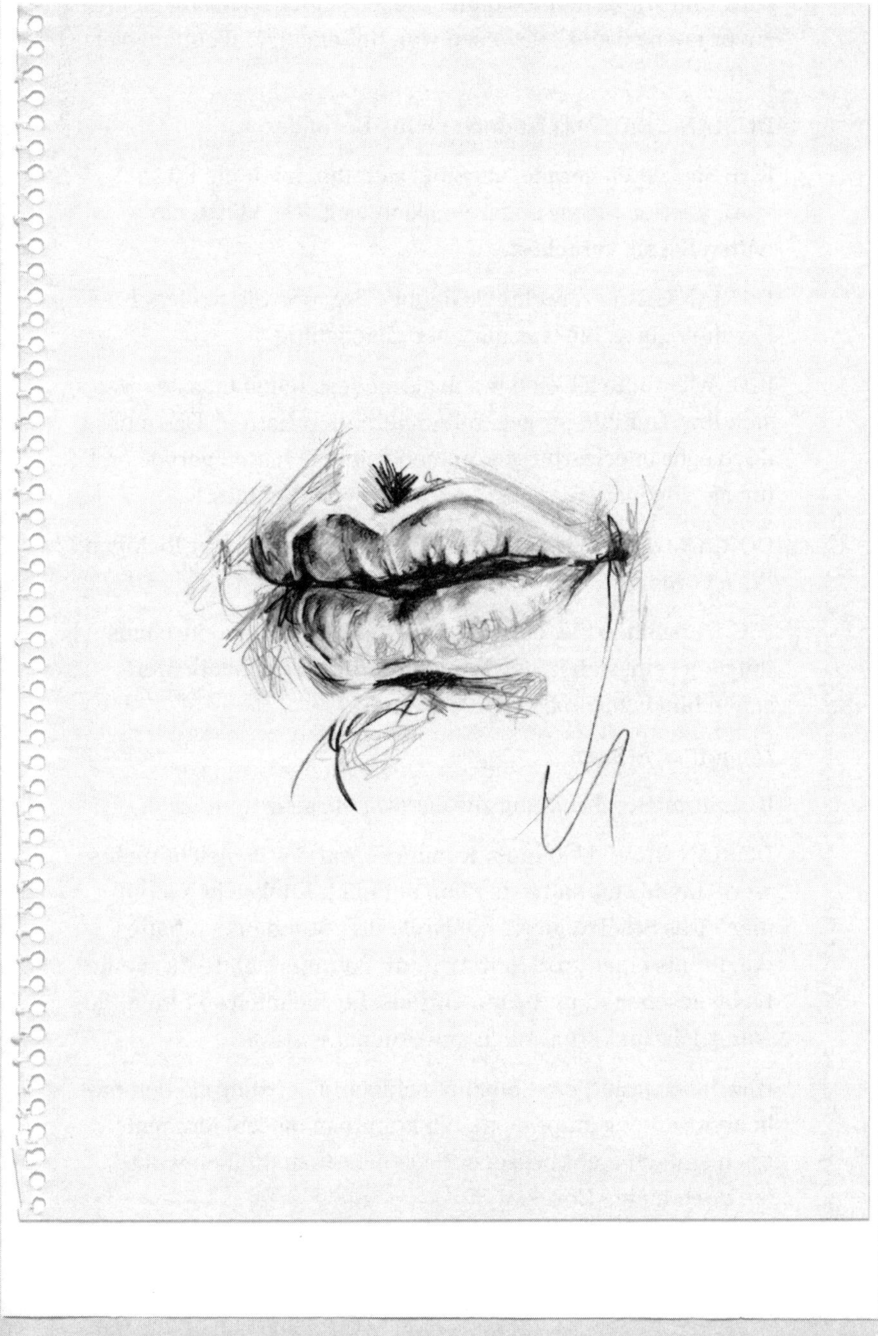

ICH: Und wie gehen Sie damit um, dass Ihre Liebe, die doch zuvor noch so stark gewesen war, mit einem Mal einfach verpuffte?

DORIAN GRAY: Das ist doch nichts Besonderes.

ICH: Sie sagten gerade, als Sibyl sich Ihnen vor die Füße warf, stießen Sie sie sogar von sich weg. Das klingt, als hätten Sie sie verachtet.

DORIAN GRAY: Verachtet? Glauben Sie, was Sie wollen, Frau Psychologin … Sie war mir eher gleichgültig.

ICH: Wie fühlte sie sich wohl, als sie feststellen musste, dass sich Ihre Gefühle ihr gegenüber verändert hatten? Das muss doch sehr unerwartet gekommen sein. Sie hatten gerade erst um sie angehalten, und schon war wieder Schluss.

DORIAN GRAY: Wie soll ich wissen, was hinter ihrer lockigen Stirn vorging?

ICH: Versuchen Sie, es sich vorzustellen! Es kann durchaus nützlich sein, sich in gewissen Situationen in andere Menschen hineinzuversetzen.

Dorian sieht weg.

ICH: Ihrer Beschreibung zufolge war sie sehr traurig.

DORIAN GRAY: Und mein Kummer? War der vielleicht nichts wert? Inwieweit hatte sie denn auf mich Rücksicht genommen? Das Stück dauerte qualvolle drei Stunden! Ich hatte von ihr als einer großen Künstlerin geträumt, hatte ihr meine Liebe geschenkt, und dann enttäuschte sie mich so bitter. Sie war seicht und erbärmlich geworden. *(seufzt)*

ICH: Interessant, dass Sie ihre schlechte Leistung als persönliche Kränkung empfinden. Sie konnte in diesem Moment doch einfach nicht besser schauspielern, und Ihnen wollte Sie doch nichts Böses.

Projiziert eigene Seichtheit und Unwürdigkeit auf sie?

DORIAN GRAY: Ich bin es so müde, Ihre impliziten Vorwürfe zu hören.

ICH: Mister Gray, ich will noch einmal ausdrücklich betonen, dass ich Ihnen in keiner Weise die Schuld an Sibyls Selbstmord gebe.

DORIAN GRAY: Das will ich hoffen. Wie hätte ich denn ahnen sollen, was sie vorhatte? Überdies sind Frauen besser geeignet, Leiden zu ertragen, als Männer. Sie leben in ihren Empfindungen. Wenn sie einen Geliebten haben, dann nur, um einen Menschen zu haben, mit dem sie Szenen aufführen können. Sagt Lord Henry.

ICH: Jetzt zitieren Sie schon wieder Lord Henry.

DORIAN GRAY: Er kennt sich mit Frauen aus. REALLY?

ICH: Und stimmen Sie seiner … Analyse zu?

DORIAN GRAY: Sie machte mir ohne jeden Zweifel eine Szene. Frauen haben wundervoll primitive Instinkte. Wir haben sie emanzipiert, aber sie bleiben Sklavinnen, die auf die Augen des Herrn blicken, trotz alledem. Und Sibyl liebte es, meine Sklavin zu sein.

ICH: Tatsächlich?

DORIAN GRAY: Ja. Außerdem wollte ich es tatsächlich wiedergutmachen. Tags darauf schrieb ich an das Mädchen, das ich geliebt hatte, einen glühenden Brief, in dem ich sie anflehte, mir zu vergeben, und gestand, wahnsinnig gewesen zu sein. Ich bedeckte Seite um Seite mit wilden Worten des Kummers und noch wilderen Worten der Qual.

ICH: Dann hatten Sie doch so etwas wie ein schlechtes Gewissen.

DORIAN GRAY: Es gibt eine Schwelgerei der Selbstanklage, finde ich. Wenn wir uns tadeln, haben wir die Empfindung, dass niemand sonst das Recht hat, uns zu tadeln. Aber … der Brief kam nicht mehr rechtzeitig an.

Er verstummt. Ich warte, bis er weiterspricht.

DORIAN GRAY: Angeblich hatte sie ungefähr um halb ein Uhr mit ihrer Mutter das Theater verlassen und dann zu ihr gesagt, dass sie oben etwas vergessen habe. Die Mutter wartete eine Weile auf sie, aber sie kam nicht wieder. *(Pause)* Schließlich fand man sie tot auf dem Fußboden ihres Ankleidezimmers. Sie hatte etwas zu sich genommen, irgendetwas Schreckliches, das man im Theater zum Abschminken braucht. *(nachdenklich)* Ich meine, es war Blausäure, denn sie war offenbar sofort tot.

ICH: Sie klingen sehr distanziert, wenn Sie von ihrem Selbstmord sprechen.

DORIAN GRAY: Es ist fast achtzehn Jahre her. Welchen Gefühlssturm erwarten Sie von mir im Hier und Jetzt? Ich kann eine Empfindung doch nicht wiederholen. Niemand kann das … außer den Sentimentalen.

ICH: Verstehe. Ja, es ist lange her. Aber ich glaube, es wäre gut, wenn Sie trotzdem kurz innehalten und zu ergründen versuchen, wie Sie sich damals fühlten. Können Sie sich erinnern, was Ihnen durch den Kopf ging, als Sie von ihrem Tod erfuhren?

DORIAN GRAY: Ich könnte mich gewiss besser erinnern, wenn mein Leben ähnlich ereignisarm gewesen wäre wie das von manch anderen. *(sieht mich vielsagend an)* Die vielen Erlebnisse verstellen mir die Sicht … so viele ausgesuchte Sinneserfahrungen.

Er scheint eine Reaktion von mir zu erwarten. Seufzt erneut, als nichts von mir kommt. Regen prasselt ans Fenster. Gleichzeitig wenden wir den Kopf.

DORIAN GRAY: Wie gut, dass Sibyl meinen Namen nicht kannte! Für sie war ich ihr Prinz Wunderhold. So wurde ich nicht in die Sache mit hineingezogen. Eine solche Aufmerksamkeit mag in Paris Mode sein, aber ich verzichte nur zu gern darauf.

ICH: *Das* fällt Ihnen ein, wenn ich Sie frage, was Sie *fühlten*?

Dorian will etwas sagen, überlegt es sich dann wieder anders. Ich warte ab.

DORIAN GRAY: Ich fühlte mich, als hätte ich sie ermordet, indem ich ihr die kleine Kehle mit einem Messer durchschnitt.

ICH: Dann fühlten Sie sich doch verantwortlich für ihren Tod.

DORIAN GRAY *(winkt vehement ab)*: Seien Sie so gut und ersparen mir Ihr Mitleid, Frau Psychologin! Ich kann mit allem Mitgefühl haben, nur nicht mit Leiden. Es ist zu hässlich, zu schauderhaft, zu quälend. Es liegt etwas schrecklich Krankhaftes in dem Mitgefühl unserer Zeit mit dem Elend. Man sollte mit der Farbigkeit, der Schönheit, der Freude des Lebens mitfühlen. Je weniger über den Jammer des Lebens gesagt wird, umso besser.

ICH: Natürlich fühlt es sich besser an, sich mit etwas Freudvollem zu beschäftigen, und wir brauchen auch *Pausen* von der Trauer, selbst wenn sie gerade am schmerzhaftesten ist. Trotzdem ist es wichtig, die Trauer und den Schmerz nicht beiseitezuschieben, sondern sich ihnen zu stellen. Sonst sind wir unser Leben lang mit dem Verdrängen beschäftigt. Auf lange Sicht ist so etwas schrecklich ermüdend. Und am Ende ist die Anstrengung trotzdem vergebens, weil sich der Schmerz immer in irgendeiner Form Bahn bricht. Deshalb hätte ich gern, dass wir uns einen Moment lang darauf konzentrieren, was Sie angesichts von Sibyls Tod fühlten. Wenn Sie das ertragen können.

DORIAN GRAY: Ich sehe bloß keinen Sinn darin. Warum sollte ich mich selbst bemitleiden? Daran lag mir damals nichts, und daran liegt mir bis heute nichts. Auch wenn Sibyl gestorben ist, sind die Rosen nicht weniger lieblich. Die Vögel in meinem Garten singen gerade so fröhlich. *(schiebt sich eine widerspenstige Locke hinter das Ohr)* Ich habe doch zugegeben, dass die Geschichte unerhört tragisch war. Wenn ich das alles in einem Buche gelesen hätte, wahrscheinlich hätte ich darüber geweint. So aber, nun es tatsächlich geschehen ist, scheint es viel zu wundervoll für Tränen. *(sieht fast gerührt aus)* Sibyl war selbst im Tod ein künstlerisches Genie. Andere Weiber wissen doch nie, wann der Vorhang gefallen ist. Sie möchten immer noch einen sechsten Akt, und sowie das Stück gar keine Aufmerksamkeit mehr hervorruft, nehmen sie sich vor, es fortzusetzen. Sie sind entzückend künstlich, aber sie haben keinen Sinn für Kunst.

Schweigen. Schwelgt wieder in Aphorismen plus Sexismus

ICH: Ihr Freund Basil schrieb, dass Sie sich nach Sibyls Tod verändert hätten. Es scheint, als hätte er sich seitdem Sorgen um Sie gemacht.

Dorian mustert mich desinteressiert.

ICH: Ich habe andere Patienten, die versuchen, vor ihren Gefühlen davonzulaufen, indem sie sich in die Arbeit stürzen oder sich mit Alkohol oder Drogen selbst medikamentieren. Andere entwickeln eine Abhängigkeit von den Kicks sexueller Begegnungen.

DORIAN GRAY *(zieht vielsagend die Augenbrauen hoch)*: Letztgenanntes wäre eine Medizin, die Sie mir gern angedeihen lassen könnten, Frau Psychologin. Wenn Sie verzeihen?

ICH: Auch dies könnte ein Fluchtmechanismus sein. Sie sprechen gerade eine Einladung aus, an die Sie selbst nicht glauben – und ich ebenso wenig –, nur um von einem schwierigen Thema abzulenken und nicht über Ihre Gefühle reden zu müssen.

Dorian schiebt die Unterlippe vor und schlägt die Beine übereinander.

ICH: Wenn ich trotzdem auf die sexuelle Bestätigung eingehen dürfte, dann klingt es in Basils Brief ganz danach, als gerieten Sie öfter in heikle, destruktive Situationen.

Dorian mustert mich skeptisch.

ICH: Und ich möchte wirklich betonen, dass ich keine Moralurteile fällen will.

DORIAN GRAY: Bei Ihrer Garderobe und Ihrem kurz geschnittenen Haar hätte ich auch nicht damit gerechnet. *(schmunzelt anerkennend)* Sibyl hat ihr Publikum als Viola wie als Cesario verkleidet verzaubert, aber sie hätte ein Spießrutenlauf erwartet, hätte sie sich abseits der Theaterbühne in Männerkleidung gezeigt.

ICH: Bestimmt. Ich wünschte nur, Ihre Gesellschaft wäre nicht so unerhört vorurteilsbehaftet. Aber nun ist das eben so. Und nach allem, was ich Basils Brief entnehmen kann, scheinen Ihre sexuellen Liaisons sowohl für Sie selbst als auch für andere große Gefahren mit sich zu bringen.

DORIAN GRAY: Was ist denn dabei, sich mit ein wenig Ablenkung trösten zu wollen? Frauen sind darin doch nachgerade Expertinnen. Einige tun es, indem sie sich auf sentimentale Farben verlegen. Andere finden Trost darin, plötzlich die Vorzüge ihrer Gatten zu entdecken. Sie halten einem ihr eheliches Glück so stolz unter die Nase, als wäre es die entzückendste Sünde. Andere wieder tröstet die Religion.

Entsprechung: Bilder in sozialen Netzwerken

Oder man nimmt den Anbeter einer anderen, wenn man den eigenen verloren hat. Sibyl hatte nichts davon nötig.

ICH: Was hätte Sibyl denn nötig gehabt? Was hätte sie sich beispielsweise von Ihnen gewünscht?

DORIAN GRAY: Schwingen Sie sich jetzt bitte nicht zu meinem Richter auf!

ICH: Wäre nicht meine Absicht. Ich versuche nur, zu der Frage zurückzukehren, was Sie angesichts von Sibyls Tod fühlten. Ich glaube, es ist wirklich wichtig, dass wir hier in die Tiefe gehen, weil es wohl ein Wendepunkt in Ihrem Leben war. *(Pause)* Sie haben mehrmals gesagt, dass Sie kein Mitleid wollen, aber ich fühle mit Ihnen. Sie haben jemanden verloren, den Sie liebten.

DORIAN GRAY: Aber warum sollte jemand Mitgefühl mit mir haben? Hätte ich Sibyl geheiratet, wäre ich wirklich unglücklich geworden. Ganz unausweichlich wäre ich ihrer bald überdrüssig gewesen. Natürlich hätte ich sie freundlich behandelt. Man kann zu Menschen, aus denen man sich nichts macht, immer freundlich sein. Aber wenn eine Frau an ihrem Manne bemerkt, dass sie ihm völlig gleichgültig ist, kleidet sie sich entweder schrecklich nachlässig, oder sie trägt höchst elegante Hüte, die der Mann irgendeiner anderen Frau bezahlen muss.

ICH: Gut gebrüllt! Und womöglich glauben Sie sogar, was Sie da sagen. Aber die Wahrheit ist doch, dass Sie gar nicht wissen können, wie es gekommen wäre.

!!! DORIAN GRAY: Ich weiß aber zumindest, dass ich nicht miterleben musste, wie sie fett und langweilig wurde.

ICH: Wäre das wirklich das Schlimmstmögliche gewesen? Hätte das gemeinsame Älterwerden nicht auch schöne Seiten gehabt?

Dorian starrt mich an, als hätte ich den Verstand verloren.

ICH: Sie scheinen nicht allzu viele gute Vorbilder zu haben, was das Älterwerden angeht. Gleichzeitig idealisieren – und erotisieren – Ihre beiden engsten Freunde, Basil und Henry, Ihr jugendliches Aussehen.

DORIAN GRAY: Sie kehren ständig zu Themen zurück, die keinerlei Bedeutung haben. *(sieht mich verächtlich an)* Man darf Frauen mit strohfarbenem Haar einfach nicht trauen. Sie sind so sentimental.

ICH: Mir ist nicht ganz klar, was meine Haarfarbe mit alledem zu tun haben sollte.

DORIAN GRAY: Sie verstehen wirklich gar nichts. Das sieht man Ihnen schon von Weitem an. Ihre Kleidung wirkt jedes Mal so, als hätten Sie sie im Halbschlaf ausgesucht und bei Sturm angelegt.

ICH: Das muss für Ihren Sinn für Ästhetik die schiere Folter sein.

DORIAN GRAY *(grinst hämisch)*: Sie geben sich alle Mühe, einen pittoresken Eindruck zu machen, aber Sie schaffen es gerade, unordentlich auszusehen.

ICH: Sie haben gerade gesagt, ich verstünde gar nichts. Können Sie es mir dann nicht erklären? Ich sehe Ihnen an, dass Sie wütend auf mich sind, und Sie bemühen sich redlich, mich zu beleidigen.

Dorians ebenmäßige Wangen erröten vor Zorn.

ICH: Was genau verstehe ich nicht?

DORIAN GRAY *(faucht mich an)*: Ich und Sibyl hätten nie zusammen alt werden können. Weil *ich* nicht altern kann.

Er sieht erschüttert aus. Schlägt die Hände vors Gesicht.

ICH: Was soll das heißen?

Dorian schüttelt den Kopf.

ICH: Mister Gray, wollen Sie mir gerade sagen, dass Sie ein Vampir sind?

DORIAN GRAY *(lässt die Hände sinken)*: Ein Vampir? Sind Sie völlig von Sinnen? Ich habe von Ihnen ja auch zuvor schon nicht allzu viel gehalten, aber jetzt sind wir offenbar nicht nur am Abgrund angekommen, sondern mit Wucht darüber hinausgeschossen.

ICH *(seufze)*: War nur so ein Gedanke.

Dorian sitzt schweigend da. Scheint nachzudenken.

DORIAN GRAY: Haben Sie hier schon Vampire behandelt?

ICH: Nicht wahnsinnig oft, aber ja.

DORIAN GRAY: Dann sind Sie somit offen für Phänomene, die über den naturwissenschaftlichen Horizont hinausgehen.

ICH: Ja. In letzter Zeit habe ich mich mehrmals genötigt gesehen, meinen Blickwinkel zu erweitern.

Dorian nickt nachdenklich. Ist sichtlich ruhiger.

DORIAN GRAY: Basils jüngstes Porträt von mir ist wirklich sein Meisterwerk. *(Pause)* Wie ironisch, dass ausgerechnet er glaubte, Sibyls Tod wäre der Wendepunkt in meinem Leben gewesen!

Ich warte ab. Dorian sieht abwesend aus dem Fenster. Eine halbe Minute lang höre ich nur das Prasseln gegen das Fenster. Wir sitzen so reglos da, dass es auf dem Mitschnitt fast aussieht, als hätte die Aufnahme pausiert.

DORIAN GRAY: Jetzt, da ich weiß, wie sehr mich Basil zu jener Zeit anbetete, dämmert mir, dass ich ihn mit meiner Gedankenlosigkeit mitunter verletzt haben muss … der

Arme. Seine Hingabe gefiel mir durchaus, auch wenn mir ihre Tragweite nicht annähernd klar war. *(Pause)* Jener Tag, da Lord Henry das Atelier besuchte und das Bildnis fertig wurde, war zugleich der letzte in meinem Leben, an dem ich mich einfach nur jung und unschuldig fühlte. *(Pause)* Ich hatte mich wohltätig engagiert und glaubte, ich könnte wirklich etwas bewirken. Ich spielte für die Hungrigen und für die Bettler. Können Sie sich das vorstellen? *(schüttelt scheu lächelnd den Kopf)* Dann bemerkte Henry, ich sei für die Wohltätigkeit zu hübsch. Er schmeichelte mir und pries meine Schönheit. Allerdings machte er mir auch ein wenig Angst … damals, als er in den Garten herauskam und ich gerade am Flieder roch. Sie haben recht, es fühlte sich nicht nur schön an, als er mir die Augen öffnete.

ICH *(vorsichtig)*: Was genau machte Ihnen Angst?

DORIAN GRAY: Er sprach lebendig und grausam und so, dass ich mich ihm nicht mehr entziehen konnte. Die Götter, sagte er, seien mir gnädig gewesen, aber was die Götter gäben, nähmen sie sich auch schnell wieder. »Sie haben nur wenige Jahre, in denen Sie wahrhaft, vollkommen, völlig leben können. Wenn Ihre Jugend dahingeht, verlässt Sie auch Ihre Schönheit, und dann werden Sie mit einem Male entdecken, dass es keine Siege mehr für Sie gibt.« *(Pause)* Jeder Monat, der dahingehe, bringe mich etwas Schrecklichem näher. Die Zeit sei eifersüchtig und führe Krieg gegen meine Lilien und meine Rosen. Ich würde gelb und hohlwangig werden und trübe blicken. Und ich würde entsetzlich leiden. Meine Glieder würden ermatten, meine Sinne verkommen. Er meinte, er habe sich selbst in mir wiedererkannt, und ich solle nicht das Gold meiner Tage vergeuden, sondern das wundervolle Leben leben, das in mir sei.

Schlüssel zu seiner Sichtweise auf das Altern!
Hat sich Henrys Vortrag gemerkt.

ICH: Klingt wie eine sehr, sehr negative und oberflächliche Sicht auf das Alter. Das Alter selbst bringt doch auch Vorteile mit sich.

Dorian mustert mich von oben bis unten und grinst mich dann kaum verhohlen hämisch an.

DORIAN GRAY: Lächerlich. Henry hatte recht! Der Mensch verfällt und wird zu einer hässlichen Puppe. Die Erinnerungen an die Leidenschaften verfolgen ihn, vor denen er zurückschreckte, und an die köstlichen Versuchungen, denen zu erliegen er nicht den Mut hatte. Ich sollte mich vor nichts fürchten, sondern meine Jugend wahrnehmen, solange ich sie hätte. Jugend! *(schlägt mit der Faust in die hohle Hand)* Jugend! Es gibt gar nichts in der Welt als Jugend. Das alles erklärte mir Henry. Ich war völlig aufgewühlt, als ich ins Atelier zurückkehrte. Der schwere Duft der Rosen schien allenthalben zu lagern. Dann durfte ich mir mein Bild ansehen. Basil hatte einen wundervollen Ausdruck eingefangen … halb offene Lippen, den Glanz in meinen Augen. Henry gratulierte ihm: Er habe *das beste Porträt unserer ganzen Zeit* geschaffen. Doch ich verabscheute es. *(wirkt erschüttert)*

ICH: Warum?

DORIAN GRAY *(abgehackt)*: Als ich … das Abbild meiner eigenen Schönheit beschaute … kam mir Henrys Warnung vor ihrer Flüchtigkeit in den Sinn. Eines Tages … wäre mein Antlitz verrunzelt und welk … die Augen trübe und farblos … die Grazie meiner Gestalt gebrochen. Das Scharlachrot würde von meinen Lippen verschwinden und der Goldschimmer aus meinen Haaren schleichen. Das Leben, das meine Seele bildete, würde den Körper zerstören … und es wäre mir beschieden, grässlich, widerwärtig, abscheulich zu werden.

ICH: Ich habe den Eindruck, hiervon zu erzählen, weckt in Ihnen gewisse Ängste. Können wir kurz bei diesem Gefühl bleiben? Könnten Sie es mir genauer beschreiben?

DORIAN GRAY *(verschreckt)*: Es fühlte sich an wie ein stechender Schmerz, wie ein Messer, und jede zarte Fiber meines Wesens erbebte. Meine Augen umdunkelten sich, und ein Tränenschleier fiel über sie herab. Ich hatte das Gefühl, es lege sich eine eisige Hand auf mein Herz. Es war furchtbar traurig. Ich selbst würde alt, grässlich und widerwärtig werden, aber dieses Bild würde immer jung bleiben. Die Zeit ließe sich nicht anhalten, schon jetzt war ich um mehrere Minuten älter geworden und wünschte mir, *ich* könnte immer jung bleiben und dafür das *Bild* immer älter werden. Es gab nichts auf der ganzen Welt, was ich nicht dafür geopfert hätte. Ich hätte meine Seele dafür gegeben.

ICH: Das klingt wirklich nach einer starken Angstreaktion. Bemerkte das jemand von den anderen?

DORIAN GRAY: Basil ahnte wohl, dass sich meine Stimmung verdüstert hatte. Henry indes glaubte, dass ich natürlich einfach nur hingerissen sei von dem Bild auf der Leinwand.

Dabei kannte H ihn doch besser, als er sich selbst?!

ICH: Dann deutete Henry Ihre Reaktion falsch?

DORIAN GRAY *(nickt)*: Ich fragte Basil, warum er das Porträt gemalt habe. Nun sei ich eifersüchtig … auf etwas, dessen Schönheit nicht stürbe. Es werde mich eines Tages verhöhnen, furchtbar verhöhnen! *(erschaudert)* Da wusste ich noch nicht, wie recht ich hatte.

ICH: Was soll das heißen … Sie hatten recht?

Stille.

DORIAN GRAY: Es dämmerte mir eine Weile danach. Es war der Tag, nachdem ich Sibyl zuletzt gesehen hatte. Sie war bereits tot, nur dass ich es noch nicht wusste. *(Pause)* Mir fiel etwas Seltsames an dem Gemälde auf. Also trat ich vor das Bild und betrachtete es prüfend. In dem schwachen, verhaltenen Licht, das durch die hellgelben Seidenvorhänge drang, erschien mir das Gesicht etwas anders als sonst. Man hätte sagen mögen, um den Mund lag ein Zug von Grausamkeit. Es war seltsam.

Ich warte gespannt ab.

DORIAN GRAY: Ich drehte mich um, trat ans Fenster und zog den Vorhang hoch. Dann nahm ich einen ovalen Spiegel vom Tisch, den elfenbeinerne Liebesgötter umrahmten, eins der vielen Geschenke, die Lord Henry mir gemacht hatte. Eilig blickte ich in seine glänzenden Tiefen. Keine Linie der Art verzerrte meine roten Lippen, wie es auf dem Bild der Fall war.

ICH: Aber … wie ist das möglich? Wie konnte das Bild sich verändern?

DORIAN GRAY *(sieht mich ungeduldig an)*: Verstehen Sie es nicht? Mein Gebet, das Bildnis möge an meiner Stelle altern, war erhört worden! Und das Bild verändert sich bis heute. Es war damals bloß das erste Mal. Und natürlich war es ausgerechnet nach jener schweren Nacht.

ICH: Was meinen Sie?

DORIAN GRAY: Bitte versuchen Sie, mit mir Schritt zu halten, auch wenn ich mir Ihre Begriffsstutzigkeit vorstellen kann. Die Verärgerung, die jene bei mir heraufbeschwört, muss der Stirn meines Porträts bereits jetzt neue Runzeln beschert haben.

ICH: Mister Gray, gehen wir doch bitte respektvoll miteinander um! Manchmal stelle ich Fragen, die begriffsstutzig klingen mögen, aber ich will keine voreiligen Schlüsse ziehen und lieber hören, wie Sie die Antwort formulieren. Und Sie müssen entschuldigen, aber ein Porträtgemälde, das altert, klingt nun einmal ziemlich ungewöhnlich. Wie das vonstattengegangen sein kann, ist nicht ganz einfach zu verstehen.

DORIAN GRAY: Die Ursache ist doch irrelevant! Vielleicht war es die Kraft meines Gebetes, vielleicht gibt es eine wissenschaftlichere Antwort darauf. Und wenn das Denken auf einen lebenden Organismus Einfluss ausüben kann, warum nicht auch auf tote, unorganische Gegenstände? Trotzdem gibt es keinen Grund, hier tiefer zu forschen. Das Porträt veränderte sich, nachdem ich meinen Wunsch formuliert hatte.

ICH: Nur damit ich es richtig verstehe: Dieser *Zug von Grausamkeit* um den Mund war aufgetaucht, kurz nachdem Sie in der Theatergarderobe grausam zu Sibyl gewesen waren?

DORIAN GRAY: Ja. *(räuspert sich)* Wir sind auf ewig aneinandergebunden, mein Porträt und ich. Es lehrte mich, mein eigenes Antlitz zu lieben, aber auch meine Seele zu hassen. Für jede Sünde, die ich beging, befleckte und verderbte ich meine Schönheit. Ich habe oft gesündigt, und das Gemälde sieht mittlerweile grauenerregend aus. Alle Spuren meiner Fehltritte starren mir von der Leinwand entgegen. Und Basil will es in Paris ausstellen! *(schüttelt sich)*

Stille.

DORIAN GRAY: Am selben Tag – kurz nach Sibyls Tod – habe ich das Porträt versteckt, erst hinter einem Schirm, doch dahinter hätte es immer noch jemand entdecken können. Inzwischen steht es im alten Schulzimmer, und ich habe eine große Decke darübergeworfen, eine prachtvolle venezianische Arbeit vom Ende des siebzehnten Jahrhunderts. Sie diente bestimmt oft als Bahrtuch. Jetzt soll sie etwas bedecken, was eine Fäulnis eigener Art an sich hat, eine schlimmere noch als die Fäulnis des Todes.

ICH: Dann sind *Hässlichkeit* und Altern schlimmer als der Tod?

DORIAN GRAY: Was der Wurm für den Leichnam ist, das sollten meine Sünden dem gemalten Bildnis auf der Leinwand werden. Sie würden es besudeln und es schänden.

ICH: Nur damit ich es verstehe … Dieses alte Schulzimmer, von dem Sie reden, befindet sich bei Ihnen zu Hause in London?

DORIAN GRAY: Ja. Es wurde seit fünf Jahren nicht mehr geöffnet, und dort begibt sich niemand hinein. Nur ich habe den Schlüssel. Es war voller Staub und Spinnweben, als ich es erstmals seit Jahren wieder betrat. Ich erinnerte mich noch immer an jedes Detail, so viele Stunden hatte ich dort zugebracht. *(Pause)* Es war ein schönes großes Zimmer, das der letzte Lord Kelso ausdrücklich zur Benutzung für mich kleinen Enkel hatte einrichten lassen. Sogar der mächtige italienische Cassone mit seinen fantastisch bemalten Füllungen und den matt und schmutzig gewordenen vergoldeten Ornamenten war noch vorhanden. Dort hatte ich mich oft als Knabe versteckt. An der Wand hing noch derselbe zerfetzte flämische Wandteppich, auf dem fast verblichen ein König und eine Königin in einem Garten Schach spielten, während Falkeniere im Zug vorbeiritten und Vögel, denen die Kappe über den Augen saß, in den eisenbehandschuhten Händen trugen.

Schon wieder ein Gobelin mit Falken!

ICH: Sie haben sich als Kind in einer *Kiste* versteckt? Wovor denn?

DORIAN GRAY: Vor Lord Kelso natürlich! Es gab im ganzen Haus keinen anderen Ort, der vor seinen Späheraugen so sicher war. Wenn ich der unbefleckten Reinheit meines Knabenlebens gedenke, scheint es mir entsetzlich, dass dort das verhängnisvolle Bildnis verborgen sein soll. Wie wenig hatte ich in jenen Tagen, die dahin sind, von alledem geahnt, was mich erwarten sollte!

Muss nach dem grausamen Großvater fragen, aber noch Fokus auf das Porträt!

ICH: Können Sie beschreiben, was in Ihnen vorgeht, wenn Sie das Bildnis betrachten?

DORIAN GRAY: Manchmal stehe ich mit einem Spiegel in der Hand vor dem Porträt und blicke bald auf das schlimme und gealterte Gesicht auf der Leinwand, bald auf das schöne, junge Antlitz, das mir aus der glatten Fläche des Spiegels entgegenlacht. Anfangs war ich entsetzt. Ich verstand nicht, warum es mich derart fesselte, die Verderbnis meiner eigenen Seele zu betrachten. Inzwischen finde ich Gefallen daran, abwechselnd mein lächelndes Gesicht im Spiegelglas und das schlimme, gealterte Gesicht auf der Leinwand zu studieren, dem mein Lebenswandel anzusehen ist.

ICH: Aber es ist doch nicht das Porträt, das den Lebenswandel widerspiegelt. Was immer Sie sich zuschulden kommen lassen, verändert vielleicht das Gesicht auf der Leinwand, aber es anzusehen ist immer noch nicht das Gleiche, wie den Blick ins Innere zu richten. Es sind immer noch Sie, der dieses Leben führt. Sie tragen alle Ihre Erfahrungen *in sich*. Sie können Ihr Gewissen nicht externalisieren und Ihre Handlungen und Ihre Gefühle nicht in die Pinselstriche auf einem Ölbild umleiten und es dann abhängen.

Dorian sieht mich zornig an. Symbolik!

ICH: Sie meinten, Sie würden es fast genießen, Ihr Porträt und Ihr Spiegelbild zu vergleichen. Könnten Sie dieses Gefühl näher beschreiben?

DORIAN GRAY: Es ist der scharfe Kontrast. Es ist so etwas wie … Schadenfreude, nehme ich an. Ich untersuche mit peinlicher Sorgfalt und manchmal mit ungeheuerlichem und furchtbarem Entzücken die grässlichen Linien, die die faltige Stirn verunstalten oder um den sinnlichen dicken Mund kriechen. Ich lege meine weißen Hände neben die plumpen, aufgeriebenen Hände des Bildes und lächele. Ich mache mich über den missgeschaffenen Körper und die verfallenen Glieder lustig. *(Pause)* Genau das ist der Mann, vor dem Henry mich einst warnte. In mein Spiegelbild verliebe ich mich indes mehr und mehr.

Verliebt in Spiegelbild … Narziss-Mythos nachschlagen!

ICH: Wie wäre es, wenn Sie sich Ihrem Porträt nicht mit Hohn oder Schadenfreude näherten, sondern mit Mitgefühl? Ich meine, selbst wenn das Porträt gewissermaßen das Ergebnis Ihrer schlechten Eigenschaften und beschämenden Handlungen wäre, könnten Sie doch versuchen, es mit etwas mehr Nachsicht zu betrachten.

DORIAN GRAY: Nachsicht! Ha! Es ist so ekelerregend, dass Sie es sich gar nicht vorstellen können.

ICH: Aber das Porträt kam doch überhaupt erst zustande, als ein junger Mann sich wünschte, es möge an seiner Stelle altern. Diesem jungen Mann können Sie aber schon Mitgefühl entgegenbringen, oder? Immerhin konnte er nicht wissen, welche Konsequenzen sein Wunsch haben würde.

Dorian stützt die Stirn auf die Hände, wirkt müde.

ICH: Es gibt doch einen Grund, warum dieser Junge Angst vor dem Altwerden hatte und sich wünschte, es bliebe ihm erspart. Ich glaube wirklich, dass alles, was wir tun, einen bestimmten Grund hat. Wir sollten uns einmal die Richtung ansehen, die Ihr Leben nahm, und verstehen, warum alles so gekommen ist, und zwar ohne die Augen vor Ihrer Verantwortung zu verschließen. Meinen Sie, das wäre möglich?

Dorian schweigt.

ICH: Sind Sie sicher, dass dieses Porträt wirklich so ekelerregend ist, wie Sie glauben? Vielleicht waren Sie am Ende gar nicht so *sündig*, wie Sie es sich einbilden.

Dorian wirft den Kopf in den Nacken und lacht gekünstelt. Ich warte ab.

ICH: Gibt es wirklich niemanden sonst, der das Porträt seit der ersten Veränderung gesehen hat? Nur Sie selbst?

DORIAN GRAY: Nicht im Traum würde ich es jemandem zeigen!

ICH: Mir auch nicht?

DORIAN GRAY *(hastig)*: Es ist viel zu groß, um es zu transportieren.

ICH: Könnten Sie es vielleicht abfotografieren? Oder … Ich weiß ja nicht, welche Möglichkeiten Sie haben.

DORIAN GRAY: Hören Sie sofort auf! Ich zeige es nicht her. Verstehen Sie das nicht? Ich verlasse London kaum noch, weil ich fürchte, während meiner Abwesenheit könnte jemand trotz der künstlichen Schlösser, die ich an der Tür anbringen ließ, Zutritt in das Zimmer erlangen. Die Villa in Trouville, die ich zusammen mit Lord Henry besaß, gab ich auf, ebenso das kleine Haus mit den weißen Wänden in Algier, wo wir mehr als einmal den Winter verbrachten. *(spricht immer schneller)* Wenn ich manchmal auf dem Lande weile, die eleganten jungen Leute bewirte, die meist meine Gesellschaft bilden, und die Landbevölkerung durch den üppigen Luxus und den verschwenderischen Glanz meiner Lebenshaltung in Staunen versetze, verlasse ich plötzlich meine Gäste und fahre eilends in die Stadt zurück. Dort sehe ich nach, ob sich niemand an der Tür zu schaffen gemacht habe und ob das Bild noch da sei. Wie, wenn es gestohlen würde? Der bloße Gedanke flößt mir kaltes Entsetzen ein. *(fährt sich mit den Fingern durchs Haar)* Dabei verstünde natürlich niemand, was er vor sich sähe. Allerdings hat das Porträt unter all der Gemeinheit und Hässlichkeit des Gesichts seine ausgeprägte Ähnlichkeit mit mir behalten. Aber was könnte man daraus entnehmen? Tatsächlich ähnelt das Porträt zusehends dem letzten Lord Kelso. *(erschaudert)* Interessant!

paranoia

ICH: Und trotzdem haben Sie so viel Angst, jemand könnte *Ihr* wahres Ich entdecken, dass Sie London kaum mehr verlassen?

DORIAN GRAY *(schnaubt)*: Ich weiß nicht, ob man das wirklich mein *wahres Ich* nennen kann.

ICH: Zumindest ist es ein Teil von Ihnen, den Sie um jeden Preis geheim halten wollen. Ich finde, es ist fast so, als hielte das Porträt Sie gefangen, auch wenn Sie es sind, der es weggesperrt hat.

DORIAN GRAY: Und ich glaube, es ist fast als hätten Sie keine Ahnung, wovon Sie reden. Aber klar … *(sieht mich vielsagend an)* Natürlich, Sie haben ja auch kein Porträt auf dem Dachboden versteckt. Ihren Verfall führen Sie unübersehbar Ihrer Umwelt vor.

ICH: Sicher. Hoffentlich sind es nicht nur meine schlechten Erfahrungen, die ihre Spuren hinterlassen haben, sondern auch schöne Erlebnisse und Gelächter. *(sehe auf die Uhr)* Unsere Zeit ist um, Mister Gray.

DORIAN GRAY *(steht auf)*: Dem Himmel sei Dank.

ICH: Sehen wir uns nächste Woche?

DORIAN GRAY: Da beten Sie besser zu Ihren Göttern.

Er verlässt die Praxis, ohne sich zu verabschieden. Ich bleibe noch sitzen. Als die Tür draußen zufällt, drehe ich mich zur Kamera um.

ICH: Dann mache ich das doch mal …

MERKMALE DER NARZISSTISCHEN PERSÖNLICHKEIT

- Hat das Bedürfnis, perfekt zu sein was das Aussehen betrifft
- Überschätzt und übertreibt eigene Talente und Taten
- Hat Schwierigkeiten, Defizite oder Fehler einzugestehen ✓
- Hat das starke Bedürfnis, im Mittelpunkt zu stehen, bewundert und anerkannt zu werden ✓
- * Nimmt sich selbst unrealistisch wahr, glaubt von sich, einzigartig, wichtiger und bedeutsamer als andere zu sein ✓
- Wechselt jäh zwischen Grandiosität und mangelndem Selbstwertgefühl
- Neigt zu Selbstekel, sobald das Ideal verfehlt wird ?
- Verfügt über ein korruptes Über-ICH: hat Angst, entlarvt zu werden, erhebt sich gleichzeitig über die anderen und steht vermeintlich über den allgemeinen Regeln, Gesetzen und Normen ✓
- Hegt Fantasien von Macht, Status und Erfolg ✓
- Richtet das Sexualleben eher auf Leistung und Verführung aus denn auf wechselseitige Gemeinsamkeit ✓
- Verkehrt mit prestigeträchtigen, bedeutsamen Personen, die die eigene Vortrefflichkeit spiegeln

- Idealisiert ausgewählte Personen und degradiert sie bei Widerstand ✓
- Reagiert gekränkt auf Kritik ✓
- Nutzt andere zum eigenen Vorteil aus ✓
- Zeigt einen Mangel an Empathie und kann sich nur schwer in andere hineinversetzen ✓
- Kann sich nicht langfristig an einer Sache erfreuen, langweilt sich schnell ✓
- Verspürt Leere, wenn das überhöhte Selbstwertgefühl nicht hinreichend stimuliert wird
- Verbirgt Ärger und Wut hinter einer Maske der Artigkeit ✓
- Schaut auf andere hinab, insbesondere sobald sie sich in irgendeiner Hinsicht als *schwach* erweisen ✓
- Ist neidisch auf andere und unterstellt anderen Neid
- Empfindet keine Trauer, Sehnsucht oder Schuld ✓
- Fürchtet, von anderen abhängig zu sein
- Kann charmant sein, solange er bewundert wird, sobald die eigene Großartigkeit aber infrage gestellt wird, schlägt der Charme in Spott um. Der Narzisst erlebt seine Umwelt oftmals als *für oder gegen* sich ✓
- Tritt herablassend und arrogant auf ✓

- Hat im Alter zunehmend Schwierigkeiten, die eigene Grandiosität aufrechtzuerhalten, weil die Realität – in Gestalt psychischen wie physischen Alterns – das Gegenteil vermittelt
- Strebt nach Anerkennung und Ruhm, was in Kombination mit Talent durchaus zu sozialen Erfolgen führt ✓
- Neigt bei unwillkommener Konfrontation mit der Realität zu Depression (häufigste Ursache, warum Narzissten psychologische Hilfe suchen) ?

Die therapeutische Behandlung eines Narzissten erweist sich mitunter als schwierig, weil er sich defensiv verhält und um jeden Preis an seiner verzerrten Selbstwahrnehmung festhalten will, sodass er nur unter Schwierigkeiten eigene Probleme oder Traumata anerkennt.

Passt auf Dorian. Übereinstimmungen
mit Psychopathie-Checkliste.
SCHWIERIG! Brauche P[redacted]?

Spannend! Nachdem Dorian ja nicht altert (zumind. nicht äußerlich), dürfte das hier kein Problem für ihn sein, wodurch er sicher nur umso schwieriger ist.

Ich gäbe einiges dafür, Dorian Grays Gemälde zu sehen. Kann es wirklich sein, dass es seine finstersten Geheimnisse offenbart? Dann wäre es auf jeden Fall ein fantastisches Forschungsobjekt! Aber das ist natürlich schwer zu sagen. Ist der Mann auf dem Bild tatsächlich so widerwärtig, wie Dorian erklärt? Oder sieht er aus wie ein normaler Typ, der eben auf die vierzig zugeht? Reicht das schon, um auf Dorian abstoßend zu wirken?

Jedenfalls eine komplett unglaubliche Geschichte. Dass ich trotzdem nicht sonderlich überrascht war und Dorian nicht einmal der unwahrscheinlichste Patient ist, den ich je hatte, sagt viel darüber aus, in welcher Phase meiner Karriere ich mich gerade befinde.

Ewige Jugend… das hat mich wieder an Carmilla erinnert. Genau wie der Narzissmus, der in einigen Punkten der Psychopathie gleicht. Es gibt auch Ähnlichkeiten zu Hyde. Hydes und Dorians Libertinismus und Genusssucht gehen auf Kosten anderer, trotzdem verbergen sich beide hinter der Maske gesellschaftlicher Akzeptanz.

Sollte Dorian vielleicht nicht so hart anpacken und vorsichtiger vorgehen, wenn er erste Hinweise auf sein Gefühlsleben gibt. Da wirkt er jedes Mal total fragil. Und genau davor hat er Todesangst.

Er kann/will nichts empfinden, schiebt Scham, Schuld, Trauer und Ängste weit von sich weg, will stattdessen die sofortige Bedürfnisbefriedigung. Aber es ist unmöglich, sich rund um die Uhr fantastisch zu fühlen, weil das Fantastische ja nur im Vergleich zu allem anderen fantastisch ist… im Vergleich zu den traurigen, anstrengenden, langweiligen Momenten, die unser Leben in weiten Teilen ausmachen. Dorian hingegen scheint den immerwährenden Zirkus zu erwarten.

Einer seiner Fluchtmechanismen während unseres Gesprächs ist die Provokation, und ich sollte es ihm vielleicht nicht ganz so leicht machen. Warum kann ich nicht einfach auf seine (sowieso nicht sonderlich raffinierten) Beleidigungen pfeifen? Besonders wenn er auf mein Äußeres abzielt. Er will sich besser fühlen, indem er mich herabsetzt. Indem er seine Selbstverachtung, den Ekel vor dem Älterwerden, auf mich projiziert.

Dass mich das überhaupt trifft, ärgert mich. Es fühlt sich an, als hätte er gewonnen, wenn ich mich anschließend schlecht fühle und mir mein Äußeres bewusst wird. Ich musste gerade erst heulen, als ich ein Foto von unserer Krabbelgruppe sah, auf dem ich getaggt wurde. Ich bin nicht hässlich, das weiß ich, ich sehe ganz gut aus… oder zumindest okay. Dass ich nach der Geburt immer noch nicht meine alte Figur zurückhabe, ist völlig normal. Warum trifft es mich trotzdem so hart?

Und er provoziert mich ja nicht nur auf persönlicher Ebene. Es ist auch seine Herablassung, wenn
 er über Frauen und die Arbeiterklasse spricht. Glaubt er wirklich, dass wir, die in alten, aus-

sterbenden Arbeitersiedlungen aufwuchsen, uns NICHT mit schönen Dingen umgeben wollten? Dass wir unser Leben nicht auch gern mit aufregenden Erlebnissen angefüllt hätten, WENN WIR DIE MÖGLICHKEIT GEHABT HÄTTEN?

Frauen dienen ihm natürlich als Sexobjekte, aber außer Sibyl und seiner Mutter scheinen alle dumm, eitel und hässlich zu sein. Ausgerechnet die beiden stellt er lediglich aufgrund ihrer Schönheit auf ein Podest… und weil andere sie ebenfalls angehimmelt haben. Er scheint zu glauben, das würde seinen eigenen Status erhöhen.

Keine Ahnung, ob Dorian schwul, bi oder pansexuell ist oder ob das überhaupt eine Rolle spielt. Mitunter habe ich den Verdacht, dass Sibyl für ihn nur ein Requisit war. Liebte er sie wirklich? Und war die Liebe im selben Moment verflogen, als sie ihn vor seinen Freunden blamierte? Ihn beschämte? Er ist ein Risiko eingegangen, indem er sie ihnen vorführen wollte, und ist dann ausgerechnet gegenüber denen, die er bewundert, mit seinem Anliegen gescheitert. Nur ihr *künstlerischer Selbstmord* rehabilitierte sie. Vielleicht erlaubt ihm der Narzissmus einfach nicht, einen mittelmäßigen Menschen zu lieben.

Womöglich ist er aber ja auch so geprägt, dass er sich in die Kunst verliebt. Er liebte Sibyl in ihrer Eigenschaft als *Flötenton* in der menschlichen Symphonie, in diesem Fall im Werk Shakespeares. Sie zu *erobern* heißt vielleicht ja auch, sich mit dem Genius, der all diese Figuren erdachte, auf eine Ebene zu stellen. Oder geht das gerade zu weit?

Sein Frauenhass jedenfalls stört mich so sehr, weil er mich an einige ältere Schwule erinnert, die ich kennen gelernt hatte und die unfassbar misogyn waren, fast schlimmer als manche Heteromänner im gleichen Alter. Dies wohl deshalb, weil Frauen ihnen mehr oder weniger *egal* sein können. Es ist auch niemand sonst dermaßen abfällig gegenüber Lesben und Transen (und gegenüber *Tunten*, die nicht in ihr wenig reflektiertes Männlichkeitsideal passen). Diese älteren Schwulen machen mich wahnsinnig! Als Schwuler dem Patriarchat zu huldigen ist doch so, als würde man sich in die eigene Hand kacken! Kapieren die nicht, dass wir zusammenhalten müssen? Dorian ist noch dazu zig Generationen älter und hat somit NOCH altertümlichere Vorstellungen.

Okay, muss mich wieder beruhigen. Mich auf Dorian konzentrieren. Bis zur nächsten Sitzung muss ich über Folgendes nachdenken:

- Welche Auswirkungen hatte die Kindheit und Jugend bei einem Großvater, der zum Tod der Eltern beitrug? Dorian sieht seiner Mutter immer noch ähnlich, während das Porträt immer mehr dem Großvater gleicht. Wie fühlt sich das für ihn an?
- Dorian betrachtet sich die ganze Zeit nur von außen, redet von seiner Schönheit, will das

Leben zur Kunst erheben. Und Kunst dient dazu, bestaunt zu werden. Genossen zu werden. Er macht sich selbst zum Objekt. Entfremdet er sich dadurch von sich selbst (wie Frauen, die ständig angegafft werden, die Blicke irgendwann internalisieren und sich selbst als Objekt betrachten)?

- Ist er depressiv? Ist er deshalb gekommen?
- Er scheint entweder zu idealisieren oder herabzuwürdigen, sehr schwarz-weiß in seinen Denkmustern. Habe das Gefühl, Dorian will um jeden Preis dieses letzte Restchen *Güte* in sich bewahren und muss daher sämtliche schlechten Eigenschaften auf andere projizieren.
- Am meisten scheint er Lord Henry zu idealisieren (auch wenn er ihn angeblich *überholt* hat). Ist Henry eine Vaterfigur, oder ist Dorian in ihn verliebt? Auf alle Fälle scheint Henry sich nicht gerade um Dorians Wohl zu sorgen. Dorian ist für ihn eher ein Experiment. Dorian hat immerhin selbst erwähnt, dass Henry selbst nicht so lebt, wie er predigt. Vielleicht gefällt es ihm ja, in Dorian quasi seinen Stellvertreter zu sehen.

Ich möchte wirklich mit P[redacted] besprechen, wie sehr mich Dorians Äußeres beeinflusst. Ich will ihm ehrlich helfen, aber ich muss mich auch selbst hinterfragen. Wäre es anders, wenn er der widerwärtige Mann von dem Gemälde wäre, der von der schönen Schauspielerin erzählt, die sich das Leben

ARBEITSHEFT	Fortz.

nahm, nachdem er in der Jugend mit ihr Schluss gemacht hatte?

PS: Von Dorian inspiriert habe ich einen Artikel über männliche Eitelkeit geschrieben, der demnächst veröffentlicht werden soll. Ich bin mächtig stolz darauf. Außerdem habe ich beschlossen, Dorian mit ins Buch aufzunehmen. Durch seinen Narzissmus im Kontext *Schönheit* ist er womöglich der aktuellste meiner Fälle. Ich habe Ordner angelegt – für ihn, Dr. Jekyll, Laura/Carmilla und die Familie Frankenstein – und ein Verlagsanschreiben entworfen. Hoffe, ich darf P[redacted] als Referenz angeben. Sollte womöglich versuchen, ein Honorar für sie zu ergattern, obwohl sie das bislang abgelehnt hat. (Das war allerdings, bevor sie auch nur ahnen konnte, welche Ausmaße dieses Projekt annehmen würde.)

PPS: Gerade fällt mir ein, dass Basil schrieb, er kenne Dr. Jekyll. Wenn Basil schwul ist und in denselben Kreisen verkehrt, heißt das dann nicht, dass Jekyll ebenfalls schwul sein könnte? Wenn wir uns das nächste Mal treffen, sollte ich da einmal nachspüren, auch wenn ihn das trotz unserer jüngsten Fortschritte wieder ziemlich aufregen wird.

PPPS: Frage mich gerade, ob Jekyll und Dorian sich irgendwann begegnet sind. Hoffe nicht!

DER MYTHOS VON NARKISSOS (NARCISSUS, NARZISS)

Narkissos kam als Sohn der Wassernymphe Leiriope und des Flussgottes Kephissos als Resultat einer Vergewaltigung zur Welt. Um die Zukunft ihres schönen Sohnes besorgt, suchte Leiriope den blinden Seher Teiresias auf. Die Frage, ob Narkissos ein hinreichend langes Leben beschieden sei, »um eines Tages darauf zurückzublicken«, bejahte Teiresias, nur »dass er sich nicht selbst erkenne«. Leiriope sorgte in der Folge dafür, dass Narkissos nie sein eigenes Spiegelbild zu Gesicht bekam.

Schon als Kind war Narkissos schön, und mit jedem Jahr wurde er schöner. Mit sechzehn stand er an der Schwelle vom Jungen- zum Mannesalter und wurde von Männern wie Frauen umschwärmt. Doch Narkissos selbst war an niemandem interessiert. Er glaubte nicht, dass auch nur einer seiner Bewunderer seiner Liebe würdig sei, und wies mit trotzigem Stolz alle zurück.

Als Narkissos eines Tages mit Kameraden auf Hirschjagd war, begegnete er der Nymphe Echo, die sich in den hübschen Jüngling verliebte. Echo selbst war zur Strafe von Hera, Schwester und Gattin von Götterkönig Zeus, annähernd ihrer Sprache beraubt worden und vermochte lediglich die letzten an sie gerichteten Worte zu wiederholen.

Sobald Echo Narkissos entdeckte, folgte sie ihm durch den Wald. So gern sie ihn angesprochen hätte, aber sie selbst war nicht imstande, ein Gespräch zu eröffnen. Als Narkissos von seinen Jagdgefährten getrennt wurde und sich verlief, rief er: »Ist niemand hier?«, und endlich konnte Echo antworten: »Hier!« Narkissos sah sich überrascht um und forderte, sie möge hervortreten, woraufhin sie die Aufforderung erwiderte. Narkissos schlug vor: »Hier verbinden wir uns!«, Echo gab glücklich zurück: »Verbinden wir uns!«, und trat mit ausgebreiteten Armen zwischen den Bäumen hervor. *Erinnert an Sibyl*

Narkissos wich vor ihr zurück und wies die Nymphe hochmütig ab: »Tot sein will ich noch eher, als deiner Gewalt mich ergeben!« Und das Einzige, was Echo erwidern konnte, war: »Deiner Gewalt mich ergeben!« Mit Schamesröte im Gesicht suchte sie sich ein Versteck in einer Höhle, schmachtete dort in einsamer Trauer und mit gebrochenem Herzen vor sich hin, bis nur noch die Stimme von ihr übrig war. *Basil?*

Auch ein gewisser Ameinias gehörte zu Narkissos' größten Bewunderern und suchte wiederholt dessen Nähe. Auf sein Bekenntnis, er könne ohne Narkissos nicht leben, reagierte der eingebildete Jüngling, indem er ihm ein Schwert schicken ließ, mit dem Ameinias seiner Erklärung

Taten folgen lassen möge. Ameinias stieß sich das Schwert ins Herz, allerdings nicht ohne erst die Götter beschworen zu haben, Narkissos für seine Eitelkeit zu bestrafen. Gemeinsam mit den um Echo trauernden Nymphen hob er die Hände und betete zum Himmel: »Auf dass er sich eines Tages selbst verliebe und diese Liebe nie erfüllt werde.« Die Bitte wurde von Nemesis, der Göttin des gerechten Zorns, erhört.

Als Narkissos bei einem seiner Streifzüge durch den Wald auf eine Quelle mit silberblankem Wasser stieß, an das nie ein Hirte oder sein Vieh gekommen war, ging er im Gras auf die Knie, um seinen Durst zu stillen. Als er sich über die Quelle beugte, sah er erstmals im Leben sein Spiegelbild, und im selben Moment strafte ihn Nemesis mit unstillbarer Liebe. Wie Ovidius in seinen *Metamorphosen* (8 n. Chr.) schreibt: »Staunend besieht er sich selbst, unbewegt bleibt hangen sein Antlitz, Und starrt wie ein Gebild', aus Parischem Marmor gemeisselt. Liegend gewahrt er die Augen, sie scheinen ihm doppelte Sterne, Werth für Bacchus erscheint ihm das Haar, selbst werth für Apollo, Und er bewundert das glatte Gesicht und den blendenden Nacken, Und den entzückenden Mund, der den Schnee mit den Rosen vereinigt, Alles was irgend an ihm der Bewunderung würdig erschienen.«

Hals über Kopf verliebte er sich in das Gesicht, das er vor sich sah, und versuchte – vergebens –, Kontakt mit dem Jüngling im Wasser aufzunehmen. Sobald sich seine Lippen der Wasseroberfläche näherten, löste sich das Gesicht auf und verschwand. Sooft er es auch versuchte, er kam nicht an sein Gegenüber heran. Als ihm zu guter Letzt dämmerte, dass er sein eigenes Spiegelbild vor sich sah und den Jüngling im Wasser niemals würde an sich drücken können, war er am Boden zerstört. Zugleich fühlte er erstmals, was all jene gefühlt hatten, die unglücklich in ihn verliebt gewesen waren.

Narkissos konnte sich von der Quelle gar nicht mehr losreißen. Als er sein Unglück nicht länger ertragen konnte, stieß er sich seinen Jagddolch ins Herz. Dort wo sein Blut in den Boden sickerte, wuchs später eine weiße Narzisse mit blutroten Kronblättern.

wie D, als er erstmals sein
Gemälde sah

Caravaggios *Narcissus*, 1597–1599. Galleria Nazionale d'Arte, Rom

Weder D noch Narcissus schaffen es,
tiefer mit ihrem eigenen Selbst in
Kontakt zu treten.

Instagram fördert männliche Sucht nach Schönheit

Die Besessenheit von Schönheit und Jugend kann mit einer Droge verglichen werden, behauptet Psychologin [redacted]. In sozialen Netzwerken wird die Sucht bedient.

Man stelle sich vor, man stehe einem attraktiven jungen Mann aus dem London des 19. Jahrhunderts gegenüber. Er mag keinen Instagram-Account haben, er mag auch nicht jeden zweiten Tag ins Fitnessstudio gehen, um sein Sixpack zu formen, aber genau wie für die jungen Männer im Schweden des 21. Jahrhunderts ist Attraktivität für ihn enorm wichtig. Sie verschafft ihm ganz ähnliche Vorteile wie heute den Influencern, den Paradise-Hotel-Teilnehmern und den Jeans-Models.

Aus diversen Gründen habe ich mich jüngst genauer mit dem viktorianischen England beschäftigt. Es ist die Epoche, in der der Ästhetizismus – in dem das *Schöne* aller Moral und allen sozialen Errungenschaften übergeordnet wird – seinen Zenit erreicht. Die Ästhetik und der Konsum schöner Dinge gelten nicht nur als i-Tüpfelchen gesellschaftlichen Lebens, sondern als *Notwendigkeit*.

Nehmen wir uns diesen schönen viktorianischen Mann genauer vor. Nennen wir ihn der Einfachheit halber DG. Statt Selfies zu schießen, lässt er sich auf einer Leinwand verewigen, von einem Maler und Zeitgenossen, der ihm zu Füßen liegt, denn seine Attraktivität öffnet ihm Türen sowohl in die Salons der Gesellschaft als auch in die Schlafzimmer der Londoner Oberschicht. Er geht auf die vierzig zu, hat aber zum Glück seinen jungenhaften Charme und seine makellose Haut bewahrt. Wie das? Hat er seine Seele an den Teufel verkauft? Nein, zumindest nähme das kein moderner Mensch an, nicht einmal im 19. Jahrhundert. Doch um den jungen Mann kreisen Gerüchte, und man sagt ihm nach, er sei gefährlich, sadistisch, narzisstisch, womöglich sogar ein Psychopath. Doch seine Attraktivität ist wie ein Teflonschutz. Niemand glaubt, dass sich hinter dem anziehenden Äußeren düstere Geheimnisse verbergen könnten. Es heißt, Liebe mache blind, aber könnte es sein, dass auch Attraktivität blind macht für den wahren Charakter einer Person?

Parallelen zu ziehen zwischen dem Wertekatalog, der für DGs viktorianisches London galt, und dem unserer heutigen Gesellschaft ist mitnichten schwer. Genau wie DG vor hundertfünfzig Jahren aufgrund seiner Attraktivität eine *Sonderbehandlung* erfuhr, werden heute als schön wahrgenommene Menschen von ihrer Umwelt besser behandelt als andere. Bei Gericht werden sie milder beurteilt, bekommen in der Schule bessere Noten, haben es leichter bei der Partner- und Jobsuche und verdienen sogar mehr als ihre *hässlichen* oder *durchschnittlich attraktiven* Kolleginnen und Kollegen. Und als wäre das noch nicht genug, nehmen wir schöne Menschen als freundlicher, intelligenter und erfolgreicher wahr als ihre *Konkurrenten.*

Ein jugendliches, attraktives Äußeres scheint somit der Schlüssel zum Glück, zu sozialem Status und beruflichem Erfolg zu sein. Beispiele finden wir überall, in der Werbung, in TV-Serien, in Zeitschriften und vor allem in sozialen Netzwerken, in denen es von jungen, schönen, erfolgreichen Menschen nur so zu wimmeln scheint. Viele sind bereit, einiges zu opfern, um dieses Ideal zu erreichen, genau wie mein fiktiver Freund DG. Einige würden womöglich sogar ihre Seele an den Teufel verkaufen.

Wenn man zudem Narzisst ist (oder narzisstische Merkmale aufweist), wird die Welt zum Spiegel, und man ist in einem fort auf der Jagd nach positivem Feedback. Man sucht die Bestätigung. Und da liegt es nahe, dass man sein Leben für Instagram nach bestimmten Regeln inszeniert. Viele User nutzen Facebook und Instagram, um ein *perfektes* Bild von sich selbst zu konstruieren. Was immer als *falsch* oder *wenig schmeichelhaft* wahrgenommen wird, der Make-up-freie Schnappschuss, die nicht hinreichend beneidenswerte Kulisse, eine wenig wünschenswerte Eigenschaft –, wird wegretuschiert, manipuliert oder eiskalt verbessert. Und was bleibt übrig? Eine zurechtgerückte, wenn auch attraktive Fassade. Schön, aber womöglich nicht allzu wahr. Doch wenn wir unsere eigenen Schwächen vertuschen und ausblenden, dürfte es uns schwerfallen, eine ehrliche Verbindung zu anderen aufzubauen. Und ohne solche Verbindungen stehen wir schlechtestenfalls isoliert und sehr einsam da.

In jeder Epoche neigte der Mensch dazu, seine positiven Seiten herauszustellen und die negativen zu vertuschen. Jemand wie DG hat keinen Instagram-Account, den er kuratieren kann, aber auf ähnliche Weise, wie wir ein Bild von uns enttaggen können, das uns nicht schmeichelt, kann DG ein Ölgemälde mit seinem Konterfei, das ihm nicht gefällt, abhängen und auf dem Dachboden verstecken. Der große Unterschied liegt lediglich darin, dass unsere Möglichkeiten, unser öffentliches Ich zu inszenieren, nie größer waren als heute. Und dass die Inszenierung nie zuvor so zeitaufwendig war.

Wie oft wird mit dem Finger auf Menschen gezeigt, die sich einer Schönheitsoperation unterziehen oder ihre Instagram-Bilder nur mit Filter posten, damit die Fältchen und Augenringe verschwinden. Aber man sollte sich stets vergegenwärtigen, dass sowohl DG als auch wir hier und heute der immer gleichen Botschaft ausgesetzt sind. Das Einzige, was eine Rolle spielt, ist das Äußere, und Schönheit wird gleichgesetzt mit Jugendlichkeit. Große Wirtschaftsplayer steuern und verstärken das Gefühl der Unzufriedenheit und des Mangels zusätzlich, nur um *Abhilfe* an-

Einer von Abermillionen Instagrammern?

zubieten und ihre Produkte zu verkaufen. Doch unser Primat der Jugend hat letztlich auch evolutionäre Gründe, denen wir mindestens ebenso schwer widerstehen können. Wir sind schlichtweg genetisch darauf programmiert (ganz unabhängig von der sexuellen Ausrichtung), uns von jungen, gesunden, fruchtbar aussehenden Menschen angezogen zu fühlen, um potenziell mit ihnen Nachkommen zu zeugen.

Allerdings ist die Idealisierung der Jugendlichkeit aus zwei Gründen problematisch. Zum einen, weil dem Äußeren auf Kosten anderer Eigenschaften eindeutig zu viel Wert zugesprochen wird. Zum anderen aber auch, weil auf diese Weise der Unglaube aufrechterhalten wird, jemand mit Runzeln könne nicht attraktiv sein. Frauen trifft dies besonders hart. Denn die Ansprüche, die an Frauen gestellt werden, sind widersprüchlich und umso schwerer zu erfüllen: Sie dürfen sich einerseits nicht *gehen lassen,* sich andererseits aber auch nicht anmerken lassen, wie sehr sie sich anstrengen, um ihr jugendliches Auftreten aufrechtzuerhalten. Eine ältere Frau, die sich augenscheinlich unters Messer gelegt hat oder sich zu offenherzig kleidet, wird ausgelacht, doch die Gratwanderung ist nun einmal nicht ganz leicht und der soziale Abstieg eine ständige Bedrohung.

Es erfordert enorme Charakterstärke, um sich den ungeschriebenen Gesetzen und widersprüchlichen Anforderungen nicht zu unterwerfen. Bis in unsere Zeit waren Männer von diesen Anforderungen im Vergleich zu Frauen eher verschont. Lange galt die Regel, dass Falten der Attraktivität des Mannes keinen Abbruch täten und dass graue Schläfen eine attraktive Gelassenheit vermittelten. Heutzutage entwickeln immer mehr Männer Essstörungen wie die Orthorexie (die übermäßige Beschäftigung mit gesunder Ernährung, oft gepaart mit exzessivem Sporttreiben), und der Markt für Pflegeprodukte, Kosmetikbehandlungen und Schönheitsoperationen für Männer boomt.

Auch wenn der Ästhetizismus im viktorianischen England eine einflussreiche Epoche darstellt, hatten nur wenige die Möglichkeiten und Mittel, ihren Idealen tatsächlich zu frönen. Instagram indes hat heute weltweit eine Milliarde User. Und eine plastische Nasenkorrektur ist nur mehr einen kleinen Online-Kredit weit entfernt.

Die Folgen sehe ich in meiner Praxis. Männer, die sich nur von außen betrachten, die in einem fort einem Idealbild ihrer selbst nachjagen und es in Wahrheit doch nie erreichen, fühlen sich nicht mehr wohl in ihrer Haut und verstehen erst gar nicht, warum das so ist. Wenn sie Glück haben, beschleicht sie das nagende Gefühl, dass sie etwas im Leben verändern sollten, und sie suchen sich Hilfe (oder haben Freunde, die sie auf den richtigen Weg bringen). Sie fühlen sich innerlich leer, weil sie sich nie wirklich damit beschäftigt haben, was eigentlich hinter der Fassade steckt. Kann man vom eigenen Äußeren süchtig werden? Von der eigenen Jugendlichkeit? Ich denke schon. Als Psychologin erinnern mich gewisse Mechanismen an die des Alkohol- oder Drogenmissbrauchs. Statt innezuhalten, sein Leben zu durchleuchten und neu auszurichten, kehrt der Süchtige mithilfe von Äußerlichkeiten dem eigenen Innern den Rücken. So bleibt er aber womöglich auch in der Phase stecken, da der Missbrauch begann, sowohl emotional, kognitiv als auch sozial.

Ausgerechnet diesbezüglich – und *nur* in dieser Hinsicht – hält der Suchtkranke ironischerweise den Zahn der Zeit auf Abstand. Nur dass genau da das Problem entsteht.

Gängige Abwehrmechanismen

VERDRÄNGUNG:
Gefühle, Gedanken und Impulse, die Ängste auslösen, werden aus dem Bewusstsein ins Unbewusste verschoben

Jekyll, Dorian, Laura

PROJEKTION:
Ein inakzeptabler Impuls wird umgeleitet und einer anderen Person zugeschrieben (projiziert)

Dorian

INTELLEKTUALISIERUNG:
Ein konflikthaftes Erlebnis wird durch Abstraktion zu einem intellektuell analysierbaren Ereignis

Jekyll, Viktor, Dorian

RATIONALISIERUNG:
Für eine bereits erfolgte Handlung oder Verhaltensweise werden im Nachhinein rationale, logische Erklärungen herangezogen und vorgeschoben

Laura, Carmilla (vg. Mägden), Viktor

REAKTIONSBILDUNG:
Angstbeladene Impulse werden unter Aufwendung körperlicher Anstrengung durch ein (übertrieben) entgegengesetztes Verhalten niedergehalten

Jekyll, Laura?

SUBLIMIERUNG:
Sozial unerwünschte Impulse werden durch erwünschte oder bewunderungswürdige Handlungen ersetzt

Viktor (Arbeit?)

VERLEUGNUNG:
Vor Bedrohungen von außen werden, sobald sie übermächtig zu werden drohen, die Augen verschlossen

Dorian? Laura?
Lauras Vater?

IDENTIFIKATION:
Gegenteil der Projektion. (Vermeintliche) Gefühle und Eigenschaften anderer Personen werden als eigene übernommen

Dorian
(übernimmt
Henrys Rolle)

SITZUNG 3

Ich verlasse das Sprechzimmer, um die Tür zu öffnen. Dorian bedenkt mich mit einem eisigen Blick, als er den Raum betritt. Ohne ein Wort nimmt er Platz. Schlägt die Beine übereinander. Sieht aus dem Fenster. Im hellen Licht leuchten seine Augen blauer denn je.

ICH: Schön, dass Sie wieder da sind. *(setze mich)* Wie geht es Ihnen heute?

Langes Schweigen.

DORIAN GRAY: Sehen Sie sich den Sommer an, dort vor dem Fenster!

ICH *(sehe hinaus)*: Ja, schöner Tag heute.

DORIAN GRAY: Ja, tatsächlich. Aber der Tag wird zur Nacht. Der Sommer wird erst zum Herbst, dann zum Winter, dann zum Frühjahr, und es folgt wieder ein Sommer. Die weißen Narzissen blühen, sterben vielmals dahin, blühen von Neuem. Ich selbst jedoch bin unverändert. Kein Winter entstellt mein Gesicht oder beschädigt meinen blumenhaften Flaum. Nicht einmal das Kolosseum in Rom kann der Zeit wie mein Gesicht die Stirn bieten.

Stille.

DORIAN GRAY: Ich liebe es, von der Pracht und dem Pomp alter Zeiten zu lesen. Von den Beschreibungen eines Gewands Richards des Zweiten, das mit Ballasrubinen bedeckt war, wird mir schier schwindlig, von den juwelenbesetzten Handschuhen Heinrichs des Zweiten, von den mit vierhunderteinundzwanzig Diamanten besetzten Steigbügeln Karls von England. Doch so vieles davon ist vergangen. *(Pause)* Alle Schönheit stirbt, früher oder später … außer die meine. Es ist eine wunderbare Gabe und eine, die Sie gewiss gern mit Ihren verwahrlosten kleinen Pranken berühren würden. *(sieht mich an)* Kein Wunder, dass Sie aus purem Neid versuchten, meine Lebensfreude zu besudeln.

Gekränkt und aggressiv, genau wie zu Beginn der letzten Sitzung

ICH: Wie kommen Sie darauf, dass ich neidisch sein könnte?

DORIAN GRAY: Sie wollen die Menschen dorthin drängen, wo Sie sie haben wollen. Sie wollen sie narren und ihnen die innersten Geheimnisse entlocken, nur um sich darüber zu amüsieren. Deshalb haben Sie mich genötigt, das Geheimnis meines Bildnisses preiszugeben. Sie mit Ihren psychologischen Tricks und Beschwörungsformeln haben dafür gesorgt, dass mein Leben verlogen und verwerflich aussieht.

ICH: Kann es sein, dass es Ihnen im Nachhinein unangenehm war, mir von dem Gemälde erzählt zu haben? *(Pause)* Ich verstehe schon, dass es Überwindung kostet, ein Geheimnis zu lüften, das Sie schon seit Jahren mit sich herumtragen. Aber Sie können sich absolut sicher sein, dass alles in diesen vier Wänden bleibt, was innerhalb dieser vier Wände gesagt wird.

DORIAN GRAY: Damit bekräftigen Sie meinen Verdacht! Ich dachte gerade nach, und Sie unterbrechen mich und wollen mich auf Abwege führen. Sie hören mir nicht zu!

ICH: Bedauerlich, dass Sie es so empfinden. Aber ich höre zu, Ehrenwort.

DORIAN GRAY: Das hätten Sie tun sollen, als Sie die Gelegenheit dazu hatten. Womöglich hätten Sie etwas gelernt. Dorian Gray ist für Legionen der Londoner Gesellschaft ein Vorbild. Ich glaube kaum, dass Sie zur Gänze verstehen, welchen Einfluss ich auf den Zeitgeist habe.

ICH: Erklären Sie es mir!

DORIAN GRAY *(beschwichtigt)*: *Sie* können es natürlich nicht wissen, aber ich bin der Typus, der so etwas wie die wahre Bildung und Kultur des Gelehrten mit der Grazie, der Vornehmheit und den vollendeten Manieren eines Mannes von Welt vereinigt. Gleich Gautier bin ich einer, für den *die sichtbare Welt da ist.* Die Art, mich zu kleiden, und die besonderen Stile, die ich von Zeit zu Zeit zur Schau trage, haben einen deutlichen Einfluss auf die jungen Stutzer von den Bällen in Mayfair und den Fenstern des Pall Mall Club, die mich in allem kopieren, was ich tue. Ich könnte in London wahrhaft das werden, was der Verfasser des *Satyricon* einst dem kaiserlichen Rom Neros war.

ICH: Es ist Ihnen unüberhörbar wichtig, bewundert zu werden.

DORIAN GRAY *(schnaubt)*: *Wichtig* würde ich nicht sagen. Ich kann nichts dafür, wie andere auf mich reagieren. Ich habe nicht darum gebeten, ein *artiber elegantiarum* zu werden, der ständig über das Tragen eines Schmuckstückes, das Binden einer Krawatte oder das Halten eines Spazierstocks zurate gezogen wird.

ICH: Was ist *dann* wichtig für Sie?

DORIAN GRAY: Ich versuche, einen neuen Plan der Lebensführung zu entwerfen, der in der Vergeistigung der Sinne seine höchste Vollendung finden soll.

ICH: Ist das der Hedonismus, den Sie während unseres ersten Treffens erwähnten? Dieses Evangelium des Genusses? Hatten Sie es nicht so genannt?

DORIAN GRAY: Dann haben Sie doch zugehört. Tja, es geschehen noch Zeichen und Wunder! *(zwirbelt an einer goldblonden Locke)*

ICH: Könnten Sie mir diesen Plan der Lebensführung genauer beschreiben?

DORIAN GRAY: Der Kultus der Sinne ist oft, und mit Recht, in Verruf gebracht worden, da die Menschen einen natürlichen, instinktmäßigen Abscheu vor Leidenschaften und Triebempfindungen haben, die stärker als sie selbst scheinen und die sie, wie sie wissen, mit den weniger hoch organisierten Formen des Lebendigen gemein haben.

ICH: Reden wir gerade von Sex?

DORIAN GRAY *(nickt)*: Der Sexualtrieb wird als wild und tierisch betrachtet. Doch er ist nur deshalb wild und tierisch geblieben, weil die Welt ihn hungern ließ und dadurch zur Unterwerfung brachte oder ihn durch Qualen tötete, statt dahin zu streben, ihn zum Element einer neuen Geistigkeit zu machen, deren vorherrschendes Kennzeichen ein feiner Instinkt für die Schönheit ist.

ICH: Ich bin ganz Ihrer Meinung! Zu viele versuchen, darüber zu bestimmen, was andere mit ihrem Leben und ihrem Körper tun sollen.

DORIAN GRAY *(entflammt)*: Auf so viel ist verzichtet worden und zu so kleinem Zweck! Es hat in der Geschichte wahnsinnige freiwillige Entsagungen gegeben, ungeheuerliche Formen der Selbstpeinigung und Selbstverleugnung. Ja, es muss ein neuer Hedonismus in mein geliebtes London einziehen, der dazu bestimmt ist, das Leben zu erneuern und die Stadt vor dem groben, hässlichen Puritanismus zu erretten, der in unseren Tagen sein seltsames Wiedererwachen gefunden hat.

ICH: Manchmal habe ich das Gefühl, dass auch hier ein hässlicher Puritanismus wiedererwacht ist.

Sieht er irgendwann vielleicht anders, wenn ich an mein Buch denke …

DORIAN GRAY: Da sehen Sie es! Und ich spreche nicht nur vom Sexualtrieb. Ich will jegliche Mäßigkeit überwinden. *(verzieht angewidert das Gesicht)* Und Kunst soll nicht mehr *nützlich* oder *moralisch* sein, sie soll schön sein und uns ein Wohlgefühl bereiten. Schönheit um der Schönheit willen! Es gibt beispielsweise keine moralischen oder unmoralischen Bücher. Bücher sind gut oder schlecht geschrieben. Das ist schon alles.

Ich nicke.

DORIAN GRAY: Wir brauchen eine neue Philosophie, die dem Intellekt huldigt und der Gefühlswelt trotzdem keine Opfer abverlangt. Die Menschen sollen jeden Augenblick intensiv erleben und genießen, in einem Leben, das nur dem Augenblick dient.

ICH: Carpe diem?

DORIAN GRAY: Sie sprechen Latein? Carpe diem, quam minimum credula postero.

Nutze den Tag, setze möglichst wenig auf den folgenden.

ICH: Das Problem ist nur, dass man nie nur im Hier und Jetzt lebt, weil alles, was früher passiert ist, einen zwangsläufig beeinflusst. Und was man im Hier und Jetzt tut, beeinflusst einen in der Zukunft. Davon kann man sich nun einmal nicht losmachen, sosehr man es auch will.

DORIAN GRAY: Das enttäuscht mich jetzt. Ich dachte, Sie hätten verstanden, dass kein zivilisierter Mensch einen Genuss je bereut und kein unzivilisierter je weiß, was Genuss ist.

ICH: Noch so eine spitzfindige Formulierung, die ich nicht so hinnehmen will.

Dorian reagiert nicht.

ICH: Trotzdem stimme ich Ihnen in vielerlei Hinsicht zu. In diesem Therapiezimmer habe ich schon zig Menschen gesehen, denen es schlecht ging, nur weil sie gewisse Bedürfnisse zu unterdrücken versuchten. Ich bin mir nur nicht ganz sicher, ob der grenzenlose Hedonismus die Antwort darauf sein kann. Dass man nach Wohlbefinden strebt, ist nur verständlich, andererseits kann auch dieses Streben, das Streben nach dem Genuss, irgendwann krampfhaft werden. Wenn man die ganze Zeit nur dem nächsten Kick nachjagt, kann das irgendwie hohl werden. Wohlbefinden und Genuss können ja auch kein Dauerzustand sein. Wer das glauben sollte, wird nur enttäuscht. Der eine oder andere hält es am Ende womöglich doch für wichtiger, einen tieferen Sinn im Leben zu entdecken.

DORIAN GRAY: Tiefer als der Genuss? Aber natürlich kann auch der Genuss tiefer gehen … *(grinst anzüglich)* Wenn Sie verstehen, was ich meine.

ICH *(müde)*: Ich verstehe sehr gut, was Sie meinen. Aber ich meinte eher, anderen zu helfen oder die Welt zu einem besseren Ort zu machen. Sie hatten sich doch der Wohltätigkeit gewidmet, bevor Henry Ihnen erzählte, Sie seien dafür zu hübsch.

DORIAN GRAY: Oh, ich bin immer noch wohltätig.

ICH: Ach ja?

DORIAN GRAY: Es ist doch eine höchst nachahmenswerte Form der Wohltätigkeit, meine Schönheit mit so vielen wie nur möglich zu teilen. Habe ich nicht auch *Ihr* Leben vergoldet? Hatten Sie nicht zuvor das Gefühl, in Ihrem Leben fehlte das gewisse Etwas? Ich habe Ihnen sofort angesehen, dass Sie in ästhetischer Hinsicht nicht gerade zu den Glückskindern zählen. *(sieht sich um)* Ich habe Opiumstuben besucht, die hübscher eingerichtet waren, und mich nach meinem Besuch nicht annähernd so schmutzig gefühlt.

Er grinst mich spöttisch an.

ICH: Ich finde wirklich, Sie sollten nicht mehr kommen, wenn Sie das hier als Wohltätigkeitsprojekt ansehen. Wie ich schon einmal sagte, liegt es einzig und allein an Ihnen, ob Sie die Therapie fortsetzen wollen oder nicht.

Dorians Grinsen verblasst.

ICH: Ich habe ein bisschen nachgedacht über Sie und über all das, was Sie mir zuletzt erzählt haben.

DORIAN GRAY: Das überrascht mich nicht.

ICH: Ich habe rein gar nichts gegen Genuss, und ich bin nicht im Geringsten daran interessiert, die Moralkeule zu schwingen. Ich hoffe, dass Sie das inzwischen wissen. Trotzdem will ich noch einmal darauf eingehen, was wir eben besprochen haben. Ich habe nämlich den Eindruck, dass viele Ihrer Lieblingsbeschäftigungen – Sex und Luxusgüter beispielsweise – eine Flucht vor unwillkommenen Gefühlen sind, mit denen Sie sich nicht auseinandersetzen wollen.

DORIAN GRAY: Jetzt nehmen Sie wieder Fahrt auf, Sie mit Ihren armseligen Versuchen, mir die Laune zu vergällen!

ICH: Wenn Sie sich nie Gefühlen wie Angst, Schuld, Trauer stellen …

DORIAN GRAY: Warum sollte ich? All diese Gefühle, die Sie da aufzählen, machen den Menschen nur hässlich. *(Pause)* *Sie* haben anscheinend keine Probleme damit, sich auf diese Gefühle einzulassen.

ICH: Keine Probleme würde ich jetzt nicht sagen. Ich meine, klar fühle ich mich viel lieber glücklich als unglücklich oder traurig. Trotzdem lasse ich die anderen Gefühle zu. Das ist Teil des Menschseins.

DORIAN GRAY: Wie unerträglich ambitionslos Sie sind!

ICH: Und überdies ist es schlichtweg unmöglich, nur Gefühle zu empfinden, die man mag, und den Rest einfach zu verdrängen.

Dorian mustert mich gelangweilt.

ICH: Ich frage mich, ob Ihre Identitätssuche nicht auch eine Flucht sein könnte. Sie haben sich mit dem Darwinismus und Katholizismus beschäftigt und sogar versucht, eine Philosophie des Parfüms zu entwickeln. Entschuldigung, wenn ich das jetzt sage … aber Ihre Beschäftigungen kommen mir allesamt doch recht oberflächlich vor. Sie erinnern mich an Ihren Freund Henry, den Sie allem Anschein nach als eine Art *Life Coach* ansehen.

DORIAN GRAY: Als *was*?!

ICH: Als neuzeitlichen … Prediger. Als jemanden, der mit Begriffen, die gut klingen, nur so um sich wirft, die aber in Wahrheit und bei genauerem Hinsehen wahnsinnig platt und oberflächlich sind.

Dorians Augen blitzen wütend, trotzdem versucht er, sich zu beherrschen.

DORIAN GRAY: Lord Henry ist ein Genie. Natürlich ist ein Fünkchen Verstand nötig, um so etwas zu erkennen. *(Pause)* Sie sprechen von Fluchtverhalten. Ich versuche nicht, vor etwas zu fliehen, ganz im Gegenteil, ich stürze mich eifrig in alles hinein, was das Blut in meinen Adern zum Kochen bringt.

ICH: Ich habe fast den Verdacht, dass Sie sich verzweifelt nach etwas umsehen, was Ihrem Leben einen Sinn geben könnte, und dass Sie Angst davor haben, was Sie entdecken könnten, wenn Sie einen Blick nach innen werfen.

Kurz sieht Dorian aus, als wollte er gehen. Trotzdem bleibt er sitzen. Reißt sich zusammen und legt ein überhebliches Grinsen auf.

ICH: Wann immer wir uns gewissen Gefühlsbereichen nähern, reagieren Sie sehr heftig. Ich frage mich, ob wir es nicht womöglich sogar mit einer Phobie zu tun haben.

Phobie als Begriff hat sich erst seit Freuds Analyse der Phobie eines fünfjährigen Knaben 1909 durchgesetzt.

DORIAN GRAY *(herablassend)*: Sprechen wir jetzt vom griechischen *phóbos*? Für *Schrecken?*

ICH: Ja. Patienten mit Phobien empfinden zum Beispiel vor Spinnen oder vor bestimmten Situationen große Angst. Die Angst ist so stark, dass sich der Betroffene um jeden Preis davon abwenden will. Daher entwickelt er bestimmte Fluchtmechanismen. Die sorgen natürlich kurzfristig für Erleichterung, aber sie setzen auch Grenzen. Man kann womöglich nie wieder in der freien Natur spazieren gehen oder auf ein Fest …

DORIAN GRAY: Ich habe noch nie in meinem ganzen Leben eine Einladung zu einem Fest ausgeschlagen … sofern es nicht fürchterlich anständig war.

ICH: In Ihrem Fall handelt die Phobie nicht von Festen oder Spinnen, sondern von Gefühlen. So etwas nennt man Affektphobie. Ich kann mir natürlich nicht sicher sein, ob Sie daran leiden, aber Sie bedienen sich durchaus gewisser Abwehrmechanismen, um sich nicht mit unerwünschten Gefühlen auseinandersetzen zu müssen, wenn Sie über schwierige Erlebnisse reden.

DORIAN GRAY: Ich soll Angst vor meinen Gefühlen haben? Klingt, als hätte ich Angst vor dem eigenen Schatten! Ich habe fast den Eindruck, dass Sie bei Ihren Versuchen, mich zu erniedrigen, immer verzweifelter werden, Frau Psychologin.

ICH: Ich will Sie nicht erniedrigen, Mister Gray. Aber Tatsache ist doch, dass genau ein solcher Kommentar ebenfalls eine Art Flucht darstellt: Statt sich mit meiner Annahme zu beschäftigen und zu überlegen, ob da etwas dran sein könnte, werfen Sie mir vor, ich wolle Ihnen am Zeug flicken. Und damit stehe wieder *ich* im Mittelpunkt … und nicht Ihre Gefühle.

DORIAN GRAY: Eine solche Diskussion muss für Sie unerhört praktisch sein, Frau Psychologin. So kann ich nämlich nie recht haben. Wenn ich nicht zugebe, irgendein Gefühl zu haben, das Sie mir nachdichten wollen, können Sie mir einfach vorwerfen, dass ich nur aufgrund meines *phóbos* davon nichts wissen will. Ist meine Meinung dazu vielleicht nichts wert?

ICH: Natürlich. Aber jemand mit Spinnenphobie weiß, dass er oder sie Angst vor Spinnen hat. Eine Affektphobie ist schwer zu diagnostizieren, weil sie oft unbewusst verankert ist.

DORIAN GRAY: Nehmen wir an, Sie hätten – wider alle Wahrscheinlichkeit – recht. Welche Rolle spielt es denn, ob ich eine Phobie habe, wenn ich doch nicht darunter *leide*?

ICH: Jegliches Ablenkungsmanöver führt mittelbar dazu, dass Sie auf lange Sicht darunter leiden *werden*. Ihnen entgeht die Möglichkeit zu verstehen, worauf genau Sie so stark reagieren, und auf die Gefühle entsprechend einzuwirken. So etwas kann zu Problemen in zwischenmenschlichen Beziehungen führen. Oder man entwickelt psychische Beschwerden wie eine Depression oder Angstzustände.

DORIAN GRAY: Ihre Sturheit ist definitiv deprimierend.

ICH: Ich dachte bloß, das könnte etwas sein, woran wir gemeinsam arbeiten sollten.

DORIAN GRAY: Wie nett Sie trotz allem sind! Sie haben rein gar nichts zu sagen, aber Sie sagen es sehr charmant.

Wir sehen uns schweigend an.

ICH: Bei unserer ersten Begegnung erwähnten Sie, dass niemand recht an Ihrem Innern interessiert zu sein scheint. Das war mit das Erste, was Sie mir erzählt haben. Und ich frage mich, ob Sie sich womöglich deshalb so aufregen, wenn ich Ihnen Fragen zu Ihrem Gefühlsleben, Ihren Träumen und Ängsten stelle. Vielleicht ist es ja das erste Mal, dass jemand so etwas tut. Vielleicht erinnert Sie das sogar an all jene, die es nicht getan haben?

DORIAN GRAY: Warum sollte ich Ihnen auf eine solche Frage antworten? Ich bin mir sicher, dass Sie sich die Antworten ohnehin selbst geben.

D hat nicht unrecht; ich pushe hier zu hart, weil ich mich wieder provozieren lasse.

ICH: Mich würde wirklich interessieren, was Sie darüber denken. Könnte an meinen Worten irgendetwas dran sein?

Dorian antwortet nicht.

ICH: Okay, dann möchte ich Ihnen eine andere Frage stellen, über die ich in den letzten Tagen nachgedacht habe. Glauben Sie, dass das Porträt Sie unsterblich gemacht hat?

DORIAN GRAY *(blinzelt)*: Was meinen Sie?

ICH: Also … Bedeutet Ihr jugendliches Aussehen, dass Sie wirklich jung *sind*? Verleiht es Ihnen das ewige Leben?

DORIAN GRAY *(schüttelt den Kopf)*: Ich verstehe nicht, worauf Sie hinauswollen.

ICH: Tja, also … Ich kenne viele, die Angst vor dem Altwerden haben. Sie investieren eine Menge Geld in teure Hautcremes und kosmetische Behandlungen. Einige gehen sogar zum Schönheitschirurgen.

DORIAN GRAY: Zum Schönheitschirurgen?

ICH: Ja, für Liftings und dergleichen. Oder sie lassen sich Fett absaugen. Einige lassen sich nur die Wangen aufpolstern oder Botox spritzen. Letzteres ist übrigens ein Nervengift, das die Gesichtsmuskulatur lähmt.

DORIAN GRAY *(fasziniert)*: Das klingt sehr … dramatisch.

ICH: Keine dieser Methoden hilft so gut wie Ihr Porträt. Aber worauf ich eigentlich hinauswill … Selbst wenn ihre Haut glatt ist, werden sie trotzdem älter. Dem Tod macht keiner etwas vor. Insofern frage ich mich, ob Sie wissen, wie es für Sie ausgeht. Werden Sie eines schönen Tages sterben?

DORIAN GRAY: Ich … Das weiß ich nicht.

ICH: Haben Sie wirklich nie darüber nachgedacht?

DORIAN GRAY *(wird blass)*: Was passiert dann … mit dem Gemälde?

Er macht große Augen. An seinem Haaransatz bilden sich Schweißperlen.

DORIAN GRAY: Nach meinem Tod wird jemand das Haus ausräumen. Die Tür zum alten Schulzimmer aufbrechen und das Bildnis finden.

ICH: Ist das wirklich Ihre größte Angst? Oder dämmert Ihnen gerade, dass Sie womöglich sterblich sind?

Dorian atmet schwer. Sieht sich im Zimmer um. Ich warte schweigend ab.

ICH: Können Sie mir sagen, was gerade in Ihnen vorgeht?

Dorian versucht zu schnauben, aber es wird eher ein unterdrücktes Schluchzen.

ICH: Es ist völlig in Ordnung, wenn Sie weinen müssen, Mister Gray. Da ist nichts dabei. Es erfordert wahnsinnig viel Energie, derlei tiefe Gefühle zu unterdrücken. Am Ende ist das nicht mehr möglich. Und es ist sicher viel besser, derlei Gefühle zuzulassen, damit sie ans Licht kommen und man sie besser durchleuchten und verstehen kann.

DORIAN GRAY: Ich will aber nicht! Lassen Sie mich in Ruhe!

ICH: Ich verstehe gut, dass das gerade schwer für Sie ist.

Stille.

ICH: Brauchen Sie ein Taschentuch?

Trotzig schüttelt er den Kopf. Angelt sein Seidentaschentuch mit dem goldbestickten Monogramm hervor.

DORIAN GRAY: Ihre billigen kleinen Papierfetzen, schönen Dank auch! *(tupft sich die Augen)*

Er weint sogar schön!

Stille.

DORIAN GRAY: Wussten Sie, dass es nur zwei Arten von Frauen auf der Welt gibt? Die schlichten und die geschminkten. Die schlichten sind sehr nützlich. Wenn man in den Ruf der Ehrbarkeit kommen will, muss man nur mit einer von ihnen zu Abend essen. Die anderen Frauen indessen sind reizend.

ICH: Ich bin mir nicht sicher, was …

DORIAN GRAY: Gut zu sein heißt, in Harmonie mit sich selbst zu leben, und Missklang herrscht, wenn man gezwungen wird, in Harmonie mit anderen zu sein. Auf das eigene Leben kommt es an!

ICH: Jetzt werfen Sie wieder völlig ohne Zusammenhang einen Ihrer Aphorismen in den Ring.

Dorian seufzt tief. Scheint zu einer Entscheidung zu kommen. Ich warte ab. Es vergeht eine Weile.

DORIAN GRAY: Was Sie da gesagt haben … darüber habe ich auch schon nachgedacht.

ICH *(verwirrt)*: Worüber genau?

DORIAN GRAY: Dass alle Schätze, die ich in meinem reizenden Hause sammelte, die Beschäftigungen, durch die ich eine Zeit lang der Angst entrinnen konnte, ein Mittel zum Vergessen gewesen sein könnten. *(Pause)* Es gibt Augenblicke, wenn ich schlaflos in meinem parfümduftenden Gemach oder in dem schmutzigen Zimmer der berüchtigten kleinen Kneipe in der Nähe der Docks liege, die ich unter falschem Namen und in Verkleidung zu besuchen pflege …

ICH: Was genau hält Sie wach?

DORIAN GRAY: Das Mitleid und die Reue angesichts des Verderbens, das ich über meine Seele gebracht habe.

ICH: Können Sie dieses Gefühl der Reue näher beschreiben? Was genau bereuen Sie?

DORIAN GRAY: So vieles … *(Pause)* Als ich Sibyl kennengelernt hatte, bereute ich alles, was Lord Henry mir beigebracht hatte.

Stille.

ICH: Zum Beispiel?

DORIAN GRAY: Die Theorien über das Leben, die Liebe, die Lust. All diese schlechten, bezaubernden, vergifteten, entzückenden Theorien.

Er presst sich das Taschentuch auf die Augen. Ich warte auf die Fortsetzung.

DORIAN GRAY: Als ich den Brief an Sibyl schrieb, den sie nie erhielt, begriff ich, dass ich sie liebte. Ich beschloss, nicht mehr auf Lord Henrys Theorien der Liebe und Ehe zu hören.

ICH: Sie wollten sich von seinem Einfluss befreien?

DORIAN GRAY *(nickt)*: Ich wollte zu Sibyl zurückkehren, sie heiraten und versuchen, sie wieder zu lieben. Die erste Veränderung an meinem Porträt hatte mir vor Augen geführt, wie egoistisch und herzlos ich ihr gegenüber gewesen war. Ich wollte alles wiedergutmachen. Und ich hatte mir vorgenommen, Henry zu erklären, wie ich ein neues Leben führen wollte, mit ihm zu streiten, wenn es nötig wäre, und mich von ihm zu trennen, wenn die Trennung unvermeidlich wäre.

ICH: Aber dann erfuhren Sie, dass sie gestorben war.

DORIAN GRAY: Ja. Es … Es war Henry, der mir die Nachricht überbrachte.

Schweigen. Ich warte.

DORIAN GRAY: Er war es auch, der mich davon abhielt, zur Polizei zu gehen. Er überzeugte mich davon, mich nicht in eine Untersuchung verwickeln zu lassen, nachdem Sibyl meinen Namen ohnehin nicht gekannt hatte. *(Pause)* Wieder ließ ich zu, dass Henry mich mit seinen Worten verführte, genau wie er es an jenem unglückseligen Tag getan hatte, als der Flieder so schön duftete und er in mein Leben trat. *(Pause)* Anschließend gingen wir in die Oper. *(Pause)* Sie müssen glauben, dass ich eine hässliche Seele habe.

ICH: Ach was! Wie hätten Sie mit dieser schwierigen Situation denn sonst umgehen sollen? Sie hatten nie nennenswerte Vorbilder, an denen Sie sich hätten orientieren können.

Und … ich glaube, genau deshalb hatte Henry auch einen so starken Einfluss auf Sie.

DORIAN GRAY *(nickt bekümmert)*: Bei ihm klang immer alles so einfach.

ICH: Und ich verstehe, dass das verlockend war. Wer wollte nicht, dass immer alles einfach wäre? Aber das, was Sie durchgemacht haben, *ist* nun mal nicht einfach.

DORIAN GRAY: Einmal hörte ich ihn sagen, es liege etwas schrecklich Unterjochendes in der Ausübung eines Einflusses. Und dass er seine Seele in eine anmutige Gestalt projizieren wolle. Um seine eigenen Geistestendenzen im Echo zu hören, bereichert um die Musik der Leidenschaft und Jugend. Um sein Temperament in mich hineinzuleiten.

Dorian verstummt. Scheint nachzudenken.

ICH: Henry übte also einen starken Einfluss auf Sie aus. Aber dass er so vorsätzlich manipulativ war, habe ich nicht geahnt. Tatsächlich bin ich ein bisschen überrascht.

DORIAN GRAY *(leise)*: Aber was heißt das jetzt? Was, wenn ich gar nicht ich bin? Was, wenn ich nur das leere Gefäß bin, das Henry bis obenhin angefüllt hat? Der Schüler, der sich übereifrig der Anerkennung seines Lehrers versichern wollte?

ICH: Wie fühlt sich das für Sie an, wenn Sie jetzt darüber nachdenken?

DORIAN GRAY: Ich verstehe einfach nicht, warum ich … Henry lebte nie nach seinen eigenen Lehren. Und er wirkt auch nicht sonderlich glücklich. Warum wollte ich unbedingt so werden wie er? Warum suchte ich unbedingt seine Anerkennung?

Dorian stützt den Kopf in beide Hände. Massiert sich die glatten Schläfen.

ICH: Ja, was glauben Sie? Warum war es Ihnen so wichtig, dass er Sie mochte?

DORIAN GRAY: Ich *glaube* nicht, ich *weiß* es! Sie hatten die ganze Zeit recht. Ich bin ohne Eltern aufgewachsen, mein Großvater war ein liebloser Tyrann, und ich wollte die Liebe und die Anerkennung all jener spüren, die mich hübsch fanden … *(es schnürt ihm die Kehle zu)* Wären Sie so gut und gäben mir eins Ihrer elenden kleinen Papierfetzen? Mein Taschentuch scheint durchtränkt zu sein.

Ich reiche ihm ein Papiertaschentuch. Geniert lächelt er mich durch die Tränen hindurch an. Ich nicke ihm aufmunternd zu.

DORIAN GRAY: Das Schlimmste habe ich noch gar nicht erwähnt. Ich bin nicht unschuldig … ich war ein Henry im Leben von anderen. Ich übte meinen Einfluss aus, um sie zu meinen Abbildern zu machen, und zwar nicht nur, was Preziosen angeht. Ich habe den Ruf und das Leben anderer zerstört! Oh, der junge Lord Kent! Lady Gwendolen! Sir Henry Ashton, der nie wieder einen Fuß auf Englands Boden setzen wird! Und dieser Junge von der Garde, der mich mit so offenen Armen empfing … Jetzt ist er tot, und das ist meine Schuld! Oh, Gott im Himmel! Wie soll ich meine arme Seele retten? Sibyl war nur der Anfang.

Stille.

ICH *(taste mich vorsichtig vor)*: Ein erster Schritt zur Veränderung ist die Selbsterkenntnis. Und ich finde, es klingt, als wären wir zu einer wichtigen, ja, *notwendigen* Erkenntnis gekommen. Ich ahne, dass das jetzt schwer ist für Sie, aber …

DORIAN GRAY: Sie haben keine Ahnung! Hätten Sie mein Porträt gesehen, wüssten Sie Bescheid. Es ist schrecklicher als eine Leiche, die bereits zum Festmahl für die Würmer wurde. *(Pause)* Ich verfluche den Tag, an dem es gemalt wurde und mir meine Schönheit vor Augen führte.

ICH: Gäbe es denn die Möglichkeit, dass dieses Gemälde in der Zukunft weniger Einfluss auf Sie hätte? Damit es Ihnen nicht mehr so zusetzt?

DORIAN GRAY *(linst zur Zimmerdecke hinauf)*: Es war ein Stoßgebet, das den Pakt mit dem Porträt heraufbeschwor. Vielleicht kann ein zweites Gebet den Pakt auflösen. *(Pause)* Oder ich zerschneide das Band, zerhaue es mit den alten Bajonetten meiner Ahnen und stecke es in Brand.

ICH: Das wäre eine Möglichkeit. Auf einer symbolischen Ebene könnte es eine Befreiung sein. Aber noch viel wichtiger wäre eine neue Richtung in Ihrem Leben. Und der erste Schritt dahin wäre die Verinnerlichung der Erkenntnis, dass Sie für Ihre Taten und Ihre Entscheidungen selbst verantwortlich sind. Sie können die Schuld nicht auf das Porträt abwälzen. Lassen Sie diese Erkenntnis erst einmal sacken!

Dorian schließt die Augen und atmet schwer.

DORIAN GRAY: Wenn ich das Band zu dem Bild zerschlage, werden sich mein Alter und meine Taten auf meinem Gesicht abzeichnen. Meine Schönheit wird schlagartig zunichte sein. Die Rosen und Nelken werden für alle Zeit welken. *(fängt an zu hyperventilieren)*

ICH: Eine erschreckende Vorstellung, das verstehe ich. Sie haben Ihre Schönheit immer als Ihren größten Erfolg angesehen. Aber nun stellen Sie Henrys Überzeugungen infrage. Könnte es nicht sogar so sein, dass er komplett falsch damit lag? Vielleicht ist Schönheit gar nicht das Wichtigste auf der Welt?

Dorian trinkt ein paar Schluck Wasser. Hustet.

DORIAN GRAY: Ja, Frau Psychologin, Sie haben recht. Die Oberfläche ist bloß oberflächlich, das habe ich jetzt verstanden. Was hätte ich nur ohne Sie getan?

Dorian atmet immer noch schwer und schiebt sich eine goldblonde Locke hinter das Ohr. Blickt auf und sieht mich an. Als ich seinen eiskalten Blick bemerke, werde ich blass.

DORIAN GRAY: Sie haben recht, dass ich dem Porträt nicht die Schuld geben sollte. Denn Basil ist schuld.

ICH: Aber … warum?

DORIAN GRAY: *Er* umschmeichelte mich und lehrte mich den Wert der Schönheit. *Er* vollendete ein Porträt von mir, das mir das Wunder der Schönheit offenbarte. Und *er* machte mich mit Henry bekannt, der mir erklärte, wie wunderbar die Jugend sei. *Alles* ist Basils Schuld. Und ich glaubte, seine Liebe zu mir wäre ein tiefes und wirkliches Gefühl, sie hätte nichts zu tun mit der bloßen physischen Bewunderung der Schönheit, die den Sinnen entspringt und die stirbt, wenn die Sinne erschlaffen.

ICH: Warum zweifeln Sie jetzt daran?

DORIAN GRAY *(eiskalt lächelnd)*: Sie glauben vielleicht, er hätte Ihnen den Brief aus reiner Sorge um mich geschrieben. In Wahrheit will er zurück, was nur ich ihm geben kann … und das Porträt natürlich. Um *mich* macht er sich keine Gedanken. Andernfalls hätte er mich vor Henry gerettet. Und er hätte mich vor den noch viel verheerenderen Kräften in mir selbst gerettet. Ja, Basil hätte mich retten können. Aber jetzt ist es zu spät.

ICH: Warum denn zu spät?

Dorian sieht mich fast mitleidig an.

DORIAN GRAY: Liegt das nicht auf der Hand?

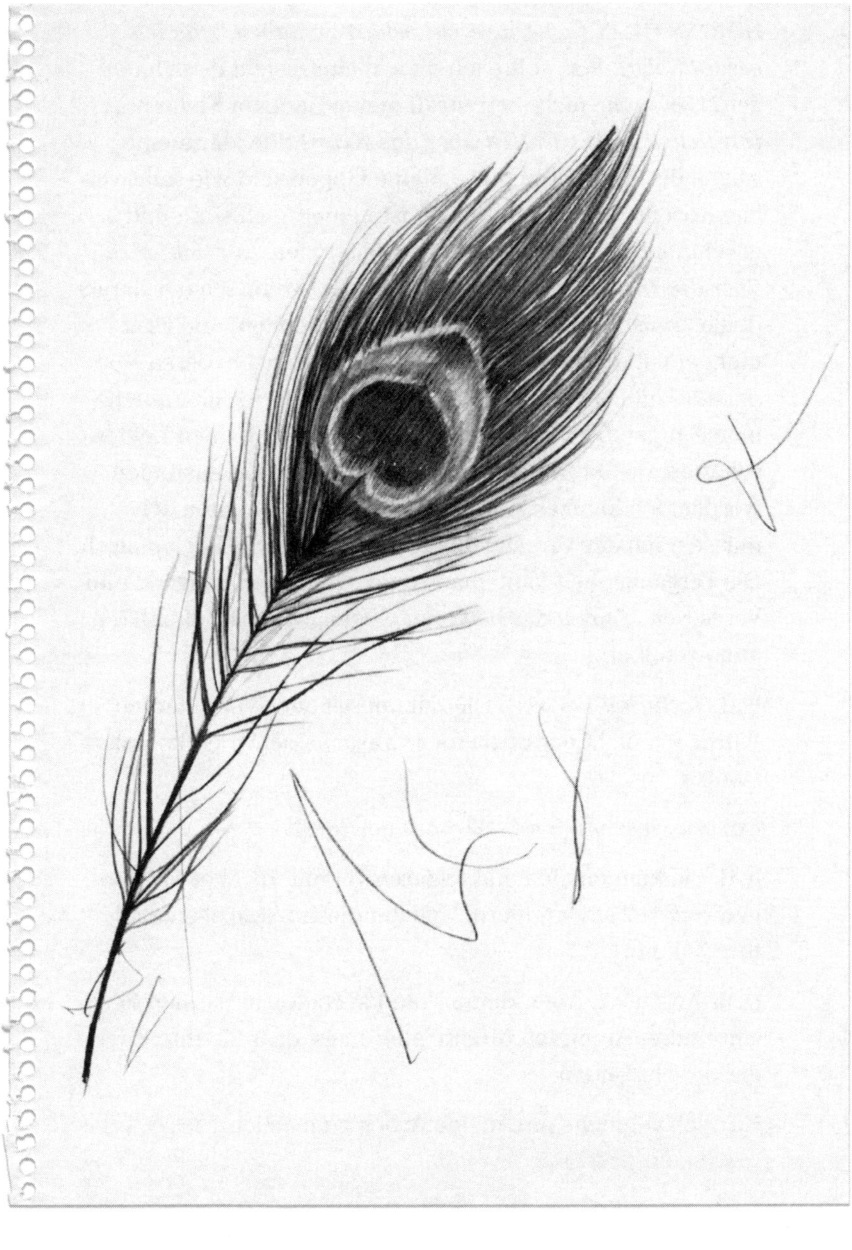

ICH: Leider nein.

DORIAN GRAY *(scheint nicht gehört zu haben, was ich gesagt habe)*: Was sollte ich ohne mein Gesicht denn anfangen? Sehen Sie nicht, wie straff meine Haut am Kiefer sitzt? *(streichelt sich sinnlich über das Kinn)* Wie klar meine Augen die Welt betrachten? Meine Lippen sind wie samtweiche Rosenblätter. Mein Körper ist immer noch stark und geschmeidig wie der eines Zwanzigjährigen. *(streicht sich über die Innenseite des Oberschenkels)* Wenn ich nur daran denke, rauscht das Blut in meine Männlichkeit, und zwar nicht annähernd so träge wie bei Gleichaltrigen, deren Körpersäfte im Leib stillstehen. *(grinst höhnisch)* Ich brauche meine Jugend, Frau Psychologin. Es gibt noch mehr Leidenschaften, die ihren furchtbaren Weg aus mir herausfinden werden. Ich kann es kaum erwarten. Sie behaupten, ich müsse mich der Vergangenheit stellen, aber Sie liegen falsch. Die Vergangenheit kann man zunichtemachen. Leugnen und Vergessen können das bewerkstelligen. Nur die Zukunft ist unabwendbar.

ICH *(sichtlich nervös)*: Die Zukunft ist auch veränderlich. Würde ich nicht daran glauben, wäre meine Arbeit komplett sinnlos.

Dorian sieht mich an. Wirkt angewidert.

ICH: Sie können niemand anderen verändern, aber Sie können *sich selbst* verändern. Und auf diese Weise eben auch Ihre Zukunft.

DORIAN GRAY: Aber kleine Frau Psychologin, Sie sind ja ganz außer Atem! Ich fürchte allerdings, dass Sie Ihre Energie verschwenden.

ICH: Ich versuche nur, meine Arbeit zu machen.

DORIAN GRAY: Ihre Arbeit, ja. *(zittert vor unterdrücktem Zorn)* Will man einen Menschen vernichten, so braucht man ihn nur zu bessern.

ICH: Das klingt wie etwas, was Henry gesagt haben könnte. Derselbe Henry, der Sie ohne größere Mühe *gebessert* hat.

Dorian springt auf. Ich weiche in meinem Sessel zurück, als er sich zu mir herunterbeugt.

DORIAN GRAY: Hören Sie auf, schlecht über Henry zu sprechen! *(Speicheltröpfchen landen in meinem Gesicht)* Sie sind genauso widerwärtig wie mein Großvater. Und genauso hässlich! Sie versuchen, mich um Ihrer eigenen sadistischen Freude willen zu einem gebrochenen Menschen zu machen, damit Sie sich selbst stark und überlegen fühlen. Tief im Innern aber sind Sie ein schwacher, unbedeutender Mensch.

ICH: Ich … Sein Speichel riecht dezent nach Rosen und Nelken

DORIAN GRAY: Dass Sie die Frechheit besitzen, mich überhaupt anzusprechen! Üblicherweise schenke ich derart *abstoßenden* Menschen nicht die geringste Beachtung. Nicht dass sie noch auf den Gedanken kommen, es wäre akzeptabel, so auszusehen! *(atmet tief durch)* Sie sagten, Ihre Arbeit wäre sinnlos, wenn die Zukunft unveränderlich wäre. Na, dann erzähle ich Ihnen jetzt, dass sie tatsächlich sinnlos ist. Genauso sinnlos wie Ihr ganzes Leben. Sie behaupten, *mein* Leben wäre leer? Ha! Ein schlechter Scherz! Wenn Sie sterben, bleibt nicht mal eine Leerstelle zurück.

ICH: Was Sie da gerade sagen, handelt in Wahrheit gar nicht von mir. Es handelt von Ihnen selbst. Sie haben Angst, dass Ihr Leben tatsächlich leer und sinnlos sein könnte. Und Sie sind es, der Angst hat, schwach und unbedeutend zu sein. Sie sind es, der Angst hat, hässlich oder … widerwärtig zu sein. Aber vor allem haben Sie eine Todesangst davor, Schuld zu empfinden. Sie tun alles, um sie weit von sich zu schieben, koste es, was es wolle, weil Sie dieses Gefühl niemals ertragen könnten. Nichts ist Ihre Schuld, schuld ist entweder Lord Henry, Basil oder ich … oder das Gemälde. Ein *Gemälde*! Solange Sie für Ihre Taten keine Verantwortung übernehmen und sich weigern, über Ihre Schönheit hinauszublicken, bleiben Sie auch weiterhin verängstigt und einsam und sind nie imstande, andere zu lieben … oder auch die Person, die hinter Ihrer aufgeblasenen, falschen Fassade steckt.

Dorian beugt sich noch näher zu mir herunter. Ich kauere mich im Sessel zusammen.

ICH: Wollen … Wollen Sie mir jetzt wehtun?

Eindeutig zu heftig, habe die Beherrschung verloren

DORIAN GRAY *(langsam)*: Ich muss zugeben, wenn ich in Ihre wimpernlosen Schweinsäuglein blicke, ist die Vorstellung durchaus verlockend. Aber … nein. Mir wird ganz anders, wenn ich nur daran denke, dass ich Sie anfassen müsste. Es reicht schon, dass ich hier gesessen und dieselbe Luft eingeatmet habe, die Ihr widerwärtiger kleiner Mund zuvor ausgeatmet hat. Ich freue mich aufrichtig, diese traurige Kammer und Ihren entsetzlichen Anblick hinter mir zu lassen und zu wissen, dass Sie hier sitzen bleiben müssen. Ihr Leben ist die schrecklichste aller Strafen, weil sie Ihr Leben lang andauert.

Er richtet sich gerade auf.

DORIAN GRAY: Eine Sache haben Sie mir allerdings aufgezeigt … dass ich das Bildnis zerstören muss, damit es nach meinem Tod niemand findet. Dafür habe ich Ihnen zu danken.

Stolz erhobenen Hauptes wendet er sich zum Gehen, wendet sich an der Tür aber noch einmal um. Ich schaffe es nicht, meine Angst vor ihm zu verbergen. Dorian wirkt amüsiert.

DORIAN GRAY: Ich habe Basil das Gemälde gezeigt.

Ich sehe ihn verwirrt an.

DORIAN GRAY: Er sprach auf dem Weg zum Zug nach Paris noch bei mir vor. Natürlich wollte er nichts unversucht lassen und mich ein letztes Mal überreden, ihm das Porträt für die Ausstellung zu leihen.

Ich kann nicht einmal antworten. Dorian nickt. Er sieht aus, als hätte er seine helle Freude an dem, was er gleich erzählen würde.

DORIAN GRAY: Er folgte mir die Treppe hinauf ins alte Schulzimmer. Hielt ein Kerzenlicht an die Leinwand, um sie genau zu untersuchen. Er sah, wie der Aussatz der Sünde langsam an dem Bild fraß, seine Hand zitterte, und die Kerze fiel aus dem Leuchter auf den Fußboden. *(Pause)* Dann sagte er zu mir, es sei noch nicht zu spät … genau wie Sie sagten. »Lass uns zusammen hinknien«, sagte er. »Wir wollen versuchen, uns eines Gebetes zu erinnern.« *(grinst hämisch)* Wie oft war der alte Kerl schon in die Knie gegangen, weil er so gern sein Werk herzeigen wollte, im körperlichen Sinne natürlich. Heilige Gebete wollten ihm noch nie einfallen. *(Pause)* Nicht dass sie ihm geholfen hätten.

ICH: Was … Was haben Sie getan?

DORIAN GRAY *(schulterzuckend)*: Ich stieß ihm ein Messer in die große Schlagader hinter dem Ohr, presste seinen Kopf auf den Tisch und stieß zu, immer wieder. Es war weniger ekelerregend als gedacht, abgesehen von dem dumpfen Röcheln und dem grässlichen Ton eines Menschen, der am Blute erstickt.

Er fasst sich an den Hals und stößt ein Gurgeln aus. Lacht.

DORIAN GRAY: Sie müssen sich keine Gedanken machen, liebe Frau Psychologin. Mein alter Freund Alan Campbell ist Chemiker. Er half mir, die Leiche zu beseitigen. Anfangs war er leicht unbändig, aber ich konnte ihn überreden, indem ich ihn an all unsere schmutzigen Spielchen erinnerte, unsere Geheimnisse, die leicht zu übel gesinntem Gerede in den Salons hätten werden können, Gerede, das natürlich auch mir selbst geschadet hätte, allerdings nicht annähernd so sehr. *(neigt den Kopf leicht seitlich)* Basils Leiche war bereits beiseitegeschafft, noch ehe sein Brief bei Ihnen ankam. Und Alan wird auch nicht mehr reden. Er hat sich eines Nachts in seinem Laboratorium erschossen, der arme Teufel.

ICH *(räuspere mich)*: Dorian … Ich meine, Mister Gray … Sagen Sie gerade die Wahrheit?

Dorian streicht sich übers Haar.

DORIAN GRAY: Das erkennen Sie doch wohl selbst, Frau Psychologin?

Er grinst mich ein letztes Mal herablassend an. Verschwindet aus der Praxis. Ich höre, wie draußen im Treppenhaus die Haustür zuschlägt.

Stille.

Stille.

Ich will aufstehen, bleibe dann aber doch sitzen.

Stille.

Der Mitschnitt bricht ab, als die Speicherkarte der Kamera voll ist.

Es ist jetzt zwei Tage her, dass Dorian hier in der Praxis war, und seit ich an dem Abend nach Hause kam, bin ich nicht mehr aus dem Bett gekommen. Ich tue so, als hätte ich Grippe, um M[redacted] nichts erklären zu müssen. Und wie sollte ich es auch erklären? Ich verstehe es selbst nicht.

Ich habe das verdammte Gefühl, auf ganzer Linie versagt zu haben. Womöglich hätte ich ihm ohnehin nie helfen können. Narzissten gehören zu den schwierigsten Patienten überhaupt. Aber ich hätte mich nicht von ihm an der Nase herumführen lassen dürfen. Ich hätte eindeutig auf der Hut sein müssen.

Das Transkript der letzten Sitzung habe ich inzwischen immer wieder gelesen, und ich habe mir den Mitschnitt angeschaut. Wie konnte ich nicht bemerken, dass er mich derart verschaukelte? Erwartete er je wirklich Hilfe? Machte er mir schon während der ersten Sitzung, als er mit den Tränen kämpfte, etwas vor?

Ich habe Dorian Gray gegoogelt, um zu sehen, ob er – so wie er hofft – irgendwelche Spuren in der Welt hinterlassen hat. Wie sich herausstellte, wurde sogar ein Buch über ihn geschrieben, in dem auch die anderen vorkommen: Basil, Henry, Sibyl. Sogar über den armen Liebhaber, der Dorian dabei half, Basils Leiche zu beseitigen.

Ich habe diverse Antworten wiedererkannt, die Dorian in meinem Sprechzimmer gab, und das ist unheimlich. Ich verstehe einfach nicht, wie das sein kann und wie alles zusammenhängt. Das Buch endet damit, dass Dorian das Bild zerstört, genau wie er es sich vorgenommen hat. Er sticht mit einem Messer darauf ein (womöglich mit demselben, mit dem er – im selben Zimmer – auch Basil ermordete?), fällt dann aber selbst tot in sich zusammen. Sein Körper altert binnen weniger Augenblicke, während das Porträt wieder seine ursprüngliche Gestalt annimmt.

Dorian ist also tot. Er kommt nicht zurück. Ich sollte unendlich erleichtert sein. Warum fühlt es sich dann an, als würden die Wände auf mich zurücken?

Ich muss die ganze Geschichte gründlich überdenken. Ich muss mich um mein Kind kümmern, um meine Frau, und ich muss vergessen, was Dorian in mir ausgelöst hat. Eigentlich ist mir doch klar, dass er bloß seine eigene Düsterheit und seine eigenen Ängste auf mich projiziert hat, um dieses Lichtlein in sich selbst aufrechterhalten zu können. DAS IST MIR KLAR. Allerdings hilft mir das nicht. Es sitzt immer noch tief. Ich fühle mich verquer, schuldig, schwach, hässlich, bedeutungslos, leer, sinnlos. All das hat er bei mir abgeladen. MIR IST KLAR, dass das alles nicht wahr ist, aber es FÜHLT SICH WAHR AN.

Während ich das hier schreibe, sehe ich mir nebenbei erneut unsere letzte Sitzung an. Dorian schmeichelt mir, weint erstickte Tränen, suggeriert, dass ich zu ihm durchgedrungen wäre. Mit seinem Äußeren hatte er mich nicht dorthin kriegen können, wo er mich haben wollte, trotzdem hat er es geschafft, ein Ideal darzustellen, das des perfekten Patienten. Und ich hab's geschluckt.

Wollte er mich verletzen, so wie ich ihn mit meinen Fragen verletzt habe?

Konnte er deshalb nicht widerstehen, den Mord an Basil zu gestehen? Wusste er, dass mich das dazu bringen würde, an der Eignung für meinen Beruf zu zweifeln?

Ich habe auf Pause gedrückt, gerade als er sich zur Tür wendet. Ich sehe ihm an, wie erwartungsvoll er ist, wie sehr er mich erniedrigen will. Ich glaube immer noch nicht an den Begriff des Bösen, aber ich verstehe inzwischen, dass man daran glauben kann.

Von [redacted]
An [redacted]
Betreff Wo bist du?
Datum [redacted]

PG

Meine liebe Freundin!

Jetzt bin ich an der Reihe, dich nicht zu erreichen. Ich habe deine Nachrichten gelesen und abgehört und auch schon mit deiner Frau gesprochen, und ich mache mir Sorgen um dich. Vor allem will ich mit dir reden, aber nachdem du nicht ans Telefon gehst, versuche ich es jetzt per Mail.

Als ich dir zugesichert habe, dass ich dir zu diesem Projekt Feedback gebe, dachte ich, es handele sich um einen Roman. Ich fand die Idee großartig, einige Ikonen der viktorianischen Schauerliteratur zu einem zeitgenössischen Psychologen gehen zu lassen. Die Figuren sind schließlich in vielerlei Hinsicht allegorisch, und ich wäre nicht verwundert, wenn einige von ihnen Freud höchstpersönlich inspiriert hätten. Natürlich wollte ich gern dazu beitragen und hier und da Hinweise geben, wie die Hauptperson sich gegenüber den Monstern verhalten müsste. Ich war ehrlich gestanden schon überzeugt, als du geschrieben hast, sie würden sich hier mithilfe der Zeitmaschine aus H. G. Wells' Klassiker *einfinden.* Dieses Buch habe ich früher geliebt! Und ich wusste, wenn jemand daraus eine runde Sache machen könnte, dann du.

Ich glaube wirklich, du hast Talent. Und ich dachte, du würdest dich mittels dieses Monsterprojekts auch mit deinen eigenen Dämonen auseinandersetzen … mit dem Verhältnis zu deinen Eltern, mit dem schwierigen Coming-out, mit Problemen in deinen Partnerbeziehungen, mit deiner Neigung, von gewissen Projekten schier besessen zu sein, und mit zig anderen Themen, die wir besprochen haben, als du meine Patientin warst. Ich glaubte, dass dieses Buch mehr als nur ein netter Zeitvertreib für dich werden könnte, und hoffte, dass es eine heilsame Wirkung hätte. Du hast so beschwingt und heiter gewirkt nach deinen *Treffen* mit Dr. Jekyll und Carmilla. Dachtest du da schon, das alles wäre wahr? Ich fürchte, ich habe selbst zu deinen Wahnvorstellungen beigetragen, indem ich dein namenloses Alter Ego in dem *Roman* mit *Du* ansprach.

Du hast mein Feedback immer sehr geschätzt, und jetzt will ich, dass du mir ein letztes Mal genau zuhörst: Es gibt keine Monster.

Liebe Freundin, du bist in eine Psychose geschlittert. Du musst dir Hilfe suchen, und zwar sofort. Nicht nur um deinetwillen, sondern auch für deine Frau und deinen Sohn. Sie haben verdient, dass du für sie da bist, als komplette, fantastische Persönlichkeit, die du bist. Ruf mich jederzeit an, und wir reden darüber! Hab keine Angst! Du weißt, dass dort draußen Hilfe zu holen ist. Und wir sind für dich da.

Alles Liebe, P

Natürlich gibt es Monster. Das müssen sie endlich begreifen. Ich habe versucht, die Filme an P[redacted] zu mailen, aber die Dateien sind weg, und die Transkripte allein beweisen anscheinend nichts, weil sie mir immer noch nicht glaubt.

M[redacted] glaubt mir ebenso wenig.

Was mich nur umso mehr darin bestärkt, dass ich dieses Buch schreiben MUSS. Ich habe kurz darüber nachgedacht, Dorian wegzulassen, weil es mir peinlich ist, dass er mich so leicht an der Nase herumführen konnte, aber die Leser lieben ja Mord und Totschlag. Und irgendwie ist es ja auch ansprechend ironisch, dass ich – im narzisstischsten aller Zeitalter – ausgerechnet Dorian nicht helfen konnte.

Ich habe eine rote Rose ins Praxisfenster gestellt.

Ich muss mich mit Carmilla treffen. Ich bin es ihr schuldig, ihr von meinem Buchprojekt zu erzählen, bevor ich das Material an den Verlag schicke. Im Unterschied zu den anderen Monstern ist sie nämlich hier, in unserer Welt. Und ich weiß, wie sehr sie auf Privatsphäre bedacht ist. Natürlich würde ich die Namen im Buch austauschen, aber ich sollte sie trotzdem vorwarnen, das ist nur gerecht.

Ich will auch nicht scheinheilig sein. Es gibt noch einen anderen Grund, warum ich sie treffen

 will. Vielleicht kann ich sie überreden, P[redacted] und M[redacted] zu erzählen, dass es sie wirklich gibt. Wenn ihnen klar wäre, dass es Vampire gibt, fiele es ihnen bestimmt leichter, auch die anderen Sachen zu glauben. Außerdem will ich sie sehen, will mich in etwas hineinstürzen, was das Blut in meinen Adern zum Kochen bringt oder wie immer Dorian es ausgedrückt hat.

Ich war jetzt so lange brav, und was hat es gebracht?

Ich kann nämlich auch ein Monster sein.

Die Autoren danken
Lotta Kühlhorn und Elin Sandström
für Layout und Illustrationen,
Cecilia Kerstell und Eva Gedin vom
Norstedts-Verlag, Lena Stjernström
und Jenni Brunn von der Grand
Agency, für Feedback und
Inspiration Calle Brunell, Carl
Cederström, Johan Ehn, Allan
Linnér, Ida Måwe und Tom Summanen.

Quellen und herangezogene Literatur

Bücher

Robert Louis Stevenson: Der seltsame Fall des Doktor Jekyll und des Herrn Hyde [1886]. Aus dem Englischen übertragen von Gisela Etzel, Lutz, Stuttgart 1914

Joseph Sheridan Le Fanu: Carmilla [1872]. Aus dem Englischen übertragen von Bettina Thienhaus, in: Pam Keesey (Hrsg.): Draculas Töchter. Fischer, Frankfurt am Main 1997

Mary Wollstonecraft Shelley: Frankenstein oder Der moderne Prometheus [1818/1831]. Aus dem Englischen übertragen von Heinz Widtmann. eclassica 2011/2020

Oscar Wilde: Das Bildnis des Dorian Gray [1891]. Aus dem Englischen übertragen von Hedwig Lachmann und Gustav Landauer. Insel-Verlag, Leipzig 1914

Suzette Boon, Kathy Steele und Onno van der Hart: Traumabedingte Dissoziation bewältigen. Ein Skills-Training für Klienten und ihre Therapeuten [2018]. Aus dem Englischen übertragen von Elisabeth Vorspohl. Junfermann, Paderborn 2013

Brené Brown: Verletzlichkeit macht stark. Wie wir unsere Schutzmechanismen aufgeben und innerlich reich werden [2013]. Aus dem Englischen übertragen von Margarethe Randow-

Tesch. Kailash, München 2013

Carl Cederström und André Spicer: Das Wellness-Syndrom. Die Glücksdoktrin und der perfekte Mensch [2015]. Aus dem Englischen übertragen von Norbert Hofmann. Edition Tiamat, Berlin 2016

Soraya Chemaly: Speak out! Die Kraft weiblicher Wut [2018]. Aus dem Englischen übertragen von Sophie Zeitz. Suhrkamp, Berlin 2020

Diagnostic and Statistical Manual of Mental Disorders, DSM-5. American Psychiatric Association (APA), Washington D. C. 2013

Sigmund Freud: Gesamtausgabe. V. a. Das Unheimliche [1919], in: Das Unheimliche. Aufsätze z. Literatur Fischer, Frankfurt am Main 1963

Ken Gelder (Hrsg.): *The Horror Reader.* Routledge, London 2010

Robert Hare: Gewissenlos. Die Psychopathen unter uns [1999]. Aus dem Englischen übertragen von Karsten Petersen. Springer, Wien/New York 2005

Lawrence Kohlberg: *The Philosophy of Moral Development: Moral Stages and the Idea of Justice.* In: *Essays on Moral Development,* Vol. 1. Harper & Row, San Francisco 1981

Anna Kåver: *Himmel, helvete och allt där emellan: Om känslor*. Natur & Kultur, Stockholm 2009

Barbro Lennér Axelsson: *Förluster: Om sorg och livsomställning.* Natur & Kultur, Stockholm 2010

Nancy McWilliams: *Psykoanalytisk diagnostik: Att förstå personlighetsstruktur.* Aus dem Englischen ins Schwedische übertragen von Eva Björkander-Mannheimer. Wahlström & Widstrand, Stockholm 2000

Publius Ovidius Naso (Ovid): Metamorphosen in 15 Büchern. Im Versmasse d. Urschrift verdeutscht u. mit e. erklärenden Namen- u. Sachreg. vers. von Wilhelm Tippelskirch. Gsellius'sche Buchhandlung, Berlin 1873

Michael W. Passer und Ronald E. Smith: *Psychology: The Science of Mind and Behavior.* McGraw-Hill Higher Education, Boston 2010

Esther Perel: Wild life: die Rückkehr der Erotik in die Liebe/Was Liebe braucht. Das Geheimnis des Begehrens in festen Beziehungen. [2006] Aus dem Englischen übertragen von Michael Windgassen. HarperCollins, Hamburg 2020

Frederick S. Perls: Gestalt-Wahrnehmung. Verworfenes und Wiedergefundenes aus meiner Mülltonne. Die ungewöhnliche

Autobiographie des Begründers der Gestalt-Therapie [1969]. Aus dem Englischen übertragen von Ursula Ullrich. Verlag für Humanist. Psychologie Flach, Frankfurt am Main 1981

William Shakespeare: Romeo und Julia. Trauerspiel in fünf Aufzügen [1597]. Aus dem Englischen übertragen von August Wilhelm von Schlegel. Reclam, Leipzig 1922

Bo Sigrell: *Narcissism: Ett psykodynamiskt perspektiv.* Natur & Kultur, Stockholm 1994

Hjalmar Söderberg: Doktor Glas [1905]. Aus dem Schwedischen übertragen von Verena Reichel. Manesse, Zürich 2012

Artikel

Laura Mulvey: *»Visual Pleasure and Narrative Cinema«. Screen* Vol. 16, Issue 3, Autumn 1975, S. 6–18

R. J. Sternberg: *»A triangular theory of love«. Psychological Review* 93/1986, S. 119–135

Foto: Henric Lindsten

Über die Autoren:

Die Psychologin Jenny Jägerfeld, geboren 1974, betreut in ihrer therapeutischen Praxis Kinder und Erwachsene, zudem schreibt sie aber auch Bücher für sie: Für ihre Romane gewann sie im Kinder- und Jugendbuch bereits den renommierten August-Preis, den Astrid-Lindgren-Preis, den Kinderbuchpreis von Sveriges Radio und den LUCHS.

Der SPIEGEL-Bestseller-Autor Mats Strandberg, geboren 1976, ist in seinem Heimatland Schweden bekannt für seine Horror-Fantasy-Romane. Seine Werke werden in 30 Sprachen übersetzt; auf Deutsch erschienen zuletzt die Romane »Die Überfahrt«, »Das Heim« und »Das Ende«.

Zusammen verfassten sie »Monster auf der Couch«. Die Idee zu diesem Werk kam Jägerfeld und Strandberg nach dem gemeinsamen Besuch einer Theateraufführung zu »Frankenstein« – sie stellten sich die Frage, wie die Geschichte wohl ausgegangen wäre, hätten Viktor, Elisabeth und das Monster eine Familientherapie gemacht. Eine geniale Idee war geboren.

Bildnachweis:

Innenteil:
Layoutgestaltung: Lotta och Fabian Kühlhorn
Illustrationen: Elin Sandström, eplet.se

akg-images: 361 (akg-images); 409 (Eric Vandeville)
Bibliothèque de Toulouse. Domaine public: 49 li. (Cote : TRU C 1333; Localisation : Fonds ancien (S 30)); 49 re. (Cote: TRU C 1329, Localisation: Fonds ancien (S 30))
Alamy Stock Foto: 101 (Dinodia Photos); 111 o. re. (SilverScreen)
IMAGO: 111 o. li. (Courtesy Everett Collection)
Jägerfeld, Jenny. 2019. »›Kusliga dalen‹ förklarar olust för mänskliga robotar«. Svenska Dagbladet 22: 07.11.2019: 278–279
stock.adobe.com: 5 (picsfive); 7 (blackday); 7, 8 (evannovostro); 9, 102, 103, 206, 207, 316, 317, 450 (zimmytws); 20, 23, 74 (kameleonmedia); 205 (Syda Productions); 315, 404 (knlml); 413 (tinx); 442 (Mark Carrel)
picture alliance: 111 u. (Courtesy Everett Collection)
Wikimedia Commons: 110 (unidentified artist for Universal Studios (https://commons.wikimedia.org/wiki/File:Dracula's_Daughter_-_Poster_1936.jpg), »Dracula's Daughter - Poster 1936«, als gemeinfrei gekennzeichnet, Details auf Wikimedia Commons: https://commons.wikimedia.org/wiki/Template:PD-US); 277 (Smurrayinchester (https://commons.wikimedia.org/wiki/File:Mori_Uncanny_Valley.svg), »Mori Uncanny Valley«, deutsche Übersetzung, https://creativecommons.org/licenses/by-sa/3.0/legalcode)